科普人大团聚

“梦中光景醒时因，

醒若真时梦亦真”

《80一梦》情未了，

筑梦百年始自今。

不忘初心

幸福时刻

儿女双全

可爱的小姐弟

淘气

长大了

我爱“一杠两星”

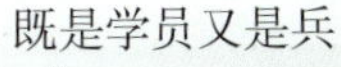

既是学员又是兵

那年 27 岁

中学时代

钢城岁月

她在丛中笑

“劳大”风采

快乐周末

苏州园林

阳光沙滩

投缘

同舟共济

无名湖畔

垂柳相伴

休闲

走向未来

大寨行

漫步云台山

洗砚池边

2008 年奥运

潇洒“玩”一回

快快来植树

九寨湖边

来一个

三塔美

五台山上

平和人生

无解 1999

三清山小道

风景这边独好

岸边一瞬

山水相依

走近“航母”

紫荆花下

新加坡一景

来到澳门

香堂一日

泰山之巅

别样家园

哥俩、姐俩、夫妻俩

瑶瑶做客舅舅家

我来了

体验高尔夫

不到长城非好汉

祖孙情

家门口，三代人

两千金

新视角

逗爸玩

享受

走下台阶

爸在其中

面对两国国旗

瑶瑶荣获博士

任教哥伦比亚大学

美滋滋

第四代

归来

宋广礼◎著

中国财富出版社

图书在版编目（CIP）数据

80一梦／宋广礼著．—北京：中国财富出版社，2017.7

ISBN 978-7-5047-6538-3

Ⅰ.①8…　Ⅱ.①宋…　Ⅲ.①回忆录—作品集—中国—当代　Ⅳ.①I251

中国版本图书馆CIP数据核字（2017）第154908号

策划编辑　宋宪玲　　**责任编辑**　宋宪玲

责任印制　方朋远　　**责任校对**　孙会香　张营营　　**责任发行**　张红燕

出版发行　中国财富出版社

社　　址　北京市丰台区南四环西路188号5区20楼　　**邮政编码**　100070

电　　话　010-52227588转2048/2028（发行部）　010-52227588转307（总编室）

010-68589540（读者服务部）　010-52227588转305（质检部）

网　　址　http://www.cfpress.com.cn

经　　销　新华书店

印　　刷　北京京都六环印刷厂

书　　号　ISBN 978-7-5047-6538-3/I·0267

开　　本　710mm×1000mm　1/16　　**版　　次**　2017年8月第1版

印　　张　23.75　**彩　页**　20　　**印　　次**　2017年8月第1次印刷

字　　数　422千字　　**定　　价**　58.00元

自 序

2016年，我整整80岁。80岁，要写一本40多万字的书，谈何容易？我想了很久，年轻的时候，本人或与他人合作，编、著出版了几百万字不同题材和体裁的作品，撰写过大量的短篇文章。年轻就是资本，年轻就有能量，年轻就有潜力，可以在大风大浪中游向“自由王国”。其实，要取得自由，并非轻而易举、唾手可得。成功的背后是执着的追求、不懈的努力和忘我的奋斗。

80岁了，还有当年的那股“冲劲”吗？从生理条件看，自然没有，也不可能有，这是人类发展的必然规律，是不可抗拒的。但我想，身体是本，有本才能事事，如果健康条件允许，智力尚无缺陷，写一本自传体的回忆录，是完全有可能的。经过权衡，自我感觉不错，虽然不敢说“十拿九稳”，但当兵时磨炼的那股韧劲一直在支撑我，告诫我，必须走下去。

我有这个意愿，又有信心和勇气，老伴陆玉洁、女儿丽娜、儿子艺枫自然赞同，全力支持，提供便利。大盘已定，该怎么写、写什么、用多长时间、材料从何而来，等等，我思索着，计谋着，酝酿着，一个不大不小的写作计划开始实施了。那天是3月26日，我的生日。

我是一个孤儿，没有体验过母爱、父爱，曾过着寄人篱下的生活。我的童年是孤独的、悲惨的，但我的故事却是阳光的、甜蜜的，它引领我这个苦命的娃娃走上了幸福之路。中国共产党、中华人民共和国是我人生坦途的铺路者，让一个凄凉的孤儿跳出苦海：念中学，享受国家助学金，避免了失学的危险；读大学，保送到军校，培养了严谨、坚毅的性格，有幸与曹刚川同校读书；毕业后，与“两弹一星”结缘，为苏联专家和国防部五院首长当翻译；工作调动，进入国家的喉舌机关——中央人民广播电台，钻研科普，结识了一大批顶尖科学家，得到了著名科学家钱学森院士来信的热情支持，最终成长为高级编辑；退休了，拿着不算低的养老金，做着力所能及的工作，唱歌、摄影、写作，享受“闲人”的乐趣，安度幸福的晚年。我的人生是幸运的，尽管我走过的路不算平坦，走过“盘山路”，但也没有经受太多的曲折与坎坷，到达了应有的高度。

《80一梦》是我人生的真实写照，有人说“人生如梦，梦如人生”，有一定的道理，但也不尽然，人的一生并不都像一场梦，梦想也不一定反映你的全部人生。我人生的80个春秋，29200个日日夜夜，可以说是由若干个多姿多彩的梦串联而成的，它像一幕幕写实的动画，构成了我完整的但有缺憾的人生轨迹。美丽的梦想有的变成了现实，有的若隐若现，也有的完全化为泡影，这乃是人生之必然规律，谁都不能例外。

80年来，梦想多多，机遇多多，收获多多，要写的东西不计其数。但我毕竟年事已高，能记起的往事，不可能是人生的全覆盖，如果能回忆出百分之五十，已经谢天谢地了。但愿《80一梦》能把我人生的片段如实地记录下来，写在书里，落到纸上，让我的晚辈们大体上知道，他们的先辈是怎样走过自己的人生道路的。我的朋友，如果对《80一梦》中的某一章节感兴趣，喜欢阅读它，我将感到由衷的高兴，并致以真诚的谢意。

每个人都是一本书，里边深藏着许多精彩的故事。《80一梦》是一本真实的书，讲述我经历的往事，但不敢说精彩。闲书在手，抽空看看，或许会获知不少您有兴味的趣闻和逸事。

宋广礼

2017年5月

目 录

第一章　苦难的童年

1. 孤儿路

1935 年 3 月 26 日，在辽河南岸长林子村的一个普通农民家庭里，诞生了一个男婴，全家人喜出望外，因为这是他们家的第一个男孩，在那个年代，这可是一件大喜事。不幸的是，在这个男孩长到 5 岁的时候，生身父母双双病故，当时孩了的父亲只有 48 岁，母亲 47 岁。留下了他和姐姐、弟弟三人，姐姐 7 岁，弟弟才 3 岁。老天就是那么不公平。这三个不懂事的孩子，可怎么活呀！

天无绝人之路。好心的亲人们凑在一起，想出了一个不错的办法：分着养——姐姐、弟弟分在舅父家；我，就是本文开头说的那个男婴，分在伯父家，并按照宋姓的排辈规矩，给我起了一个大名，叫宋广礼。从此，我就成了伯父家的成员。说来这个家族也很怪异，伯父虽然是一家之主，但是他并不“当家”，“当家”的是我的堂兄，名叫宋广贤，我亲热地叫他哥哥。在这个家庭里，我年龄最小，但辈分却很大，宋广贤有个大孙子，名叫宋立山，他比我还大一岁，但也得叫我爷爷。由于在民间的 12 属相中，我属猪，所以家里大大小小的晚辈们都叫我“猪”叔叔，或“猪”爷爷，小小的年纪，却享受着长辈的身份，我挺不好意思的，但是没办法，时间长了也就习惯了。

2. 堂兄，我的“亲”哥哥

这时的宋广贤已经 40 多岁了，儿孙满堂，其乐融融，但他对我这个“外来户”却很亲近，从来不把我当外人，凭我儿时的记忆，在他们家的一大群孩子中，我是比较受宠的一个，有时还享受到格外的关照。

年龄小，辈分大（后排左一为作者，后排右一为作者孙辈）

在农村，赶集是一件很荣耀的事，逢年过节总要到集上买点东西，无非鞭炮、年画、蜡烛、供香和一些好吃的东西。有一年春节前夕，哥哥去朱家房子（集市地名）赶集，置办年货，把我带上了，这是小孩们最高兴的事，屁颠颠地跟着大人跑来跑去，手里拎着一大堆购买的东西，也不觉得累。年货置办完了，哥哥有意地走到一个卖油炸糕的摊位前，顺手买了两块炸糕，递给了我，而他自己却不吃。在回家的路上，我手里拿着香喷喷的炸糕，一边走，一边吃，高兴极了。一个农村的孩子，能吃到集上购买的炸糕，这是一般孩子很难想象的。我享受了一次宋广贤的儿孙们不知道的特殊待遇。

在我们村子里，村民有种瓜的传统，大一点的农户还办起了瓜园，种有西瓜、打瓜、香瓜等。哥哥家是一个不大的农户，仅有几亩地，都用来种植高粱、大豆、小麦、玉米、谷子、棉花了。要想"改善"一下生活，尝尝瓜香的滋味，只好花几个钱，到瓜园去买。

在一个瓜果成熟的季节，有一天下午，哥哥刚从地里干活回来，一进门就喊着我的名字。"快！咱们'下瓜园去'！"听到哥哥的喊声，不大懂事的我高兴极了，这是我多么想去的地方啊。哥哥领着我，来到一个离我们家较近的瓜园。没有限量，不问价钱，我放开肚皮，大吃了一顿，在我童年的记忆中，第一次感觉到吃瓜的满足。

3. 谁刺伤了孩子的心

十个手指不可能一样齐。宋广贤有个亲弟弟，名叫宋××，此人个头不高，自私自利，心狠手辣，在他的人生字典中，只有一个“我”字，既不讲父子之恩，也不顾兄弟情面。他和宋广贤虽然已经分家单过，但仍有往来，还经常来哥哥家“说三道四”，弄得大家不得安宁，一家老小都很讨厌他。

有一年冬天，户外的雪下得好大，这正是孩子们玩耍的好时机，堆雪人，打雪仗，滑冰车，大家欢快地玩着，耍着，闹着，兴致勃勃。突然，宋××出现，一件不该发生的事儿发生了：当时我正在雪地上滑冰车，不小心碰到了宋××身上，一下子触怒了他，不由分说，上来就踢我两脚，还骂个不停。一个不满7岁的孩子，哪里是他的对手，只能耐着疼痛，忍气吞声，含着热泪，咽下这颗酸涩的苦果，但心底却埋下了深深的怨恨，我暗想，欺负小孩的人迟早要遭到报应。我真的不敢相信，宋××竟然是宋广贤的亲弟弟，亲兄弟却有天壤之别呀！。

若干年后，我们的家乡解放了，我长大参军、结婚生子了。听长辈们说，宋××还霸占着我父母留下的遗产，那是我父母在世时居住的两间草房和一些家具。现在我们长大了，要自己去住，经过多次讨要，宋××都执意不还，只好诉诸法律。在这场官司中，我的妻子陆玉洁功不可没，她作为原告，胸有成竹，以其不凡的勇气和智慧，有理有据地批驳了宋××的歪理和不实之词。新中国成立初期，尽管法制还不太健全，但法律毕竟是公正的，在法律和事实面前，宋××不得不低头认错，很不情愿地归还了那两间住房和我父母留下的其他遗产。

4. 民国24年，我出生

由于父母去世过早，一直没有人告诉我我的生日是哪天。突然有一天，伯父把我拉到他的身旁，好像有什么秘密要告诉我……其实他要我记住的，就是我的生日：生于民国24年，也就是公历1935年，农历3月26日，属猪。后来，为了记忆方便，再没有去换算它，把农历当作公历来记了。又不知道从什么时候开始，阴错阳差，我的出生日子又变成了1936年3月26日。现在我的户口本和身份证上，写的都是1936年3月26日。年轻的时候，对于出生的年、月、日并不在意，到退休的时候遇到了麻烦，人事部门从档案中查到，我出生于1935年，结果我就按照这个年份提前退休，这正是我求之不得的。

谁知道，退休后又遇到了新的麻烦，公安部门不承认单位的档案记录，只承认户口本上的记载，并且以此为依据，办理一切个人事宜。2013年，北京市出台关照老年人的举措，对年满80周岁的老人，每人每月发放100元优待金，我只能晚一年享受这个待遇了。其实，我并不在意它。最终我只好认可自己的出生年份为1936年。

5. 淘气的代价

伯父告诉我生日的那年，我刚满6周岁，正是调皮淘气的时候。记得有一天，我和小伙伴们到辽河岸边的大坝上玩耍，玩着玩着，突然心血来潮，几个小朋友经过“密谋”，一起爬上了高高的大树，并隐蔽起来，等待有人过来一起跳下，吓唬吓唬他们。机会果然来了，一伙人路过树下，调皮的孩子们不约而同地顺势跳下，行人确实吓了一大跳，可是我却惨遭不幸。由于小伙伴们下跳时，相互冲撞，把我挤到旁边的树丛中，我的左腿狠狠地扎在一个尖锐的树杈上，划开一个十几厘米长的口子，鲜血直流，小伙伴们吓坏了，不知如何是好。不懂事的孩子们，一边往伤口上填土，来止血，一边派人往我家里跑，给大人报信。紧要时刻，我哥哥宋广贤急匆匆地跑到大坝上，不由分说背上我就往家里跑，到家后，把我放在炕上，赶紧清洗伤口，把小伙伴们填在伤口里的土，清理干净，又用盐水清洗消毒。

我知道自己犯了错，强忍疼痛，不敢吭声，“手术”总算做完了，我松了一口气，等着大人的严厉批评。然而，出乎我的意料，哥哥并没有责怪我，而是不停地安慰我，关心我，让我好好养着，每天坚持上药。说到药，当时的医疗条件实在太简单了，所谓上药，就是往伤口里抹“万金油”。就这样，我在家里养了一个多月，伤口才愈合，在我幼小的心灵中，第一次明白了什么叫“内疚”。这次意外的不幸，在我的左腿上留下了一块大大的永远抹不掉的伤疤，至今还牢牢地“刻印”在腿上，成为我孩童时期调皮淘气的见证。

6. 狗仗人势

俗话说：“祸不单行。”在腿伤之后的第二年，我已经7岁多了，懂得该为家里做点小活了。有一天，我赶着两头小毛驴，准备到野地里去放牧，手里拿着自己做的小鞭子，喊着只有驴儿才能听得懂的号子，蹦着，跳着，哄着毛驴快点走。

当我们路过一家地主老财的家门口时，突然一条恶狗冲出大门，嚎叫着向我扑过来，我一时慌了手脚，拔腿就跑。小孩子哪有狗跑得快，霎时间，恶狗一下子咬住我的右腿，狠狠地撕扯，我哭叫着，脱不开身，直到来了一帮大人，拿着棍棒，打走了恶狗，才算脱险。

在那黑暗的旧社会，地主老财家的狗咬了人，哪有地方去说理呀，只能忍气吞声了。打那儿以后，哥哥再也不敢让我去干活了。然而，我右腿上至今还留着一块对地主老财无比仇恨的伤疤。

第二章　日本鬼子在我村

按照行政区域划分，我们家庭住址是：辽宁省辽中县朱家房子乡长林子村，离县城50华里。日寇侵略中国的时候，没有放过我童年居住的这个小村庄。在我儿时的记忆中，日本鬼子在这个村子里干了很多坏事。

1. 奴化教育中国人不买账

1944年，我当时只有八九岁，刚刚上小学，在这所学校里读书的都是一些十岁左右的孩子，他们天真活泼，无拘无束。日本鬼子就利用孩子们思想简单，容易被感化的弱点，在学校里放肆地进行日本军国主义的奴化教育。学生每天到校后，都集合在操场上，按年级整齐排队，接着，听从“教官”的口令，“虔诚”地朝着“东京”的方向“遥拜”，“三鞠躬”后，升日本的“太阳旗”，唱日本“国歌”。经过这番折腾以后，孩子们回到教室，听日本人讲学生们都听不懂的日本话，唱日本歌，一个上午就这样过去了，什么也没学到。

日本人很狡猾，但中国人也不好对付。孩子们的家长听说日本鬼子进行这样的奴化教育，非常气愤，但敢怒不敢言，只能消极地对抗，他们都暗暗地让自己的孩子退了学，学校变成了空壳。就这样，这所短命的学校办了不到两个月就夭折了。

2. 兜抛洋货，侵略者“赔了夫人又折兵”

日本军国主义者对中国的侵略，实行两面政策，一方面进行疯狂的屠杀和掠夺，另一方面又费尽心机地收买人心。在我们的村子里，发生过这样的事：有一天，日本人用一辆破车，拉着一堆洋货，无非一些五颜六色的烂布头，破旧的包包，肮脏的手巾，还有洋火、洋蜡等，来到我们村，指使他们的“代理人”，发给老百姓。乡亲们为难了，拿吧，不知道鬼子的葫芦里卖的是什么药，会招来怎样的祸端；不拿吧，又怕触怒了鬼子和他们的“狗腿子”。过了好半天，突然有人喊了一声：“快拿呀！”用时下流行的顺口溜来说，那是“不拿白不拿，拿了也白拿，白拿谁不拿”，最后大家一哄而上，拿个精光。我现在再想，那个带头喊了一嗓子的人，肯定是一位抗日积极分子。

其实，日本鬼子向老百姓兜撒洋货，目的就是收买人心，让老百姓服服帖帖地听他们的管教。然而，洋鬼子的算盘打错了，拿了“洋货”的老百姓，并没有顺从他们，照样跟他们打“游击”。愚蠢的侵略者失算了，真是“赔了夫人又折兵”！

3. 抓“劳工”，百姓遭殃

日本侵略者为了维持他们在中国的殖民统治，肆无忌惮地进行掠夺，到处抓“劳工”，为其殖民统治效力。但是，聪明智慧的中国人看透了侵略者的狼子野心，不甘心当亡国奴。我有一个同姓的侄儿，名叫宋道海，当时他还不到20岁。出事的那天，宋道海正在院里干活，突然，一辆大卡车拉着一群日本鬼子冲过来，不由分说，把宋道海抓起来，扔到车上，随后扬长而去。后来人们才知道，宋道海被抓去当“劳工”了。可是，贫苦家庭出身、性子刚烈的宋道海一直没有屈服，在车上不停地反抗，试图挣脱跑掉。日本鬼子为了治服他，脱掉了他的鞋子，断掉他逃跑的念头。当时，正是数九严寒的冬天，要想光脚跑掉，确实很难。宋道海暂时“安定”下来，不再激烈反抗，他想出了一个“缓兵之计”，等待时机，逃出虎口。

装着二十多个被抓“劳工”的破卡车，在开往奉天（即今天的沈阳）的路上，慢悠悠地走着，当天到不了鬼子的军营。太阳落山了，在一个小镇上，卡车停下来，他们准备在这里过夜。而被压送的这些“劳工”们只能待在车上。宋道海暗想，机会来了。

半夜时分，值守的鬼子困倦了，趁其不备，宋道海偷偷地跳下卡车，光着脚，一口气跑了几十千米，这时天已放亮，宋道海实在支撑不住了，只好小心翼翼地敲开了一家农户的大门，向主人讲述了他的不幸遭遇和事情的来龙去脉，主人非常同情、可怜这个小伙子，给予了热情的照顾和帮助。

再来看看宋道海的脚，已经冻得不成样子，这哪里是正常人的脚？简直是一个血肉模糊的大冰坨。好心的主人赶紧去烧热水，用来融化宋道海的冰脚。冰是融化了，可谁会想到，好心却办了错事（按理说，科学的处理方法，应该是用凉水慢慢地缓冻。在那个贫穷而落后的年代，又是在农村，老百姓怎么会懂得这些科学知识呢）。不幸的宋道海回家以后，他的脚一天天红肿溃烂，最后不能走路了，好端端的小伙子一下子变成了残疾人。这是日本侵略者在中国留下的又一罪证。

4. 一个未解的“谜”

在我念小学的时候，老师经常把学生们集合起来，拉到荒郊野外，在一片荒地上，几百名学生围成一个直径有三四百米的大圈，并在一个开阔的地方，留一个缺口，这里放上一张大网。老师一声令下，学生们敲锣打鼓，齐声呼喊，本来躲藏在暗处的野兔，受到惊吓，四处奔跑，有人的地方，它们自然不敢去，为了逃命，一大群野兔都冲向了无人看守但却下了网的地方。野兔们哪里知道，它们已经中了“猎人”的圈套，一只只兔子都落网了。一次“围捕”行动大概能收获七八只“战利品”。在我的记忆中，像这样的“围剿”干过很多次。

这些被活捉的野兔都被送到哪里去了？用它们做什么？性命如何？孩子们都不知道。后来听老师说，都交给日本人了。至于鬼子拿它们做什么，人们不得而知，这成为埋在孩子们心头的一个“谜”。日本人投降以后，大家猜测，一种可能是用兔子的血做了什么东西；另一种可能是日本侵略者拿活兔子做细菌试验去了。现在来看，这种分析不无道理。

5. 日本投降大快人心

1945 年 8 月 15 日，日本侵略者无条件投降，这个好消息传到我们村，老百姓高兴极了，不过他们表达喜悦心情的方法跟城里人大不一样，不搞游行示威，也不敲锣打鼓，而是三五成群奔走相告，他们都说着相同的一句话：“我们再也不受日本鬼子的气了，我们可以吃馒头了！”老百姓为什么要喊出

“吃馒头”的口号呢？说起来，有一段心酸的历史：在日本侵略者统治时期，我们这里的老百姓是不允许吃白面做的食品的，有的人家好不容易偷着磨点白面，留着过年的时候吃，可是一旦被日本鬼子发现，那就犯了弥天大罪，给你加上“经济犯”的罪名，受到严厉惩罚。老百姓每天只能吃高粱馇子、稗子米饭和糊糊，忍气吞声地过日子。现在光复了，吃馒头成了乡亲们最幸福的事儿。

第三章　读书找出路

苦读私塾一孤童
捧着书本如诵“经”
死背硬记本事大
年少难懂文内情
“三字经”中有哲理
“百家姓”氏非“百”姓
师父一朝扬长去
徒儿各自奔西东

1. 读私塾死读书

说到“私塾”，现在的年轻人可能不太熟悉。在旧中国，有一种私人办学方式，就是在一所规模较小的学堂里招收十几个学生，老师就是办学人，他精通古文，能够讲解我国几大家的著名论著，比如，《论语》《孟子》等，初级班的可以背读《千字文》《治家格言》《三字经》《百家姓》等。

我当时只有七八岁，就报名参加了初级班学习。我们的老师名叫赵海云，赵老师收学费的方法很特别，他不收钱，每个学生只要交一捆柴火（即秫秸秆）就行了。我在这个学堂里大约学了三个月时间，老师的要求就是背诵《三字经》《百家姓》《千字文》《治家格言》，凭着年少时的记忆能力，当时我已经把这些文章背得滚瓜烂熟，受到老师的表扬。说老实话，就是死背硬记，很多字都不会写，更不知道它的含义是什么。现在，我已经 80 岁了，《百家姓》照样还可以背下来，但是，有的“姓”还是写不出来。

私塾确实传授了一些有哲理的东西，但对于年幼的孩子们来说，根本不懂得书中的深奥道理。学知识、长才干的愿望落了空。死背硬记的东西，孩子们不感兴趣，老师无可奈何，学生越来越少，私塾再也办不下去了。老师另谋出路，学生各奔东西。

2. 读“优级”，受罚长“记性”

不学“八股”乱投医
东奔西闯不停“蹄”
乡村求学成泡影
县城艰难读“优级”

私塾无收获，但我并没有放弃学习的努力，在哥哥的支持下，开始了游击式的学习生涯，在我的记忆中，本村的和外乡的一些学校我都去闯荡过，虽然收效甚微，但毕竟学到了不少文化知识，在那个年代就算不错了，可是，一直到现在，也不知道我究竟念的是几年级。

我慢慢地长大了，大概在我十岁的时候，哥哥鼓励我到辽中县城的正规学校念几年书，学点像样的东西。对我这个喜欢念书的孩子来说，这真是一个大好消息。我们村离辽中县城有 50 华里，走读不可能，住宿又没有条件。后来经过家庭协商，就住在我哥哥的二弟宋广久（我叫他二哥）家里，他们家住在辽中县城，比较富裕，对他们来说，多一口人，也就是多一双筷子加一个碗的事，况且宋广久二哥对我也不错，很希望我这个孤儿堂弟能够多读点书，将来有出息，对得起故去的父母。

不负哥哥的希望，我考上了辽中县一个学校的“优级”班（相当于现在的五六年级）。这个学校确实比较正规，绝对不允许学生违反校规，更不能迟到、早退，一旦迟到了或者犯了什么错儿，老师会毫不客气地打你“手板”。有一次，记不得是什么原因，我迟到了，老师不容分说，拿起那个专用的“木板”，狠狠地打了我三大板，真疼啊！好心的同学赶紧拿来石板（学生写字用的），让我把红肿的手放在上边，来缓解疼痛。我非常感谢我的好同学，但我也从来不恨那位“狠心”的老师，我觉得她做得没有错，立了规矩就得严格执行。从那以后，我再也不敢迟到了，老师夸我是个知错就改的好学生，一点也不歧视我。在这个“优级”班里，我的学习成绩一直很好，在年级里也名列前茅。在县城里念书确实感觉很好。碰到最大的问题是暑期放假回家，在那个年代，根本没有公交车，50 里的路要徒步走回去，这对于一个十来岁的孩子来说，实在太难了，但回家心切，再难也得走回去。

暑期到了，清晨早早地起来，做好上路的准备，好心的二嫂给我烙了几张饼，准备路上吃。没有钟表，太阳就是最好的计时器，天一放亮就出发了。一路走来，心情急迫，恨不得马上到家。但毕竟是 50 里的路呀，还得一步一步地走，累了就坐下来歇歇脚。饿了，就吃几口已经晾凉的饼；渴了，就随便找个人家要点水喝。走啊，走啊，太阳快落山了，我总算走到了村口，马上就要到家了。

在那个通信十分落后的年月，哥哥哪里知道我会今天回来？我一跨进家门，全家人大吃一惊，他们根本没想到，一个十来岁的孩子，用了一天的时间，走了 50 多里路赶回家。哥哥心疼地说："要知道你回来，我去接你呀！"不过，这样的事儿只发生过一次。没过多久，东北解放了，虽然我在"优级"班没有毕业，但毕竟念过"优级"，也算是"优级"生了。

3. 恩人已去恩情在

背井离乡志向东
单枪匹马走钢城
六年苦读根基固
铭记一中荐从戎

不知道出于什么样的考虑，打的什么主意，新中国成立后不久，舅父把我接到他们家来，学着干农活，起早贪黑，风里雨里，种地、浇水、打柴、放牧，样样都学。凭着我的小聪明，小小的年记，大部分农活都学得差不多了，有点农民模样了。这样大概干了两年的时间，在鞍山市工作的舅父的儿子（刘金鹏、刘志野）看不惯了，他们极力主张让我到鞍山去读书，不要把孩子给耽误了，舅父被说服，我顺利地考进了鞍山实验小学六年级，这是新中国成立后国家在鞍山市办的一所重点学校。

考试通过了，住宿问题又成了难题，后来舅父想到，他在鞍山钢铁厂

舅父与晚辈们（居中者为舅父）

有一个要好的工人朋友，姓张（叫什么名字，记不得了），两家关系不错，没费多大周折，我就住在他们家了。这家老两口对我特别好，我叫他们伯父、伯母，吃在一起，住在一起。我清楚地记得，我就睡在他们已经结婚的儿子住的火炕上。大哥、大嫂毫不在意，把我看作亲弟弟，真难为他们了。现在想起来，真不好意思，太不容易了，我真诚地感谢他们。如今，恩人已经故去，没有报答的机会了。可庆幸的是，二位老人的女儿张隽严嫁给了我的二表哥刘金鹏，我们之间关系较好，来往比较密切，也算是一种间接的报答吧。

而我的弟弟宋科仍然留在农村，苦苦地干着农活，直到1956年，他才离开农村来到鞍山，依靠嫂子陆玉洁，过着俭朴的生活。后来，考进了“红旗”拖拉机厂。1964年，响应国家号召，随拖拉机厂搬迁到青海省西宁市，在那里一干就是20多年，由于过度劳累，又不适应高原环境，结果患了严重的心脏病，不得不返回鞍山，边工作，边治疗。1996年，终因病情恶化，不幸去世，享年58岁。我急切地赶回鞍山时，他已不省人事，临终前都没有跟我说上一句话，我感到十分悲痛。没过多久，他的老伴也去世了。

4. 孩子们这样“抗美援朝”

1949 年，我从鞍山实验小学毕业，考入鞍山二中，在录取的 500 多名应考生中，我排名第 23 位，这个不错的成绩“23”后来就成了我初中时期的固定“学号”，一直到初中毕业都没有改变过。由于家境贫寒，又是孤儿，在学校我享受国家发放的助学金，有条件在学校住宿了，成了住宿生，吃、住都在学校，每日三餐，大多吃高粱米饭，白菜、萝卜，时而也吃一顿馒头和红烧肉，改善一下生活。虽然条件不是很好，但我很知足。

鸭绿江边

1950 年，美帝国主义发动侵朝战争，并把战火烧到我国东北边境，烧到鸭绿江边，伟大的“抗美援朝”运动开始了。满腔热血的同学们，同仇敌忾，义愤填膺，“抗美援朝，保家卫国”的口号声响彻校园，师生们个个摩拳擦掌，跃跃欲试，积极报名，坚决要求跨过鸭绿江，奔赴朝鲜战场，奋勇杀敌。我满腔义愤，即刻报名，决心赴朝参战，但经几番努力，终因年岁太小，未能如愿。看到年纪大的同学如愿以偿，整装待发，圆了他们自己的杀敌梦，心里总是痒痒啊，我暗暗地想，快点长大呀，也和大哥哥们一样，“雄赳赳，气昂昂，跨过鸭绿江……打败美帝野心狼”。

美帝国主义者为了挽救自己失败的命运，悍然发动灭绝人性的细菌战。

我国的东北，特别是鞍山市受到了直接的威胁，不屈的东北人民掀起了反细菌战的英勇斗争。这时，我们这些年纪小的同学们，可派上了用场，打蚊虫、灭苍蝇、抓老鼠成了我们每天的战斗任务。一天下来，虽然很辛苦，但同学们都不觉得累，可以自豪地说，我们参加了后方的“抗美援朝”，在反细菌战的斗争中贡献了力量。

“抗美援朝”时期，各方面条件都很艰苦。在学校住宿的同学们，环境更为简陋，上百名同学睡在一个打通铺的大礼堂里，一到深夜，当大家熟睡的时候，那真是一个同学们尽情表演的大舞台。听老师说，他们在夜里查铺时，看到百十号人千奇百态的睡姿，五花八门的响动，可爱又好笑，真像一座“百鸟争鸣”的大舞台。

5. 学生“宿舍”突发意外

在大礼堂住宿的日子里，发生过一件意外而不幸的事，至今我记忆犹新：按照校规，同学们每天清晨都要出早操。有一天，老师按时吹响了哨声，大家赶紧起床，准备到操场集合，正在这时，有一位同学，突然惊叫着大喊道：“不好了！××同学不行了，八成死了！”听到这话，同学们一下子惊呆了，谁也不会想到，××同学昨天还好好的，一夜之间，怎么就死了呢？同学们争抢着要看个究竟，老师阻止了大家，那天的早操也中断了。后来校医告诉同学们，出事的同学死于“急性肺炎”。这件事在学校引起了不小的波澜，家长要讨说法，学校很无奈，经过长时间的疏解，这场风波才得以平息，学生们的情绪也慢慢稳定下来，学校领导总算松了一口气。可是在大礼堂里，去世那个同学的睡位，没人敢住了，靠近他的几个同学也纷纷要求离开，无奈之下，老师只好把那个地方隔开。幸好我的睡位离他比较远，没受太大影响。从那以后，大礼堂里晚上安静极了。

6. 两次险情，大难不死

意外的险情也曾经发生在我的身上。在一个冬天星期六的晚上，我来到表哥刘金宽家，吃过晚饭，休息的时候，热情的表嫂拿出东北特产“冻秋梨”给大家吃。地上的火炉烧得正旺，屋里暖烘烘的。可谁都没想到，正当大家吃得非常高兴的时候，一件意外的事情发生了：当时我准备到屋外去“解手”，刚一推开门，不知道怎么了，一下子晕倒在地上，表哥见此情景，赶紧跑过来，想把我扶起来，可是没走几步，他也不行了，踉踉跄跄地跌倒在地上。幸好，这时表嫂还很清醒，她马上意识到，肯定是煤气中毒了，赶紧打开门窗，通风换气。大约过了10多分钟的时间，我和表哥才苏醒过来。大难不死，太危险了。

好表哥刘志野

还有一次险情，我印象很深，说起来都怪我“嘴馋”。有一年夏天，表哥刘志野约我到他家吃晚饭，可口的饭菜让我大饱口福，表哥家的饭菜是学校里的集体伙食不可比拟的。吃饱了，喝足了，临走的时候，热心的表嫂郑学勤还给我带了不少糖果，可谓满载而归，我兴致勃勃地往回走。

不巧，在回学校的路上，突然遇到了暴风雨，夹杂着闪电、雷鸣，我走在长长的胡同里，真的看到了闪亮的“火球”，可怕极了，吓得我浑身发抖，无处躲藏，惊慌中，我钻进一个水泥做的垃圾箱里，躲避雷电。过了许久，暴风雨停了。我惊魂未定，慢慢地爬出垃圾箱，挣扎着，准备回学校。正在这时，有一位叔叔从我身边走过，看到我狼狈的样子，连忙把我扶起来，领到他们家，帮我洗去身上的脏东西，给我换了干爽的衣服，又问起我的学校情况和家事。出于可怜与同情，他们全家人都劝我，天太晚了，不要回学校了，我答应了。说老实话，那个时候，我真的害怕再走啊！结果，我在他们家睡了一夜，第二天早晨，吃了陌生人家的早饭，怀着深深的感谢之情，离开了这个大好人家，上学去了。长大了，我一直在埋怨自己，为什么不寻找时机，去报答人家呀！小孩子太不懂事了。我祈福这个好人家，好运常在，好人一生平安。

第四章　难忘学友情

1. 球友轶事，爱子得名

周从家是我的铁杆好同学，我们不仅是亲密的好学友，还是篮球场上配合默契的好伙伴。球友当中还有一位要好的同学，他叫苏德元（高中毕业后，他考入中国医科大学，此后再无联系），三个人加在一起，自称“忠实的朋友”（源自于当时一部热播的苏联电影《忠实的朋友》）。三个人的球技虽然都不是很高，但共同的心愿把我们紧密地连在一起。我们自己做球衣，凑钱买篮球，不断扩大队伍，还给球队起了一个很有文化品位的名字，叫“艺枫”篮球队，这个小小的“娃娃”组合，在学校自然当不了校队，但却常常出现在“站前公园”的篮球场上，与不同组合的球队打“野球”。虽然球友们都不够专业，但都严格地遵守着打“野球”的规矩。比赛采取淘汰制，先输掉五个球者，自觉下台，等候的球队接替上场，跟赢者继续战斗，这样轮番上阵，很是紧张激烈，围观的群众很多，不时响起热烈的掌声和欢呼声，为队

球友（前排右一为苏德元，后排右一为徐大仕，左一为周从家）

员们叫好、喝彩。

我们的“艺枫”篮球队，比赛中赢多输少，在这块场地上小有名气。由于打“野球”都是利用放学后的时间，太阳一落山，球场没有灯光，战斗也就结束了。这样的打“野球”活动，我们一直坚持到高中三年级。有趣的是，1955年4月21日，我们的儿子出生了，起个什么名字好呢？我一时拿不定主意，一位队友听到消息后，稍作思考，提出一个特别有创意的建议：“就随着我们球队名走吧，叫‘艺枫’好了。”后来，家里人听了，觉得挺新鲜，很有创意，高兴地采纳了队友的高见。儿子长大了，觉得“宋艺枫”这个名字很有品位，就不改了，一直叫到今天。

2. 两个馒头惹风波

在鞍山二中、鞍山一中读书期间，我一直享受国家助学金，虽然钱数不多，但对于一个中学生来说，还是够用的。既然享受了助学金，花钱就不那么“自由”了，要十分谨慎，稍有闪失，就很可能被同学质疑。有一天中午，因为我没有带午饭（每天带的午餐基本上都是高粱米饭加咸菜），就到小卖部买了两个馒头吃，无意中被同班的同学看到，这可惹了大麻烦。在班会上，受到了几个较真儿的同学的严厉谴责，那架势真有点像“文化大革命”时期的大批判会，不分青红皂白，不讲情面，火药味儿十足，难听的话多极了：“拿着助学金还吃馒头呀”“吃得起馒头的人不该拿助学金啊”“助学金不应该发给这样的同学呀”等，有的人甚至主张，干脆把我的助学金给停了。当时，十几双不肯原谅我的眼睛恶狠狠地看着我，好吓人呐！我真的有点害怕了。正当大家七嘴八舌，步步进逼的时候，有一位女同学勇敢地站起来，力排众议，说了几句公道话：“享受助学金就得一辈子吃高粱米饭？吃一次馒头就得停发助学金？我觉得不应该这样对待宋广礼同学，再说了，那天他确实没带饭，又到哪里去买高粱米饭呢？总不能饿着肚子上课呀！”班会上又争论了一阵子，平静下来，最后班主任老师拍板，采纳了这位女同学的意见，我继续享受助学金。从此，我在各个方面都更加检点，谨慎做事，专心读书，不让人家“抓辫子”，一直到高中毕业、参军都平安无事。

这位女同学的名字叫魏若莲，是我们班上学习成绩拔尖的好学生，我将永远记住她，多谢这位敢于说公道话的好同学。1993年，鞍山一中校庆70周年集会时，本想能够见到魏若莲同学，和她叙叙旧，聊聊 38 年前的往事，真诚地谢谢这个“小大人”为我说的公道话，也要“评评”那些不懂事的孩子们的举动，他们太“天真”、太“幼稚”，太会为国家“着想”了。但是令人失望的是，那次集会我没有见到魏若莲同学，遗憾地错过了面谢的好机会。

3. 好同学亲如兄长

在鞍山一中读书时，还有一位好同学不能忘记，他是我们班的班长，大我一岁，不要小看这一岁，他因此当上了我的好哥哥，处处关心我、照顾我。他了解我的家境，节假日就带我到他家去住，他的父母对我很好，安排好住宿，给我们做好吃的，节假日过得很快乐。

这位好同学名叫齐祥元，由于身体原因，他高中毕业后没有考大学，分配到一个建筑单位工作。对齐祥元来说，虽然没考大学，但他个人的艰苦努力和顽强拼搏精神令我钦佩。参加工作不久，齐祥元就走上了领导岗位。2002 年我们有幸在哈尔滨再次会面时，他已经晋升为黑龙江省公路建设局总工程师。

亲密的学兄齐祥元（左）

年岁大了，见面喜欢回忆往事和年轻时的同学。齐祥元第一个说起的是黑龙江省海林市科委主任张铁籓，老同学见面心切，随即动身，驱车 200 多千米，来到优美宜居的城市海林，受到好学友张铁藩、刘振琴的热情接待。

做客同学家（后排左起：刘振琴、张铁藩、作者、齐祥元）

我们愉快地畅游镜泊湖，参观名胜古迹和自然景观，十分惬意，仿佛回到了中学时代。老同学相见，虽然我们都年过花甲，但朝气不减当年，感觉分外亲热，简直像一群中学生，又“闹”在一起了。同学们忆往事，品当下，望明天，无所不谈。在鞍山一中时的一件件往事自然成了我们聊天的主题。在好同学张铁藩和刘振琴的陪同下，我们整整玩了三天，但仍然游兴未尽。当我们不得不离别时，老同学难舍难分，盼望着有机会再相见。

回程，在开往哈尔滨的高速公路上，我们乘坐的吉普车飞快而平稳地行驶着，当路过一座漂亮的公路大桥时，齐祥元有意识地让车停下来，他缓慢地走出车门，让我观赏一下这座漂亮的公路大桥。聪明的司机明白了“首长”的用意，不等齐祥元开口，就笑眯眯地告诉我：“这座大桥可是黑龙江省有名的建筑项目，它是我们齐总主持设计、建造的。”我明白了，原来如此，赶快在桥前合影留念。

4. 驯鸽、养鱼高手——我亲密的伙伴

我和夏桐生是解放军军事俄专的同学，到国防部第五研究院以后，我们又一起被分配到二分院一支队，而且同为导弹地面电源设备专家的翻译，我

好搭档夏桐生（右一）

们相处得非常融洽，配合默契，不分彼此，互相帮助，不经意地轮流为苏联专家做翻译。碰到问题，商量解决，从未出现过任何差错。

1959 年，夏桐生分工陪同的苏联专家萨斯拉夫斯基，由于苏联方面的原因，提前撤离中国，夏桐生的工作也有所调整。从此，我开始单枪匹马，孤军奋战，完成我的后续任务。但是，我跟夏桐生的交往并没有因此而中断。由于我们各自工作岗位的不同，因而谈话和交流的内容更加丰富多彩，形式更加灵活多样，来自四面八方的信息丰富充实了我们单一的军事生活。

夏桐生为人忠厚，心态平和，交友广泛，我是他家的常客，他的父母和兄长对我都很亲热，从不把我当外人，在他们家逗留毫无拘束之感。夏桐生喜欢饲养和平鸽和金鱼，饲养水平相当高，小生灵被他驯得活泼可爱，着实惹人喜爱。他们家的这两款“心肝宝贝”，在街坊邻居中颇有名气，常常吸引着孩子到这里逗它们玩，寻找乐趣。我喜欢和平鸽和金鱼，更亲近我的密友夏桐生，这也是我经常到他家里做客的主要原因。

在我们的同学当中，夏桐生是晚婚的典范。他三十来岁才结婚，这在当时并不多见。“好饭不怕晚”，他很幸福，等来了一位漂亮而贤惠的小媳妇陈文荣，家庭美满和睦，同学们都很羡慕他。陈文荣是中国人民解放军光荣的一员，而夏桐生却变成了一位地道的脱掉军装的“军哥”。

5. 赵纯伟的遭遇，女儿鸣不平

我在鞍山实验小学读书时，感觉好极了。老师知道我是孤儿，对我格外关照，同学间互相关心，互相帮助，关系很融洽。我有一位好同学，叫赵纯伟，他经常约我到他家去住宿，他母亲是一位十分慈祥、善良的女性，了解到我的身世以后，对我非常疼爱，细心照料，安排住宿，给我们做好吃的，讲《三国演义》《水浒传》等故事，像对待亲儿子一样照顾我，我永远不会忘记这位不是妈妈但又胜似妈妈的亲人。我和赵纯伟一直同学到高中毕业，享受着和他同样的母爱。

初中学友（前排右二为赵纯伟，后排左二为作者）

我的好同学赵纯伟一生坎坷，大学期间学的是古汉语专业，成绩优秀，是名副其实的高才生。不幸的是，读大学时他被打成“右派”，劳动改造若干年，直到“文化大革命”结束后才平反。分配到鞍山师范学院任教，教古汉语，经多年周折，60 多岁时才被评为教授。1993 年，在我们母校鞍山一中庆祝建校 70 周年时，我们有幸见面，亲热极了，有说不完的话、讲不完的故事。在偌大的鞍山体育场的看台上，说呀，说呀，忘记了我应该坐到主席台的席位，更没听到大会主持人呼喊我就位的声音，遗憾地错过了与鞍山市主要领导见面的机会，但我一点儿也不后悔，我深信，没有什么比孩童时期的诚挚友情更珍贵的了。为这件事，尽管我落了很多亲友的埋怨，但我觉得很值得。

赵纯伟在劳动改造期间，一位同情他的好姑娘爱上了他，帮助他，关心他，照顾他，最后走进了婚姻的殿堂，家庭生活美满，其乐融融，婚后他们生下一个女儿。漂亮的女儿 18 岁的时候，到北京来进修外语，曾住在我们家。讲起家事，女儿感慨万千，言谈中，她总是为爸爸愤愤不平，对妈妈赞美有加。女儿怎么也不理解，那么好的爸爸，怎么会蒙受这么大的不白之冤。这是一幕不该发生的社会悲剧，它不会重演了。在女儿的心目中，爸爸永远是最好的。

去年，从同学会那里得知，赵纯伟夫妇因病已经双双离开人世，听到这个消息，我很伤感，往事历历在目。怀念之余，写了这段文字，也算是“为了忘却的纪念”吧。

第五章　穿军衣，读大学

海鸥翱翔波涛涌，
军旅学业命双重。
风光美景无暇赏，
大连送我进京城。

1. 高考遇变故，投笔从戎

入伍第一天

在鞍山一中读高中是一件苦差事，特别是在念高三的时候，由于要准备高考，老师给学生层层加码，搞题海战术，学生非常理解老师的一片苦心，也愿意这样做，谁不想考上一所理想的大学呢？记得当时有一本流行的参考书，好像叫《升学指南》，很畅销，记不得是多少钱了，反正大家都争着买，我何尝不想得到这本书？但因家境贫寒买不起。穷孩子自有穷办法，买不起书，可以找要好的同学借书看，也获益不小。由于参考书不是自己的，因而对借来的“宝贝”更加珍惜。他人之书，为我所用，确实也解决了不少问题。

当时的高考制度和现在不一样，共分三个科，即理工科、农医科和文科。我准备报考农医类，考试课程有：语文、数学、化学和达尔文主义基础（属于生物课程）。我记得，1955 年 5 月，高三年级的同学就停课了，开始总复习，学生们找一个僻静的环境，专心地看书学习，老师不定期地做集中辅导，解决疑难问题。这一招很厉害，也特别管用，同学们谁也不想错过这个难得的好机会，一到辅导的时间，大教室都挤得满满的，即使站着听老师讲解、辅导、解析难题，也甘心情愿。老师的苦心，同学的苦读，收获了丰硕的果实。1955 年鞍山一中高三毕业的同学全部考上了高等院校。

2. 保送进军校，感恩共产党

正当同学们紧张而又专心地复习功课的时候，一个解放军高等院校的工作组来到鞍山一中，他们是来自大连的中国人民解放军军事俄专的教师，奉命免试招收应届高中毕业生。在鞍山一中大概招收 30 名同学。当时我对这件事没太留意，仍然按部就班地复习功课，准备高考。我并不知道，这时很多同学都动起来了，热火朝天，纷纷报名，应征入伍，都想当一名解放军大学生，那多神气呀！

在报名日期截止前的第二天，我的好同学周从家突然找到我说，他已经报名并被批准入学参军了。我听了大吃一惊，他本来是想报考北京大学新闻系的，怎么又改了呢？而且他还劝我赶快去报名，不然就来不及了。

一个可以让人穿军衣、拿真枪念大学的军校太有诱惑力了。我当时很纠结，去吧，就得彻底改变原来选择的志愿；不去吧，又不甘心放弃当一名解放军军人的心愿，更不想驳好同学周从家的面子。还有一条很重要，那就是我从初中开始，一直享受国家助学金，现在国家保送上大学，公费读书，绝好的机会不经意地来了，哪能错过呢？经再三考虑，权衡利弊，再征得班主任肖景贵老师的同意，我毅然决定报名，当一名光荣的中国人民解放军大学生，很快得到招生工作组的批准。心想，又可以和好同学周从家在同一所大学读书了。

3. 入学即入伍，既是学生又是兵

1955 年 6 月中旬的一天，我们 30 多个应征入伍（即入学）的同学，乘上南下的列车，向大连驶去。在飞奔的列车上，在工作组的带领下，同学们喜笑颜开，又说又唱，若有所思，暗暗勾画着自己未来发展的蓝图。沉静下来以后，我在想，这所大学究竟是什么样子？学生们又是怎样学习和生活？学员的吃、穿、住的条件如何？跟解放军战士一样吗？这许许多多的问号，在我的脑子里转来转去，我不停地思索着、想象着……经过 5 个小时的颠簸，列车到了大连火车站。迎接我们的是一排排穿着浅黄色军装，头戴解放帽，胸前佩戴着印有“中国人民解放军”字样胸章的老兵，他们一边鼓掌，一边喊着口号，欢迎新战友的到来。简短的仪式后，我们登上一辆大卡车，直奔学校，也就走了一刻钟的时间就到达了校园。我的第一印象是：校园还不错，宽敞的操场，整洁的校舍，宽大的教学区被高高的铁丝网围挡着，真有一种独立门户的感觉，藏在我心中的问号明晰了。

转折

到校后的第一项任务是新兵入伍教育，按常规，学校政委严文祥同志做动员报告，他对国际与国内形势做了深刻的分析和讲解，而后，很快把话题转向中苏关系。由于当时中苏两国亲如兄弟，并肩战斗，严政委顺势大谈中苏关系的伟大意义和同学们将来担当俄语翻译的重大历史责任。（形势发展需要，中央军委决定，1958 年撤销了中国人民解放军军事俄专，可巧的是，严文祥政委和我同时被分配到国防部第五研究院，也就是后来的航天部。严文祥在一个研究所当政委，后来晋升为国防部五院三分院的政委。我当上了一名名副其实的翻译。）

入伍教育大会上，新兵提出的问题既简单又幼稚：“俄语好学吗？俄语语言美吗？当翻译困难吗？”这一连串的提问，都由任教多年的老师做出了恰如其分的回答。记得，有一位老师在回答“俄语语言到底美不美”的问题的时候，说了这样一段话，令我至今难忘：“人们都说，英语最有力量，用的地方也最多；法语语言最美，也最浪漫。我可以坦率地告诉同学们，俄语具有英语和法语的双重语言特点，既有力量，用得广，又很浪漫！”话音刚落，同学们都满足地大笑起来，顿时礼堂里响起一片热烈的掌声。这是多么生动的一堂入伍教育课啊！

4. 摸底“摸”什么

为了检验同学们原有的俄语水平，入学后学校组织了一次俄语基本知识摸底考试，命题比较浅显，难度不大，可以毫不夸张地说，我轻松地过关了，成绩不错，受到老师的称赞。编班时，我被编到四连三排九班（班长岳书璠，学员有：肖明振、李振茂、丛德昌、宋世玉、杜有生、王幼君、宋广礼），每班八个人，三个班为一个排，排长由班主任老师兼任（记得我们的排长叫黄耿召，后来改为学生兼任排长，排长是岳书璠）。我有一个要好的老乡，营口市人，名叫于国华，他担任八班班长。毕业后，我们一起被分配到国防部五院二分院工作，他是一位优秀的笔译人才。中苏关系破裂以后，于国华改学英语，同样是出类拔萃的佼佼者，是一位资深的译审。直到今天，我们还保持着密切的联系。

在解放军军事俄专学习期间，一个排24位同学在一个教室里上课，每人一张课桌，比较宽敞。学习的课程不是很多，除了主科俄语外，还有汉语、苏联文学、政治、军事技术、武器操作、军事体育、野外作业、实弹射击以及选修课逻辑学、修辞学、翻译技巧等。

5. “开小差”为哪般

当时军事院校的管理制度基本上是学习苏联那一套，每天听号音按时作息，就连吃饭也得跟着号声走，学员们最不习惯的是出早操，不论春夏秋冬，每天五点钟起床，五分钟内着装完毕，办好“私事”，迅速到操场集合，按照教官的口令，整齐排队，跑步五千米，再回到训练场地做早操。早操很奇特，完全是学习苏联士兵的操练方法，每一节操有16个动作，一共八节，节节都很较劲，连续地跪倒爬起，一套早操下来，弄得浑身是土，满头大汗。有两位同学实在受不住了，索性溜之大吉。

在一个平常的清晨，当同学们早起出操的时候，突然发现两个同学不见了，他们的床上，整齐地摆放着学校发的军服、军帽、军鞋等。同学们猜测，八成是“开小差”了。分析得不错，他们以这样的方式不辞而别，偷偷地回家了，这可不算小事。事情惊动了学校领导，怎么处理呢？经过慎重考虑，校方认为，跑掉的同学没有带走学校发的军用品，当时又是军训期，没有进行入伍宣誓，就没有当“开小差”处理，没再追究，只是在全校大会上通报一下，引以为戒。遗憾的是，“开小差”的两人当中有一位是鞍山一中的，作为校友我真有点没面子。

6. 剃光头，戴“船形帽”

对于刚刚入伍的“新兵”来说，有两个门槛儿比较难迈：一个是正式入伍以后，同学们都要剃光头；另一个是，穿军装时都要戴“船形帽”。其实大家心里都很明白，这完全是效仿苏联士兵的军规，没有结合中国的实际，生搬硬套。这些效仿苏联的东西，对于原本读高中的学生们来说，有些想不通，有的同学甚至采取了一些不够理性的做法。平静下来以后，同学们提出了具体的建议，改变一下完全照抄苏联的做法。出于对年轻人自尊心的考虑，又结合中国的国情，取得中央军委的同意，最后采取了比较切合实际的方案：“船形帽”改为解放帽，佩戴“中国人民解放军”的胸徽，剃光头改为理短发（限长度），小小的风波就这样解决了。后来，大家又扛上了军校学员肩章。

解放帽，配胸章

7. “学生—党员—排长—留学”启示录

前面提到，在入学编队时，我被编到四连三排九班，班长是岳书播，他不但学习优秀，政治上也很积极，入学后不久就加入了中国共产党，成为我们排唯一一名学生党员，后来又被提升为三排兼职排长，同学们感到理所当然，一点也不意外，特别拥护他。岳书播对我个人的帮助很大，特别是在思想进步方面，费了不少心思，他是我的入团介绍人。要知道，当时入团并不是一件容易的事，我经过了一波三折，才得以加入共青团。在第一次团支部

出国前留个影（右为岳书播）

大会上，有一位团员提出一个非常幼稚的问题：“你爱人都是团员了，你为什么还没有入团?”问题太简单了，但我却无言以对，也不好解释，在场的团员都默不做声。可以理解，在那个年代，又都是军人，谁愿意在这种场合多嘴呢？最后团支部大会决定，暂停讨论。我的入团问题就这样搁浅了。两周以后，再次讨论，由于岳书播等同学会后做了大量的工作，准备充分，会议开得比较顺利，我成为一名光荣的共青团员。那天是1956年4月7日，我永远不会忘记这一天。回过头来看，这是一件多么可笑、多么不可思议的事啊！毕业时，由于岳书播同学各方面表现都很优秀，荣获“一等优秀学员”称号。

岳书播的优异表现，得到了国家的认可，1958年他被派往苏联留学，学习土耳其语，后来成为我国优秀的军事情报人才。岳书播留苏期间，我们一直保持着通信联系。他在苏联学习，对国内情况不太了解，我就给他写信，报告国家各方面的发展和进步情况；由于当时消息闭塞，我对苏联的情况了解甚少，他就把苏联社会方方面面的信息告诉我。苏联优越的社会制度、富庶的生活、美丽的环境着实令人羡慕和向往。我清楚地记得，当时的中国人曾经喊出这样的口号：“苏联的今天，就是我们的明天。”现在看，错了。

在与岳书播的长期通信中，他一直抱怨自己的俄语水平提高太慢，不能用俄语与我通信交流，成为憾事。后来，我坦白地告诉他，用中文交流挺好的，既方便，又明白，更亲切，中国人就应该进行中国式的通信交流，他高兴地默认了。此后，我们一直保持着中文通信联系。他学成后回国，分配到总参的一个情报部门工作，由于保密的限制，我们的联系反而少了。听朋友说，他被授予大校军衔，业务能力很强，已成为权威专家。

8. 指导员和他的气枪

解放军军事俄专的教学单位是按照连队的建制编排的，设有连长和指导员两个领导岗位。毕业时，我们的指导员叫金公香，上尉军衔，他曾经在苏联留学，回国后到解放军军事俄专任教，后来改做政治工作，当我们连的指导员。同学们都很喜欢他，原因很简单，一方面由于他做思想工作耐心细致，同学们有思想问题都愿意找他谈心，求得解决，心情舒畅地学习和操练。年轻人喜欢他，还有另外一层原因：金公香从苏联回国时，带回一支气枪，同学们都想试着玩一把，金公香毫不在意，有求必应。说来事正逢时，当时正是“大跃进”的年代，“除四害”打麻雀成了年轻人乐于参与的活动，名正言顺地向指导员借鸟枪用用，当然不算过分。结果那几天，同学们排着队向指导员借枪打鸟，直到把子弹（实际是铅做的颗粒）打完为止，这样的好时机我自然不会错过，要知道，我还是我们连队的射击高手呢！我曾经荣获优秀射击手的光荣称号。

我们的连长叫谢文元，是个大好人，官兵关系融洽和谐，他从来不训斥部下，有问题时总是以理服人，商量解决，不以势压人，平时生活中和同学们打成一片，没有隔阂，因此大家都很喜欢他，愿意和他谈心，交流思想。但是在训练时他绝不含糊，要求特别严格，如果哪个同学动作做得不够规范，他会严厉地批评，甚至“动手”，不客气地纠正你的动作。记得有一次在军训时，大家集合排队，同学们没太在意，有些散漫，队伍稀稀拉拉，很不整齐，谢连长以他的方式发火了：“看看你们的队，排得多直啊！跟棍儿一样，但是枣木的！”同学们很不好意思，理解了连长的幽默批评，马上紧张起来，队伍立刻整齐如棍儿，但已不是枣木的了。

9. 解放军军事俄专培养了曹刚川

中华人民共和国成立以来，一共产生了11位国防部部长，他们是：彭德怀、林彪、叶剑英、徐向前、耿飚、张爱萍、秦基伟、迟浩田、曹刚川、梁光烈和常万全。其中第九位曹刚川是解放军军事俄专培养的国防生。他是河南舞钢人，生于1935年12月；1956年到解放军军事俄专留苏预备班学习；1957年9月前往苏联炮兵军事工程学院学习，1963年10月毕业回国，进步神速，1992年晋升为中国人民解放军副总参谋长，此后出任国防科委主任、总装备部部长，为我国国防建设和国防科技发展做出了应有的贡献；1998年被授予上将军衔，出任中央军委委员；2002年选为中央政治局委员、中央军委副主席；2007年10月担任国务委员兼国防部部长。当时曹刚川身居高位，不便交往。有一次，在中央军委“八一大楼”召开的一次会议上我有机会见到了他，他穿着整洁的军装，佩戴上将军衔，已近70岁的曹刚川显得沉稳庄重、平易近人。见面时，我们热情握手，亲切交谈，毫无陌生的感觉。他问及了学校领导和同学们的情况，我根据自己所知，做了最简捷的回答。接着我开了一个玩笑：“在我们同学当中，你的‘官’最大呀。”他听后，稍作思索，拍了一下我的肩膀，机敏而幽默地“反驳”说：“不，你的‘官’比我大，无冕之王呀！”逗得在场的同志哈哈大笑。这次交谈是简短的、愉快的，我感到很亲热、很平和，没有距离感，曹刚川还是那个中国人民解放军军事俄专平凡的国防生。

我参加的那次会议是“全国国防教育系列活动”组委会、评委会成立大会，曹刚川担任主任，我是委员。曹刚川代表国务院、中央军委对本次国防教育活动表示热烈祝贺，要求“教育活动，要以邓小平理论和‘三个代表’重要思想为指导，不断充实和完善国防教育内容，创新教育方法，增强时代感，使国防教育工作更扎实、更有成效。”那次活动搞得确实很红火，很成功，有八千多万人参加，八千多人获奖。活动如此成功，国防科普委员会主任、本次活动的副秘书长林仁华同志功不可没，他的无私奉献、任劳任怨和敬业精神受到军内外领导和同志们的一致好评。

10. 夜行军：“丢盔卸甲”，“丑态”百出

在学校过军事生活，紧急集合和夜行军是常有的事，但在惯例中，时而也有意外情况发生。记得有一次，严厉的教官把学员们领到楼顶，让我们观察远处一棵高高的大树，并且要求大家记住那是什么地方，我们这些刚入伍的“傻”兵们不以为意。熄灯号声响过，各自睡觉去了。大约半夜时分，紧

急集合号声突然响起来，正在熟睡的同学们赶快起床，全副武装，到操场集合。教官一声令下："夜行军开始，目标——白天看到的那棵大树，限定 30 分钟之内，全体学员到大树旁边集合，要各自为战，单兵间保持距离，不准相互联系和通话，更不能惊动村庄的百姓。"演习开始，全连 100 多名同学一个个分头放行，间隔 5 秒钟。这看来似乎很简单的演练，但进行过程中，却演绎出了不少令人啼笑皆非的故事：有人路过村庄时，被农家饲养的狗追着叫咬，吓得四处躲藏，不敢作声；有的人为了赶时间，慌不择路，不小心掉进粪池里；有的人走错了路，找不到方向，越走越远；也有的人虽然找到了目标，但已丢盔卸甲，原来成套的全副武装，现已缺三少四，我属于这种人。30 分钟时间到了，高高的树上，亮起了照明灯，清点一下人数，按时到达者不到 80%。其中完全合格的只有 50%。再看看那些迷失了方向或者遭遇了不测的"战士"，猛然发现山包上那棵大树上的探照灯，赶紧向这边前进，费了九牛二虎之力，总算聚集在由策划者预先设定好的高地上。此刻，距离开拔时间，整整是一个小时。教官讲评说，演习比较成功，因为这是第一次，出点问题是难免的，打一仗，进一步嘛！教官说得很对，在后来的几次演习中，同学们都百分之百地完成了任务。

11. 手持空枪站岗，啥感觉

军校也是军队。站岗、放哨、值班那是必须的，但它和野战部队也有不同的地方，管理比较宽松。站岗、放哨，首先要配备枪支、弹药，学会使用方法，还要进行安全纪律教育。我们这些学员入伍宣誓以后，每个人授予一支苏式步枪，之所以叫它"苏式"，是因为它是仿照苏联的产品。这种步枪的口径为 7.62 毫米，射程多远，记不得了。年轻的同学们领到心爱的步枪，心里高兴极了，扛在肩上，显得十分神气。

教官在每周两节的军事课上，向学员们讲解步枪的工作原理、武器性能、使用方法以及维护和保管它们的纪律要求。为了让学员们熟练地掌握步枪的使用规程，在课堂上，教官要求每个学员必须学会手中枪支的分解、结合，而且有时间限制，在规定时间内必须完成，后来发展到"盲拆、盲装"，不到一分钟就能拆装完毕。

但谁也不会想到，就是这样平常的操练，居然也出现过危险。有一天，同学们正在摆弄手中的步枪，突然听到一声枪响，子弹打中了教官的小腿，意外情况发生了，真可怕呀！后来调查发现，不知道什么时候、什么人把实弹当作“空炮弹”带进了课堂，发给了学员，装进了子弹夹。一声枪响，打中了正在授课的教官，这是多么大的责任事故啊！最后责任人受到了严厉查处，弹药库的管理也更加严格、规范。幸运的是，这次险情没有发生在我们班，但教训非常深刻，在以后的训练中，每个人都谨小慎微，循规蹈矩，不敢轻举妄动。

也许是“一朝被蛇咬，十年怕井绳”的缘故，后来我们在执行站岗、放哨任务的时候，一律不准持装有实弹的步枪。拿着空枪站岗，我们心里挺不踏实的，但慢慢地大家也就习惯了，心想，外边的人谁知道啊！

除了在军营区站岗、放哨以外，我们还有在宿舍里值夜班的要求，两个人轮岗，各四个小时，有一张办公桌，可以坐着看书。我们学校的好政委严文祥同志，几乎每天夜里都到宿舍查铺，察看同学们的睡眠情况，给睡觉不安稳的同学盖盖被，整理一下衣物，还叮嘱值班的同学，好好关照熟睡的同学们。每逢轮到我值班，觉得这是一个学习的好机会。我为了学好俄语，身边一直放着一本原版俄语小说《钢铁是怎样炼成的》。值夜班正是安静读书的好机会，一年多下来，尽管碰到不少难题，但我基本上还是通读了一遍这本俄语原版小说，收获不小。既记住了不少俄语单词，也学会了许多地道的俄语表述方法，这对于我参加工作以后，能够很快胜任俄语口译起了不小的作用。但遗憾的是，在“反修”和“文化大革命”期间，谁敢保留俄语小说呀？我心中的“宝书”无辜地被毁了，这是一件令人伤心的不堪回首的往事。

12. “宠儿班”与“校花连”

解放军军事俄专有两个特殊的“支队”，一个是留苏预备班，另一个是号称“校园花”的女生连。留苏预备班在学校被戏称为“宠儿班”，这个班的学员基本上都是从部队抽调来的不同级别的干部，学习一段时间后留学苏联，为我国国防建设培养高端的军事人才。这批人员中，从准尉到大尉（20 世纪 50 年代，学习苏联的军衔等级，配有这两种军衔），各种军衔都有，也有少量的校级军官。记得其中有一位 30 岁左右的少校军官，着实让我们这些扛着学员肩牌的年轻人打心眼儿里羡慕，期盼着有朝一日也尝尝当校官的滋味。

这个愿望不少人实现了，有的同学甚至被授予上将军衔，当上了国防部长，书中提到的曹刚川同志就是这个留苏预备班的学员，其他被授予校级军衔的军官的也不在少数，可惜我晋升到上尉军衔时，就因国家的战略需要，部队集体转业了（即国防部第五研究院集体转为国家第七机械工业部），但我并不遗憾，不穿军装，照样可以追逐伟大的航天梦想。

解放军军事俄专的女生连被同学们风趣地称作“校园花”，这拨年轻的女兵，朝气蓬勃，魅力十足，只要她们一出现在演练场上，立刻会牵动男兵的眼球。然而，军校的纪律是非常严明的，男女生之间禁止有任何交往，说话、打招呼都成了禁忌，即使是男老师，也只是教课而已，不准有非分之想。这些女同学更为朴实、纯真，看不到她们有任何个人行动，埋头学习是她们唯一的神圣职责。在那个年代，在这块土地上，男女生之间没有互动、没有爱情，只能各自为战，走又红又专的道路。严格的纪律确实见到了“成效”，一直到女生连毕业，同学们都“清白”地走出了校门，没有溅上任何“污点”。而留给大家的是一个美丽的笑话：在女生连毕业的时候，学校召开了一次盛大的欢送会，学校政治部主任赵栋，宣读了热情洋溢的欢送词，赢得了热烈的掌声。欢送会结束时，赵主任又特意补充了一句话，这一席话，令在座的所有同志都印象极为深刻。他说：“为了欢送各位女同学高兴地离校，晚上为大家放映匈牙利电影《不称心的女婿》。弄得全场哄堂大笑，成为解放军俄专的传世美谈。

13. 年轻教授猝死，校园一片哭声

在解放军军事俄专，有一位年轻的教授，叫楼湘江，40 多岁，教学经验非常丰富，善于改装俄语的各种句型，可以用特别灵活的方式，把表达同一内容的俄语句形，变换成不同的句子形式，大大减轻了同学们为记住某一个较长的句子而费尽心机的劳苦。他经常教育引导学生说：“学俄语不能死背硬记，要正确理解一个单词或词组的基本意思，学会同义单词之间的对等互换，同样的内容可以运用不同的表述方法，不必为记住某一个单字而绞尽脑汁，这样学习俄语就活起来了。”楼湘江教授的教学方法在全国也是比较有名的，当时有一本杂志叫《俄语学习》，经常刊登楼教授的关于俄语教学方法的文章，同学们总是抢着看，当然，我也是它的忠实读者。同学们都很敬重楼湘

江教授，打心眼里喜欢他、敬佩他、爱戴他。

就在同学们努力学习楼教授教学方法的时候，一件不幸的事情发生了。那天我们的连长显得格外郁闷和痛惜，他实在不愿意告诉同学们，大家拥戴的楼湘江教授去世了。事情太突然，老师们难以接受，同学们更是悲痛万分，上课的心都没有了。事后，指导员讲述了事情的真相：那天上午，老师们正在会议室开讨论会，楼湘江教授用钢笔不停地记录着，一不小心，手中的钢笔滚落到地板上，楼教授顺手屈体低头去拣，刹那间悲剧发生了，楼教授身不由己地晕倒在地板上，不省人事，在场的老师们赶紧叫救护车，去医院抢救，但无济于事，是突发的脑出血夺走了老师的生命。这令人悲伤的意外惊愕了全校师生，校园里到处是惋惜声。在追悼会上，哭声一片，会场淹没在悲戚的哭声中，告别仪式结束了，可是老师们、同学们、战友们久久不肯离去。楼湘江将永远活在我的记忆中。50 年前的情景，我至今难以忘怀。

14. 可敬的苏联女教师——维拉

为了进一步提高俄语的教学水平，更好地掌握地道的俄语发音规律，解放军俄专特聘了一位苏联籍女老师，她是大连造船厂外请的苏联专家的夫人，名叫维拉·瓦西里耶夫娜·涅兹娜诺娃，时年 30 多岁，莫斯科人，长得很漂亮，说一口流利而标准的俄语，中文也说得不错，她很喜欢跟中国人交流，练就了俄语同中文混着说的本事。受到了同学们的热捧，经常围着她团团转，只要有空闲时间，总不会放过跟她多说上几句俄语的机会。同学们都知道，要想学到地道的俄语，必须多和他们打交道，一时间，维拉成了解放军军事俄专的大忙人。

敬爱的维拉老师

中国的老师们也常常找她，研究、解决教学中的一些疑难问题，维拉从来不推迟，她总是尽自己所能，与中国老师一起探讨俄语教学的方法。慢慢地，大家都混熟了，同学们就请她教唱俄语歌曲，她痛快地答应了。这可是她的长项，维拉有一副好嗓子，唱起歌来，不但发音标准，而且歌声优美动听，很有磁性，吸引着很多二十几岁的年轻人。同学们既学会了唱歌，又学到了标准的俄语。我们当时跟她学唱的俄语歌曲《莫斯科郊外的晚上》《莫斯科——北京》《苏联红军进行曲》《干杯》《喀秋莎》《火光》《红莓花儿开》《歌唱祖国》等，我今天还能唱上几段。

15. “平时计分”，这是哪家的规矩

在20世纪50年代，每个学生都有一本沉甸甸的计分手册，采用5分制，记录学生的学习成绩和个人表现，解放军军事俄专也不例外。1958年夏天，总复习开始了。即将毕业的同学们面临大考，十几门课程要在一周内考完，时间非常紧迫，但对我这个向来不惧怕考试的学生来说，却习以为常，胸有成竹，早已做好了上“战场”的准备。考试开始了，笔试、口试、俄译汉、汉译俄、政治理论、军事技术，等等，轮流上阵，是煎熬，也是展示，气氛倒也平静。

没过几天，结果出来了。不出所料，十几门课程，我的考试成绩全都是5分。心想，拿一等优秀学员，肯定没问题了，这是我憋了多年的梦想，我看重的不是物质奖励，而是这份荣誉。但出乎我的预料，在我的计分册上，在“政治理论”一栏里，却明白地印上了“4”分，我失望了。

老师解释说：“政治课是要有‘平时表现’计分的，你是‘4’分，和笔试加起来，你的政治课平均分数是4分。”我恍然大悟，我多年的梦想瞬间破灭，只能无条件地接受“二等”优秀学员的称号，因为我知道，学校明确规定，一等优秀学员必须所有课程全部5分。话说到这儿，我在想，我的平时表现，究竟哪里被扣掉一分呢？后来听要好的同学说：“大概是因为你平时不太过问政治，看报太少，关心国家大事不够……”我终于明白了一个道理，正如政治课老师经常教导我们的，学习政治理论的目的，就是“学习理论，提高认识，联系实际，改造思想”，说起来，还真有几分道理呢！

16. 反“右”派害了不少好人

20世纪50年代末，全国掀起了反“右派”斗争，解放军军事俄专也不例外。老师、学生们都经受了这场政治运动的严峻考验，不少特别有才华的老师和学习成绩很优秀的同学，被加上许多莫须有的罪名，打成“右派”，送往东北黑龙江省一个农场进行劳动改造，经受20多年的煎熬和磨难，内心的

苦楚可想而知，人的一生能有几个20年呀！

我们三排有三位同学被划成“右派”，真是天大的冤枉啊。有一位同学就是因为他炫耀过其祖父在清朝时期戴过的官员帽，被批判为有“复古思想”，妄图为旧制度翻案，是封建社会的孝子贤孙，结果被划成“右派”，这样的冤枉事太多了。

在反“右派”的时候，我也曾经说过一些“不恰当”的话，写过一些批评领导的大字报，比如，说过“大跃进的产品质量不高”“向苏联学习不能太教条”“大炼钢铁不应该把老百姓家里的铁器给收了”等。好在在运动后期，对“右派”进行定性时，指导员高抬贵手，认为我只是说了一些“错话”，构不成“右派”，我逃过一劫。我要感谢指导员金公香。

在残酷的反“右派”的政治斗争中，很多人的思想都是麻木的、唯命是从的，了解实情的人也都选择了沉默，好多不为人知的事都是后来知情人在无关大局的情况下告诉我的。

17. 毕业的纠结，向哪里去

1957年，接到中央军委命令，1958年撤销中国人民解放军军事俄专，自然，校方事先已经知道上级的精神。在正式宣布中央军委的命令时，同学们感到很突然，一时思想比较混乱，不知所措，好在那时的年轻人思想比较简单，当兵的人就是要“哪里需要哪里去，哪里艰苦哪安家”。其实，学校领导早有准备，给同学们选了三个方向：一是正常上课，按时毕业；二是报考军内的其他高等院校；三是转业到地方，直接参加工作。

三种选择对我来说是艰难的，一时拿不定主意。转业参加地方工作，确实很现实，可以赚钱养家，解决眼下的家庭生活困难，好心的同学们也都劝说我，选择第三条道路。我很为难，放弃学习俄语是很残酷的，两年多的时间就白白地葬送了，实在可惜，况且自己觉得，俄语学得还不错，舍不得就这样丢掉它。第二条道路，我不敢去想，它要从头再上一次大学，再学四五年，我的家庭条件是绝对不允许的，自然放弃了。

权衡利弊，征得领导和家里的同意，我选择了第一条道路，留校继续学习到1958年，我们毕业了，学校也解散了。我选择第一条道路，指导员金公香起了关键性作用。他对我的家境非常了解，觉得我念书也不错，多读一年

大学毕业班（前排居中者为维拉，后排左四为作者）

书，保留军籍，毕业以后，收入可能更宽裕些，对于照顾家庭是比较有利的。后来的实践证明，指导员的预判是完全正确的，我要真诚地感谢他。顺便说说，我的好同学、中学时的球友周从家，他选择了第二条道路，考进了中国人民解放军第四军医大学，1962 年毕业，成为一名优秀的军人医生。

我还有一位好同学，叫宋世玉，他走的是第三条道路，转业到地方，在沈阳八一中学从事教学工作，教政治课。记得我们第一次在他任教的学校见面时，大家都笑得合不拢嘴，谁会想到，在解放军军事俄专一向不问政治的学员，居然也能讲政治课，但这是事实。解放军军事俄专不愧为一所培养全面人才的大学校。

若干年以后，陆玉洁利用出差机会，专程到八一中学看望宋世玉时，在场的老师都悲痛地说，他已经离开人世了，但谁也说不出是什么原因。我听到陆玉洁的述说后，十分伤感。我绝不会忘记，在我最需要的时候，是宋世玉同学在沈阳为我购买了俄语版的《火箭技术导论》一书，它对于我后来的专业学习和翻译工作起了非常重要的作用。至今我仍然精心地保存着这本书，还有那封他写给我的充满友爱且热情洋溢的信。

第六章　航天路，翻译情

1. 太空在召唤，“土八路”成了航天兵

解放军军事俄专的毕业考试大功告成，同学们都期盼着得到一份理想的工作。这是十分煎熬的时刻，大家焦急地等待着……在这所大学里，毕业生的工作选择，不要求同学们自己申报志愿，而是由学校根据每个人的实际表现分配工作。至于，哪个人分到哪个部队，同学们谁也不知道，猜来猜去，结果都错了。终于有一天，召开全校大会，由学校教务部门正式宣布每位同学的去向，大家才松了一口气，对分配的结果都很满意，可以说各得其所，压在心里的一块大石头总算落地了。

我们的工作分配，大体上有三个方向：一是海军；二是空军；三是国防部第五研究院。三个单位都在大家非常向往的首都北京。我荣幸地被分配到国防部第五研究院，那时的心情，用当下的时尚话来说，太“爽”了。

名单宣布以后，没过多久就该报到了。老实说，同学们基本上都是“无产者”，个个一身轻，除了学校发给的军用品以外，几乎没有什么其他东西。其实，同学们最舍不得丢掉的，还是那些朝夕相伴的教科书，带上它们去北京工作是头等重要的。

1958 年 8 月的一天，刚刚从解放军军事俄专毕业的同学们，告别栽培他们且即将消失的母校，告别敬爱的老师，告别美丽的大连，搭乘开往北京的列车，满怀喜悦的心情，去迎接新的战斗。列车路过鞍山，这是我可爱的家乡，停车 5 分钟，我轻轻地离开座位，走下火车，来到站台。熟悉的站台上，见不到亲人，见不到好友，真想捧起脚下那暖暖的热土，亲她，吻她，装上她，带到北京去。钢城是亲热的，站台是温暖的，实在舍不得离开它们。5 分钟是短暂的，来不及过多地思索，火车启动了。无情的火车怎能理解故乡人

对本土的依恋？它仍旧循着自己的轨迹，飞快地驶向北京。

2. 初识火箭、导弹，走进“绝密”圈

“待发”

当年的北京火车站在前门大街旁边，是一座很普通的车站，在简陋的月台人们可以随便进出。工作人员在站台上跑来跑去，照顾着下车的旅客，服务意识很到位。在北京站下车的人并不多，我们这个队伍成为乘客中的“大户”。当同学们看到热情迎接我们的陆海空“三军”的同志们的时候，大家兴奋不已，恨不得马上找到自己的“东家”。

该与相处多年的同学们告别了（事实上，这一别就是十几年没有见面），同学情，战友意，真舍不得离开呀！来不及多想了，赶快对号入座，各寻其主吧。

迎接我们这支小分队的大多是同行，他们用俄语跟我们打招呼，感到很亲热，陌生感一下子消除了。我们几十个人登上一辆苏式大卡车，顺着长安

街一路西行，顾不得观赏北京的风光，很快来到甘家口附近的国防部第五研究院。说起来，那个年代的条件实在太艰苦了，堂堂的火箭研究院竟然没有一个像样的礼堂，没有大一点的会议室，同学们就在食堂里听五院政委刘有光同志做入院报告，进行保密教育。刘政委是一位知识层次比较高的军人，非常了解知识分子的心理，讲话很风趣，但要求相当严格。他说："进了这个门，就是一家人，我可以直截了当地告诉你们，五院是搞火箭、导弹的，既然来了，就一辈子不能离开，与导弹同生死、共命运。活着是五院的人，死了是五院的鬼。谁也不准向外边人透露自己是干什么的。我知道，你们知识分子很聪明，可以不说搞什么的，用手一比画就明白了，那也不行……"刘政委的这番话，大家记得很牢，在以后的相当长的一段时间里，国防部第五研究院的上上下下都自觉地遵照执行，严守秘密，很少出现纰漏。

3. 战斗在"73 号信箱"里

国防部第五研究院下属若干个分院。听完刘政委的报告，五院的人事部门又把我们这些同学做了再分配，我和另外十几位同学被分配到五院的二分院，它位于海淀区永定路，部队番号是总字 743 部队，下设若干个支队。实际上，一个支队就是一个具体的、承担不同项目的设计研究所。这里存放着大量的密级很高的技术资料和实物，对保密要求极为严格。每个工作人员都发一个保密包，不准带出办公楼，下班时，加封送到保密室，上班时，从保密室取回，不能有一点闪失。如果出了保密问题，那可是天大的事，要受到严格追究。

但有些"老革命"游击习气严重，不遵守保密制度，爱摆老资格，不遵守哨兵验证放行的纪律。在五院范围内，由于违背保密规定，曾经通报过一位高级干部。他进门时，哨兵要他出示证件，被拒绝，并且指着自己脸上的伤疤说"这就是出入证"，还训斥了哨兵。这位"老革命"太过分了。

与外边联系或者写信只能用信箱号，记得当时我们的通信地址是 73 号信箱，不了解底细的人，都幽默地称我们为"在信箱里工作的人"，说来挺好笑的，但当时确实收到了很好的效果。这个禁忌一直到 20 年后才被打破。

永定路是个神秘的地方，它距离八宝山比较近，于是二分院领导顺势提出一个叫人啼笑皆非的口号，要求在五院二分院工作的同志"活在永定路，死在八宝山”，他的意思很明确，就是让你树立永久地为导弹事业服务的思想，这和刘有光政委要求的“干一辈子，不准离开”的观点有异曲同工之妙。

二分院的保密制度相当严格，分三级管理，即行政办公区、专业技术区、特种装备区。每个区的出入证印有丙（行政办公区）、乙（专业技术区）、甲（特种装备区）不同的标志，级别最高的印“通”字，可以通行各区，只有几位高级领导同志才有这种特权。出入证的使用更独特，出院区大门时要验证，而后交给专门的收存室保管；进门时，先取回出入证，而后验证放行。实际上，就是怕你把出入证给丢了，被别人捡到，让坏人钻空子。多复杂呀，这种办法坚持了很长时间，后来改掉了。

4.“口译”起步难

我被分配到二分院，目的很明确，就是给苏联专家当翻译，我和夏桐生同学分管两位地面电源专家，他们是地面电源设备工艺师弗拉基米尔·伊万诺维奇·沃尔科夫和结构设计师伊利亚·费德洛维奇·萨斯拉夫斯基。刚出校门，就做口译，困难不小。我不会忘记，有经验的老翻译对我毫无保留地传帮带，让我逐步可以独立做口译，对我帮助最大的是张克文同志，他跟我一起陪同苏联专家，既做业务指导又当翻译，使我很快熟悉了业务，慢慢地开始独立工作，我要真诚地感谢他。

我陪同的苏联专家沃尔科夫年岁较大，当时已51岁，他的夫人和儿子也随同来中国，夫人叫妮娜·格里果丽耶夫娜·沃尔科娃，他们的儿子（古力亚）很小，只有五岁。有一次，专家跟一支队主任柴至开玩笑说：“不知情的人，还以为古力亚是我的孙子呢！”

沃尔科夫这个人很不简单，他是一位老布尔什维克，参加过苏联卫国战争，是赫鲁晓夫的入党介绍人，又是来中国的苏联专家党组织的领导成员。他两次来中国，提起当年帮助中国搞建设的事儿，有说不完的话。沃尔科夫为人很随和，容易相处，喜欢开玩笑，说一口标准的莫斯科话，因此，给他当翻译，没有太多的困难和太大的压力。开始做口译时，有些专业术语比较难译，经过一段时间的艰苦努力和学习，慢慢就熟练了。值得骄傲的是，在我们的同学当中，我是第一批接待苏联专家当口译的翻译。当我第一次陪同苏联专家外出工作时，解放军军事俄专的校友们看到了，都竖起大拇指，高兴地为我叫好："宋广礼真行啊！"听了同学们的话，我感到很自豪、很温暖、很幸福。然而，你可曾知道，幸福绝对不会唾手可得，更不会从天而降。今天的幸福，源于昨天的不懈努力，不畏艰难，勇于进取，苦苦拼搏的精神。阳光总在风雨后！

5. 547 厂留足迹　司机是个大好人

我陪同的苏联专家主要在两个地方工作，一个是二分院的一支队，另一个是五机部的 547 厂。跟随专家工作和学习的是一支队的地面电源工程组，组长傅炳坤，他 1957 年毕业于上海交通大学，戴一副近视眼镜，文雅谦和，处事谨慎。他业务水平很高，工作扎实，又会说一点俄语，特别是专业术语，他掌握得比较准确，所以，给他当翻译，每次都非常顺利，苏联专家也很欣赏他，跟傅炳坤交谈时，专家很少叫他的名字，而是称他为"可爱的小伙子"。

547 厂的记忆（中间为作者，左四为陈水泉）

导弹地面电源的主要设备在 547 厂试制，对于这个一直生产常规武器的兵工厂来说，难度不小。为此，他们组建了专门的工作室，由工厂总工程师蒋永新牵头，又调派了几位专业技术人员，一起攻关，限定 1959 年 10 月完成任务，这是我国仿制的苏式地—地导弹，代号为"1059"。意思是，完成任务的最后期限是1959年10月。经过大家的艰苦奋战，基本上按时试制成功，参加了靶场试验。在攻坚战中，总工程师蒋永新功不可没，蒋总技术水平很高，协调能力强，群众关系好，平易近人。他俄语学得不错，勇于用俄语同苏联专家交谈，令人钦佩，我作为专职翻译，可以小歇片刻。

在那段紧张工作的日子里，苏联专家几乎每天都要往返于二院与“547”厂之间，既要解决大量的技术问题，又要给相关的工程技术人员讲课，传授当时我国的科技人员尚未掌握的新技术。这是做专职科技翻译最艰难，也是最忙碌的时候，光是讲课稿，我就积累了一大摞。苏联专家撤离时，我和傅炳坤同志，把这些讲课笔记进行翻译整理，印成中文版的《苏联专家建议汇编》。

跟我们一起忙碌的还有一位幕后英雄，不能忘记，他就是每天接送苏联专家的专职司机潘海峰师傅，他开一辆苏式的“华沙”牌轿车，工作认真负责，谨慎细心，时间观念很强，从未出现过人等车的尴尬局面。记得有一次，天下大雨，我们的车抛锚在路上，潘师傅坚决不让专家和我下车，他一个人把车推到无水的地方，重新启动汽车，安全地把专家送到547厂，专家和我都十分感动。

6. “尖端”产品难为了上海的工厂

导弹地面电源的辅助设备，大部分在上海生产。从当时全国的情况看，上海工业基础较好，科技发展走在前头，因此中央决定，让上海的工厂承担这项任务。对上海的工厂来说，虽然其科技条件较为优越，但为火箭生产配件还是第一次，遇到了不少困难，好在智慧而务实的上海科技工作者运用自己的聪明和才智，按时完成了任务。

我记得，领受这项艰巨任务的有三个工厂，它们是华通、华生和华一电器厂。由于经常要解决一些技术问题，苏联专家频繁地来往于北京和上海之间，成了这三个工厂的常客。专家每次到上海去，都住在衡山饭店，如果工作时间较长，专家还要带上夫人和孩子，等于全家都搬去了，专家的生活起居由他夫人照料，我们倒放心多了。这位专家夫人很不一般，她精通德语，苏联卫国战争期间，做过情报工作，曾经打入德国人内部，获取了大量的军事情报，为苏联卫国战争的胜利立下了不小的功劳。

由于我们久住衡山饭店，跟饭店的管理人员都混熟了，去上海时，经常帮助他们买一些北京的特产，回北京时，也帮助同行们买一些他们喜欢的上海轻工产品，同志们风趣地把我和夏桐生称作“翻译兼采购”，其实我们挺乐意这样做的，而且很有成就感，大家受益了，我们也感到很高兴。

在出差的日子里，好多具体的事情都是由五院专门为苏联专家配备的警卫员小任办理的，比如，专家安全、购票乘车、生活食宿、市内交通等，都不需要翻译操心，应该说，这时的翻译倒比较轻松，专心履行自己的第一责任——翻译就足够了，紧张的生活可以放松下来。说到当时翻译的日常生活、衣食住行也够掉价的。在那个特殊的年代，翻译陪同苏联专家出差，不能穿军衣，要借用公家的便装，其实也没有什么像样的好衣服，就是一身不戴军衔的工作服，穿在身上，“土”得掉渣，很像一个刚刚退役的转业兵。然而，沾苏联专家的光，乘坐火车时，翻译可以睡软席卧铺，局外人看了，觉得不可思议，可又有谁知道我们这两个“土八路”有什么奥秘呢？

20世纪50年代，我国的物资条件极度贫乏，铁路交通也很落后，出差坐几十个小时的火车是常有的事，即使乘坐短途火车，也经常遇到麻烦和不满，乘客议论较多。有一次专家在上海工作，柴至主任准备利用休息时间请专家到杭州玩玩。也不知道专家从哪里得到的消息，说“短途火车上没有厕所”，这可难住了专家，他偷偷地和我说：“坐大半天的火车，不上厕所怎么行啊！”其实这些都是误传，经过解释，专家的疑虑消除了，在杭州玩得很高兴，对于轻信了那些谣传，专家感到挺不好意思的。

7. 航天人读不懂的“天书”

20世纪50年代，全民都在学习苏联，在中国老百姓的心目中，苏联就是人间天堂，神圣不可侵犯，甚至在反“右派”政治运动中，划定“右派”的六条标准中，就有一条：反对苏联者，就可定为“右派”。

为了建设强盛的国家，中国人强烈渴望拥有自己的“两弹一星”，并一步步地把它变成实际行动，国防部第五研究院的成立，是实现这个梦想的第一步。刚刚成立的中华人民共和国，工业基础薄弱，科技落后，研制“两弹一星”谈何容易？向苏联老大哥学习是当时中国的最佳选择。选择了，就要付诸行动。

研制“两弹一星”，既需要科技专家、火箭实物，更需要大量的技术资料和图纸，它们是仿制苏式火箭的最基本的物质条件。只有凭借这些“宝贝”，才能仿制出中国自己的火箭。由于技术资料价值宝贵，无可代替，因而院领导提出一个近乎迷信的口号，严肃地对科技人员说“仿制苏式火箭，就得用苏联的图纸，它们就是‘天书’，要照搬照用，一点都不能更改，学到手为止”。领导这么一说，苏联专家的腰杆更硬了，处理问题更有底气，他们死死地盯着苏联图纸，严格按照图纸生产配件，不能有丝毫改动。这么一来，可难坏了我国科技人员，哪怕最简单的东西都不能改，结果闹出了不少让人感到不可思议的笑话。

发生过这样一件事，实在叫人哭笑不得：导弹地面电源车上配置一把斧头，它是用来在紧急情况下砍断绳索的，没有太多的技术含量，采用中国现有的一种斧头做代用品，是完全可以的，然而，可爱的苏联专家却执意要按照苏联图纸，生产苏式模样的斧头，中国科技人员很无奈，只好违心地接受苏联专家的“金口玉言”，照猫画虎，加工出一种“傻、大、黑、粗”的苏式斧头。没办法，“天书”就是这么说的，谁敢违抗啊！

8. 好首长理解“口译”的苦衷

在国防部五院当翻译，除了政治思想条件以外，还必须具备两个基本功：一是俄语基础知识要过硬，可以应对日常的翻译事务；二是要懂得相关的专业技术知识，胜任苏联专家与中国科技人员之间的沟通和交流。对我来说，第一个关口难度不大，在大学里学的俄语基础知识，完全可以应对日常翻译工作，而第二个关口，困难太多了，在我的知识库中，火箭、导弹知识基本上是空白。为了胜任工作，我只好对一些专业技术知识进行“恶补”，自学《导弹技术引论》《高等数学》《电工学》《电机原理》《发动机概论》等。实际上，自学的东西只是一些皮毛，不可能精通，但用来应付专业技术翻译还是管用的。

翻译的难点，除了专业技术以外，就是领导宴请和观看文艺节目。记得，有一次在上海工作，柯庆施市长请苏联专家看京剧《墙头马上》，这个剧名怎么译，一下子把我难住了，后来经过一番对剧情的解释，总算搞明白了。在观看过程中，专家经常发问，演员在说什么，真难翻译，因为我自己就没听懂。京剧不同于话剧和电影，一句唱腔拖得很长，专家不耐烦了，就问我：“他（指演员）说了这么长时间，你怎么没翻译呀？”弄得我挺别扭的，又得把京戏的拖腔特点从头再解释一番。

为了联络感情，搞好同苏联专家的关系，宴请是必不可少的。在宴会上，先是中方领导讲话，而后专家作答，你来我往，推杯换盏，热情洋溢，翻译不停地译来译去，忙得不可开交，说得口干舌燥，哪有时间吃饭啊！一顿饭下来，席散了，翻译座前的那双筷子仍旧原封未动，这就是翻译，够惨的，但可以理解。

不过也有例外，有一次二院院长周维、政委董启强和一支队主任柴至，在翠华楼饭庄宴请苏联专家，他们非常理解翻译的苦衷。三位首长讲了几句官场上的套话，专家作答以后，周院长悄悄地对我说：“下边讲什么，你代表了，越简单越好，只要不出格就行。”随后又嘱咐身边的同志“多给翻译夹点菜，存到盘子里，得空时让翻译好好吃一顿”，我很感动。多么贴心的好领导啊！时至今日，我仍牢牢地记着这难忘的一刻。我永远不会忘记，可敬的周维、董启强、柴志同志对我的亲切关爱。

9. 我给王诤将军当翻译，原来他懂俄语

王诤是谁？我国广播人都知道，他是中国红军无线电事业的创建者，1940 年担任广播委员会委员，领导建立了延安新华广播电台（中央人民广播电台的前身），为我国的广播事业做出了很大贡献。中国航天人更熟悉他的另一面，他曾经担任国防部第五研究院副院长，中将军衔，为我国导弹事业的发展立下了重要功绩。

大约是在 1959 年的夏天，我陪同苏联专家在上海工作，王院长恰好也在上海处理公务，听说苏联专家在上海，他马上意识到，这是一个探求发展导弹技术的好机会，于是他在一天夜里，约请苏联专家到他的住处锦江饭店会面。我陪同专家如约而至。经过简短的寒暄，很快进入主题。

在谈话中，王院长就中国导弹的长远发展方向请教了苏联专家，谈得都是原则性问题，王院长不以为意。其实他更关心我国火箭仿制型号的具体技术问题。我记得，王院长问得最多的是“地—空”导弹的发展与研制。在谈到我国仿制苏联 ××型号“地—空”导弹时，我刚翻译了一段，王院长就打

断了我，说我翻译得不对，我有点慌神了，错在哪儿呢？他指出："专家说的××型号，你没有翻译呀！"我明白了，不是我没有翻译，而是这个苏联××型号到中国以后，出于保密的考虑，改称为"543"了，我是按照中国的叫法翻译的，所以王院长以为我漏译了。王院长这种一丝不苟、严谨认真的精神，让我十分敬佩。

后来我才知道，王院长懂得俄语，作为五院的领导者，他牢牢记住了苏联的原版型号代码，对于"543"这个中国的叫法，没太留意。事后，我的同事们听了我的讲述，无不为王院长叫好。作为一名广播人，又曾经是航天人的我，要为我的双重意义的领导"点赞"。

10. "大老粗"怎么译

翻译同行们在一起，经常进行业务研究，大家谈论的一个热门话题就是翻译的技巧，有时为了搞定一个词语准确而漂亮的译法，大家会争得面红耳赤，争论是有益的，结果是满意的，一个公认的理想的译法就此诞生，同行们有了共同的标准，工作起来也就顺畅多了。事实上，在翻译工作中，由于翻译对语言的理解不到位，也闹出过不少笑话，最有代表性的就是"大老粗"应该怎么翻译。这个笑话可不是无中生有，而是确有其事。

有一位地位较高的领导人，在一次会见外宾的时候，为了表明自己的谦虚，开头就说："我是一个'大老粗'，不会说话，请多包涵。"话很简单，可把翻译难住了。在场的那位年轻翻译，为了追求速度，很想直译过去，后来觉得不对，一位领导人怎么会又"大"、又"老"、又"粗"、又"不会说话"呢？思考了一会儿，理解一下领导讲话的意图，他改变了主意，应该按照领导讲话意图来翻译："本人文化程度不高，说话不太讲究，不当之处，请谅解。"这位翻译处理得比较圆满。这件事，后来成为翻译界人所共知的体现翻译技能的范例。

在我的翻译生涯当中，也曾经亲身察觉到一位资深翻译的不准确的译法，那是1960年6月的一天，在五院二分院的会议室，为即将回国的、我陪同的苏联专家举办欢送会，院领导和苏联专家工作组组长都出席了会议。按照惯例，在这种高档会议场合，由我们翻译组组长担任主译，我列席旁听，这对我来说，是一个在实践中学习口译的好机会。二院领导同志致欢送词以后，专家组组长开始讲话，讲话中提到，我陪同的专家沃尔科夫是苏联专家工作组的开路先锋，第一批到达中国，并开玩笑说："现在回国，你可不是第一批喽！"接着又说了很多客套话，我们的组长翻译得非常顺畅、流利，我学到了不少东西。但我觉得，其中有一处他翻译得不够准确，把"开路先锋"翻译成"少先队"。其实，我们的组长已经发现自己翻译得不够准确，就顺势幽默了一番，也就过去了。其实在俄语中，"开路先锋"和"少先队"是同一个单词。当时，我虽然听出了问题，但想到，老翻译出马，又是我们的组长，也不是什么原则问题，不能驳他的面子，就没有去纠正他的差错。这件事，我从来没有和翻译同行们再提起过，然而在我的心里一直记着它。

11. 苏联专家开"华沙"，只为过把瘾

在苏联专家这个团队中，有一位年轻的设计师，他叫萨斯拉夫斯基，仅有37岁，原本由夏桐生陪同做翻译，那天小夏有事请假，我就代替了。任务是去天津一家电池厂解决导弹地面电源的电池问题。为了行程便利，保证专家安全，决定不乘坐火车，而乘坐自家轿车前往，派一名警卫员负责保卫工作。

我们的专职司机潘海峰师傅，开上"华沙"牌轿车，准时出发。刚刚离开北京没有多长时间，年轻的专家手痒了，低声对我说："我想开一会儿汽车，你跟师傅说说，好吗？"我听了感到很诧异，这是绝对不允许的，司机也不会同意。我不想做这个中间人，也不愿让司机师傅为难，我做了一次"知情不译"的翻译，选择了沉默。又过了一会儿，专家用近乎央求的口吻，又重复一遍希望开车的心愿，我有些心软了，于是，向司机师傅讲述了专家的请求，司机师傅一下子愣住了，说："那可不行，他会开车吗？"

一说到开车，专家的话就多了："我是学这个的，还能不会开车？我家里还有一辆莫斯科人牌轿车呢。"我忽然想到，萨斯拉夫斯基是这方面的专家呀！导弹地面电源里面就有发动机、发电机、电动机这些东西。司机师傅相信了我的翻译，准备让专家试试。车停下来，调换了位置，司机师傅坐到副驾驶的地方，以防万一。专家开车确实不错，车速不快，很平稳，开了大约一刻钟，就自觉地停下来，一再感谢司机师傅给他提供了"过把瘾"的机会。

事后，我和潘师傅达成了一个默契，这件违规的事儿不能跟任何人讲，

我们都严格地信守了承诺。今天，把这件沉积了50多年的往事披露出来，觉得挺好玩的，至于违规不违规，已经没有多大意义了。

12. “大水冲了龙王庙”，游园闹出大笑话

观光游览，对一般人来说，是很平常的事儿，就是游山玩水。但在20世纪50年代，如果在旅游景点，能看到外国人在中国观光游览，那绝对是一件稀罕事。我就亲身经历过这样一件事儿：那天，我陪同苏联专家在上海动物园游览，专家玩得非常高兴，与陪同他的中国首长和同志们谈笑风生，兴致勃勃，而没有发觉，这时我们身边已经围满了一大群“观众”，它们观看的不是园内的动物，而是我们陪伴的外国人——苏联专家。这些“观众”以好奇的眼光“审视”着这位不速之客。围观的人越来越多，相互拥挤起来，有的人甚至触碰到苏联专家的身体，执行保卫任务的便衣警卫员小任同志着急了，赶快上前，拉走那位紧贴着苏联专家的“观众”，那个人不但不听劝阻，反而和我们的警卫员推搡起来，甚至摆出了只有保卫人员才能做出的架势，两人撕扯起来，几乎动起手来。平静下来以后，两人各自亮明了身份，真相大白，才算了事。原来，上海方面事先已经得知，有一位苏联火箭专家到动物园游览，那位“贴身观众”就是上海市保卫部门特派的保镖，暗中保护苏联专家的。一场误会消除了，我们继续观光游览。事后，苏联专家沃尔科夫开玩笑说：“早知道这样，我们应该卖门票，让他们看个够，没想到，苏联人比动物

小警卫大功臣（左一为作者，右一为傅炳坤，右三为警卫员）

园里的动物还受欢迎啊！”

13. 别了，苏联专家

赫鲁晓夫撕毁协议，撤走专家。我陪同的苏联专家沃尔科夫也不例外。当时中苏关系破裂还没有明朗化，按照常规，二院领导为他举行了欢送会，同时邀请了专家组的组长谢尔巴科夫出席。会议开得很活跃，气氛非常热烈、友好，谈话中丝毫没有显露出两国关系紧张的迹象，反而大谈友谊、合作、团结。坦白地说，我作为一名普通的翻译，也确实不了解当时中苏关系的动向，接受正面的宣传更多些。记得，在这之前，赫鲁晓夫访美时，与尼克松有一席精彩的对话，我们的《人民日报》大篇幅刊登，标题是《赫鲁晓夫据理斗倒尼克松》，我印象很深，没有去想专家撤离跟中苏关系紧张有什么联系，很多内情都是后来通过学习才知道的。

正常的欢送苏联专家回国，赠送一点礼物是必不可少的，然而这次却大

欢送苏联专家（后排左二为作者）

不相同，院领导毫不吝啬地送给苏联专家一件精美的象牙雕刻，当时价值几百元，现在恐怕要值几十万元。为什么？后来我明白了，就是为了“讨好”专家，让他在离开中国之前，把他掌握的更新的技术传授给中国科学家，我们的目的达到了。年轻、聪明的中国科技工作者学到了“仿制型号”之外的新东西，为我们后来独立自主地研制国产火箭提供了有益的借鉴。

14. 老布尔什维克的惦记

沃尔科夫是苏联共产党的老资格党员，他对赫鲁晓夫撕毁协议、撤退苏联专家很不理解。看得出，他很无奈，但又不敢说三道四，不情愿地离开了中国。在火车站送别的那一刻，他眼睛湿润了，把我拉到一旁，悄悄地对我说：“我们要保持通信联系呀！什么时候到莫斯科来，我一定好好地接待你。”随后偷偷地把他的通信地址塞给了我。专家的话虽然不多，但我心里明白，他的心没有离开中国，惦记着他尚未完成的仿制产品，思念着和他朝夕相处的中国年轻的科技工作者。

在那个极为特殊的年代，怎么敢与修正主义国家的人通信？我一直按兵不动，保持沉默。沃尔科夫不愧为一位老布尔什维克，他信守承诺，在1961年“五一”国际劳动节期间，给我邮寄来一张贺卡，除了表示节日祝贺以外，还用只有我们之间才能看得懂的语言，询问了仿制苏联产品的情况。非常遗憾，我收到这张贺卡的时候，已经是1965年，是二院组织处的一位处长转给我的。这位处长是我很好的朋友，他叫宋万成。他告诉我，1961年收到这份贺卡的时候，被他“私自”压下了。原因很简单，谁都知道，在那个年月跟苏联人通信是犯大忌的，里通外国的大帽子随时可能扣到你的头上。“现在风头过去了，把贺卡交给你，以后还是不要和苏联专家联系，免得招来不必要的麻烦。”我理解这位处长的好意，非常感谢他的善意提醒和四年多的秘藏贺卡之举。我相信了朋友的话，再没有和这位苏联专家联系，直到今天，不知道这位老人会怎么想。如果沃尔科夫还健在的话，他今年已经108岁了，但愿他仍然健康地生活在这个美好的世界上。

本来跟沃尔科夫有一次见面的机会，但遗憾地错过了。那是1987年，当时我已调入中央人民广播电台，受中央电台的派遣，我作为广播记者组的副组长，到苏联采访，两周的行程一切都很顺利。采访快要结束的时候，我酝酿了一个大胆的想法，希望见一见分别了 27 年的苏联专家沃尔科夫。请示中国驻苏联大使馆，被回绝了，原因很简单：“你原来是航天部门的，现在成了广播记者，人家会怀疑你是搞航天情报的特务。”这一理由吓我一跳，马上打消了念头，把思念留在心里。

15. “洗”脑

苏联专家撤走了，翻译怎么办？办学习班是最好的选择。专家走后不到一个月，翻译们被集中起来，组织“反修”学习，肃清苏联专家感染给翻译的“修正主义”流毒，让马列主义、毛泽东思想牢牢占领社会主义阵地。后来翻译们把这种思想教育方式戏称为“洗脑学习班”。

在学习班里主要是正面教育，院领导亲自出面做形势报告，聘请理论专家做辅导，以大量的事实为依据，联系实际，批判苏联“修正主义”的根源和它的种种表现，确实收获不小。学习班持续了一个多月，翻译们个个放下了“包袱”，解放了思想，轻装上阵，走向新的工作岗位。

对于每个翻译来说，又面临新的工作选择，我选择了导弹地面电源工程

我的六七生活（后排左三为作者，左四为陈水泉）

组，原因很简单，这里有我最了解的以往合作过的伙伴，有我比较熟悉的业务工作。我如愿以偿，开始了全新的工作，这时我深切地感到，做翻译和做具体的技术工作大不一样，对待每一个产品、每一个零部件，都必须一丝不苟，质量是第一位的。应该说，在新的工作岗位上，我是一个刚入校门的小学生，一切从头开始。好在同伴们都一如既往，亲密相处，工作十分愉快，很快适应了具体的业务工作。

在工程组干了一年多的时间，工作逐步走向正轨。研究所领导忽然觉得，我在情报室工作更合适，可以发挥我的外语专长。后来我被派去学习第二外语——日语，确实大有收获，掌握了双外语，对于开展情报工作大有裨益。在那段时间里，我运用自己的语言优势翻译了大量的科技文章，可惜的是，由于当时的政治和社会原因，这些资料均未署名，都没有公开发表，只是刊登在研究所的内部刊物上，供工程技术人员参考使用。现在留在我手中的只有一本，书名是《国外微电机资料汇编》。

第七章　勒紧裤腰带，过苦日子

1. 家中宝："本""证""票""券"

生活在21世纪的年轻人怎么也想象不到，20世纪六七十年代的爷爷奶奶、爸爸妈妈们是怎样艰苦度日的，即使前辈讲给他们听，这些在"宫殿"里长大的"阿哥"和"格格"们也很难相信，勒紧裤腰带的苦日子是千真万确的。

春节到了，家家户户只能凭着自己的购货本，每人买到半斤花生、二两水果糖、二两瓜子。这些"美食"在客厅的桌子上一摆就是五六天，基本上都是给进进出出的拜年的客人"看"的，不管家里的主人怎样热情地礼让，来访者也绝对不会去动这诱人的"美食"，因为大家心里都明白，自己的家里也是一样的，何必去破费人家的呢？这种各家各户千篇一律的"摆设"，大约到正月初五收场，眼巴巴地看了五六天的孩子们，这时候才可以"开斋"。

现在，吃饺子已经是家常便饭，习以为常，没有人再把饺子看作特别稀罕的东西，可是在那个年代，吃上饺子实在不是一件容易的事儿。凭购货本每人每月只给半斤肉，面粉又限量供应，买肉都是二两、二两地买，还要挑肥的，生活在今天的人，真是不可想象。过年吃一顿饺子，那是全家人所期盼的，孩子们更是焦急地等待着这一天，大人又何尝不是这样呢？人们在办完一件难事以后，不是常说"谁家过年不吃顿饺子呢"？可见，吃顿饺子，难度非同一般，也如实地反映了当时社会经济的困难状况。

沾解放军的光，我作为军人，口粮定量比较高，每月38斤，比一般人要多，应该说不算少了。然而，可能是由于油水不足的缘故，照样不够吃，愣是抗着，那是硬道理，因为大家都一样。记得20世纪60年代初，我们部队支援水利建设，在一个地方修建水库，劳动非常艰苦，战友们却干劲儿十足，没有一个人说个“累”字。一通紧张的劳动之后，该吃午饭了，部队首长发话，今天可以放开吃，大家暗暗地高兴。可谁又能想象得到，就是那天中午，我竟然整整吃了七个大大的肉包子。其实，不光我一个人这样，一个个 20 多岁的小伙子，丝毫不亚于我这个“大肚汉”。现在来看，多好笑啊！

了解陆玉洁的人都知道，她非常擅长蹬缝纫机。我们家的缝纫机是上海造的上海牌缝纫机，是陆玉洁的“家中宝”。这台缝纫机，在我们这个贫困的家庭里，可立了大功。家里没有钱买新衣服，陆玉洁就买一些便宜的“布头”，蹬缝纫机自己做。孩子一天天长大、长高，衣服小了、短了、破了，陆玉洁巧手出细活，把衣服接了又接，补了又补，不熟悉内情的人，还以为孩子换了新衣裳，很是羡慕。穷人自有穷办法，穷日子过得并不太寒酸。孩子是这样，大人何尝不是如此呢？直到今天，我还是愿意穿儿子“淘汰”下来的旧衣服，穿在身上很舒服、很合身。正所谓“新旧衣服不挑拣，好也御寒，赖也御寒”。

陆玉洁刚来中央人民广播电台（后文简称为中央电台）录音资料室时，心疼宝贵的录音磁带遭受损坏，她出于爱惜之心，就是用这台上海牌缝纫机，做了一百多个布帘，很好地保护了珍贵的档案资料。陆玉洁深深地爱着她的宝贝缝纫机，更体贴她周围的好朋友，我已经记不得，她为多少位朋友做过多少件衣裤，只要人家说她个“好”，说她个“巧”，说她是“持家能手”，她就心满意足了。

陆玉洁在“五七干校”锻炼了半年多，战友们都知道，她缝纫机蹬得好，就把她留在后勤班。大家都以为，这里会清闲些，可是陆玉洁一点儿也没有闲着，整天缝缝补补，忙个不停，一百多口人的针线活，怎能一下子干完呢？没办法，只能排队，有先有后。陆玉洁永远是个大忙人。

2. 凭票买到自行车

我的运气不错，抓阄抓到一张自行车票，高兴极了。用积攒多年的钱，买了一台“永久”牌加重自行车，它成了我们家的“心肝宝贝”，我们小心骑用，精心保管，爱护有加。为了避免车体受到损伤，陆玉洁还特意给车梁做了保护套，使自行车又漂亮了几分，每天晚上都要把它搬到家里过夜。有时好朋友来借用，心里很不情愿，但碍于情面，从来都不拒绝。心想，再心爱的东西也没有朋友重要啊！可乐的是，自行车是我们全家的“宠儿”，可陆玉洁却敬而远之，从来不去碰它，也不学骑它，一直到今天，她还是一个自行车“盲”。

为了省点公交车路费钱，又仗着自己还年轻，每逢节假日，去中山公园逛逛，我都毫不思索地骑上自行车，往返30多千米，一点也不感觉累，只当是消遣和锻炼身体了。拥有自行车也是一种骄傲，自然乐在其中。

粗心大意，害人不浅。那是我刚刚买到自行车的时候，正在兴头上，时不时地骑上自行车到大街上溜溜。一个星期天，我满心欢喜地用了半个多小时，骑车到了王府井，买了自己需要的东西，高高兴兴地坐上公交车回家了。一进家门，猛然发觉，自行车被忘在王府井了。我赶快往回跑，好在自行车还在那里，安然无事，总算放心了。骑上心爱的“坐骑”，又懊恼，又好笑，慢慢腾腾地往家里骑，琢磨着，怎样应对家人的“非难”。

不出所料，这件事成了我们一家人的超级大笑话。媳妇逗趣说，乘车钱没有省下，倒白搭钱，“买”了个担心，真是“一举两不得”；孩子们说，爸爸够“棒”的，大礼拜天，不休息，也不带我们到公园玩玩，一整天都自己去“压马路”了。我自感理亏，无话可说。

孩子们小时，我常常用自行车驮着他们到外边去玩，曾经闹出过一个大笑话：我骑自行车在大路上行走，儿子艺枫坐在后面，不知道什么原因，孩子掉下去了，我却没有发觉，好在我骑车速度较慢，没有摔坏艺枫，他反而快速跑到自行车前，高喊：“爸爸！爸爸！”我惊呆了，怎么又出来一个“艺枫”啊？缓过神来才发觉，后座上已经没有艺枫了，车前高喊爸爸的就是我的儿子宋艺枫。

3. 烙糖饼、打酱油的故事

什么叫“吃苦”，现在的孩子根本不知道，大人讲了，他们很不理解，也不在意，当笑话听听，也就过去了，因为他们是在六个大人的呵护下幸福地成长着。

我记着发生在我们家的两个真实的故事，内容并不精彩，但它足以说明，那个年代的孩子真不容易呀，他们苦中求乐，高喊着“好好学习，天天向上”，唱着“继承革命先辈的光荣传统，爱祖国，爱人民……顽强学习，坚决斗争，向着胜利勇敢前进……我们是共产主义接班人”，走向新的世纪。

读书乐（丽娜、艺枫小时候）

精神的力量是神奇的，在神奇中，他们长大成才，把一颗赤诚的心倾注于美好的事业上。那个年代的孩子，也有自己“苦苦”的童年。我的女儿本名叫宋丽娜，那是20世纪50年代向苏联学习时最时髦的名字。到了六七十年代，这个名字不吃香了。“飒爽英姿五尺枪”，“爽”字特别响亮，就改名宋爽了。名字虽然很清爽、甜美，但“苦”头却没少吃。春天来了，学校组织同学们去郊游，带什么好吃的，这是出给妈妈的一大难题，再好的厨艺，没有食材也无济于事，正所谓“巧妇难为无米之炊”。无奈之下，妈妈只好烙一张糖饼，煮两个鸡蛋给孩子带上，这也算我们家自产的最好美食了。女儿乐呵呵地带上它，很高兴，很满足，因为这是平常在家里很难吃到的东西。现在的孩子带什么呢？香肠、火腿、面包、糕点，各种香甜的饮料，真是应有尽有，甚至还有更高档的美食。他们怎么能理解长辈们那个年代的艰辛？

淘气、爱玩是孩子们的天性，只要不出格，宽容的家长是不会干预的。随着我国经济困难的加剧，家长们对孩子的要求也相对地严了许多，花钱必须精打细算。今天看，一元钱微不足道，不值得斤斤计较。然而50年前，这可不是小数目，一元钱可以买3斤带鱼、10多斤西红柿、40斤大白菜，真是“不算不知道，一算吓一跳”。

当时，7岁的儿子宋艺枫就是因为丢了一元钱，而受到家长的严厉训斥。事情说起来很简单：一个星期天的上午，家里给艺枫一元钱，让他去商店买酱油，由于路上贪玩，跟同学们嬉戏打闹，跑来跑去，结果把一元钱丢掉了，酱油没买成，回到家里挨了一通狠狠的批评。妈妈只好再掏一元钱，这回孩子再不敢马虎了，规规矩矩地去商店买回酱油。那个年代，一元钱实在太重要了。

4. 悔恨当初，真不该卖掉苏联专家的赠品

我陪同的苏联专家是一位比较友好的老布尔什维克。1960年，中苏关系

破裂，他不太情愿地被召回国。专家沃尔科夫热爱中国这块土地，舍不得离开与他共事的中国科技人员，更不愿意离开跟他朝夕相处的中国翻译。为了表达一点心意，临行前，他赠送给我一套西装，应该说，这个人情不薄。可是在那个时候，中国人不时兴穿西服，我就把它压在箱子里了，很少去动它。到了我国国民经济非常困难的时期，人们吃不饱、穿不暖，想方设法维持生计的当口，我忽然想起了那套西服。跟陆玉洁商量，反正当时也没法穿，干脆把它卖掉，换点吃的算了。本来是随便说一说，结果竟然弄假成真，没有过几天，我们真的“说到做到”，把西服卖给了寄卖行，大概卖了七元钱，解了一时“肚皮”之苦，也是不得已而为之。

权宜充饥，实在是无奈之举，当时我并没感到有什么不妥，毕竟在疾苦的时候，解了燃眉之急。现在想起来，挺后悔的，好好的一件礼品，就这样白白被卖掉了，实在不应该。悔之晚矣。

5. “科技鱼”“科技肉”的由来

20 世纪 60 年代初，苏联背信弃义，撤走航天专家，并没有挫伤中国科技工作者让“两弹一星”早日上天的坚强意志，航天人反而憋足了劲儿，更加勤奋地、一丝不苟地钻研业务，一心要独立自主地研制出中国的“两弹一星”。党中央分管科学技术工作，又被知识分子称作贴心人的聂老总，非常了解中国科学家的心境，十分爱护知识分子为国争光的革命热情，在我国国民经济极其困难的条件下，采取了非常措施，给科技人员特供鱼、肉、豆、菜等食品，把花在苏联专家身上的钱，转到中国科学家的盘子里，乐观向上的人们把这种“特供”现象戏称作“科技鱼”“科技肉”“科技萝卜”“科技豆”。高明的举措进一步激发了广大科技人员的积极性和创造性。“自力更生、发愤图强”的指导思想更加深入人心。奋发图强升格为发“愤”图强，一字之差，人们的精神面貌大不一样，它表达了中国科学家对赫鲁晓夫撕毁协议、撤走专家的愤怒，也表明了研制我国自己的“两弹一星”的决心。50 多年来的实践证明，中国的科学家完全有智慧、有能力独立自主地研制出自己的“两弹一星”，并且跨进世界航天大国的行列。

我作为科技队伍的一员，吃着“特供”的食品，心事重重。“两弹一星”不只是科技人员单枪匹马干出来的，不同岗位上的工农干部也功不可没。不少扛过枪、打过仗、从解放军各部门抽调来的优秀人才面对“特供”，也有些想不通，这种情绪有一定的普遍性，但他们顾全大局，服从党中央决定，一如既往地为“两弹一星”早日上天辛勤地工作着。

人心都是肉长的，吃“特供”，不能忘了“本”，忘了抛头颅、洒热血、打江山的有功之臣。于是，我和陆玉洁商量好，在分发“特供”食品的时候，一定要给我们的好邻居——工农干部宋万成家送去一些（宋万成在二院组织处工作）。我们这样做了，他很感激，我们两家的感情更融洽、更亲近了。懂得事理的人都有天然的共通性，不光我们这样做，不少科技人员都这样做了，形成了知识分子和工农干部携手共进、团结奋战的大好局面。后来，宋万成被提升为处长。这里，有必要多写一笔：我陪同的那位苏联专家寄给我的明信片，就是在他的手里“压”了4年多，太平无事的时候，才转交给我的。难道这不是我应得的福分吗？

6. 谁偷了我家的钱和粮票

20世纪60年代，家家户户都勒紧裤腰带过苦日子，人们夸张地形容说“一分钱掰成两半儿花”，这是对当时社会的真实写照。而就在这极其困难的时候，我们家又雪上加霜，居然大白天遭遇失窃，当月的全部工资和粮票、油票被洗劫一空，案情实在蹊跷，让人匪夷所思。那个年代，粮票可是我们全家的命根子，一家人急得团团转，大人埋怨声一片，孩子们更是不知所措，吓得哭起来，这一个月的日子可怎么过呀！束手无策之时，我们选择了报案，保卫部门查了好几天，毫无结果，我们失望了。

有一天，读小学的儿子放学回家，说到家里被盗的事，忽然觉得有一个人值得怀疑。儿子回忆，丢钱的那天，×××来过我们家，而后再也不来了，可能心里有鬼。儿子虽然年纪小，但考虑问题可不简单，他怀疑的对象是保卫处处长的儿子，但是我们得罪不起这个人呀！对这样的嫌疑人可不能随便报警，弄不好，会“抓不到狐狸，惹来一身骚”，麻烦可就大了。儿子的分析不无道理，全家人都很不情愿地采纳了孩子的意见。我们只能吃哑巴亏，虽然报了案，也不想再追究了。

研究所领导出于对我们家庭的关心和同情，补助了一些粮票，解决眼前的吃饭问题，钱的事儿只能自己想办法解决。怎么办？钱少，不够买粮食，就买便宜的水果充饥。懂事的孩子走过食堂门口，看到大人吃着香喷喷的馒头，“馋”得眼泪汪汪，但孩子很刚强、有志气，没有向人家“乞讨”。就这样，我们家艰难地熬过了一个多月最痛苦的日子。

这件不明不白的事儿，在我的心底整整压了半个世纪，直到今天，我都愤愤不平，这究竟是谁的过错呢？50 多年过去，大人变老了，孩子们长成了大人。时至今日，物是人非。我有理由深信，那个已经长成了大人的“有嫌疑”的孩子，如果想起当初他做的蠢事，肯定一生都会感到愧疚。

第八章　特别年代特别事儿

1. 周总理为七机部操心

在河北省万全县“四清”以后，我回到北京，脱了军装，摘掉军衔，降低了工资，本想可以安静专心地工作了，但事与愿违，天不遂人愿。没过多久，“文化大革命”开始了，风风雨雨的十年究竟发生了什么，生活在那个年代的人都深有体会，最有发言权，我不想再多说什么。

我想说的是，敬爱的周恩来总理，他为七机部（后改名为航天部）的两

周恩来纪念亭

大派真是操碎了心。不明真相的群众把七机部搞得天翻地覆、鸡犬不宁，夫妻反目，父子成仇。大批领导干部和科技专家被打成“走资派”“反动学术权威”。两大派占据七机部，打遍北京城。国家的重点任务“两弹一星”的研制几乎陷入了绝境。

紧要关头，周总理总是不顾个人安危，运用他伟大政治家的智慧和胆略，保护了一大批高级领导干部和科学家，挽救了濒于崩溃的我国的航天事业。值得庆幸的是，中国的航天事业在“文化大革命”中并没有被摧毁，它站住了，发展了。特别是改革开放以来，更是取得了辉煌的成就。我们在赞美中国航天领域的骄人业绩时，每个有良知的中国人，绝不会忘记敬爱的周恩来总理的伟大功绩。

事实上，在“文化大革命”中，周恩来总理本人也不太平，“四人帮”反革命集团，无时无刻不在暗中施展伎俩，陷害周总理。记得广大人民群众，出于对周总理的爱戴和崇敬，曾经传播着这样一条“最高指示”：“批周必乱国”，一下子惹怒了“四人帮”，他们四处追查所谓“政治谣言”，弄得人心惶惶，人人自危，谁都害怕背上传播“政治谣言”的罪名，躲得越远越好。

有一位高级领导干部的儿子是我的好朋友，他本身就背着高干子女的“包袱”，现在又被查有传播“政治谣言”的嫌疑，感到十分恐慌，如果说不出“上家”是谁，就可能被看作是“政治谣言”的制造者。无奈之下，他找到了我，让我做他的“上家”。实际上“批周必乱国”的“最高指示”，当时已经流传很广，谁当“上家”，谁是“政治谣言”的制造者，已经无关紧要，但我的好朋友却心有余悸，想找个“上家”，了结此事，心里踏实，我同意了。后来，再也没有人来追查我，这大概真的是“最高指示”吧。

2. “避难所”与“中转站”

我的亲戚大都在东北，鞍山是大本营，“文化大革命”期间，我们家成了他们的“避难所”和“中转站”。我的表哥在当地颇有名气，无人不知，无人不晓；后来落难了，为了躲避“对立面”的迫害，只好来北京上访、避难，我们家就是他们的“避难所”。表哥的子女参加全国红卫兵大串联，北京是必经之地，我们家成了他们的“中转站”。孩子们住在我家，吃在我家。跟随大部队串联的孩子，大都住在北京的学校里。冬天寒冷，还要给孩子们送上保暖的衣被，关照他们的身体健康。最让我担心的是，大一点的不太懂事儿的孩子来北京时，身上还藏着手榴弹，美其名曰“防身武器”，时不时还拿出来炫耀一下。那威风凛凛的派头怪吓人的。在那个是非难辨的年代，这种事儿，已经见怪不怪了。

3. “斗私批修”，亲朋不敢相认

“九·一三”事件以后，各个单位都在举办“斗私批修”学习班，认真读书学习，斗私批修，以解放被打成“走资派”的领导干部。航天部第三研究院也紧跟形势，不敢例外，在院部所在地云岗，举办三院系统的中层领导干部“斗私批修”学习班。我受302所军管领导小组的委派，陪同本所“走资派”钟任华参加了学习班。由于学习班上“走资派”特别多，又来自不同的单位，互不认识，陪同者不可能理会其他单位的“走资派”，只能各顾各儿，把自家的“走资派”“照顾”好就行了。记得，在会上我对钟任华的“批判”发言，掌握两条：一是讲些大原则，大道理，说一些“放之四海而皆准”的空话；二是炒剩饭，把在研究所里说腻了的不着边际的事儿，重说一遍，“批判”一番，不痛不痒，就此了事。至于钟任华怎么自我检查，我并不关心，听听就是了，一次通过。

学习班结束，回到天津，向所里军管领导小组汇报，他们对我的“陪读”工作比较满意。也算是信任吧，后来又让我多次参加对所里“小人物”的“批判”，我都按照“斗私批修”学习班上的规矩办理，效果不错，既完成了任务，又没有伤害同志。

在航天部三院组织的那次“斗私批修”学习班上，有一件事让我终生难忘。我万万没有想到，在这种场合，在这样的形势下，遇到了我非常熟悉的547厂厂长李殿隆，看来他也是作为“走资派”被送到学习班的，这位十多年前曾与苏联专家谈笑风生的厂长，如今已经完全没有了当年意气风发的模样，看得出，“文化大革命”中他受到了冲击，受尽了折磨，人显得木讷了。我主动上前和他打招呼，本想表达一下久别重逢的喜悦，但他竟然不敢和我说话，只是礼貌地向我点点头，仿佛跟陌生人一样。眼前的一切，我全都明白了，我非常理解李厂长的心情，他是害怕惹出意想不到的麻烦，这是我有生以来第一次碰到好朋友见面而不敢说话的尴尬。可以想象，李厂长当年的处境可能比钟所长更惨啊！

547 厂的“一把手”（左一为蒋永新，右一为李殿隆）

4. 外调的艰辛

“文化大革命”时外调频繁，搞专案的同志几乎跑遍全国各地，在我的记忆中，有过一次路途最艰苦、印象最深刻的经历。那是 1973 年的秋天，为了搞清一位同志的所谓“问题”，军管领导小组委派我和张永进同志去河北一个劳教农场搞外调。这是一个荒无人烟、与世隔绝的地方，没有任何交通工具可以到达，怎么办呢？

专案组想出了一个“好”主意，骑自行车去外调吧，办法是不错，可是苦了我和张永进，这个在地图上查不到的地方，可怎么找啊。我和张永进同志做好准备，骑上自行车，去找这个鲜为人知的地方。我们首先明确了大体方向，沿着我们心中的“地图”路线开拔了。自行车比不了汽车，用了大半天的时间，才走出天津市区，来到乡间小路，自行车更难骑了，我们缓慢、艰难地前行。

天有不测风云。突然间，暴风雨来了，在泥泞的土路上骑自行车行进几乎不可能，我们只好推着自行车一步一步地往前走。天慢慢黑下来，我和张永进有些紧张了，在这空旷的田野里可怎么过夜呢？天无绝人之路。在不远的地方好像有一座小小的村落，我们顾不得多想，径直向它走去。

我们“得救”了，出现在我们眼前的并不是村庄，而是一个解放军的营地，官兵们看到我们那副狼狈的样子，又了解到我们不辞辛苦冒雨外调的认真精神，深感敬佩，官兵们嘘寒问暖，热情地招待我们，吃过晚饭，留我们在军营里过夜。

雨下个不停。这里离我们要去的农场不远了，时间不能耽搁，第二天一大早，我们又冒雨沿着泥泞的乡间小路继续前进，执行我们肩负的重任。由于土路泥泞难走，我们只好把自行车暂时存放在部队营房，解放军同志送给我们两件雨衣，我们上路了。一路走来，虽然路途坎坷艰辛，但心里却是暖暖的。我曾经是一名军人，我在想，如果我当年服役的部队遇到这种情况，也会这样做的，这就是伟大的中国人民解放军。

到了农场，外调工作比较顺利，查清了事实，洗清了那位同志身上的“污迹”，从这个意义上讲，我们这次颇费周折的外调是有益的，是很值得的。离开农场时，天晴了，心情好了许多。我们按照原路走向解放军营地，骑上被子弟兵擦得干干净净的自行车，归还了雨衣，谢别亲人解放军，踏上了回家的路。

5. 联想

“文化大革命”时期“大字报”风靡一时，走在大街上，只要看到贴出了“大字报、大标语”，必定是有所谓的“走资派”“反动学术权威”“黑五类”等被“揪”出来，弄得人们提心吊胆，不得安宁，谨小慎微地过日子，谁也不知道明天会发生什么。

“大字报”不知残害了多少无辜者，有的甚至含冤离去。幸运者在“牛棚”里痛苦、委屈地接受改造，人身自由受到限制，政治权利被剥夺，过着低人一等的生活。终于有一天，“四人帮”被粉碎，“大字报”被取缔，写完了它很不光彩的一页。

我清楚地记得，“文化大革命”期间，在一个乌云密布的早晨，在七机部各个显眼的地方都贴出了同样内容的大字报、大标语：“打倒××”，××是“里通外国的叛徒”，必须抓捕严办。霎时间，“大字报”“大标语”铺天盖地，声势浩大。危难之时，是我国著名科学家钱学森院士出面，把这位“叛徒”转移到“卫星发射基地”，被秘密地保护起来，这位科学家才躲过一劫，幸免于难。

由于我学过这位科学家留学国家的语言，参与过对这位科学家的专案调查，责任重大，不惜四处奔波，查阅资料，结果真相大白，“里通外国”完全是捏造的，纯属子虚乌有。事实是，这位爱国的科学家不但没有“里通外国”，反而不畏强暴，据理力争，并在那个国家的一家报纸上澄清了当事国对他们的诋毁和污蔑。“大字报”真是害死人。

社会在前进，科技在发展。改革开放的中国，已经进入了信息化时代、数字化时代、网络化时代。互联网不分边界、不分国界，不仅可以进行自由、民主的交流，而且可以快速播发公众关注的国家大事和丰富多彩的新闻；既可以方便快捷的购物，又可以遥控、家庭办公；既可以通过微信建立自己的朋友圈，又可以与异国他乡的亲友进行视频通话。一句话，每个人都可以成为信息的发布者，同时又是受益者。人们足不出户，便可以知晓天下事，坐在家里，就可以办理你想办的所有的事儿。“地球村”变得越来越“小”了。互联网改变了世界，改变了社会，改变了人们的生活方式，但愿它的发展越来越健康，切莫误入歧途，像当年“大字报”那样，颠倒是非，诬害好人。

第九章　航天人在天津

1. 聂帅出“高招”，天津迎来航天人

在那个“读书无用”论盛行的年代，撤销几所学校并不稀奇。天津医学院就是其中的一个受害者。学生没有了，校舍空出来。天津市和平区甘肃路54号大院做什么用呢？一直关注科技和教育的聂荣臻副总理高瞻远瞩，想出了一个好主意，并做出特批，让航天部三院32室在天津医学院原驻地安新家，使之摆脱了与兄弟研究所在同一栋大楼里办公的尴尬与不便。天津医学院留给了我们优越的硬件环境和各种设施，为后来32室升格为302研究所提供了物质基础。

参观学习（右一为郭才亮，右二为刘兴武）

“文化大革命”，我在北京只待了两年。由于32室忙于搬家，动荡的局面相对平静了许多。我作为30多岁的年轻人，被指定为搬家的先遣队成员，那真是一件苦差事、劳累活，还有一定的危险性。那个时候，搬运物品的最

“现代化”的工具就是载重6吨的解放牌大卡车，北京—天津，每天只能跑一个往返，差不多用了一个月的时间，搬迁总算结束了。

搬迁过程中，险情频频发生，最危险的一次，让所有的人都感到后怕。那天，搬运的物件是高大的资料柜，装在敞篷的大卡车上，蒙上一块苫布，很像一座小山。卡车飞快地行驶着，该过桥洞了，这都是我们熟悉的路径，每次都平安顺利地通过。万万没有想到，这次通过时却发生了惊心动魄的一幕：刚走进洞口，只听“咣当”一声巨响，资料柜被齐刷刷地削掉了“脑袋”，七零八落地倒向后边。汽车停下来，惨不忍睹的场面，吓得我们不知所措，缓过神来，才大吃一惊。

押车的人真是幸运，因为天冷，我和同伴都坐在驾驶室里，侥幸地逃过一劫。事故过后，司机师傅不停地检讨自己的过错，千不该，万不该，不该忽略桥洞的限高，所幸未造成人员伤害，真是不幸中的万幸。

搬迁大功告成，未出现大的纰漏。更具体的后续工作开始了，我工作的情报资料室需要建一个洗印胶片的暗室，为了节省开支，准备把一个厕所改造成暗室。改变卫生间的用途，谈何容易，这是一项复杂而费力的工程。知难而上是年轻人自我表现的最好时机，我也毫不示弱。其实改建一间暗室，并没有多大的技术含量，大都是力气活，抡大锤必不可少，年轻气盛的我不甘落后，忘我地劳作，拼命地抡锤，由于动作过于猛烈，瞬间造成右眼眼底血管破裂出血，酿成了重大意外事故，右眼失明，住院治疗一个多月也未能完全恢复，只保持有微弱的视力，一直到今天。尽管这次劳动伤害被定为“工伤”，但它留给我的却是终生的遗憾。

2. “阶梯”好友一世缘

我工作的研究所叫航天部第三研究院302研究所，由于它是从0038部队演化而来，所以这个研究所还保留一个北京的部队番号，叫京字162部队。所长钟任华是航天部科技委员会委员，毕业于清华大学，技术水平很高，对红外与激光技术颇有研究，为我国航天事业在这个领域的应用做出了重要贡献。钟所长一生未婚，为人随和，他大我10岁，级别比我高，工资比我多，但我们相处得非常融洽和谐，不分彼此，干群关系如此密切，实属少有。每到节假日，他总是约我和刘兴武出去转转。洗个澡，吃顿饭，是常有的事，

“回家”看看（前排左二为钟任华，左一为尹怀勤）

当然是官大的“埋单”了。

我和钟所长接触较多，还有另外一层原因，可称期刊之缘。302所情报室办有一本学术期刊《国外红外与激光》，钟所长对它倾注了不少的心血，他不仅是期刊的监审人，又是这本期刊的第一位读者，每期出版前，我和编辑部的陈水泉同志都要请示所长，送上拟发的稿件，钟所长都会仔细地审阅，并提出许多具体的指导性意见，保证了期刊的质量。这本期刊在同行的科研单位当中小有名气，颇受欢迎。在我调离302所之前，这个刊物一直在出版发行。

302研究所下属若干个研究室，我工作在第六室，它下设两个业务单位：一个是情报资料室，我任组长；另一个是仪器室，刘兴武任组长。刘兴武20多岁，年轻有为，业务熟练，无论仪器出了多么复杂的毛病，只要经过他的手，都会“药到病除”，被看作是“诊治”患病仪器的“白衣天使”。刘兴武同志不但技艺高超，而且为人正直，襟怀坦荡，交友诚恳，在302所他是我的最好的朋友之一。

钟任华、宋广礼、刘兴武三人各差10岁左右，研究所里的人都风趣地称我们为“阶梯朋友”。朋友间相互关照，细致入微，在我因为眼睛受工伤而住医院治疗期间，两位朋友经常到病房看望，还带上许多好吃的，我很感激朋友的一片好心。

两位朋友，一大一小，生活上对我的照料十分周全，政治上更关心我。钟所长、刘兴武都是共产党员，对我的思想进步影响很大，在他们的真诚帮助和引导下，我于1970年光荣地加入了中国共产党，而我的入党介绍人之一就是刘兴武同志，另一位介绍人是我们的党支部书记钱殿甲同志，他既是支部书记，又是我们六室的主任，为人正派，不谋私利，以身作则，关心群众，对于要求入党的同志分外关注。

我在很久以前就写了入党申请书，但由于种种说不清的原因，迟迟得不到解决。钱殿甲同志了解到这个情况以后，主动找我谈话，确定联系人，对我进行重点培养，正是在他的热心帮助下，力排个别同志的不同意见，圆了我期盼八年之久的入党梦，成为一名不需要预备期的共产党员。

我调到中央电台工作以后，有一次到天津出差，专程看望了两位好朋友钟任华、刘兴武，感到特别亲热、幸福，满腹有说不完的话，我们聊了很久很久……时间过得太快了，2013年，兴武再次跟我通电话时，报告了一个很不幸的消息，钟任华所长因病医治无效，已经离开人世。我算了一下，他已经88岁了。好朋友离世，我很伤感，但愿他在那个极乐的世界里，不要再怀恨那些在“动乱”时期曾经伤害过他的无知者，平静地安息才是。

3. 年轻人没有忘记我

1973年，302所招收了一大批年轻人，分配到我们六室的有9位同志，他们个个朝气蓬勃，积极进取，刻苦钻研，给六室的工作增添了新气象。在老同志的热心帮助下，年轻人迅速成长，很快胜任了工作，有的成为佼佼者，可以独当一面地处理分担的业务，受到各方面的好评。但时间长了，由于种种原因，有的年轻人，特别是女孩子，常常产生思想波动，为此，我和兴武同志作为部门的小领导，坚持部队的优良传统，进行“家访”。家长对自己的孩子是最了解的，通过开诚布公的交谈、推心置腹的谈心与沟通，问题都得到较好的解决。一年多的时间，究竟“家访”了多少次，我们没有做过准确的统计，但有一点可以肯定，每一位年轻人的家我们都拜访过，有的家庭还不止一次。

2000年，我到天津参加一个学术会议，会后约见了几位好朋友和当初的

老朋友，小朋友（右起：王新娜、石文兴、作者、石俊海）

年轻人。变化太大了，跟我差不多同龄的人，都已满头白发，居家安度晚年；当年的年轻人也都进入中年，有的已经退休，但这些可爱的“小朋友”至今都没有忘记我曾经对他们的“好”，一位叫王新娜的女孩子（现为302所总会计师）对我说：“您当年的一句话，对我的启发太大了，我永远不会忘记。”什么话呢？我自己都记不清了。王新娜帮助我回忆起那句似乎有点哲理的话：“工作中要处理好人与环境的关系，当人与环境发生矛盾时，你要学会去适应环境，而不能让环境去适应你，这样才能立于不败之地。”我想起来了，这是我当时跟不少年轻人谈心时常说的一段话，真没有想到，它会有这么大的影响力。我为年轻人的健康成长而高兴，也为当年做了一点有益的事而感到自豪。

由这件事我想起，影响了我一生的成功人士曾经走过的路：一位很有抱负的大名人，到了晚年才意识到，任何事情的进步与跨越，都是由小到大、由弱到强、循序渐进的，不可能一举成名、独占鳌头。小时候，年轻气盛，他曾经梦想改变世界；长大了，成熟了，觉得，自己改变不了世界，改变国家的梦想又涌上心头；躺在病床上，他忽然明白，事情没有那么简单，一个人的力量是有限的，应该把自我目标专注下去，丢掉改造环境的幻想，让自己无抵触地去适应客观世界，成功就大有希望。多么富有哲理的名人教诲，我做得不好，而我的年轻的朋友做到了，我为他们高兴、自豪。

4. 唐山大地震我躲过一劫

1976 年 7 月 28 日，8.2 级的唐山大地震了震惊了世界，它不仅使唐山人民遭受了惨重的灾难，而且严重地波及了北京和天津，也揪碎了我的心。我家住北京，工作在天津，当时的心情可想而知。碰巧的是，那几天我既不在家里，也不在工作单位，而是在上海出差。家里、工作单位究竟怎么样了，一概不知，一时无法联系，火车又暂停开行，我只能强忍着内心的疼痛，无奈地等待着，焦急地盼望北去的列车早日通行。

很快，火车开通了。我恨不得让列车插上翅膀，飞回北京去。但我想了又想，不能啊，大“家”是第一位的，还得先回到自己工作的单位，这是每个当过兵的人必须做到的。我在天津站下了火车，直奔 302 所，一进大门，我惊呆了，本来秩序井然的研究所，现在完全变了模样，大院内摆满了帐篷，不分家庭，不分老幼，大家寄居在一起，艰难地生活着。我什么也没有说，赶紧跑向我居住的房间（我是夫妻两地分居的“个体户”，组织上照顾我，单独分到一间住房）。在宿舍楼前值班的同志拦住我说：“地震警报尚未解除，宿舍不准进入。”我犹豫了。回房间心切，好说歹说，作为特例，总算放我进去了。看到自己的住处，令我大吃一惊，床铺被倒塌的墙砖压得满满的，我吓出了一身冷汗，

302 所的年轻人（左起：库兰敏、徐雁、作者、胡丽华）

是“出差”让我逃过一劫。可以想象，如果那天夜里我睡在这张床上，即使不被倒塌的墙砖砸死，也免不了要受重伤。朋友们都说“你真命大呀”。

在单位没有待几天，我就请假回家了。北京的情况要比天津好一些，尽管这里的损害不大，但人们的恐惧情绪仍然没有消除。在抗震救灾指挥部的帮助下，大院里的每个家庭都搭建了一个地震棚，夜里住宿，白天可以回家，不过，这样的生活情景时间并不长，震情一解除，就各回各家了。惊恐万状的地震风波过去，我们家里平安无事，很快恢复了往日的平静。我返回天津，回到自己的工作单位，与302所的朋友们同舟共济、共渡难关。

5.“敢”与羽毛球国手“过招”

天津医学院默默地消失了。它不仅给302所留下了大量的物质财富，而且完好地保存着齐全的文体设施，其中最让体育爱好者欣喜的是那座高档的体育馆，它的规模和水平在天津市也是数一数二的。馆内有篮球场、排球场、羽毛球场、乒乓球球台，以及其他一些体育设施。

这座体育馆究竟有多么优秀？我记起20世纪70年代初期的一件往事：我国国家羽毛球队在王文教的率领下，来天津做赛前训练，302所的体育馆就是他们的练兵场地，当年的几位大牌球员，侯家昌、汤先虎、陈玉娘、梁秋霞都来了，还有一些叫不出名字的小队员。当时的训练不讲究什么保密，也没有什么“球探”，更没有记者跟随和打扰，用心地练兵就是了。队员们个个练得汗流浃背，教练员不停地说球、指导，302所的球迷们则是大饱眼福，提前分享了羽毛球赛场上优秀队员的风姿。

优良的羽毛球场为302所培养出了一大批羽毛球男性运动员，队员们的球艺已具备相当不错的水平，这支非专业的羽毛球队，在天津市已小有名气，经常与兄弟单位的球队进行友谊比赛，应该说，胜多负少。302所羽毛球队的领军人物是小郑，他毕业于天津大学，是学校羽毛球队的主力队员，球打得很好，我们这些球员都不是他的对手。在跟兄弟单位的比赛中，小郑稳拿两分，加上我们的双打优势，十有八九会取胜。

国家羽毛球队了解到302所羽毛球运动开展的情况，为了表达对我们研究所提供训练场地的谢意，在他们训练结束之后，特意邀请302所的羽毛球队和他们进行一场友谊练兵，我们求之不得，高兴极了。我们这支业余的

“土包子”球队第一次体会到，什么叫国家队，什么叫顶尖级水平。

练兵快结束了，王文教微笑着和大家说，我们还是像样地打一场球吧。302 所的羽毛球队员们听了国家队教练的这番话，真是又惊喜，又很不好意思，虽然明明知道会遭遇惨败，但觉得比试比试也很荣幸，可以“吹嘘”说“我们和国家队打过比赛”。正式“比赛”开始，302 所羽毛球队，出场的队员当然是小郑，再看看国家队派出的队员，大家一下子笑出声来，原来他们派出的是羽坛女将梁秋霞。这时候，球迷们真正关心的已经不再是比赛的胜负，而是欣赏梁秋霞的高超球艺。这是一种力量与美的享受！

6. 夫妻两地 14 载，不稀罕

人的一生，工作变动不可避免，相对来说，我的工作是比较稳定的，可以说，一生就干了两件大事，一件是航天，另一件是广播。截至 1976 年 9 月，我调离航天部到中央人民广播电台之前，一共当了 18 年的航天人，我所走过的航天路，艰难曲折，风险多多，每天都盼望着成功，每天又担心着失败，有乐趣，也有折磨。看到今天航天事业突飞猛进的跨越，由衷地感到高兴。几乎百分之百的发射成功率是当年的航天人不可想象的。今天，虽然离开我所钟爱的航天团队已经 40 多年，但我对它一直怀有深厚的感情，走航天之路是我一生难以抹掉的梦想。

20 世纪 50 年代的共青团员们（前排右二为陆玉洁）

我在位于天津的航天部 302 研究所单身工作了 8 年之久，航天情结深深地扎在我的心中，真不想离开它，但是夫妻两地分居毕竟不是长久之计。已经到了不惑之年，该夫妻团聚了。工作调动谈何容易，涉及男女双方单位人

他们的1958年（陆玉洁及儿女）

事部门的相互协调与干部的安排，最棘手的难题是户口进京，这道门槛不知挡住了多少渴望进京者。没想到，在这方面我着实占了一个大便宜，我们研究所搬迁天津的时候，我的户口没有跟着人头走，留在了北京，再加上我们的研究所还挂着京字162部队的番号，户口这道门槛就相对地好迈了。只要人事部门高抬贵手，开绿灯，就算大功告成。

当时中央电台分管人事工作的部门是政治处，尹桂芝同志担任主任，她非常同情我们的困难，竭力促成此事，在她的热切关心和帮助下，我的调动问题解决得比较顺利。

很意外，我报到的那天，是1976年9月9日，是伟大领袖毛泽东主席逝世的日子，在这举国悲痛的时刻，报到程序大大简化，例行的谈话之后，尹桂芝同志当即决定把我留在政治处，协助领导处理非常时期的独特而繁忙的事务。记得当时的一项重要工作就是安排各个部门的人员瞻仰毛主席遗容。在这无比悲痛的日子里，完成好这项特殊时期的政治任务，对于初来乍到的我来说，难度确实不小。好在中央电台政治处是一支团结合作、善于打硬仗的队伍，在大家的协同努力下，比较圆满地完成了这一历史性重任。

我在天津工作8年多，实际上，我们夫妻两地分居何止8年？从我当兵的那天算起，加上陆玉洁调来北京之前的6年，我们两地分居整整14年，特别是陆玉洁在鞍山独居6年的时间里，真是苦了她和两个不懂事的孩子，孩子们只知道爸爸是解放军，但却不记得爸爸长的是个啥模样。走在大街上，一见到解放军，他们就高喊“爸爸”，孩子们这些天真幼稚的举动看来挺好笑，其实在妈妈的心里，却有着几分酸楚。

第十章　五七干校那些事儿

1. 陈元养猪，我种菜

我入党后的第二年，为了表现自己，主动申请去五七干校下放锻炼。干校在河南省漯河市张庄公社，我去的时候，干校已经具备一定的规模。它模仿军队的编制，全部人马统称为一个“连”，下设四个排。按照分工，一、二、三排负责种植水稻，四排叫后勤排，包括三个班，即炊事班、蔬菜班和养猪班。

这里说说发生在四排的故事，先说养猪班，班长是陈元（老一辈无产阶级革命家陈云之子，现为全国政协副主席），他是由于众所周知的原因下放到

五七战士在河南（后排左一为作者）

“五七”干校锻炼的，当时不到30岁，这位年轻人朴实、正派、谦和、勤于学习、做人低调、襟怀坦荡，对自己的身世未做任何隐瞒，大家生活在同一个大学校里，同吃、同住、同劳动，在广阔天地里，追求着“练就红心、大有作为”的未来，经受又脏又累的劳动锻炼。

日积月累，陈元同志俨然成了一位年轻的养猪专家，他饲养的猪个个膘肥体壮，“五七”干校的战友们吃着肥美的猪肉，无不称赞这位高明的猪倌。他的劳动成果为炊事班提供了丰盛的食材，改善了学员们的伙食，他也成了全体五七战士的亲密朋友。实践出真知，陈元同志通过自己的劳动实践，总结出一套科学养猪的辩证法，这种来自实践的理性认识，不但使本期学员受益，而且为后来人提供了可借鉴的宝贵经验。

我生长在农村，农活略知一二，菜地里的活也并不生疏，但要当好菜班的班长，管理好十几亩菜地，为全连五七战士提供食用蔬菜，真有点力不从心。好在前任班长王炳堂同志与我交接工作有一段过渡时期，传授给我很多种菜的实践经验，我心里踏实多了。种菜的活不是很累，但很烦琐，战友们把这种劳动叫“磨蹭”活，每天的大部分时间都待在菜地里，浇水、施肥、除草、松土、打农药、采摘、收藏等，一样都不能少。

相对来说，栽种西瓜是一项技术含量较高的农活，我们请来了有经验的瓜农传授经验，这位师傅毫无保留地、耐心地帮助我们。师傅手把手地施教，徒弟虚心认真地学习，收到了喜人的效果。瓜熟蒂落的时候，捡一个大个儿头的西瓜一称，足足40多斤，全班学员高兴得合不拢嘴，异口同声地把它封为“瓜王”，封号在身，这个可爱的“宝贝”被摆放了很长一段时间，大家都舍不得吃掉它。

“八一”建军节到了，航天人忘不了自己曾经是军人的历史，全连的战友开心地聚集在一起，痛痛快快地娱乐了一番。菜班的同志献上了他们“供奉”了多日的“瓜王”，精细地把它“瓜分”成几十份，战友们在欢乐的氛围中，品味着西瓜的甜美，愉快地分享着菜班“园丁”们的劳动果实。

2. 与“臭”的“亲密”接触

“庄家一枝花，全靠肥当家”“瓜菜长得好，粪肥不能少”。菜地的收成如何，在很大程度上取决于肥料。全连的每一位五七战士都是当然的“造肥者”，大大的粪池成了菜班不可缺少的肥料基地。我自从当上了菜班班长，便悄悄地“爱”上了它，全班同志无一例外地摆脱了对“臭”的厌恶，全身心地与粪肥打交道，甚至把它看成须臾不可离开的种菜支柱。没有它，战友们会感到缺憾；没有它，蔬菜会打不起精神。就这样，我们适时地给菜地提供充足的“营养”，保证菜蔬瓜果茁壮成长。

功夫不负有心人。我们的菜地获得了大丰收，全连的战友都喜出望外。高兴之余，想出了一个好主意，能不能把吃不了的蔬菜卖掉，换成鱼、肉，改善一下大家的伙食呢？主意不错，但执行起来，并不容易。

想想看，那个年代，自家生产的东西能随便拿到市场上去卖吗？肯定不行。作为班长的我为难了，不做吧，对不起大家的一番好意；做吧，又有很大的风险。前思后想，想出了一个打“擦边球”的妙招：我们不说去卖菜，而是拿蔬菜去换鱼、换肉吃。主意已定，开始执行，我们开着手扶拖拉机，装上白菜、萝卜、冬瓜，来到周口市，找到卖鱼、卖肉的商户，经过简短的“交换”商议，很快成交，尽管我们吃了一点亏，但觉得很满足，毕竟食堂伙食得到了改善，战友们高兴，菜班的同志也很舒心，但也听到一些风言风语，以后不敢再做了。

在将近一年的菜班劳动锻炼的时间里，我的生活道路并不平坦。在一个炎热的夏天的傍晚，劳动以后，浑身是汗，湿痒难忍，赶快跑到养鱼池边，衣裤未脱，径直跳了下去，太凉爽，太舒服了。折腾完了以后，回到宿舍，躺在床上，危险的一幕发生了：我突然感到，全身不能动弹，手脚麻木、僵硬，但神智很清楚，说话没问题。见此情景，同室的战友一下子惊呆了，赶快跑到医务室找大夫。回想起来，这位医生太高明了，看到我的情况，他二话没说，马上回到医务室，拿来三丸中成药，让我就水服下，神奇极了，不到30分钟，我完全恢复了正常。我至今深深地记着这位好医生，还有她给我服用的中成药“人参养荣丸”。

3. “批林批孔”当口，他敢供奉“孔圣人”

孔子，名丘，字仲尼，山东曲阜人，是我国春秋末期的伟大思想家、政治家、教育家，是儒家学派的创始人。他的言论和思想对于确立和发展我国的封建文化影响很大。他的学说成为我国两千多年封建文化的正统，中国人乃至国际友人把孔子尊称为圣人，兴办孔子学院成为一种世界潮流。

但是，在“文化大革命”期间，在“打倒一切、否定一切”的乌云密布的日子里，两千年前的孔子也未能幸免，被无知者批判为“孔老二”，甚至联系“实际”，刮起了“批林批孔”的歪风。

然而，就在这黑白颠倒的年代，漯河市张庄乡的一家农舍里，一位大胆的农民，却虔诚地供奉着孔子的画像，左右挂着一副对联，上联是：“圣人在上，弟子跪拜”；下联是：“贤者之说，后世之师”。横批是：“孔子之位”。这是我与贫下中农“三同”时看到的情景，面对眼前的一幕，我真有点不敢相信自己的眼睛，这位农民胆子太大了。当时的社会，孔孟之道已成为众矢之的，是什么力量给这位农民撑腰，他又为什么这样崇拜孔子呢？在私下言谈中我了解到，这位农民在这个乡镇里，文化程度较高，曾经当过私塾先生，信崇孔孟之道，家庭成分又是贫农，历史上没有任何污点，不管哪个“造反派”都不敢向他发难。其实，他也受过“造反派”的威胁，让他撤掉孔子的画像，他都坚决拒绝，再强硬的“造反派”也奈何不了他，在当时的异常喧闹、污浊的世界里，这位农民家是一块“绿岛”，孔子在这里被安静地“供奉”着、崇拜着。

这件事已经过去40多年，我每每想起它，都十分感慨，一个普普通通的农民，信崇孔孟之道，并敢于坚持，任何邪恶势力都改变不了他。这个发生在农民身边的故事，说起来很简单，但在那个是非不分的年代，风险无处不在，灾难随时可能降临，具备这种勇气实属不易。然而，我们的农民朋友不畏歪理邪说，坚持自己的信仰，捍卫了尊严，这正是朴素的农民兄弟的可贵之处。

4.“老九”怎样消磨“闲暇”时间

劳动是繁重的、辛苦的，但又是愉快的、舒心的。紧张的劳动之后，该歇歇了。大块的闲暇时间怎样度过，是摆在五七战士面前的一道难题，战友们基本上都是根据自己的爱好，各行其是：打扑克、下象棋、搓麻将、练乒乓、打篮球，文体器材倒也齐全。我喜欢打篮球，尽管这是一项十分消耗体力的运动，体力工作加体力运动，在一般人看来是吃不消的，而我却心甘情愿，愿打愿挨，一上球场，什么都忘了，只顾跟着球跑，听着队友的呼唤，其乐无穷。一场球赛过后，加上田间的劳动，真是出了“两身”臭汗，但一点儿也不感觉累，这大概是精神的魔力吧。

时间长了，我发现，有一拨不爱好文体活动的人，选择了他们喜欢的休闲方式：读书、讲故事、聊天。这种新颖的“沙龙”活动，引起了我的兴趣，我试着接近他们，都是熟人，互不排斥，我慢慢地加入了这个别具一格的“俱乐部”。原来他们在讲《聊斋》故事，这在当时是有风险的，在那个现代“焚书坑儒”的浪潮中，《聊斋》被批判为“禁书”，读《聊斋》是“非法”的，好在讲述者手中并没有书，只是凭着他的非凡记忆讲故事，听讲人又是铁杆的忠实听众，不会出现“叛徒”，大家都放心地听着。《画皮》的故事，我就是在这个“沙龙”里听到的。

休闲的方式多种多样，我们菜班养了一条可爱的大黄狗，是全班同志的“开心果”，每天围着它团团转，给它好吃、好喝，逗它玩，它成了大家的好朋友，菜班的另类成员。战友们还给它起了一个好记的名字，叫“傻瓜”，其实“傻瓜”一点都不傻，它既能看管打谷场上晾晒的粮食，又能在夜里为连队站岗、放哨、值班，一旦发现有不轨之人“入侵”，它会挺身而出，嚎叫扑上，甚至咬伤来犯者。为此，它得罪了许多不法之徒。在一天夜里，它不知道被什么人残忍地杀害了。五七战友们都为勇敢的“傻瓜”不幸离去而感到惋惜和悲愤，更痛恨那个野蛮地杀害了“傻瓜”的歹徒。从此，五七干校失去了一位忠诚的守卫者，菜班少了一颗可爱的“开心果”。这件事，一直到我在五七干校“毕业”的时候，都满腹愤懑，心里总是酸酸的。

第十一章　广播情缘

1. 与邓小平同志两次握手

1980 年 5 月，国际激光会议在北京人民大会堂召开，这是一次学术水平很高的国际会议。复出不久的邓小平同志和几百位中外激光科学家出席会议。中国光学会会长、中国科学院院士王大珩教授主持会议。会议开始前，王大珩按照惯例，介绍出席会议的领导，第一位是邓小平同志，小平同志缓缓地从座位上站起来，向大家招手示意。这时，代表们坐不住了，顾不得开会的程序，纷纷跑向主席台，争抢着和邓小平同志握手，会场秩序一时有些“混乱”，大会组织者慌了手脚，不知如何是好，索性“放任自流”了。要知道，刚刚复出的邓小平同志的头衔不是很多，对他的保卫工作也不是很严格，大家争着与小平同志握手，完全是可以理解的，他身边的工作人员也没有过多地干预。

我国的科技工作者太可爱了，个个显示出了高度的组织纪律性，自觉地排成了长队，依次与小平同志亲切握手，尽情享受与伟人亲密接触的幸福感。我作为采访这次会议的科技记者，亲眼看到现场的热烈、活跃的情景。

我大致看了一下，想与小平同志握手的人足足排了二三十米长，不停地排队，不停地握手，不少人还不止一次地排队、握手，力图找回失去多年的快乐与温暖。此情此景，让我十分感动，也身不由己地加入了长长的队伍，期待着与小平同志握手的那一刻。我如愿以偿，小平同志饱经风霜的手，传导着温馨、幸福的暖流，我高兴极了。一秒钟的握手，时间太短了，感到不满足，我又回到排尾，重新排队，以求得第二次握手，我的心愿实现了，兴奋不已，更让我高兴的是，新华社摄影记者杨武敏同志拍下了这个我毕生难忘的历史性镜头，并把照片赠送给我。真诚感谢这位新闻界的好朋友杨武敏同志，我一直把这张珍贵的照片精心地保管着。

我本来是参加国际激光会议的，主题是宣传我国激光科学的突出成就，现在情况发生了变化。这个新闻稿该怎么写，我改变了原来预想的思路，重新谋篇布局，突出了“科学家排队与邓小平握手”的场面，再介绍我国激光科学在各个领域应用的显著成就。临时改变新闻报道的角度是每位新闻记者必备的能力。让我高兴的是有幸和邓小平同志两次握手。

2. 改行的“苦”与“难”

我调到中央电台以后，在人事部门工作了两年，跟领导和同事们相处得不错，比较顺心，但我总觉得，做人事工作不是我的专长。我从航天部来，对科技有着特殊的感情。恰在此时，全国科学大会召开，中央电台着力加强科技宣传，有关领导了解到我的情况，决定把我调配到专题部科技节目组，充实科技报道的力量，尹桂芝主任非常支持中央电台的决定，毅然“放飞”了我，这也正是我的心愿。（至此，中央电台政治处的“八条大汉”还剩七条，他们是：刘应春、高聚成、李存厚、李国君、张学廉、张德祥、饶鸿汉。非常可惜，“七君子”当中，最后的三位同志，今天已经不在人世，我一直很

“广电部”已成历史（右四为作者）

想念他们。)

在去专题部报到之前，我做了充分的礼仪性思想准备，比如，首先应该见部领导，谈谈自己来科技节目组的心愿，要虚心向老同志学习，求得老编辑的指导和帮助，等等。未承想，我的一片诚心，换来的却是一个意想不到的下马威。在专题部主任办公室里，我刚说完一句“谦虚”的话，那位专题部领导急不可耐，冷冷地向我发出“软”警告：“专题部可不是人事处，不是什么人都可以当编辑的，先试试吧，让科技组安排一下……”谈话就是这么简单，我的心一下子凉了半截，几乎要打“退堂鼓”，来个“向后转”。我开始怀疑自己：“能当编辑吗?”想了想，还是鼓起勇气，到科技节目组再说吧。

来到科技组，情况大不一样，组长刘国雄同志热情地接待了我，安排好座位，一一介绍科技组的各位编辑、记者，大家都很和善、友好。同在中央电台工作，人与人之间的差别太大了。事后我才知道，“教训”我的那位专题部领导，由于说不清的原因，对中央电台，特别是对人事部门意见很大，我成了他发泄不满的“出气筒”，一把“无名火”统统撒到了我的头上，何苦呢？此人究竟本事有多大，学问有多深，水平有多高，资格又有多老，我不清楚，只知道，没过多久，他就调离了中央电台，另谋“高就”了。

挨训斥，也不一定是坏事，它可以让你增长见识，明辨是非，懂得宽容，学会老老实实做人，认认真真办事，甘当小学生。我到科技节目组以后，打扫卫生、打开水、擦桌子、刷痰盂的活儿，几乎被我“承包”了。我虚心向老编辑请教，把每位同志，哪怕是先我一天到科技组的，都当作自己的老师，诚心诚意地向他们学习，苦练编辑基本功。说来也真不容易，毕竟这时我已经是40多岁的人了，又从来没有做过广播编辑，一切得从“零”开始。

在20世纪70年代，广播技术还比较落后，所有节目都要事先由责任编辑录制好，而后发播。作为一名广播编辑，不仅要学会编辑稿件，还要学会录制节目。学习编稿我是下了一番苦功的，老编辑编完的稿件，我暗暗地把它们收集过来，对照原稿，细心阅读，有时还要重新抄写一遍，从字里行间，学习经验丰富的老编辑的文字功力和编辑稿件的技能。我这样坚持了很长一段时间，大有收获。在录制节目方面，我沾了陆玉洁的光。陆玉洁在录音资料室工作，那里有较好的录音设备，我每天中午，利用休息时间，跟着陆玉洁学习录音，日积月累，我的录音操作水平大大提高，从一个门外汉，逐步练成了一名“熟练工”，我就是这样一步一步地“摸着石头过河”，寻找自信，最终成为一名称职的科普广播编辑。

道路是曲折的，奋斗是艰辛的。荣誉从来不会亏待勇于攀登的人。经过十几年的不懈努力，自我感觉比较成功。1982 年开始，我的代表作《从甲骨文到口袋图书馆》连续多年被选入初中语文课本；1986 年，被评为中央电台主任编辑；1987 年被任命为中央电台科教部副主任；1990 年，被评为“新中国成立以来成绩突出的科普作家”；1991 年被评聘为高级编辑，晋升为科教部主任；1994 年被任命为中央电台第二套节目副总监，兼科教部主任。1993 年，我担任支部书记的科教部党支部被评为国家中直机关的优秀党支部，并做大会发言。1994 年开始，享受国务院颁发的政府特殊津贴。1996 年荣获“全国先进科普工作者”的称号，在北京人民大会堂，受到江泽民、胡锦涛等中央领导同志的接见。2000 年，我的名字被载入了国家广播电视总局批准出版的《中国广播电视人物辞典》；2002 年被推举为我国科普编创学科带头人；2005 年被评为“成绩突出的国防科普作家”。

3. “一仆三主”，以“会”为家

按照户口本上的年龄（1936 年 3 月 26 日生），我于 1995 年 12 月 30 日提前一年退休，这是我自愿这样做的。新上任的主任不愿意宣布中央电台关于我退休的红头文件，我只好利用一次科教部全体会议的机会，自己宣读了中央电台人事部门的通知，大家感到很意外，但我很平静。后来，这件事儿成为中央电台的一个奇闻——宋广礼在科教部的大会上宣布自己退休了。

为什么我要提前退休呢？退休前，作为中央电台科教部主任，我经常到台里开会，部领导们坐在一起，前后左右看看，一茬茬的年轻干部都提拔上来，我有些坐不住了，自己觉得真的“老了”，该退下来了。事情就这么简单，没有什么深奥的道理。

新上任的科教部“一把手”赵忠颖同志，非常理解老领导的心情，没有一“退”了之、“人走茶凉”，而是返聘我继续工作一段时间，照常享受部领导“待遇”，并承担部分审稿任务。当我和编辑们一起坐在大办公室里开心、愉快地工作、学习和生活时，从未见到在岗的同志对我投来异样的目光，我很知足、很欣慰。

哈尔滨的科普会（后排左四为姚宝山）

平心而论，从原来的一部之长，突然转变为普通编辑，如果说一点落差都没有，那不是实话。我心里在想，现任领导对老同志的特殊关照是可以理解的，但这毕竟不是长久之计。

退休后不久，我充分利用自己以往的积累和科普广播的行当优势，很快把工作重心转移到广阔的社会活动中去，组建了科普广播委员会（简称），我当选为秘书长，说起来，这个委员会很有特点，它隶属于三个“国”字头的协会（学会），即中国广播电视协会、中国科普作家协会与中国科技新闻学会，会员们风趣地把这种特别的结构比喻成“一仆三主”。

科普广播委员会学术活动很多，跟地方电台的交流频繁，每两年进行一次科普广播节目和论文的评奖或创优活动，收到了较好的效果，受到从业者的广泛欢迎。到2012年，在我担任委员会秘书长期间，共举办了10次科普广播学术交流与评奖创优活动，成果颇丰。在此期间，我和赵忠颖等同志合作，主编了两本自认为对科普广播人具有一定借鉴价值的参考书。一本是科普广播论文集《“翻译”科学的艺术》；另一本是科普广播优秀节目选编《听广播，学科学》，它们是我担任科普广播委员会秘书长20多年来工作文字化了的结晶。就此，我的科普广播的学会生涯画上了一个不算圆满的句号。

科普人到大寨

与中国记者协会党组书记翟惠生（左）在一起

这里，我要特别感谢科普广播委员会办公室主任杨侠同志，她是科普广播委员会的功臣，许多具体的事务性工作都是她完成的。杨侠同志有自己的本职业务，兼管学会的义务性工作，没有报酬，没有补贴，全凭自己对科普广播的亲切感情和热爱，尽心地工作。她工作中吃苦耐劳，细致耐心，千方百计把学会办成会员们自己的家，受到各地方电台的科普广播人的热情赞扬，他们说："会长可以不认识，但必须认识杨侠，因为许多事情都是她做的。"

杨侠对学会工作的贡献不可低估，但她毕竟有自己的本职工作，一身兼二职，既要当好学会办公室的主任兼秘书，又不能耽误本人分管的科普节目

珍贵的瞬间（前排右四为刘国雄）

中国科技新闻学会创始人

（左起：陈祖甲、作者、杨时光、梁沂滨、徐九五、王友恭）

的制作，确实不容易。于是，她“聘请”了一位“二秘”，她就是原科教部的行政秘书马琳。这个女孩很不简单，在20世纪90年代，计算机还不太普及的时候，她已经通晓了计算机的使用，并熟练地掌握了打字本领。这正是杨侠同志看准马琳当“二秘”的原因。

马琳不愧为打字的能手。烦琐的学会工作，一旦杨侠忙不过来，总是请小马帮忙，打印学会的各种文件和资料，这对于我，当时还是一个计算机“盲”的秘书长来说，帮助太大了。马琳已经成为一位不是学会成员，但却做了大量学会工作的“帮办”。非常抱歉，在我担任学会秘书长期间，一直想着请马琳同志参加一次我们科普广播委员会的活动，但未能如愿，终成憾事。

马琳是一位勇于进取的年轻人，在中央电台这个被知识分子全覆盖的新闻单位，她感到自己文化水平的欠缺，于是，决心考入业余大学，攻读大学课程，她成功了，成为称职的中央电台员工，成为“经济之声”不可或缺的年轻秘书。

我作为科普广播委员会的秘书长，坦白地说，学会之所以取得了一定的成绩，功劳有杨侠的一半，也有马琳的付出。如今，我已经辞退了秘书长职务，不再做学会工作，但我仍然要诚心地感谢杨侠和马琳同志，永远不会忘记她们。

我是中国科技新闻学会的创始人之一，一直担任学会的常务理事，兼任学会主办的学术期刊《科学新闻》的副主编。与学会副理事长王友恭等同志，共同主编了由宋健题词的科技新闻论文集《实践与探索》和《迈向新世纪》《科学新闻与写作》等。直至2013年，《中国科技新闻学会》第五届理事会换届，我由于年龄超标，自动退出所担任的一切学会职务，被授予终身荣誉理事。

在中国科普作家协会，我多年担任常务理事，是全国科普编创学科的学术带头人。曾担任中国科普作家协会主办的《青年科学向导》杂志的副总编辑。多次出任“全国优秀科普图书和短篇优秀科普作品评选”的评委。

我还是国防科普委员会的委员。在公而忘私、勤奋敬业、善于团结协作的林仁华主任的率领下，多次参加全国国防科普和国防教育活动，担任《国防科普征文》的评委，发现了许多优秀的国防科普的创作人才，结交了不少志同道合的好朋友，《一字之交》的文章中说到的国防大学乔松楼教授就是其中的一位。

4. 骑“驴”逛冰川公园——海螺沟

我骑着跟毛驴一样大的小马，无须导游和马夫陪伴，从海螺沟的一号宿营地出发，直奔冰川公园游览胜地。骑上小马，我和这位陌生的“朋友”就结成了“命运共同体”，向着我神往的冰川森林公园——海螺沟进发。我心情急迫，恨不得马上到达目的地。我着急赶路，可小马一点也不急，它心中有数，按部就班，循规蹈矩地，依照自己的步伐，沿着它走熟了的羊肠小道，踩着它多年往返留下的脚窝，一步一步慢悠悠地走着，我也只好依着它，信马由缰了。

按照马帮的规矩，走在路上，小马是不准吃东西的，我严格按照马主人的章法，跟随着训练有素的马帮，不吃不喝，亦步亦趋地行进。大约走了30分钟，在一段比较平缓的路面上，不知道哪位游客，把吃了一半的苹果扔在地上，被我骑的小马发现了，它如获至宝，快速跑了过去，俯身低头去吃，我毫无思想准备，一下子从小马身上滑落下来，重重地摔在地上，好在马身不高，我未受太大伤害，但是受惊吓不小。可此时，我却不敢对马儿施加任何暴力，因为我还要和它“同舟共济”，继续前行，心里想着大目标——海螺沟。吃一堑长一智，在之后的路途上，我再不敢掉以轻心，聚精会神地“驾驶”着小马，缓慢而安稳地行进着。这样，我们又走了一个多小时，终于到了海螺沟冰川观景台，而那匹一路相伴，辛苦“敬业”的小马，又听从帮主的训令，去接待下山的游人了。

冰天雪地海螺沟

海螺沟冰川生成于1600年以前，全长约14千米，冰川的最低处只有海拔2850米。冰面宽度约2000米，冰体厚度为100～300米，一般游客只要体力允许，都可以登上这奇妙的冰雪世界。对于远道而来的我，当然不会错过这个难得的好机会，踏上冰雪连天的银色大地，享受着“这边冰雪覆盖，那边树绿花红”的绮丽风光。那是1990年的8月，正值盛夏时节，我站在冰川上，穿着夏季的短袖衫，一点儿也不感到寒冷。皑皑的冰川像一块巨大的磁铁，吸引了大批的游人，被它黏结在冰面上，久久不愿离去，我在这块“磁石”上，足足待了50分钟，最后，依依不舍地告别了我生平第一次，也可能是最后一次登上的海拔最低的梦幻般的冰川。

海螺沟冰川的另一个迷人的看点，是它又高又宽的冰瀑布，瀑布高1080米，宽1100米。我国唐代大诗人李白描述庐山瀑布景观时，写下了千古佳句“飞流直下三千尺，疑是银河落九天”，这里说的是天水的活力。来到海螺沟，这美丽的诗句或许可描述成“冰川漂移暗暗走，看似平静实不宁”。晶莹剔透的冰瀑布，远远望去，宛若冰雪编织的巨大银屏，凌空飞挂在高高的贡嘎山上，蔚为壮观，美不胜收。听当地人讲，每逢冬春季节，冰瀑布上边常常发生激烈的雪崩，数百万立方米的冰块，猛然间从6600米的高处，直泻到冰川的末端，海拔3700米的冰舌上冰雪飞舞，发出震耳欲聋的响声，撼天动地，这是游人们难得一见的胜景。欣赏这山崩地裂般的壮观景象，游人必须远在两千米以外，才不会遭受到任何危险和意外。

海螺沟冰川森林公园，沟长30.7千米，景区面积200平方千米，它距离四川省省会成都340千米。1987年10月15日正式对外接待游客，1988年8月被国务院批准为国家级风景名胜区。海螺沟冰川森林公园距离举世闻名的泸定铁索桥仅有52千米。

泸定铁索桥是1961年3月4日国务院首批公布的全国重点文物保护单位之一，桥体结构独特，由13根铁索和东西两个桥头堡组成，铁索上共有12164个扣环，总重量约21吨，桥面长101.67米，飞跨在大渡河上。1935年5月29日，红军的22名勇士，冲破火海，飞夺泸定桥的英雄故事就发生在这里。

5. “荔波漂流”遇险记

荔波是贵州省的一个贫困县。来荔波之前，我并不知道荔波有多么穷，来到这里以后才知道，一个人如果一天能赚到30元，那就是当地的富裕户了。

来荔波旅游的朋友，都免不了体验一下漂流的感觉。张秀智秘书长很理

科普好友（前排右二为张秀智）

解大家的心情，做了特殊的安排，也准备尝试一把。我们初来乍到，被好心的导游安排在一个当地比较好的，其实很简陋的旅馆里，大家期盼着明天到一个落差很大的河流上去漂流。

次日凌晨，我们早早地起来，吃过早餐，准备出发了。没有想到，这么早的时间，旅馆的门口已经有十几个不满十岁的孩子等在那里，他们手提竹筐，筐里装着毛栗，亲热地叫着“叔叔”“阿姨”，他们的眼里充满渴望，希望我们购买他们的劳动果实。其实，价格很便宜，只因我急着跟随队伍去漂流，就漫不经心地说了一句：“回来再买”。我以为这事儿就过去了，然而，事情远没有那么简单，我万万没有想到，晚上回来的时候，太阳已经落山，而那个女孩，我答应过“回来再买”的女孩信守承诺，还静静地等在旅馆的门口。我太意外，太感动了，我唯一可以做的，就是买下她竹筐中所有的毛栗，这样心里才能平静些、安稳些，少一些突如其来的苦楚。这是多么诚实、守信、可爱的乡村孩子啊！这件看来很不起眼的小事，但在我的心底却一直牢牢地记着它，因为它实实在在地告诉我，什么叫“人间真情、诚信和友善”。

一位哲人说过：“诚信，就是不讲假话，信守诺言，说话算数，履行自己承担的义务。”诚信不是智慧，但却常常放射出比智慧更诱人的光辉，有许多凭借智慧千方百计也得不到的东西，而讲诚信，却能轻而易举地得到。做人要以诚信为本，一旦形成这种风格，不论在有利或不利的处境下，都能获得成功。诚信是为人之本，也是现代社会道德的基石，是事业制胜的一大法宝。

我爱这些信守承诺的孩子们!

在水上漂流，作为游客确实很刺激、很开心，但也为船工们的辛苦劳作而倍感钦佩。我们漂流的河段有二三千米，游客乘着橡皮划艇，顺流而下，时而穿过水中奇异的树林，时而飞跃人工“瀑布”，时而来个急转弯，险象环生，场面蔚为壮观，充满着梦幻般的感觉。大约经过40分钟的时间，到达了漂流的终点。旅游大巴车已经等在那里。

快乐漂流

我们玩得开心，玩得快乐，岂知陪同我们漂流的船工们，又要背上他们的橡皮划艇，徒步跋涉两千米，回到我们上船的地方，接待新一批游客。他们就是这样一次又一次重复地奔波着，一天下来，一个船工的收入也不过30元，虽然收入少了点，活儿也累了点，但他们很满足，因为与当地的一般农民相比，他们的收入算高水平了，这就是当时我所见到的贫困地区。

有故事的人随时都有故事发生，乘船漂流也没有跳出例外。按规定，每个皮划艇只能坐3个人，排队上船，人够起航，跟我同坐一条船的是两位女同志，结果忙中有错，一不小心，我掉到河里，两位女同志吓坏了，又不能施救，只是大声呼叫。幸亏我会游泳，没有酿成大祸，虚惊一场而已。可是在漂流过程中，我吃尽了苦头，湿漉漉的衣裳裹在身上，难受极了，然而在女同志面前又无可奈何，只好忍着。人说“穿小鞋”难受，其实，穿湿漉漉的衣服漂流40多分钟，更不是滋味呀，认倒霉吧，谁让我偏偏赶上和女同胞坐一条船呢!

6. 吐鲁番之旅，被困戈壁滩

在我的科普广播生涯中，关于“海拔”的知识不知介绍了多少次，每讲到这个话题，总要提到一个著名的地方——吐鲁番。吐鲁番之所以出名，是因为它有三个特点：一是“海拔”最低，最低点在海平面以下154米；二是气候干旱炎热，每到夏季，平均气温都在40℃以上；三是盛产无核葡萄，香甜可口，享誉全国，独具特色的葡萄园是游人必去之地。

带着对这个神奇地方的渴望，我避开最热的盛夏，选择九月下旬去采风观光。我们乘坐旅游大巴，从乌鲁木齐出发，大约经过5个小时，比较顺利地到达了我向往已久的美丽城市吐鲁番。来到它的身边，第一个感觉就是出奇的热，我们住的宾馆，9月份了，室内温度高达40度，虽然热了点，心里并不烦躁，反而很开心，因为早有思想准备，体验一下酷热的味道，别有一番情趣。天气特热，而生活用水却是特别的凉，因为这里的水都是高山上的冰雪融化以后流淌下来的。

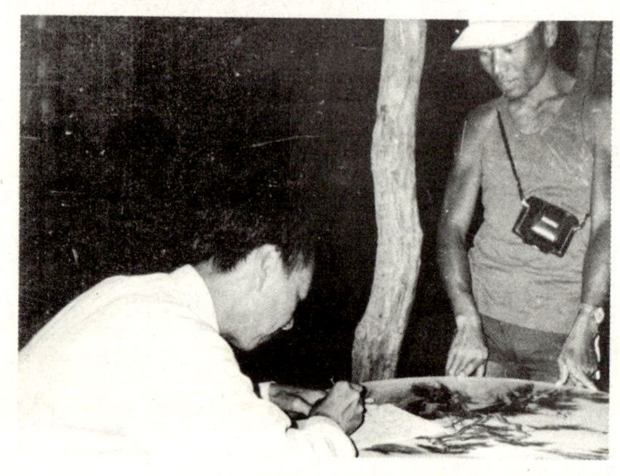

为探险者签名

有人把吐鲁番称作葡萄城，这一点儿也不夸张，随便走到哪里，都可以看到大大小小的葡萄园。导游把我们带进一家依山傍水的中等大小的葡萄园，真是大开眼界，北京人哪里见过这般模样的葡萄之乡？

那是1984年，每个游人只要买一张5角钱的门票，就可以随便采摘和品尝缀满枝头的各式各样的无核葡萄。葡萄园的主人订了一个没有张贴出来的“规矩”：树上的葡萄可以随便摘、随便吃，但不能带走。游人都很理解，也很自觉。主人自豪地说，到现在为止，还没有一个人破坏这个不成文的规矩。

在回乌鲁木齐的路上，我们遇到了大麻烦。汽车在干热的戈壁滩上行驶，大约走了一半的路程，汽车水箱“开锅”了，又没有地方灌注冷水，只能抛锚在广袤的戈壁滩上，坐在车里的人，热得浑身冒汗，不敢下车，因为外边比车里还要热，毫不夸张地说，戈壁滩上的地皮都是滚热的，当地的老乡说，如果把鸡蛋放在地面上，过一会儿就熟了，谁还愿意下车挨烫呢？

我们只好等待救援。一辆辆小汽车从我们身边飞驰而过，司机师傅很清楚，他们救不了我们三十几号人。我们只好耐心地待在原地，等了将近一个小时，机会来了，一辆大卡车开过来，开车的那位师傅非常理解“落难”者的处境和心情，明白我们求救的渴望，没有多说什么，毫不犹豫地向我们抛出一根粗粗的缆绳，示意我们拴住“面包”车，拉着我们前行。对于这位师傅的好心救援，我们十分感激，大家拿出甜美的哈密瓜送给师傅吃，以表达“落难者”诚挚的谢意。

真是“祸不单行”。大卡车拖着我们走了不到30分钟，由于牵引负重过大，难以承受，也有水箱“开锅”的危险。这位朴实的卡车师傅不得已把车停下来，走出驾驶室，不无遗憾地对大家说：“真对不起，我不能再拖你们了，不然的话，这两辆车都要被困在这里了。”我们这些“难民”，完全理解这位师傅的难处，不再强求，用感激的目光，依恋的心情，送别了萍水相逢的大好人。

慢慢地，天色渐晚，夜幕降临，老天送来了一丝清凉，戈壁滩上的热度下降，经验丰富的司机心里明白，再过两个小时，水箱冷却，我们就可以重新上路了。我清楚地记得，那辆跟我们相依为命的“面包”，再次启动的时候，已经是第二天的一点多钟了。三十多号人，在荒漠的戈壁滩上，在闷热的面包车里，艰难地熬过了6个小时。汽车开进乌鲁木齐的时候，东方发白，太阳渐渐升起，大家的心情格外的好。

采访观光回来，科技节目组善于研究科普细节的同事，问我一个“特别科普”的问题：“你到过海拔最低的地方，在那里是什么样的感觉，对身体健康有影响吗？”这个不软不硬的提问，把我难住了，一时无法回答，因为我确实没有这个体验，也没有去采访有关的专家，这是科技记者一次粗心的经历，我感到遗憾。直到今天，我也不知道，在海拔最低的地方，人究竟有什么异样的感觉，挺惭愧的。

7. 四川采访花絮：我当了一回“藏族同胞”

四川，我曾去过多次，但都是大城市，像成都等。1994 年，我已将近 60 岁，在中央电台工作已经十几年，下定决心，到四川比较艰苦的地方走一趟。机会来了，中国科普作家协会副理事长汤寿根发起组织一个采访团，重走“长征路”，到四川省一些艰苦的地方采访。

我们从成都出发，最后目标是海拔将近 4000 米的色达县。一路走来，险情不断。在 2600 多米的半山腰上，我们乘坐的汽车“开锅”了，无法继续前进，只好停下来，我们到山涧小溪里，提取清凉的泉水，换掉汽车水箱中的开水，继续前行，这样的折腾，不知道重复了多少次。由于路上耽误了时间，天色已晚，我们不得不夜行。汽车在茫茫的草原上打开照明灯，飞快地行驶，期盼着早点到达住宿地。

突然，车前跑过来一头牦牛，汽车来不及躲闪，牦牛一下子撞到汽车的左灯上，汽车停下来，再看那头牦牛早已跑得无影无踪。记者们同声称赞：“草原上的牦牛真厉害呀！”好在我们的汽车并无大碍，只是坏了一盏灯，我们只能孤灯照明、赶路。到达住宿地已经是深更半夜了。

清晨起来，记者漫步在一望无际的大草原上，这里是天然的大牧场，藏

藏袍加身（右为作者）

九寨美景

族同胞骑着膘肥体壮的骏马，带着顺从的牧羊犬，悠闲地放着自家的羊群。看到汉族兄弟来了，牧羊人热情地和我们打招呼，握手问好，一位骑马的牧民俯身下马，来到我们中间，了解到我们是北京来的记者，就用不太熟练的普通话跟我们攀谈起来，表现出浓浓的民族情、兄弟谊，两大民族的血脉融合在一起，语言虽然不是很通，但谈得很亲热、很友善。不知不觉间，一个小时过去，该告别了。应记者请求，我们与藏族同胞交换了服装，拍照留念。这是一次巧合而有意义的谋面，留影异常珍贵。

我们继续前行，地势越走越高，最后到达我们的目的地色达县，这里海拔3900多米，新华社《环球》杂志总编辑叶进同志突然出现了高原反应，呼吸困难，瞬间处于昏迷状态。记者们的情绪立刻紧张起来，而当地领导并没有过分着急，表现得非常冷静。这种事儿在他们看来，已经司空见惯，经历得太多了，心中是有数的。马上指派医疗部门抓紧抢救，当时最急需的是氧气，赶快从县医院运来一瓶氧气，输氧以后，叶总慢慢苏醒过来，大家松了一口气。抢救的医生提醒说，他们医院只剩一瓶氧气了，如果连续输氧，恐怕供不应求，不如早些下山，保证人身安全。记者团采纳了医生的建议，专门派一辆采访车，由医生陪同，撤到2000多米处的一个林场，果真见效，叶进完全恢复了正常，高原反应就是那么神奇。第三天，当我们在林场相会时，叶总又谈笑风生了，可是他昏迷时的“丑态”已经被摄影师记录了下来，播放一段，“欣赏”一下叶总在海拔3900米的色达县的纪实录像，弄得记者们捧腹大笑。

在下山的路上，我们参拜了一座寺庙，记者们按照佛教的规矩，敬见了他们的“领袖”和众僧们，气氛平和友好，僧侣们都是藏族人，但都可以用普通话跟我们进行简单的交流。言谈间，不知哪位记者“好事”，提出一个“奇特”的问题，他不经意地向僧人说：“我们记者当中，有一位是藏族人，你们猜猜看，他是谁?”话音刚落，众僧们异口同声，把手齐刷刷地指向了我，还说了许多恭维的话，我受宠若惊。当场弄得我十分尴尬，既不敢承认，又不能否认，打个岔，扯开话题，一笑了之。想不到，在千里之外的高山寺庙里，我莫名其妙地当了一回藏族兄弟。

8. 寒山古寺钟声依旧

唐代天宝年间，伟大诗人张继路过苏州的枫桥时，写下了一首流芳千古的名诗：“月落乌啼霜满天，江枫渔火对愁眠，姑苏城外寒山寺，夜半钟声到客船。”诗为寺发，寺因诗显，诗寺共荣，蜚声四海。到苏州观光，必定去寒山寺一游，诵读《枫桥夜泊》的优美诗句，聆听悦耳的夜半钟声，分享古人之快乐。

1993 年 7 月初，借工作之便，在中央电台原科教部秘书、活动能力极强的巢琴波同志的陪同下，我有机会游览了仰慕已久的江苏省文物保护单位寒山寺。果真名不虚传，寺外石桥高耸，细水流淌；寺内曲径回廊，柳绿花香，

寒山寺

警钟长鸣

把游人带到了“曲径通幽处，禅房花木深”的“天堂”般的世界。

接待我们的是苏州市枫桥史迹史料陈列馆的负责人×××同志，他说，在唐、宋时期，苏州人有夜半打钟的习俗，钟声传得很远，余音经久不绝，这是当地老百姓的一大乐趣。遗憾的是，现在，这一传统的历史习俗已经失传。张继诗中提到的那口大钟早已不知去向，明代嘉靖年间，又重新铸钟建楼。江南才子唐伯虎还为此写了《姑苏寒山寺化钟疏》。很可惜，据说这口钟后来流入日本，至今去向不明。现在钟楼上悬挂的大钟，是清朝末年仿造的，钟声洪亮，撞击一次，余音长达120多秒。人们又逐渐地恢复了除夕之夜聆听寒山寺钟声的习俗。

寒山寺素以碑刻闻名，长长的碑廊里陈列着许多古今名人的碑刻，其中《枫桥夜泊》诗碑最负盛名。这首诗的最早刻写者是宋代的王珪，可惜的是，这块碑刻早已散失。我国不少历史名人，如岳飞、陆游、唐寅、康有为等曾为寒山寺题咏诗文碑刻，这些都是吸引游人眼球的亮点。

带领我们参观的陈列馆的负责同志察觉到，我观赏碑文的兴致很浓，下意识地让我们在碑廊里多停留了一会儿，让我有机会多看几眼这些稀世珍品，欣赏我国这难得一见的文化遗存。

告别寒山寺，回到北京，我的脑海里，我的记忆中，时时泛起那蕴藏着丰厚历史文化底蕴的寒山寺的画面，常常吟诵起脍炙人口的《枫桥夜泊》的诗句，亲热地抚摸着朋友的赠品，我永远不会忘记这历史性的一页。

1993 年秋天，我意外地收到苏州市枫桥史记史料陈列馆的一封来信，打开厚厚大大的信封，是×××同志寄来的，里边装着他精心包裹好的《枫桥夜泊》的拓写碑文，我欣喜万分，随即复信，重温寒山寺相识的美好回忆和友情，信笔吟诗一首："日出东方万象新，寒山古寺满目春，海浪拍岸醒梦客，诵读碑帖谢友人。"借此表达我对×××同志的深深感激之情。至今，我还完好地珍藏着这件无比贵重的礼物。

9. 迷人的月牙泉、鸣沙山、莫高窟

我从小就喜欢地理，名山大川，江河湖海，七大洲，四大洋，背得滚瓜烂熟，但受到各种条件的限制，游览过的地方并不多，只能有选择地到自己最喜爱的景区观赏一下。月牙泉、鸣沙山就是我仰慕已久的心仪之地。中央电台的"经济之声"不愧为接地气的团队，它似乎猜透了老记者的心愿，不惜拨出经费，组织记者团去我国河西走廊采访，我荣幸地获得一次到甘肃省采访的好机会。

到甘肃采访，看看月牙泉、鸣沙山是顺理成章的事情。兰州大学非常支持记者西部行的构想，在党委副书记阎孟辉的陪同下，我们来到奇妙的旅游

敦煌莫高窟（右二为王延雄，右四为张桦）

月儿弯弯落沙洲

胜地月牙泉、鸣沙山。这里有山有水，山水相依。山，是由细细的黄沙堆成的沙山，它由“巧风”吹制而成；水，是沙山脚下涌出的泉水，并构成一个半圆形的湖面，人称月牙泉，真是巧夺天工，大自然的杰作，没有一点人工的雕琢与修饰。

鸣沙山、月牙泉太迷人了，我赤着脚，在鸣沙山上艰难地爬行，说“爬行”一点儿也不过分，因为每迈进一步，脚都要陷进半米深的细沙中。我的目标是鸣沙山的峰顶，想找一个最佳位置，拍摄月牙泉的全景。爬着，爬着，景区的监护人员突然大喊起来：“不能再往上爬了，很危险，大风刮起来，沙子会把你埋上的。”听到了喊声，以及领队张桦的劝阻，我停止了脚步，抓紧时间，对月牙泉进行拍照。由于当时天气隐晦，太阳不赏脸，自己又没有爬到最高处，虽然勉强地拍摄到了月牙泉的全景，但画面和清晰度都不够理想，然而我心里还是挺高兴的。我毕竟爬上了鸣沙山，观赏并拍摄了全景月牙泉。这件作品曾在中国科技新闻学会主办的《科学新闻》杂志上发表，在中国广播电视总局主办的摄影展上展出。

回到北京以后，每当我想起爬鸣沙山的时候，都感到后怕。爬鸣沙山看似平常，不会有什么危险，其实，如果不听从景区监护人员的劝阻，一意孤行地往上爬，就等于把自己置于危险的境地，意外的伤害难以预料。后来听景区的工作人员讲，在以往的经历中，确实发生过不幸的意外伤害事故，责任在谁呢？这件事又一次告诉我，做任何事情，都要守规矩、讲纪律，这才是硬道理。

在甘肃河西走廊采访，还有几个著名的地方不能不看，它们是：我国酒泉卫星发射中心（详见《永远的航天梦》一文）、驰名中外的世界文化遗产莫高窟、我国古代丝绸之路重镇武威的地下博物馆及郭沫若题名的“马踏飞燕”雕塑、明代万里长城的西端起点嘉峪关、我国历史文化名城张掖以及拥有六项世界之最的甘肃省和政古动物化石博物馆等。

在被誉为我国古代壁画和塑像艺术宝库的莫高窟，我恭请了一尊精致的观音菩萨佛像，以表达我对佛门的深深敬意；在武威，我收获了一方栩栩如生的“马踏飞燕”的青铜雕塑，我心如飞奔的骏马，驰骋在河西走廊的大地上；在和政古动物博物馆，我得到了一件逼真的古鱼类化石的复制品，再现了鱼儿当年的风姿。这些极具收藏价值的纪念品，我将精心保存。

值得一提的是，在嘉峪关城楼的一角，我看到那里摆放着一块两千多年以前修建长城时没有用完的灰色方砖。导游风趣而认真地告诉我们，这块砖非同一般，它是古人修建长城的时候，剩余的唯一一块砖。可见，我们的祖先在建筑用料方面，计算得何等精确，实在令后人佩服、感叹。

10. 气垫船“飞”向特区

我在中央人民广播电台搞科普宣传20余年，关于气垫船的知识，从不同的角度讲过多次，但都是纸上谈兵，从来没有看到过，更没有乘坐过。我一直盼望着有一天能亲眼看看气垫船的“庐山真面目”，弄清楚它是怎样“飞”起来的，享受一下漂在水面上“飞行”的乐趣。

机会终于来了。中国广播电视协会科普广播委员会于1995年11月在珠海召开第六届年会，会后代表们倡议，到隔海相望的经济特区深圳去采访观光。“心有灵犀一点通”，与会的科普精英们即刻达成了共识，到特区去看看，这是大家的共同心愿。亲眼目睹总设计师邓小平规划的改革开放的试验田，是科技记者们心中共同的梦想，也是一份莫大的荣耀。决定了，各位代表自掏腰包，办好手续，乘坐大家都向往的交通工具气垫船，用了大约 60 分钟，到达了一个新兴的城市——深圳。

记者们早去晚回，一路风尘仆仆，虽然时间短暂，所见所闻不多，但蜻蜓点水之功，用到了刀刃上，记者们大开眼界，收获丰硕。我们实地看到了改革开放的发源地的真实模样，体验到了改革开放领跑者深圳的速度，受到了很大的鼓舞和激励。广播记者同声点赞，不虚此行。

艺枫 40 岁

那次在珠海开会，可巧，我的儿子艺枫也在珠海办事，父子在同一个时间，同一座城市出差，并不多见，也算是奇遇了。听说我们要去深圳观光，艺枫也想借机前往，因为他太想体验一下乘坐“气垫船”的感受了，艺枫如愿以偿。（没想到，若干年后，艺枫竟然来到深圳特区创业，莫不是受到当年参观的启发）。在气垫船上，强烈求知欲的渴望和好奇心支配着我，东走走，西看看，这听听，那问问，竭力想把科普广播节目中“纸上谈兵”的文字与实物结合起来，让那些抽象的东西，变得更直观，更形象。我成功了，如果有朝一日，有谁让我介绍气垫船知识，我绝不会凭空而论，一定是见人见物，生动有趣，通俗易懂。倘若现在有人问我，气垫船的工作原理是什么？它又是怎么推进的，我可以毫不犹豫地、负责任地讲给他听，让他们得到满意而又有说服力的回答，这也是我这次乘坐气垫船的一大收获。

11. 金门一瞥，隔海“参观”国民党

20 世纪 90 年代的金门岛，对中国大陆上的人来说，它既熟悉，又陌生，还有几分神秘感。说熟悉，是因为它是中国版图上的一个岛屿，是我国领土不可分割的一部分，那里居住着讲中国话的老百姓，他们按照中国的民族传统和习俗，辛勤地劳动、安逸地生活着；说陌生，必然会谈到遗憾，我作为中华儿女的一员，当时已经 60 多岁，却无缘登上这个距离祖国大陆仅有 3000 多米的心爱的岛屿。因而，在我的脑海中，对金门的印象是极其模糊的、陌生的。可想而知，留下了不小的遗憾。我殷切地期盼着，有朝一日，会踏上

广播科普研讨会（前排左一为程若珊）

祖国的这块宝地。

遗憾之时，我和我的同行们，获得一次对“金门”岛近距离“参观”的机会。那是1999年秋天，经福建人民广播电台程若珊同志的周密策划，中国广播电视学会科普广播委员会，在福建厦门举办一届学术研讨与评奖活动，会议开得非常成功，77个节目获得不同等级的奖励。程若珊、石兆阳采制的广播特写《变垃圾为宝》，题材适用，贴近生活，贴近实际，贴近群众，语言大众化，好听易懂，最终荣获本届评奖会的大奖——一等奖。

到厦门来，与会代表们都想看看临近厦门的岛屿——金门。但谈何容易，当时两岸的政治气氛还不够和谐，更无人员交往，大陆居民登上金门岛是不现实的，也是绝对不可能的。程若珊同志不愧为女强人，她十分理解代表们的心愿，尽心调动自己的智慧，千方百计，出谋划策，竭力满足大家的心愿。

功夫不负有心人，会议租用到一条旅游船出海观光。我们迎着初升的太阳，带着奇异的心态出发了。游船在宽阔而平静的海面上缓缓行驶，大家急切的心跟着船儿走，希望它快些，再快些，恨不得马上抵近金门岛，看看我们的骨肉同胞和这个美丽的岛屿。

但是，由于众所周知的原因，我们的游船只能开到离金门岛大约200多

鼓浪屿之春（右三为程若珊，左三为石兆阳）

米的地方，不能再靠近了。在游船上，我们可以清楚地看到大幅的国民党党旗和持枪站岗的士兵，战士们对大陆的观光客并没有敌意，也无戒备，更不反感，任凭大陆同胞观看、浏览。但是，有一条是必须严格禁止的，就是绝对不能拍照，这是船上人必须遵守的纪律。大家可以尽情地遥望金门，很高兴、很新奇，也很守规矩。

第十二章　圆梦央广

1. 梦系航天：酒泉，我爱你

我在航天部工作了18年，陪同苏联专家两年多，参观过苏联提供的导弹样品，在试制工厂亲手触摸过生产出来的部件和配套设备，参加过上天产品的各种试验。我和其他航天人一样，盼望着有一天，到火箭发射场，观看我们心爱的宝贝飞向太空，在浩瀚的宇宙中遨游的情景。很遗憾，这个美好的梦想，我等了18年，也未能实现。

18年之后的1976年，我带着难以挽回的遗憾和梦想调离了航天部，来到中央人民广播电台，心想，我的航天美梦就此彻底破灭了，但在我的内心深处却久久地潜藏着航天情结，从来没有放弃它。中国的航天大事时刻牵动着我的心，每逢传来航天喜讯，我都由衷地感到高兴，为航天人的高水平、高速度、高成功率的发射而欢欣鼓舞，作为老一代航天人倍感骄傲和自豪。在人类生命的长河中，上天允许你心中梦想的破灭，但绝不宽恕你把美丽的梦

航天员杨利伟升空前住地

见到了航天员翟志刚（前排左三为翟志刚，后排左二为作者）

想丢弃，只要不丢弃，就有圆梦的可能。

终于有一天，我期盼多年的梦想在中央电台看到了曙光。2010 年 5 月下旬，中国广播电视协会科教广播委员会的天津成员王延雄、张桦倡议，组织一个科教广播记者组，去酒泉卫星发射场采访、参观，具体事宜由他们负责联系、落实，我作为这个委员会的秘书长，非常支持这个很有创意的建议，经过周密的策划和精心安排，科技广播记者组一行九人，于 2010 年 6 月 4 日出发了。

兰州大学的领导接待了记者团并陪同我们到酒泉卫星发射场采访、参观。我期盼了半个多世纪的梦想终于实现了，真是思绪万千，内心掀起一片波澜。我不由得想起，在航天大家庭里的日日夜夜，有过成功和快乐，也有过挫折和失意，有过离开它时的留恋，也有过重逢时的欣喜。今天来到卫星发射场，看到这雄伟壮观的场景，既感到熟悉，又觉得陌生。熟悉的是，这里的一切我都似曾相识，在我的记忆中难以抹掉；陌生的是，它们都改变了往日的模样，变得更加强大，更加先进和新奇，我仿佛回到 50 年前的梦幻中……这里的一切我都感到十分亲切，然而再也见不到与我年龄相仿的科技人员，新一代的年轻人是卫星发射场的主力军，接待我们参观的发射中心保障部主任杨

酒泉卫星发射场

（右三为保障部主任杨伟业，右四为火箭发射时按按钮者）

伟业同志，也不过40岁，他特意邀请了那位按火箭发射按钮的军官与记者见面，这位年轻的少校“操作官”只有20多岁，从年轻的航天人的身上，我们看到了航天事业的未来和希望。在采访过程中，我们目睹了胡锦涛总书记为我国第一位航天员杨利伟壮行的画面，拜阅了我国首批航天员团队成员杨利伟、聂海胜、翟志刚在问天阁的住处的签名。此时此刻，我似乎又当了一次航天人。

2. 梦想成真：访苏感慨多

1958年，我毕业于解放军军事俄专，分配到国防部第五研究院任翻译，陪同苏联专家做口译，一直到1960年，中苏关系破裂，撤走苏联专家。

在陪同苏联专家做口译的两年多的时间里，应该说，我都尽心尽力地做好本职工作，为实现自己的梦想创造条件。我当时的梦想很单纯，就是想有朝一日到苏联走一趟，看看社会主义的“天堂”国家是个啥模样，在异国他乡享受一下明天中国的幸福。现在看，当时的想法太天真、太幼稚了。

由于自己职业的“近水楼台”，本想是有机会的，但两年多的时间过去

访苏记者组及其陪同人员

会见苏联卫国战争英雄

了，送走了一批又一批的苏联专家，却连国境都没有跨越过，谈何出国？不切实际的梦想自然成了泡影。后来我调离了航天部，来到中央电台，把这些遥不可及的梦想逐渐淡忘了，再也不去做这个美梦。

事情往往不可捉摸，你忘掉的东西，你远离的梦想，有时候却又回到你的身边。一个偶然的机会，时任中央电台台长杨正泉同志接见苏联广播代表团，对方希望了解中央电台科技广播的情况，我作为中央电台科技节目的负责人，参加了会见。可巧，国际电台的俄语翻译有事未到，我借机翻译了几句，也算是救急吧，双方还比较满意。未曾想到，杨正泉台长竟然把这件事记在了心上。1987 年夏天，苏联广播电视部门邀请中国广播记者访问苏联，根据杨正泉同志的意见，我被确定为访苏记者团的成员，并担任副团长，我太意外了，从内心深处赞赏当年台领导的用人之道，感谢他时刻记着下属的一技之长，需要时用到实处，更圆了我早已忘却了的到苏联走一遭的美梦。

往事记心间（右为杨正泉）

不去不知道，一去全明了。苏联既不是什么社会主义“天堂”，更不是人间“地狱”，而是一个普普通通的有着自己民族特色的国家，苏联人民没有忘记他们光荣的斗争历史和民族传统。记者所到之处，可以明显地看到苏联卫国战争时期留下的英雄印记，激励着后人不忘历史，牢记先辈的功绩，决心把自己的国家建设得更强盛、更美好。苏联人民非常珍惜他们习惯了的现实的社会环境，过着“苏式社会主义”的安宁生活。

我很羡慕“老大哥”的富庶生活。据陪同记者参观的负责人介绍，苏联的普通百姓家庭，很多都有自己的别墅，尽管它的规模、设施及生活用品非常简单（我国出产的暖水瓶成为“苏式别墅”的必备物件），但作为周末度假休闲的去处，是足够舒适的。再看看他们的交通工具，全国平均 15% 的家庭都有私家车。那是 1987 年，中国人不可想象，我羡慕极了。这两件事，我经常讲给孩子们听，觉得社会主义的“老大哥”是我们学习的榜样，打心眼儿里崇拜他们。

回到现实中来，据官方统计，目前，我国的私家车数量已经达到：平均 13 个人拥有一辆，有些大城市更是远远超过这个数字。至于别墅，中国人完全是按照自己的习惯与实力修建的，与“苏式”别墅有天壤之别。

没有想到，勇于追求梦想的中国人民，在中国共产党的领导下，大胆改革创新，全面奔小康，拥有自己的别墅、汽车，不仅不是“梦”，而且大大地超过了“老大哥”。从昨天对苏联的羡慕、钦佩，到今天为祖国的强大而骄傲与自豪，变化如此之大，实在不可思议。“两个一百年”的宏伟目标，无须去精细地描绘，更不需要与当今强盛国家去比拟。我们有理由相信，2049 年的中国，肯定是世界上一流的伟大国家。我抱有充分的信心。

苏联人民对中国人民怀有深厚的感情。我拜访过一位打败日本关东军的苏联红军老战士，讲起当年中苏两国人民共同抗击日本侵略者的战斗友谊，显得非常激动，他说：“在那艰苦的战争环境中，中国的老百姓对我们的战士太好了，太爱惜了。在苏军队伍行军的路上，中国老百姓争抢着送好吃的东西给我们，我印象最深的是煮熟了的鸡蛋和刚刚摘下来的黄瓜，吃着这些算不上美味的东西，战士们心里却非常感激。时间已经过去将近半个世纪，但这感人的一幕让我至今难忘。”

历史永在，友谊长存。访苏期间，记者参观了位于黑海之滨的一座植物园，这里生长着 3000 多种亚热带植物，其中有一棵树王，叫“友谊树”，号称镇园之宝，是米丘林的学生于 1934 年栽种的，是这个亚热带植物园的一棵宝贝，来访者都要一睹它的“真容”，纷纷摄影留念。

接待记者的女主人，猜透了中国游客的心思，特意把我们带到植物园的陈列室，在一个玻璃橱柜前停下来。我们看到，在橱柜的明显位置，摆放着一件以五星红旗为背景的精致的工艺品——可爱的和平鸽，这只活泼的小鸟振翅欲飞，十分逗人喜爱。随后女主人又兴致勃勃地拿出一份 30 年前的《中国妇女》杂志。原来女主人让记者看的并不是这份杂志本身，而是杂志封面上那幅大大的照片——我国的著名杂技演员夏菊花与女主人的合影。中苏两国人民的友谊是亲密的、永恒的。

第十三章　科学家风采

1. 严济慈——伟大而平易的科学家

严济慈是我国老一辈著名科学家，浙江省东阳县人，1900 年出生。1923 年毕业于南京高等师范数理化学部，后留学法国，1925 年在巴黎大学理科学院获教育硕士学位，1931 年回国，任北平物理研究所所长，1945 年任中央研究院院士。

中华人民共和国成立后，严济慈出任中国科学院数理化部学部委员、应用物理研究所所长、中国科协书记处书记、中国科技大学研究生院院长、全国人民代表大会常务委员会副委员长。

这位资深而功绩显赫的伟大科学家，也为我国的科普事业做出了杰出的贡献。早在 20 世纪 60 年代初，他就为中央电台撰写了轰动一时的科普作品

老一辈科学家严济慈

《我在你们的眼睛里确实是倒立的》。文章运用光学的基本原理，结合人们生活中的实际，浅显易懂、生动活泼又便于操作地讲述了，在人们的眼睛里看似正影的事物，实则是倒立着的科学道理。在当时我国科学技术、文化水平还不高的年代，这篇文章起到了举足轻重的作用。

中央电台科教部联系着成千上万的科学家，更少不了科普作家。1984 年 8 月 31 日，中央电台在人民大会堂举办“科普广播节目开办 35 周年座谈会”，我们诚恳地邀请了著名科学家、伟大的科普作家、80 多岁高龄的严济慈院士到会。会上严老做了即席讲话。他很谦虚，开头便说：“我是浙江人，到北京多年，一直没学好普通话，很对不起大家，我只能用浙江普通话说几句。我很喜欢科普，还给你们中央电台写过科普文章，好像叫《我在你们的眼睛里确实是倒立的》，20 多年前的事，记不清了。如果需要，我可以再写一篇，物理的，甚至光学的都可以。不过我已经 80 多岁了，还是让年轻的科学家写吧。我给你们推荐一位光学专家，他叫王大珩，中国科学院院士，一位非常重视科普的科学家……”

中央电台采纳了严老的建议，王大珩毫不推辞，撰写一篇高水平的科普文章《谈我国光学科学技术的发展》，受到了光学界同行的一致好评和广大科普爱好者的称赞。

在资深科学家严济慈面前，王大珩院士可算是小字辈。其实，院士也是平常人，但他走过的路并不平坦。成功的秘诀在于，树立坚定的信念，追求人生的梦想，付出艰苦的努力，流出更多的汗水。在中国光学学会的一次春节联谊会（我作为光学学会的理事出席了会议）上，泰斗级老一辈科学家严济慈院士，看着坐在身边的王大珩，说了一段风趣的“倚老卖老”的话：“大珩，我和你爸爸王应伟是好朋友，他是一位出色的天文和气象专家，本来希望你学工科，容易赚钱养家，你不同意，你喜欢做实验，坚持要学物理学，又专攻了光学，现在看，你对了，出息了，当了院士，又当了光学学会的理事长，不简单啊。年轻的同行们！大珩的成功，不是天给的，他走过的路，是先有目标，而后用汗水和艰辛铸成的。”老一辈科学家的一席话，多么意味深长，多么启迪人生啊！

2. 苏联专家眼中的钱学森

20 世纪 50 年代，中苏关系比较友好，交往密切，苏联老大哥还为我国

大家风范

提供了不少援助项目，其中包括尖端科技——导弹、原子弹与卫星技术，并派遣了一大批技术专家帮助中国仿造，最终独立自主地研制出中国的“两弹一星”。

在这段时间里，本人有幸为苏联专家做专职译员。记得有一天，刚刚冲破重重阻挠，从美国回到祖国怀抱的钱学森博士要向中国航天工作者做科技报告，得知这个消息以后，大家都争着要去聆听。而让我感到意外的是，我陪同的那位苏联专家沃尔科夫也申请要听听这场难得的科技报告。经苏联专家组的同意，我陪同这位专家出席了这场精彩的报告会。

报告会在当时的国家第五机械工业部的一个大礼堂举办，会场挤得满满的，座无虚席。钱学森刚一出现，全场起立，顿时响起了雷鸣般的掌声。此时此刻，听讲座的人们，与其说是来这里听报告，不如说是想亲眼看看这位享誉全球的爱国科学家的尊容和风采。

报告开始，这位从事工程控制论研究的科学家讲起航天科技，真是轻车熟路、侃侃而谈。他用浅显的语言，以对比的方式，把苏联和美国的航天技术分析得淋漓尽致。这场报告堪称一席丰盛的科普大餐，面对几百名当时对“两弹一星”技术尚不熟悉的中国年轻科技工作者，钱学森讲得通俗易懂、生动有趣，听讲者无不为这位科学大家的针对性极强的科普报告所折服，打心眼儿里十分敬佩这位刚刚47岁的杰出的科学家。

我陪同的苏联专家沃尔科夫当时已经50多岁，他听过讲座非常激动，在回家的路上，沃尔科夫对钱博士的报告赞不绝口，夸奖钱学森是中国难得的人才，说他“年轻、聪明、智慧、有才干，是中国的未来和希望，有这样天才的科学家，研制出中国自己的导弹和卫星，只是时间问题”。

苏联专家说的话果真应验了：1960 年 11 月 5 日，我国生产的第一枚运载火箭精确地命中目标；1964 年 10 月 16 日，我国爆炸了第一颗原子弹；1966 年 10 月 27 日，我国第一枚导弹核武器发射成功；1967 年 6 月 17 日，成功地爆炸了我国第一颗氢弹；1970 年 4 月 24 日，用“长征一号”运载火箭把我国第一颗人造地球卫星送入太空，茫茫宇宙中响起了“东方红”乐曲。中国后来航天事业的发展更是突飞猛进，日新月异。亲爱的尼古拉·依万诺维奇·沃尔科夫，您说得很对，您的预言实现了，礼仪之邦的中国人民非常感谢这位友好的苏联专家的先见之明。

今天，我国不仅能够独立自主地研制出中国的“两弹一星”，而且成为拥有“多弹多星”的强盛国家，并实现了“嫦娥奔月”的伟大创举，建立了自己的“空间实验室”。“神舟 11 号”与“天宫 2 号”进行了完美地交会对接，景海鹏、陈冬成为我国第一批在“实验室”里工作 33 天的航天员，于 11 月 18 日胜利返回地球。中华儿女的飞天梦想又大大地向前跨进了一步。

2016 年 11 月 3 日，我国新一代大推力火箭——长征 5 号发射圆满成功，首次应用了无毒无污染的火箭发动机燃料。中华儿女可以非常自豪地向世界宣告，我国不仅是顶天立地的航天大国，而且骄傲地跨进了世界航天强国的行列。勤勉智慧的航天人，不忘初衷，继续前进，奋力攀登新的高峰。不久的将来，在浩瀚的宇宙中，悬挂着中华人民共和国国旗的“空间站”，将骄傲地向地球人招手。

3. 黄纬禄入党，支部费心思

我读过一本书，书名叫《请历史记住他们》，要记住他们的什么呢？记住他们不寻常的经历，记住他们身上特有的“两弹一星”精神。在众多的“他们”当中，有一位我比较熟悉。他就是中国科学院院士，国际宇航科学院院士，中国“两弹一星”功勋奖章获得者，我们的老主任黄纬禄。我为什么称呼他“主任”呢？说来话长，1958 年，我大学刚刚毕业，分配到国防部第五研究院二分院第一设计部工作，当时黄纬禄就是这个设计部的业务主任，政委是王树明，行政主任是柴至。

黄纬禄早年留学英国伦敦大学帝国学院，1947 年学成回国。

航天好领导（右一为黄伟禄，右三为柴至）

1957 年，国防部第五研究院成立，黄纬禄即被调入五院二分院第一设计部，并根据工作需要，授予他上校军衔。由于我陪同的苏联专家主要在第一设计部工作，与黄主任近距离的接触较多，我受益匪浅。黄纬禄虽然扛着两杠三星的上校军衔，但没有一点儿官架子，他为人谦和，说话斯文，技术水平高超。

每次交谈以后，苏联专家总是对黄主任大加赞赏，不停地夸奖他的学术水平和人格魅力。

黄主任不但学术成果丰硕，而且思想稳健、成熟，对中国共产党的领导充满信心和热爱，他不善言谈，想加入党组织，又不知从哪儿做起，党组织看出了他的心思，启发他写了入党申请书。

1959 年，讨论他入党问题的时候，党支部为难了：黄纬禄是一位从国外归来的高级知识分子，对共产党内发展党员的程序不一定了解，党内开展的批评与自我批评，他能接受吗？发展党员的讨论会究竟怎么开？给党支部出了一个大难题。于是各个支部委员分头做党员工作，要求他们提意见时注意方式方法，言辞不要过于尖刻和严厉。而后来的实践证明，党支部过虑了，黄纬禄在会上表现得从容不迫，不但诚恳而愉快地接受了同志们的意见和希望，而且在支部大会通过他入党以后，说了一段出乎大家预料的话：“我感谢大家的帮助，以后希望大家继续帮助我。如果党组织批准我当党员，我一定和其他党员一样，为了我们的火箭早日上天，贡献自己的一切力量。”

4. 王大珩严厉谴责光污染

王大珩院士早年毕业于英国帝国理工学院，这位爱国科学家 1948 年回到祖国，为我国光学事业的发展做出了杰出的贡献。1986 年 3 月，他与王淦昌、杨嘉墀、陈芳允院士一起，提出了“关于跟踪研究外国战略性高技术发展的建议书”，深得邓小平的赞许，并做出重要指示“此事宜速作决断，不可拖延”，后经党中央、国务院批准，这个“建议书”取名为“863”计划。

和王大珩院士在一起（前排右二为王大珩，后排右一为作者）

1979 年 12 月，中国光学会成立，王大珩院士当选为光学会首任理事长。作为光学专家，王教授对于到处可见的光污染现象深恶痛绝，严厉批评光污染对环境的破坏和对人们视觉的损伤。记得，1985 年夏天，中国光学会颜色光学大会在山东青岛市召开。晚饭后，记者们陪同王院士，沿着海边散步，走着走着，在一座大楼前，王大珩院士突然停下脚步，对陪同的记者说：“这个地方我以前来过，这幢楼本来不是现在的颜色，我记得是浅蓝色，跟大海很协调，现在不知道哪位先生，心血来潮，改成了这个颜色（暗紫色），大煞风景。你们记者应该写篇文章，评论一下，就说是我王大珩的看法。”我作为陪同采访的记者，回到中央电台以后，除了报道会议的有关内容以外，重点报道了王大珩院士关于光污染的批评意见，并把王大珩院士的看法转告给那个大楼的使用单位。至于后来怎么样了，很遗憾，我没有再做跟踪报道。

第二天，会议继续进行，王大珩院士有感而发，他在谈了海边大楼的愚昧“变色”的无知举动以后，顺势表达了对我国一些城市的高楼大厦外边装饰大量的玻璃幕墙和眼花缭乱的广告非常反感，他说：“这些东西，从外表上看，似乎挺漂亮，其实，很不科学，是不易被人们察觉到的光污染，对人的眼睛伤害很大。我们都是搞光学的，对这种妨碍人们身体健康的不科学现象，不能不闻不问、置之不理，应敢于发表自己的意见，以正视听。”会议代表一致赞同王大珩院士的观点，决心向社会呼吁，大力抵制普遍存在的光污染现象。

与会者没有想到，在颜色光学大会上，幸运地听到一个精彩的、理论联系实际的、诠释光污染的院士报告。大会以后，我国光学科技工作者，以王大珩院士的讲话为利器，有理有据地批评了城市建设中大量存在的光污染。30 年过去，城市光污染问题是不是从根本上解决了，值得怀疑。任重道远啊！

5. 宋健，心中装着祖国

20 世纪 60 年代初期，我和宋健教授工作在同一座科研大楼里，但我们并不熟悉，可以说，我认识他，而他并不认识我。他是一个研究所的所长，我是另一个研究所的普通科技人员。那个年代，同一座大楼里，装两个研究所，甚至更多的科研单位，是常有的事，并不稀奇。两个研究所的科研人员不仅在同一个大楼里办公，吃饭也在同一个食堂。

宋健所长平易近人，群众关系很好，我经常看到他和科技人员在一张餐

宋健接受采访（居中者为宋健）

桌上吃饭，聊工作，聊家常，聊伙食，有时餐桌挤得满满的，七嘴八舌，都想跟所长说几句话，听周围的同志讲，为了谈工作，常常把吃饭都给耽误了。

我和宋健教授的近距离接触，要追溯到1980年，那时我已经调入中央人民广播电台，当科技记者。同年5月20日，我领受任务，采访中国自动化学会在北京召开的第三次全国代表大会。那是一次非同寻常的会议，会上，钱学森院士主动要求辞去理事长职务，举贤荐能，推荐年富力强、德才兼备、勇于创新的科学家宋健出任新一届理事长。在讲话中，钱学森还风趣地开玩笑说："以后我们再见面的时候，就不要叫我钱理事长，而是'前'理事长了。"就是在那次会上，宋健当选为中国自动化学会理事长。在接受我采访的时候，这位年仅48岁的年轻的科学家镇定自若，从容而谦逊地说"我非常感谢钱老的举荐，绝不辜负老一辈科学家和同行们对我的信任与期望，一定努力工作，不辱使命，很好地为大家服务……"

从那以后，我与宋健教授的联系逐步多起来。由于他家当时的住处离我们家较近，只隔一条马路，经常可以看到他每天夜里挑灯夜战的情景。他的勤奋刻苦、尽心钻研的精神令我十分敬佩，若不是有要紧的采访，我真不忍心打扰他，因为对宋健来说，每一分钟都是极为宝贵的。

有一天，中央电台科技节目要举办系统科学系列讲座，准备邀请宋健院士讲解自动化科学方面的知识，我不得不破例惊动他。宋健教授没有推辞，欣然接受了采访。他快捷的工作效率让我吃惊。就在第二天晚上，当我听到敲门声，打开房门的时候，站在我面前的原来是举止谦恭的宋健教授，他已将5000多字的广播稿超前准备完毕，还再三叮嘱，请广播编辑"审阅""斧正""修改"等，我心想，哪敢啊。我十分敬重这位没有距离感、不显身价的科学家。

作为一位爱国科学家，宋健教授时刻想着把自己的控制论研究成果用于国家的社会发展实践中去，他首先想到的是中国的人口问题。历史上，在相当长的一段时间里，人们总是说，我国地大物博，人口众多，并认为这是一件值得骄傲的事，其实错了，是不够科学的。我国人均可耕地面积太少了，还不到1.5亩，如果人口增长不加控制，总有一天会出现"地不够种，粮不够吃"的可怕局面。我采访宋院士的时候，他不止一次地提到我国的人口控制问题，并写了一篇文章，题目是《中国人口的增长是该控制的时候了》，希望在中央电台广播。经请示，中央电台播发了这篇稿件，反响极好。他和于景元教授关于人口控制的研究成果，得到王震等中央领导同志的充分肯定，为国家制定人口政策提供了可靠的科学依据。

宋健同志担任国家科委主任以后，同科技新闻界的朋友交往更频繁了。在宋主任的关心和支持下，我经常参加各种科技事件的采访活动，撰写科技报道，组织科普文章。宋健主任基于对我的了解和信任，时常嘱咐下属：科技新闻的通稿，一定要让宋广礼来写。为此，我自然感到很高兴，但也确实费了不少心思。

我是中国科技新闻学会的创始人之一，并担任常务理事。为了总结科技新闻的工作经验，培养科技记者，进一步办好学会，2001 年我和王友恭、刘明朝合作主编了一本科技新闻论文集，以期成为中国科技记者实用的参考书，书名为《实践与探索》，成书之际，同行们非常希望中国科技界的领头人宋健主任为这本书题词，这个任务自然落到了我的头上。宋主任是中国科技新闻学会的倡导人和坚定的支持者，他毫不犹豫地满足了科技新闻工作者的请求，题词并写了一封鼓励科技新闻工作者的热情洋溢的信。他的题词是："科技战线的旗手，通向人间的使者。"表明了宋健主任对科技新闻工作者的充分信任和莫大期望。这个题词的原件我一直精心地保留着。

6. 高士其：不做官，不贪财，"仕錤"改"士其"

高士其是我国著名的科学家，科普作家，教育家，社会活动家，优秀的

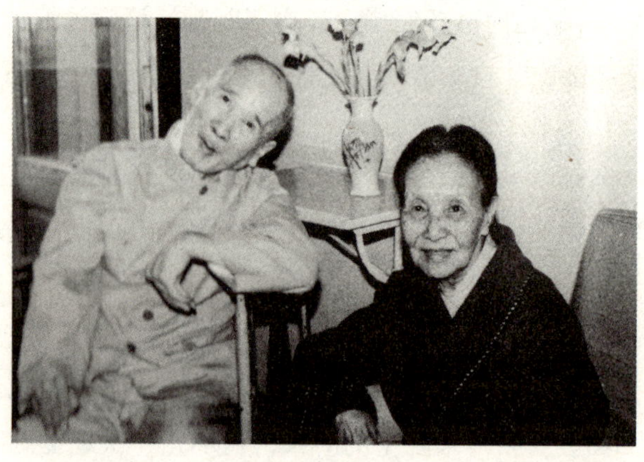

高士其与冰心

共产党员。其实他的头衔还不只这些，如果概括一下他对社会、对国家的贡献，可以说：他踏碎了常人难以想象的壁垒，摧毁了健康人不可逾越的障碍，以惊人的毅力、高尚的情操、无尽的智慧和才华，战胜了重重险阻，到达了人生的顶峰，为我国的科普事业做出了独一无二的贡献。

2015 年 12 月 7 日，中国科普研究所、中国科普作家协会、中国医学救援协会举办“弘扬高士其精神，繁荣科普创作”座谈会，纪念高士其先生诞辰 110 周年。会上播放了中央电视台制作的纪录片《高士其》，电视片以大量的事实，丰富的史料，记述了中国科普人的先驱和楷模高士其光辉的一生，深深地打动了与会的新老科普工作者，而在这众多的感动之中，有一件事更让我的心久久不能平静，感触极深。

高士其原名高仕錤，20 世纪 30 年代，高士其应聘到南京中央医院工作，任检验科主任。有一天，在医院里，偶遇一位被撞伤的人力车工人。因救治费用问题，高士其与院长发生激烈冲突，翻了脸，他愤然辞掉科主任，离开了这个为达官贵人效力的医院，并愤而改名为高士其，并对照原名，做了恰如其分的解释，成为流传后世的名句：“丢掉‘人’旁不当官，丢掉‘金’旁不贪钱。”想想看，做到这一点，容易吗？在八十多年前的中国，贪腐盛行的社会，高士其做出的改名反腐的愤怒之举，是对贪腐政府的严厉抨击。

腐败是蚕食社会的毒瘤，它残害着健康人的机体。当今，改革开放的中国，法治的社会，反腐倡廉声势浩大，打虎排蝇，永远在路上，深得人心。高士其先生早年表达的廉洁风范，“不为官所诱，不为钱所惑”，正是我们当今社会所倡导的正能量。试想，我们每个共产党员、每个愿为实现全面“小康”社会而献身的人，如果都能像高士其那样，一身正气，两袖清风，带着不知比高士其要健康多少倍的身躯，去奋斗，去拼搏，那么，实现“两个一百年”的宏伟目标，还会有不可战胜的困难、不可逾越的鸿沟吗？

7. 张开逊，小发明解决大问题

茶叶是中华民族的伟大发现。听茶场的一位朋友讲，很久很久以前，一位牧羊人每天在他熟悉的深山老林里放牧，年复一年，日复一日，他留意到，有十几只羊一来到牧场，就径直跑到一个固定的地方，吃它们喜欢的树叶。

喜爱广播的发明家（左为张开逊）

经过仔细观察，牧羊人惊奇地发现，这十几只羊，比其他的羊胖了许多。开始时，羊倌对羊的胖瘦并未在意。为了使自己家里的羊膘肥体壮，索性把所有的羊都赶到那个特殊的地方，共享树叶美食。果真灵验，过了一段时间，一群羊都胖起来了。

于是，朴实的牧羊人在想，这种树叶，人能吃吗？于是，他采集了十多片树叶，回到家里熬水喝，感觉不错，慢慢成了他生活中的习惯，有明显的提神功效。事情很快被传开，全村人都去采集这种树叶，用热水冲着喝。久而久之，人们神清气爽，结果村民们把这种树叶视为“宝物”，大量采集，积压越来越多，为了便于储存，就把树叶晒干了收藏，饮用时，拿出一点，用开水冲泡着喝。说到这儿，大家基本上明白了，这种“树叶”就是最早的茶叶。这个故事只是民间的一种传说，我们没有必要刻意地去考证它。

发明家来自人民，也必然为了人民。我和发明家张开逊去过这个茶场，偌大的加工厂有一道工序，叫作“焙干”，他们已经不是靠阳光来晒干采收的鲜茶，而是用大锅炒干鲜茶，工人师傅凭借自己的双手，来掌握炒茶大锅的温度，鲜茶在炒锅里不停地翻动，工人师傅用自己的手，一边搅拌锅里的鲜茶，一边实时地感受着被炒茶叶的温度，待达到规定的火候，马上出锅。这道工序，看似简单，可你未必知道，常年用手感知大锅温度的工人的手，是个啥模样，那是一般人难以想象的。

这一幕幕现场的情景，张开逊都看在眼里，记在脑海中，更疼在心里。他在想，能不能把工人师傅的手工操作，改变为机械化程序呢？问题的关键在于温度的把握和控制，于是他多次跑到茶场，了解炒茶时不同阶段的不同温度，把工人师傅的手头感觉“翻版”到采用仪器进行温度自动控制上来。经过反复的实验研究，一项实用型的温度控制器——炒茶温度控制器，在发明家张开逊的工作室诞生了。采用这种测温器，不仅使工人师傅摆脱了辛劳而“亲热”的手工操作，而且确保了不同阶段炒茶温控的准确性，生产效率大大提高。多么可爱又接地气的发明家啊！张开逊发明多多，成果多多，曾被科技界推选为全国政协委员。

张开逊是发明家、科学家，又是全国知名的科普作家，是中央电台科技节目的热心撰稿人，也是科普节目的忠实听众，为了使自己的科普文章写得更适合广播，张开逊经常问我，广播节目的特点是什么？我不想过多地“忽悠”，简而言之，就是“音响 + 口语化”。说者无意，听者有心，张开逊竟然把我随意说的话暗暗地记在心里，后来他为中央电台撰写的科普作品，真的可以和广播编辑相媲美了。

生活中，张开逊教授平易近人，善于交往，结识了各行各业的许多朋友。有一次，他邀请几位朋友，到他的工作室看看，我也应邀前往。他的工作室整洁、明亮、安静、舒适，我特别注意到，在他办公桌的一角，放着一台算不上多么高档的半导体收音机，天线拉得高高的，据他说，只有这样，才能收听到中央电台的节目，我真的有点不好意思了。临走时，张开逊同志发话：“你们可以从我屋里带走任何一件东西，各取所需，说话算数，绝不反悔。”朋友们为难了，不拿吧，怕怠慢了主人的一片好意；拿吧，又怕触碰到主人最心爱的物件。于是，其他人各自拿了一本常见的科普书，我本想拿那本《发明家的故事》，但收手了，拿不得，它一定是发明家张开逊最心爱的书。我四周看了一下，在一个角落里，挂着两个“鞋拔子”，据说，这是张开逊去泰国旅游时带回来的，我拿走一把，不会有大碍吧，况且我腿部骨折以后正需要它呢。

8. 雷仕湛——从不张扬的科学家

雷仕湛是中国科学院上海光学精密机械研究所研究员。1965 年，他参与研制成功我国第一台 CO2 激光器；1982 年，参与我国首先开展的自由电子激光器研究，并荣获中国科学院自然科学奖二等奖。雷仕湛不仅是一位小有名

光的世界（二排右二为雷仕湛，末排左一为作者）

气的科学家，而且是一位全国有名的科普作家，发表了数百万字的科普作品，是科技出版部门的著名作者。

我和雷仕湛相识要追溯到1979年，我刚来中央电台科技组，考虑到我具有航天相关的专业知识，专门负责联系中国航天学会和中国光学会，并当选为科普委员会的委员，这既贴近了我的业务本行，也有幸结识了同是科普委员会委员的雷仕湛。

中国光学会创办了一本科普杂志，叫《光的世界》，雷仕湛和我合作，在这个杂志上发表了多篇科普文章。我们的关系越来越密切，交往越来越多，感情越来越融洽，于是，开始酝酿新的合作方式——出一本科普读物。有了设想，马上动手，我们用了三个多月的时间，编著完成了12万字的《光学世界奇观》一书，首次发行29000册，受到青少年朋友的热烈欢迎。中国光学会理事长王大珩院士为这本书写了序言，他称赞说：“该书以讲故事的形式，形象生动、深入浅出地讲述了我国激光技术发展的艰苦历程和应用事例，是对青少年朋友进行爱国主义教育的好材料，也是一本普及激光科学知识的优秀科普读物。”这本书荣获全国优秀科普图书“金钥匙”奖。

我和雷仕湛的合作在继续。2000年，他向我建议，中央电台科技节目应该编写一组系列讲座，以真实的事例讲述人类征服自然的伟大创举。我们不谋而合，讲座如期开播，受到了广大听众的热烈称赞。科学出版社的编辑姚平录听到广播以后，产生了极大的兴趣，决定将这组讲座纳入他们的出版计划，集册成书，建议书名为《梦想成真》。名字起得好，我们完全赞同，出版社委托我作序。序言说："……梦想只是发明创造的前奏，伟大的发明和发现大多是从梦想开始的，然而实现梦想绝非轻而易举，它不仅需要灵感和智慧，更需要勤奋、汗水和牺牲精神，那种以抽象的'天才'谈论成败的观点是不科学的，正如伟大的发明家爱迪生所说，天才，是百分之一的灵感，百分之九十九的汗水……"这本书出版以后，读者大加称赞，被科学出版社列入《生活与科学文库》的系列丛书之中，一次发行8000多册。

激光是什么？现在尽人皆知，但这个名词是怎么来的，一般人未必知道，我也是通过雷仕湛给我讲的一个故事才知道的：上海光机所在创办《国外激光》杂志时，遇到一个难题，对当时的科技名词，（比如激光）不统一的现象产生疑虑，于是给我国著名科学家钱学森院士写信，想求得统一，免得造成工作中的误解。钱学森在百忙中亲笔回信，建议把原来的"光量子放大器""激光射器"以及音译的"镭射""莱塞"等，统一为"激光"。光学界的同行们觉得这条建议非常好，一致赞同。这个词既表达了科技词汇的内涵，也显示了专业术语的中国化。打这以后，"激光"这个科技名词在报刊、广播、电视以及各种文献上都统一起来了。

第十四章　做客《百姓人家》

说起《百姓人家》节目名称的由来，有一个小小的故事：当时这个热线直播节目的方针和定位已基本明确，节目名称还在酝酿之中，一时拿不定主意，决定在中央电台第二频道范围内招标。出人预料，信息部的尤斌同志脱颖而出，她的标名为《百姓人家》，科技组的编辑们都觉得不错，就采纳了。我记得，尤斌获得的奖品是一台九波段的半导体收音机。奖品很寒酸，但重在心意，大家在欢笑声中，迎接一个新节目《百姓人家》的诞生。

1. 王丹《歌海淘金》

《百姓人家》节目自创办以来，吸引了众多的名人、大腕，他们纷纷来中央电台做热线直播。节目组的负责人林涛策划能力很强，他推出一个重点栏目，叫《歌海淘金》，播放我国早期和新中国成立以来听众喜欢的革命歌曲，

音乐专家王丹（左为武杰，居中者为王丹）

并对歌曲的词曲作者、创作背景以及歌曲的传唱情况等做详尽地介绍。谁能胜任这个栏目的撰稿人，是摆在《百姓人家》节目面前的首要任务。聪明的林涛和他的同事们马上想到我在中央电台文艺部的人脉关系，通过陆玉洁邀请到中央电台的音乐歌曲权威王丹老师。

高级编辑王丹不愧为一位优秀的歌曲专家，他撰写的解说词，生动、传神、感人，富有时代感，再配上优美的歌曲，让听众体味到不一样的特色声音。听众说："听了《歌海淘金》，如同看了一部精彩的'大片'，不仅可以聆听到大家喜爱的革命歌曲，而且可以十分细致地了解歌曲产生的历史背景、词曲作者的有关情况以及歌曲在群众中广泛流传的社会基础，我们非常喜欢这个节目……"难怪王丹老师被"九五"国家重点图书出版规划部门选定为《百年中国歌曲精选》的首席撰稿人。

2. 李德伦：交响乐并不神秘

《百姓人家》热线节目曾经邀请一位音乐界名人，我国著名的音乐指挥家李德伦。他擅长指挥大型乐队，特别是交响乐队的演奏。那天的热线节目"热"极了，成了音乐爱好者的大课堂，与其说是热线互动，不如说是听众与音乐大师推心置腹、毫无拘束的聊天，这是一个非常难得的好机会。李德伦不仅音乐才艺高超，生活中又平易近人，与所有打进来电话的听众都进行了

李德伦与交响乐（左为李德伦）

亲切的交流。听众们把音乐大师看作自己的好朋友，很想跟大师多聊几句，说说心里话。当一位听众问到交响乐如何普及的时候，李德伦大师借机说起他思考了很久的心里话："这个问题提得很好，这也是我近年来经常思考的一个问题，中央交响乐团已经注意到了这件事儿，它涉及'高雅与普及'相结合的方向问题。现在，我们在一些晚会上，台上台下互动交流，再做些必要的讲解，有助于广大听众对高雅音乐的理解，效果还是不错的……"。

这次热线直播节目，做于20世纪90年代，在《百姓人家》主持人方圆的热情邀请下，音乐大师李德伦抱病来中央电台做热线直播，一个小时的节目结束了，李德伦言犹未尽，听众电话还不停地打进来，话题涉及广泛，李德伦来不及一一作答。

与大师告别的时候到了，拖着病体来中央电台做直播节目的李德伦，自己已无力从沙发上站起来，是我搀扶他缓缓起身，慢慢走出直播间，陪伴他坐上等候的汽车，送这位著名的音乐大师离开广播大楼。时至今日，每当我想起这件事儿，都十分感谢我所敬重的音乐大家李德伦。

3. 阎肃《雾里看花》

《百姓人家》节目今天请来的嘉宾是我国德艺双馨的著名歌词作者阎肃。晚上七点整，伴随着《百姓人家》节目的开始曲，热线直播开播了，导播室里立刻响起了电话铃声。经过简单的铺垫，我即刻把热线电话接进直播间，这是一位山东的年轻听众，他好奇地问道："阎肃伯伯，您是一位赫赫有名的歌词作家，我是一个歌迷，很喜欢听您的歌，唱您的歌。每当我哼唱《绣红旗》的时候，都禁不住流下热泪，被江姐的革命乐观主义精神所打动……但我还是第一次听说，您为'3·15'消费者权益日写了歌词，叫《雾里看花》。著名歌手那英演唱得非常动情，这里有什么奥秘，您能给广大听众说说吗?"

年近七旬的阎肃听后，在直播间里哈哈大笑起来："《百姓人家》这个节目名字起得好，我也是老百姓的一员，写《雾里看花》的目的，就是让全国老百姓都知道'3·15'，都懂得怎样维护自己的权益，每个消费者都要长上一双慧眼，把'假、冒、伪、劣'看得清清楚楚，明明白白，真真切切，不受骗上当。我要代表全国听众感谢《百姓人家》节目为广大消费者办了一件大好事。"

那天晚上的直播热线节目异常活跃，电话响声不断，阎肃幽默、风趣的话语，深深地感染了广大听众，一个小时的直播节目远远不能满足广大听众的热情互动。我作为那次热线直播节目的导播，只能选择有代表性的、最热门的话题转接给阎肃同志。不论话题多么偏颇，内容多么刁钻，阎肃都能做出妙趣横生的回答。

无奈，节目时间到了，互动的双方只好遗憾地说“再见”。我万万没有想到，2016 年 2 月 12 日，广播里传来噩耗：深受人民爱戴的优秀的歌词作家阎肃同志于 3 时7 分与世长辞，我很悲痛，写此小文，深表怀念。

4. 姜昆《如此照相》

姜昆是曲艺界屈指可数的大忙人，要演出，又要带徒弟，还要招架各种各样的应酬，整天忙得不可开交，邀请他做热线直播确实不太容易。《百姓人家》节目的主持人冯雪霞很有办法，经过多方周折，终于请到了这位大忙人。可乐的是，不仅请来了相声名家姜昆，可爱的笑星还带上了他的夫人和女儿。

姜昆“如此照相”（左为姜昆）

听说今天到《百姓人家》直播节目做客的是大名鼎鼎的相声表演艺术家姜昆，热线爆棚了，电话应接不暇，一个接着一个，但听众最感兴趣的问题都集中在红极一时的相声段子《如此照相》上，这也正符合年轻的主持人冯雪霞的本意。一位听众问：“姜昆老师，《如此照相》太精彩了，百听不厌，我们全家人都爱听，笑得前仰后合。很佩服您和李文华老师配合默契的表演。我很想知道，您是怎么想到创作这么逗笑的作品的?”

姜昆稍微停顿了一会儿说：“大家喜欢我的相声，我很高兴。相声是逗笑的艺术，听众（观众）越是捧腹大笑，说相声的越是兴奋。但今天我要坦白地告诉听众朋友，这段相声的创作是极其‘痛苦’的，在每一个笑料的背后，都有一则苦涩的故事，人们经受了太多的苦难，才赢得了今天的欢笑，我们要珍惜啊!”

节目进行到这儿，略显沉闷。一位乐天派的听众电话进来了：“过去的事儿，记着就行了，我们要往前看，明天会更美好，希望姜昆和李文华老师创作、表演更多更逗人发笑的优秀作品，我们等着……”

一个小时的直播热线是短暂的，互动交流电话的铃声响个不停，都想跟这位“笑的使者”攀谈几句，无奈时间已到，主持人只能惋惜地跟听众话别。

第十五章　正能量面面观

何谓正能量？它又在哪里？正能量不需要你刻意地去寻找，也不需要你去精确地界定；它不一定是战天斗地的风云人物，却可能是不显山、不露水的凡人小事；它不一定是遥不可及的“高、大、上”，却可能是近在眼前的辛勤耕耘者；它不一定是功绩显赫的英雄模范，却可能是默默无闻的普通一兵，如此等等。

1. 耳科医学专家最懂失聪人

2013 年夏天，北京同仁医院一位诊治耳病的医学专家去“东方太阳城”老年公寓义诊。在一个不大的会议室里，专家举办讲座，向前来听讲的失聪患者普及有关耳医学方面的知识。专家高水平、通俗易懂、形象生动的讲解，受到了在场听众的热烈欢迎。大家聚精会神地听着，细心地记录着。突然，一位听众的手机铃声响了，这位失聪患者很懂规矩，拿着手机，走到会议室的一个角落，开始与对方“悄悄”地通话。失聪患者毕竟有听力障碍，他自以为说的是“悄悄”话，实际上整个会场都听得清清楚楚，甚至影响了专家继续讲课，有的听众不耐烦了，发出谴责声，责怪他不懂礼貌，会场一时有些混乱。

面对这种场面，专家表现得很理智冷静，他顺手关掉了讲课用的幻灯，放下“指挥棒”，平静地对大家说：“我们应该理解这位同志，不要责怪他，他很可能是一位严重的失聪患者，总是喊着说话，生怕对方听不到自己的声音，过一会儿就喊完了，不会耽误讲课……”多么可敬可爱的专家啊。专家的一席话不仅为这位没有察觉到自己“过失”的失聪患者圆了场，而且表现出真挚的人情味，打动了在座的各位听讲者，使讲座收获了意想不到的效果，自然赢得了一片热烈的掌声。

借着这个偶发的话题，专家又有意识地介绍了失聪患者可能遇到的各种误会和尴尬，他善意地提醒大家：“我们每个人都有自己的苦恼和短板，失聪患者的最大苦恼就是忍受声音的缺失以及由此而产生的对声音的热切渴望，我们可以设身处地地想一想，谁不愿意做一个耳聪目明的健康人呢？但事实上，对一些老年人来说，这往往是难以达到的。”

说老实话，笔者本人就是一个不折不扣的失聪人，虽然失聪程度没有那么严重，但跟别人聊天，经常跑偏打岔，弄得人家很难为情，十分尴尬。由于自己耳朵不灵，说话时总是提高嗓门，基本上是“喊话”，如果对方是家里人，相互了解，不太在意，无关大局；如果跟不熟悉的人交谈，大声“喊话”，会使对方很反感，又不好意思明说，场面必定特别尴尬，这种局面，在我60岁以后的生活中，不知道经历过多少次，但愿不知情的人理解当时的我。

我非常敬佩那位医学专家，他是在以高尚的医德、完美的情操和以人为本的职业修养，体贴、关怀失聪患者，理解他们的境遇。失聪患者多么需要这样优秀的医学专家呀！这个故事很小，很简单，没有复杂、曲折的情节，但它却发人深省。我想，这位医学专家就是在他极其平凡的工作中，向当今和谐的社会传播人们可以感受得到的正能量。很可惜，我没有记住这位专家的名字，但可以确信，这样的好医生肯定不止他一位。正能量就在他们身上。

2. 骨折之后见真情

1997年的春节前夕，中央人民广播电台出于对广大职工的关心，为每位同志发放一箱钱江牌啤酒。为什么要分发这种啤酒呢？道理很简单，它是中央电台广告收入的一部分。生活在那个年代的人都知道，不少企业做广告不是完全“走”货币，相当一部分款项都用产品折算，致使中央电台的广告经营收进了大量的厂家产品，钱江啤酒就是其中的一例。

过年了，中央电台把整箱的啤酒发给职工，大家自然都很高兴，忙乎着把这些清爽的饮料运回家，享受酒香的快乐。然而我们全家人都不会喝酒，无法体味美酒的滋味，但我也没有因此而不快，心里盘算着，怎样为这箱啤酒找到一条更好的出路。我首先想到的是，我们住宅小区日夜忙碌的物业的职工们，为了表示一点对他们辛勤劳动的谢意，我决定把这箱啤酒赠送给他们。

二月的北京，天气很冷，北风呼啸，我骑上自行车，驮着一箱钱江啤酒，忘记了天寒地冻，高高兴兴地上路了。本想给工友们一个惊喜，谁知道，老天不赏脸，偏偏对我发难，就在我要到住宅小区门口的时候，一阵大风刮来，我实在支撑不住，连车带人一起摔倒，自行车和一箱啤酒重重地压在我的腿上，造成严重的股骨颈骨折，幸好整箱啤酒完好无损，物业的员工们得知我的一片好心，十分感动，赶紧把我送到宣武医院就医。

父女情深

到医院以后，由外科副主任常在接诊，常大夫为人正派，医术高明，当即决定给我做股骨头置换手术，换成钛合金的人工关节，实践证明，这一决策是正确的，效果比较理想。经过40多天的卧床治疗，我可以下床活动了。出院以后，又过了一段时间，基本痊愈。我带着不是自身的关节，行走在大街小巷，感觉尚好，没有明显的不适，我很满足。非常感谢常在主任为我实施了成功的手术。

女儿爱爸爸，孝敬爸爸，不只是口头上说说，关键时刻用得上，那才叫过硬。人家的女儿怎么做的，我不知道，可我的女儿一点也不含糊。

宣武医院是丽娜工作的地方，虽说是“近水楼台”，但我住院期间，可折腾惨了宝贝女儿。她整天忙前忙后，跑来跑去，不停地为爸爸操心、费力，给爸爸买爱吃的饭菜，为爸爸打理大小便，还每天为爸爸洗脚、按摩、清理床铺，生怕爸爸受一点委屈。

每当我看到电视里播放的孩子给妈妈端水洗脚的公益广告片时，我心里总是暖暖的。要知道，我的女儿当时已经40多岁了，我很感慨，心疼她。为什么爸爸不可以向女儿说一声“谢谢”呢？是莫须有的自尊吗？是“大父亲主义”吗？可能是。昨天没有做到的事，今天在我的回忆录里补上吧。迟到的“谢谢”，总要比压在心底不说好得多。

从 1997 年 2 月算起，整整 20 年了，已经超过了人工关节规定的“服役”期限，然而它还在我的身体里正常地“工作”着。但遗憾的是，成功地给我做了手术的常在大夫，却因车祸已经离开了人世，再也看不到他亲手做的漂亮手术的优良结果。我为此很悲痛，也为常主任惋惜。

在我骨折住院期间，安景林台长、王德新副台长专程来医院看望，我十分感动，诚挚感谢台领导对我的热切关心，我时刻不忘，牢记在心。还有一件事让我终生难忘：中央电台科教部的同志们，回应赵忠颖主任的提议，纷纷来医院看望我、陪护我。要知道，陪护骨折病人，是一件又辛苦，又脏累的差事，我心里很过意不去，很难为情，但这些可爱的年轻人，一点儿都不嫌弃我，轮流在病房值守，直到我出院。

我还要真诚地感谢我住院期间热心关照我的物业的领导赵春合同志，他委派下属员工王树生和“四联”二位同志，在病房里连续值夜班，无微不至的呵护，干着又脏又累的活儿，我打心眼儿里感谢这二位朴实忠厚的朋友。从这些事例中，我又一次感受到了来自普通人的正能量。

我很佩服毛泽东同志“两点论”的观点，我摔成骨折，当然是坏事，是不愿意看到的。然而，我觉得，它帮助我避免了更大的风险。因为，就个性而言，我是一个喜欢冒险的人，骨折以后，我再无能力去干那些不着边际的“蠢”事了。在我骨折以前，为此吃了不少苦头：头部多次被砸，眼球动过手术，身上伤痕累累……如果没有这次骨折，说不定哪天我还会闹出别的大乱子。从这个意义上讲，骨折对我来说，也有“正面”的作用。我没有把骨折这件事看得多么不幸，只当是我漫长人生中的一个插曲，并非主旋律，顺其自然，生活得挺自在、挺舒畅的。是否有点阿 Q 精神？我不这样认为。

3. “大碗茶”情系海峡两岸

说到“大碗茶”，自然要提到尹盛喜的名字。在北京人的印象中，尹盛喜是一位既平凡又小有名气的普通劳动者。他没有复杂的社会背景，也没有可以走动的人脉关系，他只是一位曾经率领北京知青卖“大碗茶”的普通京城人。

我是在老舍茶馆举办的一次“海峡两岸同胞书写春节对联的联谊会”上采访到尹盛喜的。这时的老舍茶馆，今非昔比，它已经不是一家普通的茶馆，

大碗茶香（左起：文静、作者、尹盛喜、徐雅珍）

而是一家牛气十足的北京大碗茶商贸集团公司。说它牛，不无道理，题写公司匾牌的人物就不一般，那11个大字，是我国著名的书法家李铎的墨宝，字的尺码做得特别的大，每个字足足有一人多高。

这时的尹盛喜已被评为北京市劳动模范，连续两届被选为北京市人大代表，荣获了全国“五一”劳动奖章。在耀眼的光环下，尹盛喜对他经营了多年的茶馆更情有独钟，在茶馆的门面上一直保留着“老舍茶馆”的字号。这4个字的来历也不简单，它是原全国人民代表大会常务委员会副委员长成思危的手笔。

老舍茶馆有了名气，吸引了各方名人前来奉献墨宝，这里成了一家老舍茶馆匾额的小型展览。周谷城、江树峰、冰心、胡絜青等名家都泼墨挥毫，赞许老舍茶馆；台湾东吴大学教授章孝慈先生也挥笔写下“老舍茶馆”四个大字；原全国人大民族委员会副主任委员溥杰先生还为“北京茶文化研究会”题写了匾牌。美国前总统乔治·布什、前国务卿基辛格，在繁忙的访华公务中，也来老舍茶馆领略华夏传统文化。

老舍茶馆成绩斐然，名声在外。诗人们诗兴大发，即兴赋诗，孙轶青先生的诗曰：“大碗茶中出凤凰，京华翠茗溢奇香，琴棋书画结为友，教人心轻神飞扬。”黄绍勋先生题写了楹联，上联是：“茶亦醉人何必酒”，下联是：“书能香我不须花”。与会代表们听说，中央人民广播电台的记者参加了今天的联谊会，强烈希望也能献上一副对联。于是，同行记者徐雅珍、刘文静推举我担此重任。盛情之下，不便推托，信手凑成一副拙联献丑。上联是：“电波茶香飘万里”，下联是“两岸百姓盼团圆”，横幅是“亲如一家”。获得与会者的好评，当场请篆字书法家钟灵，用宣纸写成规范的对联。平常的 18 个汉字，力图表达海峡两岸人民共同的心愿和期盼。这副对联作为不可多得的篆字墨宝，至今珍藏在老舍茶馆里。

4. 三次献血谁知道

1956 年，全国爆发流感，用血量骤增，血库存量不足，献血成为大家的自觉行动。我当时是一名军校的学员，只有 21 岁，年轻力壮，积极献血。那个时候还没有“义务献血”这个说法，但我们所做的恰恰是当下提倡的“义务献血”。作为解放军的一员，我们排着整齐的队伍，到献血点，高兴地接受一次并非“战斗任务”的小小的考验。我是从那个时候开始，知道了自己的血型，是 O 型，被称为“万能输血者”，我着实为此自豪了一阵子。

献血过后，没有什么不好的感觉。回到学校，部队组织献血者会餐一顿，大家在欢声笑语中，结束了这场特殊的“战斗任务”。第二天，同学们照常上课，照常训练，多么平常的一件事儿，哪里还需要什么献血证？

避暑山庄

“万能献血者”在急需的时候，还真能派上用场。那是一个“一人为大家，大家为一人”的年代。“向雷锋同志学习”是全民自觉的行动口号，每个人都巴不得有一个向雷锋学习的机会来表现自己。1963 年的夏天，正是三伏季节，但天气不是很热。我们办公室的王茂吉同志突然接到电话，说他爱人得了什么急病，需要输血，并告知了血型，是 O 型。我义不容辞，排在了献血人员的行列中，我们这个小分队属于 O 型血的只有五六个人，大家高兴地前往医院，非常乐于用自己身上的血，为战友帮一点忙。

我记得，那次我们一共献血 1000 多毫升，病人转危为安，献血者各回各家，没有什么人来慰问你、关心你，更没有什么营养补助，回到家里，照样粗茶淡饭，然而，我们却生活得很开心、很满足、很健康，因为我们毕竟帮助了战友，挽救了一位非亲非故，又不在一个单位工作的病人的生命。

1973 年，我们研究所已经搬迁到天津，工作比较平静，领导大权掌握在“军管”手中，他们不时还搞点什么新花样，来显示他们“管控”的成绩。号召大家献血就是其中的一例。没有对象，不分血型，美其名曰，为血库积累用血，这就是唯一的目的。

血气方刚的年轻人，面对这个“政治任务”，毫不迟疑，勇往直前，纷纷报名参加献血活动，凡是身体条件允许的，几乎都报名了，最后只选中了三十几个人。由于这次献血活动是由“军管”组织的，献血者得到了实实在在的营养补助。三十几个人搞一次大会餐，每人发一筒羊肉罐头，算是补养身体了。

在我的生活道路上，一共献血三次，这是最后一次，也是最高兴的一次，获得了“向雷锋同志学习”的好机会。我的一生中，三次献血，均未取得凭证，我反而觉得，无凭证的献血更光荣。正能量是不需要表白的。

5. 有些话要烂在肚子里，永远不能说

我初到中央电台的时候，被安排在政治处，分管人事工作。在人事部门工作，有一条铁的纪律，就是涉及人事变动、干部任用以及每个人的个人隐私等，是绝对不能泄露给他人的，以免造成严重的、难以想象的后果。我们的好处长尹桂芝同志就是这样经常教育自己的下属，绝不能违背这个铁腕纪

律，偏离人事工作的轨道。我作为她的部下，严格约束自己的言行，至今还“烂”在肚子里许多“秘密”，我自信，将永远“烂”在肚子里，至死都不说。

景德镇

1991 年，中央电台组建新闻系列高级专业职务评定委员会，我出任委员。正式开会之前，台领导张冬兴宣布了一条纪律：每位评委都不得把会议上任何涉及当事人的有关情况传播出去，这是一条每个人必须遵守的纪律。实践证明，大多数评委都守口如瓶，但也有个别同志，以极其巧妙、隐蔽的手法，泄露了尚未公布的评定结果，虽然未造成太大的影响，但作为责任重大、使命光荣的评委，有失尊严。好在对申报者的评析和议论，没有出现过严重的“泄密”现象，未造成不良后果，值得庆幸。

在我出任中央电台高级职称评委的八年里，可以坦率地说，自己无愧于这个光荣的职责，无愧于中央电台对我的信任，没有违反评委会的任何纪律和规定，有些事儿，有些话，就得“烂”在肚子里，哪怕被人误解和歪曲，甚至是非颠倒，也不能做任何解释和说明。既然当了评委，就得耐得住任何委屈和不着边际的猜疑。“心底无私天地宽”，为了解脱自己，而给他人带来更多的麻烦，是不道德的，我一生都不会这样做，这不仅是必须终身遵守的评委会的纪律，也是我做人的基本准则，终身恪守。

1986 年，我被任命为中央电台科教部副主任，后来又晋升为主任，在这段时间里，“烂”在我肚子里的事和话就更多了。干部的调配、人员的安排、编辑之间矛盾的处理、同个别人谈话的私密，等等，都必须严格把握，不能随意透露给无关者，以利于员工们在和谐的氛围中愉快地工作与学习。直到今天，我已退休 20 多年，有些事，有些话，仍然“烂”在肚子里，不能告诉当事人。我非常清楚，有些人，他们之间，其实矛盾很深，各打各的算盘，然而，由于协调得当，引导当事人时刻看到对方的长处，结果双方相处得很好，这是我乐于看到的。

自由主义害死人。传播闲言碎语，搬弄人情是非，百般洗清自己，恶意嫁祸于人，伤害好同志，唯恐天下不乱者，大有人在。这些人的肚子里还能装得住什么呢？说白了，那是损人不利己。把不该说的话永远“烂”在肚子里，也是建立稳定、和谐社会的正能量。

6. “小数据”，大用途

专业的统计学者常常用大数据阐释国家国民经济各个领域的发展成就，发布改革开放的中国在各条战线上取得的辉煌业绩，鼓舞广大人民群众坚定不移地沿着中国特色社会主义道路阔步前进，为实现中华民族伟大复兴的中国梦，实现“两个一百年”的伟大目标而奋力拼搏。

大数据固然鼓舞人心、令人期待，然而也绝对不能忽略了“小数据”的特有功能和说服力。现今社会上，有个别人认为，物价涨得太快，收入跟不上，这些人恰恰是忘记了身边的“小数据”。举个例子，20 世纪六七十年代，物价很低，拿老百姓家里的必需品来说，最好的大米，每斤 2.5 角钱；鸡蛋每斤 7 角钱；猪肉每斤 9 角钱；带鱼每斤 3.8 角钱；大白菜每斤 2 分钱；黄瓜每斤 5 分钱；苹果、大桃每斤 5 角钱……再看看一般人的平均工资，基本上在 40 元左右，他们每个月的收入只能买大白菜 2000 斤，好大米 150 斤左右，鸡蛋 60 斤左右，猪肉 40 多斤……

以上这些数据虽然比较琐碎，构不成大数据，但通过这些不起眼的“小数据”，却可以非常明白地看出，现在人们的生活水平大大提高了。如果用数据说话，当下，每个人的平均月收入大概为 4000 元，那么，他的收入与 20 世纪六七十年相比，足足提高了 100 倍。再回顾一下 40 年前的那些生活必需品的价格，可以说，没有一个上涨 100 倍的。现今的超市里，上涨幅度最大的是鱼类，它们的价格也不过比原来高出十几倍或几十倍，远远比不上人们的收入涨得多。我不否认，极个别的商品，价格确实上涨 100 倍以上，但可以肯定地说，它们绝不是老百姓的生活必需品。

社会学家常说，事物往往“以小见大，有树木才有森林”，说得很有道理。一个“小数据”本身，如果孤立地看，只能就事论事，发现不了问题的本质，但是，如果把许许多多的“小数据”汇集起来，联系起来，进行整理、综合分析，说不定会发挥出大数据代替不了的作用，从这个意义上讲，“小数据”看起来虽然琐碎，但它的作用不可低估。智慧的统计学者们万万不能忽视“小数据”的“润物细无声”的独特作用。传播正能量的一个重要任务，就是要把事情的原委向群众讲清楚。

7. 马路遇险，好人相助

2014 年 8 月的一天，为了办理国防科普委员会举办的“全国国防教育活动”的车辆通行证事宜，我骑自行车路过金融街的时候，一辆小轿车违章驾驶，在自行车专用道上，把我狠狠地撞倒在地，并扬长而去。我当场晕倒，浑身是伤，手脚麻木，已无力记下肇事者的车牌号。危难之时，一位路过这里的女同志，伸出援助之手，搀扶我到安全地带，并警觉地记下了肇事逃逸者的车牌号，立马向警方报案。不到 20 分钟，交通警察来到现场，根据见证人提供的肇事者的车牌号，警方很快查找到了肇事轿车，并着手事故调查。

我是一个比较通情达理的人，善解人意，觉得司机不会是有意的，只要他回到现场，道歉认错，我可以原谅他，无须任何赔偿。交警理解了我的意思，迅速把肇事者召唤到事故现场。这时我猛然发现，肇事司机原来是一个女同志，她惊恐不安地、不停地向我赔礼道歉，连声说：“对不起，我确实没有发现汽车撞了人，没有停下来就开走了，我真的不是故意的，责任在我，我愿意赔偿损失，咱们赶快去医院检查一下吧……”看到这个女司机的可怜相，我没有多说什么，我原本的用意就是想教训她几句，让她长一点记性，不要跟行人抢道，避免发生类似的事故，我的目的达到了。尽管我的身上伤痕累累，但出于对违章者的善意理解，我没有再做进一步追究。由于我的谅解，交警也没有做任何违规处罚，口头教育一番了事，一场意外的交通事故就此了结。事后，现场处理事故的交警很有感触地对我说：“您这位老同志太通情达理了，很了不起，不讹人。这种事儿我碰见的太多了，处理起来没完没了，挺难办的。您真是一位大好人。”

在这里，我要特别感谢那位在危难时刻伸出援手的女同志，她不仅搀扶我脱离险境，又及时报警，迫使肇事司机回到事故现场，赔礼道歉。这位好人名叫于冬梅，曾经是一名光荣的人民解放军空军的军人，她用爱心弘扬了中国人民解放军的优良传统，表现了助人为乐的美德，为她点赞。

意外的相识，让我和于冬梅同志建立了诚挚的友谊，她不时发来短信询问伤情。春节来临，致节日问候，祝愿："身体好，困难少；烦恼消，不变老；心情好，乐逍遥。"我回复短信说："危难之时伸援手，助人为乐示美德。军人本色常在，好人一生平安。"以表达曾经是航天人的我对曾经是航空人的于冬梅同志的衷心感谢。危难之时，帮人一把，正能量无处不在。

第十六章　世间万象

1. “风沙”走了“雾霾”来

翻开 1996 年版的《现代汉语词典》，关于“霾”字的解释是这样说的：“空气中因悬浮着大量的烟、尘等微粒而形成的混浊现象，通称雾霾。”我认为，这种解释是比较科学的，它既指明了构成“霾”的物质，也分析了“霾”的成因。其实，人们对“雾霾”的真切认识，还是近些年的事，是深受其害之后才了解它的。此前，很多人对“霾”字究竟怎么写、怎么读都不甚了知，更没有想到它会给人类带来如此严重的危害。

霾中画

我是20世纪50年代来到北京工作的，那时的北京，冬天很冷，达到零下20多度，要穿棉衣，戴棉帽，穿棉鞋过冬。夏天很凉爽，最热也不到30摄氏度。人们并不恐惧严寒，也不必躲避难熬的酷暑，而最怕的是一年四季不断的风沙。当时在北京流传一个有趣的“顺口溜”，说的是北京有“三大怪”，其中的一怪是，为了抵抗风沙，女同胞“两块纱巾头上戴”，多么形象啊，说明当时北京的风沙实在太可怕了。

经过多年的治理，大力兴建“三北”防护林，收到明显效果，北京的风沙大大减少，再也见不到头戴两块纱巾的女同胞。随着工业的飞速发展，各种建筑物拔地而起，汽车数量迅猛增加，从而衍生出一个新的“怪物”，它就是大家都非常讨厌的霾。霾的出现，刚开始没有引起人们太大的注意，久而久之，开始担忧了，装束也随之改变，从“两块纱巾头上戴”，转而变为“两层口罩嘴上戴”。从20世纪五六十年代的“怕”风，转变为今天的“盼”风。风来了，雾霾也就消散了，可以享受蓝天白云了。

蓝天白云究竟离我们有多远，我不敢妄加评论，但可以肯定地说，中国政府是有能力、有智慧治理和控制雾霾的，群众期盼的蓝天，如“APEC蓝”“93阅兵蓝”，不都如约而至吗？从这个意义上讲，雾霾并不可怕，只要政府下定决心，采取措施，群策群力，那么“控制—减少—消灭雾霾”是大有希望的。

中国人民从不熟悉“霾”字，到全民都认识“霾”字，都知道“霾”字怎么写、怎样读，这也是社会的一大进步、一个飞跃。熟悉了雾霾，掌握了雾霾知识，弄清了雾霾的物质构成和它形成的原因，治理好雾霾的日子还会离我们太远吗？雾霾的红色预警，迟早有一天要在我国销声匿迹。

2. 神奇的“怪坡”，水往“高”处流

20世纪90年代初，在一些报刊上看到，我的家乡东北的沈阳附近，爆出了“怪坡”新闻，这神话般的报道，是真是假，是有意地夸张，还是人间的奇迹？我半信半疑，总想有机会到现场看一看，搞清“怪坡”的真相。1994年秋末，沈阳市科学技术协会主席郭日跻教授邀请首都新闻界朋友，到他们联系的几个典型单位（沈阳飞机制造厂、农牧业实验基地以及沈阳实验中学等）参观采访，所到之处，都显现出一派改革开放、锐意创新的大好局面，

沈飞展风采（右一为郭日跻，右三为赵莉，左五为作者）

记者们收获很大，满载而归。

参观采访之余，记者们很希望去传说中的“怪坡”看看，“怪坡”究竟“怪”在哪儿？那里的水，真的会往“高”处流吗？那里的人，骑自行车爬坡，真的不用加力吗？郭主席欣然满足了记者们的要求，带领我们前往距离沈阳30多千米的“怪坡”所在地。深秋时节，沈阳的天气格外晴朗，到“怪坡”参观的人络绎不绝，好奇的探密者几乎不敢相信自己的眼睛。公认的“不可能”的现象，在这里都是活生生的事实，我感到十分奇怪。

耳听为虚，眼见为实。作为科普工作者，我首先怀疑自己眼睛出了问题，这些不合乎常理的现象该怎么解释呢？我很茫然。实践出真知。我跑到小卖部，买了一瓶矿泉水，喝了几口，做一个最简单的实验：把矿泉水瓶，顺着“怪坡”，放在地面上，“奇迹”发生了，瓶里的水，齐刷刷地涌向上坡方向，这就违背了物理学最基本的原理，我真不敢相信，自己亲眼看到了这种不可思议的现象。反常的事例，迫使我再做另一个实验：我租用了一辆自行车，推到“怪坡”的最低处，顺着斜坡往上骑行，又一个“奇怪”的现象出现了，我根本不用蹬踏，自行车会自己往高处行驶，直到尽头。

两种奇怪的现象，两个简单的实验，证明“怪坡”是真的，但它的“水往高处流”“车无动力自往高处走”的现象让人费解。有人认为，是人们看不懂的地壳构造上的独特地貌造成的；有人认为，是地球磁场奇特作用的结果；也有人认为，是非常规的重力位移所致；还有人认为，是人们受到自然环境的影响，产生了较大的视觉误差，颠倒了高低。我认为，这些观点都可以研究、探讨，以解开“怪坡”的真相。但是，那些神秘的、迷信的、天方夜谭般的神话是绝对不能接受的。

3. 彗星撞木星，别撞我

我的好朋友王念生（播音名梁钊）是中央电台科教部分管天文科普宣传的高级编辑。1994 年夏天，他从国家天文台获悉，7 月 17 日，在我国华北地区可以看到一次百年难遇的天文奇观——彗星与木星相撞。这个令人兴奋的好消息极大地吸引了科教部的科普编辑们。然而这种奇特的天文现象，不是在什么地方都可以看到的，在北京市内就很难观察到两星相撞的最佳效果。哪里的观测条件比较理想呢？天文专家为北京的天文爱好者找到了一个理想的去处。

国家天文台决定，到位于河北的兴隆天文台进行观测，在那里可以看到彗星与木星碰撞的壮观景象。为此，中国科学院组织天文专家并邀请首都新闻单位的科技记者一同前往兴隆天文台。中央电台科教部委派王念生、周军和我参与这次观测报道。我们和首都新闻界的同行们，乘坐中国科学院指派

记者忘年交（右为周军）

的专车，一路谈笑风生，兴奋之情溢于言表，渴望着当日晚上就可以看到这难得一见的“彗—木相撞”的天文奇观。

天有不测风云，即使天文气象专家也奈何不了它。正当彗星与木星即将相撞的那一刻，突然天空乌云密布，下起倾盆大雨，一下子打乱了天文台的观测计划，美好的愿望十有八九要泡汤了。记者们只能耐心地等待，盼望着雨过天晴，看到老天的笑脸。令人沮丧的是，天公就是不赏脸，雨一直下个不停，最佳的观测时间已经错过。记者们高兴而来，败兴而归，有些失望，完全没有了上山时的那种兴奋。坐在返京的大巴车上，默默思索着，这个报道该怎么做呀？

闷闷不乐之时，为难的事又找到我的头上，一位年轻的北京电视台的记者突然把摄像机对准了我，让我说说对这次观测的感受，我惊愕了，没有看到一点值得“忽悠”的东西，哪有什么感受啊！真是“赶鸭子上架”呀！好意难却，无奈之下，我只能应付几句：“……天公不作美，我们没有看到‘彗木相撞’，确实很遗憾，但我们不能责怪老天，‘东方不亮西方亮’，压在我们头上的那片乌云的另一端，必然是晴空万里，那里的天文爱好者一定会大饱眼福，欣赏到彗星撞木星的奇妙天文景观，我们要为他们感到高兴。何况我国华北地区今年旱情严重，农民朋友正盼望着这场喜雨呢！”听了我的这段话，记者朋友都笑了，紧锁的眉头舒展了许多。

我们乘坐的大巴车在蜿蜒的山路上缓慢地行驶，在一个离下坡的拐弯处不远的地方，司机师傅突然觉得刹车失灵了。这意外的情况，一下子使司机紧张起来，但这位老道的师傅并没有惊慌失措，也没有把情况告诉车上的记者们，而是暗暗地盘算着应对这种意外险情的办法。下坡路，车越跑越快，马上就要拐弯过桥了，如果不让汽车停下来，后果不堪设想。

紧要时刻，司机师傅急中生智，把车身紧紧贴住山崖，顿时车的右侧擦出耀眼的火花，依靠这种强制的摩擦力减速，迫使大巴车停下来。这时记者们才发现，汽车出事了，但留在他们心里的只是“后怕”，而躲过了经受实时险情的惊吓。一场惊险过后，记者们无不为司机师傅沉着、冷静地应对突发情况的高超计谋而深感敬佩。

围绕这次别开生面的采访，由周军同志执笔，做了一个精彩的录音报道“94 彗木大碰撞观测纪实”。这个没有观测到彗木相撞情景的“观测纪实”节目，记者制作得很巧妙，在中央电台科技节目中播出，受到广大天文爱好者的热捧，这个录音报道，获得全国第六届科普广播优秀节目评选二等奖。在这次难忘的采访中，我不仅“享受”了风风雨雨的折腾，而且收获了两件珍贵的值得收藏的纪念品：由国家天文台台长李启斌签名的邮政首日封和一件漂亮的T恤衫。衣服背面书写了一段幽默的文字：“彗星撞木星，别撞我”。

4. 这是不是“最强大脑”

在“难忘学友情”一章中曾经提到，我有一位极为要好的同学，名叫赵纯伟，我们既是同学，又亲如兄弟，我经常住在他们家，吃在他们家，受到他母亲的百般呵护和关照，还经常给我们讲《三国演义》的故事，我听得很入迷，甚至上了瘾，最不愿意听到的是她说“且听下回分解”。

关于《三国演义》中的人物故事，我小时候就知道一些，后来长大了，读书多了，自己也能像模像样地读《三国演义》了。直到这时我才知道，赵纯伟的母亲是一位特别奇特的人，她没有读过书，不识字，基本上是文盲，然而，她却能“通读”《三国演义》，难怪当初给我们讲《三国演义》故事的时候，她根本就用不着看书。在她的脑子里装满了各色各样的古代人物的故事，随时随地讲给着迷的孩子们听。

这位伟大母亲的独特本事从何而来呢？后来听赵纯伟讲，她是通过识别汉字的形状、外貌和样子，来理解它的内容的，汉字真是太伟大了！看到它的样子，就知道它的含意，莫不是她把我国的象形文字发展到了一个新高度？据我的老伴陆玉洁讲，她的母亲也具有同样的本领。直到现在，我都觉得很奇怪，怎么解释这种奇妙的现象呢？是不是她们具有当下推崇的“最强大脑”的功能？可惜这两位老人已经故去，无法验证了。

或许是由于受到母亲不可思议的影响，赵纯伟在大学期间学了艰涩难懂的古汉语专业，成为我国为数不多的专门人才。历经磨难后，赵纯伟回到家乡，在鞍山师范学院任教，并出版了自己的专著《古汉语的言语美学》。出版者说：“本书以马克思主义世界观、方法论为指导，把美学与语言学结合起来，将美的哲学烛照到文学作品上，鉴赏言语的意蕴美、形式美和方法之美。这本关于古汉语言语美学的系统论著在我国尚属空白，具有开创性的意义。”1995年赵纯伟被评为教授，是我国东北地区这一学科的知名学者。

5. 泸沽湖畔识“走婚”

常听人说，在云南省和四川省交界的地方，静卧着一个神秘的湖泊，名叫泸沽湖，湖畔居住着一个少数民族，叫纳西族，这里的摩梭人至今还保留着母系社会的传统习俗，它的一个突出特点就是“走婚”。什么是“走婚”？它有哪些规矩？“走婚”和其他民族的婚姻习俗又有什么区别呢？对此说法不一，有的人持怀疑态度，有的人半信半疑，我更是一知半解，成为长久埋在心中的一个谜。

求证的机会来了。2001 年秋天，本人有幸陪同中央电台科教部时任主任的潘晓闻同志，前往泸沽湖地区采访观光。采访中我们走村串户，参加民俗活动，约谈知情人，力图解开众说纷纭的“走婚”的秘密。通过实地调查，我们慢慢地理清了关于“走婚”的一些“内情”。归纳一下我们粗浅的理解，直白地讲，“走婚”就是男人到他喜欢的女人（当地人叫她“阿夏”）的私房去幽会过夜，生下的孩子由女人家抚养，外婆是孩子的隔辈亲人，孩子的“象征性父亲”是外婆的儿子，也就是孩子的舅舅，可见舅舅责任重大，他要像汉族的父母对待亲生子女一样，尽心赡养外甥或外甥女，丝毫不敢怠慢。其实，他自己的儿女，何尝不是被另外的一位舅舅关照着、呵护着、疼爱着？

泸沽湖畔美女多（左起：杨佚、覃勇、方圆、作者、侯宇军、潘晓闻）

从这个意义上讲，他们扯平了。舅舅们的辛苦是共通的，他们都心照不宣，默默而忠实地尽到做“父亲”的责任，但在交往和言谈中他们从来不触及这些家事。

我们在泸沽湖岸边散步的时候，经常看到年轻的小伙子怀里抱着一个可爱的娃娃，好奇的记者有目的地接近他们，用刚刚学会的当地话，逗孩子玩，亲耳听到了可爱的孩子亲昵地呼喊“舅舅”的撒娇声。我们看到了，我们听到了，这是一个真实的例子。

“走婚”者说，“走婚”的一大好处是消解了小家庭的矛盾，因为男女双方不需要建立自己的家庭，避免了由于家庭琐事而产生的各种纷争。他们各自住在母亲家，过着以母亲为轴心的母系社会生活，相处得非常和谐、友善。而这对青年男女的关系，说白了，只是一对性伴侣，若即若离，过着神秘的夫妻生活。这里我必须强调一点，摩梭人是“重女轻男”的，没有女人就没有一个完整的家。

“走婚”的另一个好处是男女双方之间没有固定的财产，相恋时无须考虑门当户对，对方的门第、家产和地位如何，都和自己无利害关系。门第再显赫，家庭再富有，地位再高，对于“走婚”者来说，都是“可望而不可即”的身外之物，只有心心相印的感情才属于他们自己。一旦感情破裂，离异也很简便：要么男方不再登门，要么女方不再开门，他们的缘分就算了结了，干干净净，各走各的路，不会留下任何牵挂。

回到北京以后，我一直在想，“走婚”的习俗可取吗？作为族外人，我不敢妄加评说，但有一点我是赞同的，那就是一位哲人说的：“凡是存在的东西，就有它的合理性，就有一定的生命力。”这话说得很有道理。

6. 怪异的林彪别墅

1992 年，中国科普作家协会国防科普委员会在一个神秘的地方召开研讨会，与会者中解放军代表占多数，会议安排在一个由部队管理的招待所，食宿条件不错，大家比较满意。据说，这里原来是林彪避暑的别墅区，代表们戏言，“我们可以享受一下‘副主席’的待遇了”。玩笑毕竟是玩笑，可是真的到了分配住房的时候，会务组碰到了一个不大不小的难题——林彪睡过的卧室谁来住？

与中国科普作家协会秘书长王临安（右）合影

按理说，服从分配是军人的天职，安排住宿只是对号入座，给一把钥匙而已，不会有任何麻烦。可今天，负责分房的当班者碰到一个难题，他绝对没有想到，代表们谁都不愿意去住那个摔死在温都尔汗的“死鬼”曾经睡过的床。会务组为难了，推来推去，又不能强迫命令，安排住房一时陷入尴尬境地。进退两难之时，中国科普作家协会的秘书长王临安同志正好从“报到处”路过，问明情况，他二话没说，毅然自告奋勇，主动要求去住“死鬼”睡过的房间，本来不是问题的问题解决了。秘书长的随意举动，很平常，很简单，但却受到了在场代表们的鼓掌欢迎，以表达对这位唯物主义者的纯朴敬意。第二天早起散步的时候，我遇到了秘书长，开玩笑地问他，昨天夜里睡得怎么样？答道：“舒服极了。”

林彪一生习性怪癖，喜欢过与世隔绝的孤独而避静的生活，时时提防有人杀害他，即使住在家里，也百倍警惕，因此，在他的别墅区里，修建了一处极为安全的住所，在这间朝阳的大房间的前面，十分蹩脚地竖起一块大大的岩石，把整个门窗遮挡得严严实实，好好的一间朝阳的卧室被搞得“暗无天日”，这哪里是正常人居住的地方？这就是林彪怪癖的个性，“安全”第一，别的什么都不要考虑。如果有人想在这里伤害他，确实不太容易。国防科普委员会的委员们调侃说：“再大的石头，也挡不住通向死亡的道路，温都尔汗最后成了他生命的终点，石头保护不了可耻的叛国者。”

7. 离休证在“平遥”不“灵”

刚刚退休，我和陆玉洁还都比较“年轻”，身体条件也不错，正赶上中央电台老干部处组织离退休人员秋游，去山西平遥古城参观游览。乘坐中央电台的大巴车，老干部们一路喜笑颜开，兴奋不已，走了大约5个小时，到达大家期盼的旅游胜地——平遥古城。老干部们个个精神抖擞、兴致勃勃，完全忘记了旅途的疲劳。在老干部处领导武杰等同志的带领下，大家直奔城门，接受验票员的严格检查，依次通过放行。正当大家顺利通过的时候，一幕让人不可思议的、啼笑皆非的“怪事”发生了。

事情发生在中央电台副台长、离休干部张冬兴身上，他手持离休证，按照国家统一规定，到任何景区都不收门票，可是今天他碰到了例外，被验票员挡在了门口，说：“我们这里什么证件都不认，只认门票，赶快买票去，甭影响别人进门！”不管张冬兴以及周围的同志怎么和他们理论，都无济于事，气得冬兴同志火冒三丈，有理说不清。无奈之下，老干部处领导出面，又买了一张门票进门，才算了事。进门以后，老干部们各自奔向自己喜欢的景点。

游览观光过程中，有一位同志找不到自己想去的地方，顺便打听一下当地人，结果让他大吃一惊，因为他听到的回答不是指明去路，而是不可思议

长城做证（右起：三为杨正泉，四为张德祥，五为张冬兴，六为张斌）

的反问："给多少钱?"这两件扫兴的事儿已经过去多年，但往事记忆犹新。我确信，现在的平遥古城肯定不会是这个样子。对于往事无须再作评论，只是说说而已。

8. "步枪火箭航母"随想

从小时候开始，我就是一个执着的兵器爱好者，见到拿枪的解放军，非常羡慕他们，心想，什么时候我也能像他们一样扛起枪威武一番呢？天赐良机，1955 年，我高中毕业的那一年，童年的梦想终于实现了，我光荣地参加了中国人民解放军，被授予一支苏式的半自动步枪，高兴极了，几个晚上都没有睡好觉。我对得起这个"心肝宝贝"，多次打靶，都获得"优秀"，受到部队的嘉奖。

1958 年，我军校毕业，被分配到国防部第五研究院，研制火箭、导弹，重任在肩。没有想到，梦想中的"小不点"——步枪升级了，变成为"大块儿头"——火箭。风风雨雨，在这块神秘的"两弹一星"的土地上，我耕耘了 18 年，有成功和喜悦，也有挫折和烦恼。

登上航母

科学来不得半点儿戏，成功与失败都取决于当事者对科学的态度，而成功更依赖于科技进步的支撑，是科学保证了我国航天事业的高水平。我带着没有完全实现的梦想，离开了航天部，有留恋，也不无遗憾——在我国“两弹一星”的“故乡”我没有看到“嫦娥奔月”的那一天。

到中央电台以后，工作性质变了，社会活动多了，而对解放军的挚爱仍不亚于当年。1986 年，我加入了国防科普委员会，结识了新战友。1997 年，在国防科普委员会组织的一次“国防与科技”征文活动中，我出任评委，一篇独具特色的佳作《壮志凌云不是梦》深深地吸引了我，文章的作者是《舰船知识》杂志的田小川和王义山。作品充满了真挚的爱国主义热情和对航空母舰的强烈渴望，期待伟大的祖国在不久的将来拥有自己的航母。从小就迷恋兵器的我，何尝不想见到国产的航空母舰。读过这篇感人至深的文章，我的心和作者的愿望紧紧连在一起，引起了强烈的共鸣。从普通的步枪，到火箭、导弹，再到庞然大物航空母舰，这不仅仅是兵器知识的一次飞跃，更是我“航母梦想”的新开端。《壮志凌云不是梦》这篇文章由于思想开阔，以近及远，前瞻性强，获得全国“国防与科技”征文一等奖。

从此以后，我时常在想，什么时候能亲自登上“航母”，一睹它的尊容呢？美好的梦想究竟距离我有多远，它能够实现吗？坦白地说，我并没有抱太大的希望。奇迹的发生往往是预料不到的。2001 年 7 月 13 日，国防科普委员会应邀到天津×港参观，登上了由俄罗斯引进的×号航空母舰，这是我生平中第一次见到如此巨大的军舰，比起步枪、火箭，这个大家伙，实在令我震撼。走进迷宫般的船舱，漫步在宽阔的甲板上，目睹航母上的各种武器装备，真是大开眼界。参观有满足，也有缺憾，与我有同感的朋友们都热切地盼望着登上我们国家自己研制的航空母舰。

我坚信，中国研制航母，绝对不是为了发动战争，而是为了保卫海疆，保卫祖国，保卫和平。远离战争是人类共同的期盼，记得国外的一位航母舰长在接受记者田小川采访时，说了这样一段话：“一旦面对战争，我作为指挥官，不得已会下令开火，但我会流泪……”

9. 超级“共产风”

1958 年，“共产风”刮遍全国，衡水县远近闻名，我服役的 0682 部队，不甘落后，主动发起向“先进”典型“学习”，精心地组织了一次到河北省观摩、“取经”活动，要去的地方，就是“共产风”名噪一时的衡水县。我心里在琢磨，他们的“共产主义”究竟是什么样子。县委宣传部部长兴高采烈地接待了我们，他侃侃而谈，不愧为一位鼓动能力超强的宣传官员。讲起话来，眉飞色舞，感染力相当强。在那个年代，在全民不辨风向、甘愿做党的驯服工具思想的指导下，我不折不扣、毫不怀疑地全盘接受了宣传部部长的“忽悠”，似乎“共产主义”就在眼前。

现在看来，部长的“忽悠”之词，确实有些不可思议，但在那个“共产风”盛行的年代，大家对诸如“人有多大胆，地有多高产”的论调习以为常，一点也不奇怪。部长举例说：“我们衡水县为了演出一台文艺节目，戏台怎么解决，一时成了难题。正在为难之时，办法从天而降——今年，衡水县白菜大丰收，找几棵个儿头大，长得高的白菜当舞台支架，很快搭起一个大戏台。歌舞、活报剧、赛诗，演得活灵活现……”可是，这个戏台究竟在哪里？“取经”者没有见到，只是听部长先生那么一说，我们深信不疑。

参观、“取经”的人也确实看到了令人惊异的一幕，这里是一块种植棉花的农田，部长把我们带到棉花地里，棉花“长势”旺盛，足有一人多高，“取经”者被淹没在棉花“树”中，在“林荫树”下行走，不时闪现出数不清的、明亮的电灯泡，部长告诉我们，棉花长得太高，棉桃晒不到阳光，不能开裂成棉花，于是，大家想出了这个“好”办法，用电灯代替太阳，棉农何愁棉花不丰收。遗憾的是，我们没有机会看到秋后棉花丰收的情景，但可以想象，十有八九是“泡汤”了。

离开棉花地，来到白薯种植区，此时，正是白薯的收获季节，为了证实白薯的大丰收，部长亲自动手，用准备好的工具，当场挖了一棵白薯秧，收获20多个胖胖的大白薯，称了一下，大概有30多斤。这是真的，我亲眼见到了，至于这当中是不是有人做了手脚，我不得而知。白薯丰收，吃不了怎么办？有的“科学家”想出了一个好主意：可以用白薯生产橡胶。主意不错，可行吗？后来的实践证明，这个异想天开的主意是不科学的。

“共产主义”来势凶猛，发展迅速，领导、群众毫无思想准备。县委宣传部部长感慨道：今天上午，我花一角钱，刚理过发，到了下午，我们这里就宣布“共产主义”了，大家“各取所需”，理发不要钱，看来我吃亏了。据说，“人民公社”还开设了“共产主义”的集体食堂，吃“大锅饭”不花钱，可惜我没有见到它。

10. “四清”清什么

1964年，是我国各个领域阶级斗争的弦绷得特紧的年份，农村也不例外，轰轰烈烈的农村“四清”运动就是在这样的背景下开始的。在这场激烈的阶级斗争的浪潮中，我也被卷了进去。带着“年年讲、月月讲、天天讲”的这根神经，来到了河北省张家口县北沙城公社，进行“四清”。听有经验的人士讲，这里阶级斗争相当复杂，暗藏的“阶级敌人”很多，进村时要分外小心，提高警惕，时刻绷紧阶级斗争这根弦。

事实果真如此吗？我们这个工作组进村了，四位队员，军队、地方各两人，分管一个生产小队的“四清”工作，正、副队长成了当然的“四清”对象。说来非常可笑，“清”了半年多的时间，经过残酷的车轮大战，几乎通宵的夜战，

四清在万全（后排左一郝得印，后排右一作者）

弄得两位队长疲惫不堪，既伤了感情，又耽误了生产，结果是一无所获。

大权掌握在工作队手里，乡亲们默不做声，细心地观望着工作队的一举一动。等待是他们的唯一选择，时间就这样一天天地过去。

“四清”总得有点收获呀。一位队长交代了，他说：“每天去粮库查看的时候，自己都抓几把粮食，装到衣袋里带回家，积少成多，占了公家的便宜，我要深刻检查，接受批判。”这就是我所在的生产小队的“四不清”。收获可谓“不小”，战果也算“辉煌”，接着上纲上线批判一番，工作组总算有了交代。

完成“四清”任务，有七条验收标准，其中之一就是要选出“清白”的干部当队长，谁“清白”呢？没有人敢下这个结论。由于工作需要，我提前回到部队，听后来撤离的工作队员讲，社员们还是选举原来的那两位干部当了队长。

1976年，我调到了中央人民广播电台，退休后参加了文学协会，2012年，协会组织会员到万全县采风，我真想到我“四清”过的生产队转转，看看乡亲们，可是后来一想，还是不去为好，已经快50年了，乡亲们还认识我吗？如果被批斗的干部还健在的话，他们或许还会恨我的！

万事都有相关性，想不到一件离奇的跳楼事件居然跟“四清”相关。我们研究所的政委叫王力民，他口才好，演说能力强，在一次给即将去万全县“四清”的工作队员做报告的时候，无意中提到当初他在河北省万全县打游击时的故事，当时他任大队长，由于形势紧迫，游击队决定转移，在撤离县城时，他们的队伍被伏击，损失惨重，王力民幸运逃脱，甩掉了敌人，找到自己的组织。这本来应该受到赞赏，而在背离常理的“文化大革命”当中，却给他加上了莫须有的罪名，认为他当了“叛徒”，是敌人放回来的。在“文化大革命”中，“叛徒”绝对不能被宽恕，结果王力民被批来斗去，整日不得安宁，无奈之下，他跳楼自尽了。这是一个真实的与“四清”相关的故事。

第十七章　话筒连知己

1. 国防科普的一面旗帜

林仁华大我十岁，是一位可敬可爱的大哥，是国防科普让我们走到了一起。1980 年，中国科普创作协会批准成立国防科普委员会，在北京丰台区解放军总后勤部的一个仓库里，一个军地相融的国防科普委员会诞生了，林仁华同志担任这个委员会的首任主任，当时的林仁华刚刚 55 岁，对于学会工作来说，他是一个绝好的年富力强的人选，我和其他委员一样，打心眼儿里拥护他。

选林仁华当主任，一点也不意外。林仁华是一位执着的国防科普爱好者，又是一位勇于垂范的国防、军事科普编辑家。早在 20 世纪 80 年代，他响应

国防科普的功臣（前排中间为林仁华）

中央军委的号召，成功地主编了一套“军事科普系列丛书”，共48种，被评为全国优秀科技图书，时任中国科学技术协会主席、著名科学家周培源院士亲自为林仁华同志颁发获奖证书。很荣幸，我作为林仁华的好朋友，获赠了这套丛书。尽管48本不是一次到位，但林大哥记得很清楚，每出版一本，他都立马寄给我，直到最后一册。今天，在我家的书架上，还摆放着这套完整的“军事科普系列丛书”，为此我感到荣耀和自豪。

林仁华同志为人正直，办事认真，简朴清廉。国防科普委员会是一个典型的“三无”学会：一无经费；二无编制；三无固定的办公室。林仁华同志紧紧依靠军内外的国防科普积极分子，群策群力，没有经费，靠委员“拉赞助”；没有编制，发动全体委员，人人为学会出力；没有办公室，就利用林仁华在解放军出版社的人脉关系，在平安里3号院建立了国防科普委员会并非临时的大本营，委员会办得红红火火。

1997年，我意外骨折，置换了人工关节，行动不便，正赶上委员会召开重要会议，我只好拄着拐杖出席。举动很平常，但却感动了全体与会者，林仁华同志更是百般呵护，找合适的椅子给我坐，一再表扬我“爱会如家”的可贵精神。其实，国防科普委员会的每一位委员，虽然都是义务的，但大家都非常敬业，把委员会当作自己的家，这正是国防科普委员会凝聚力之所在。由于“国防科普委员会”开展活动积极，成绩突出，被中国科普作家协会认定为“开展活动最好的专业委员会之一”。

开展活动是需要“赞助”的。拿到手中的钱，林仁华同志总是精打细算，从不浪费，每次开会只发给与会者50元“车马费”，吃一顿送上门来的自助餐，把省下来的钱，留给其继任者来日开支。林仁华同志憨厚、实在，因而也遭受过不法分子的欺骗。有一次，学会搞征文评奖活动，拉了一点赞助，却让一个中间商钻了空子，贪占了部分赞助款，诉诸法律亦无济于事，几万元钱不清不白地打了水漂。要知道，这是发给参评者的奖金啊！没办法，奖金只好不发。可是参评的作者们哪里知道我们的苦衷？疑心重的人还以为举办活动的人贪污了。

这是一次全国性的评奖活动，真难向参评作者解释清楚啊！好在中央电台的参评者和我工作在一个大楼里，经过不好意思地道歉，他们非常愤恨那个中间商，又非常同情、理解活动的主办者。这是一次留下莫大遗憾的活动。“吃一堑，长一智。”林仁华和他的朋友们变得聪明了，以后再没有受骗上当。

2006年，是国防科普的旗手林仁华同志80岁诞辰，在热烈而简朴的祝寿会上，大家争先发言，谈笑风生，热情赞美林老大公无私，倾心于国防科普的优秀品质和团结合作的人格魅力。一杯清茶，一份盒饭，清风扑面，但战友们的心是炽热的，千言万语，推心置腹，句句暖人心，林老为之动容，而他更在意的是由国防大学乔松楼教授执笔，为他80岁寿辰题写的80个字的贺词：

欣开九秩，德高望重。从军多载，驰骋纵横。
退居二线，不减雄风。矢志科普，再立新功。
白手起家，举重若轻。撰稿编书，精益求精。
评比竞赛，绩效甚丰。实至名归，誉满寰中。
硕果累累，心态平平。桃李无言，来者绳绳。

这80个大字，被林老描摹成墨宝，精心地张贴在他书房最显眼的地方。80字的贺词，是国防科普同仁对林仁华同志80年人生的恰如其分的评价。真诚祝愿国防科普的旗手林仁华同志健康长寿。

2. 一字之交，终身为友

1985年，某日6点整，中央电台《科学知识》节目开始广播，播出的内容是介绍我国春秋战国时期的一位科学家、思想家，他的名字叫墨翟。撰稿人为了让听众明白“墨翟”这两个汉字的写法，特意加了个说明：“墨”是笔墨的墨，“翟”字不好直接解释，就采用拆析的方法做了表述：“翟”字是，羽毛的羽字头，下面加一个佳木斯的“佳”字，结果解释错了，下面的那个字不是“佳”字，而是“隹”字。我作为这次节目的责任编辑，录音时没有听出稿件作者对“翟”字拆字的错误解释，就发播了，出现了不应有的差错。

至今我都要感谢中央电台忠实而热心的听众——国防大学教授乔松楼同志，他在第一时间听出了这个错误，马上打电话给责任编辑，希望改一下。这次节目在11点45分重播时，我纠正了错误，避免了更大范围的对听众的

军界好友（左为别义勋，右为乔松楼）

误导。事实证明，听众的文化水平相当高，节目首播以后，不少对文字很讲究的广播爱好者纷纷来电话，指出了对“翟”字的错误解释，有的听众还给出了很好的建议：“翟”字的写法是，把姓崔的“崔”字上面的山字头去掉，换成羽毛的“羽”字，就可以了。节目重播时，我们就是这样改正的。

一字之交，我和乔松楼教授成了好朋友。乔松楼教授是一位优秀的科普作家，不仅出版了多部科普著作和大量的短篇科普作品，而且为科普广播节目撰写了不少优秀的科普文章，是深受听众喜欢的科普作家。他的作品，科学性、知识性、趣味性都很强，多次在“全国科普作品评奖”中获奖。1996年，在“强我国防兴我中华”国防教育系列活动中，乔教授撰写的征文文章《夜晚战场上的明争暗斗》荣获一等奖。

乔松楼教授不仅是科普广播节目的优秀撰稿人，还是中央人民广播电台的宣传顾问，是中央电台多个节目的积极听众和专家，对各档节目都能提出宝贵且中肯的意见和建议，对于中央电台的节目改革和创新起到了建设性的作用。在《中国广播报》上，我读过他撰写的文章，对中央电台的广播谈了他独到的见解。其实，我更关心的是科普广播的那一部分，但很遗憾，我没有见到。不光我遗憾，乔松楼教授本人也很懊恼。后来他告诉我，是一位对科普广播毫无兴趣的编辑把科普内容全都删掉了。作为文章的作者只能违心地“尊重”编辑的删改权。后来，乔教授偷偷地把事情的真相告诉了我，并叮嘱说，千万不要去难为那位责任编辑，我明白了他的意思。

科普，不要求人人都喜欢它、热爱它，但它的作用和力量是不可低估的，著名科学家钱学森教授健在时，每天收听中央电台的《科学知识》节目，并称赞科普文章的撰稿人给了他很大的帮助。他说：“如果没有这些撰稿的老师们，那我今天就不可能了解更多的现代科学技术知识。”享誉世界的伟大科学家尚且如此，普通人就更不在话下了。

乔松楼教授不但擅长撰写通俗而漂亮的科普文章，而且练就了一身“国防、军事、科普巡回报告”的大本事，成为一位军内外颇有名气的报告专家。科普确实能够锤炼人、启迪人。当然，这话也可以反过来说，不喜欢科普的人，也不一定没有出息，那位狠心砍掉乔教授文章中科普内容的时任《中国广播报》的可爱编辑，现在不是也成了另一个领域的“名人”了吗！

3. “秘书长”邀我下江南

我自己都不敢相信，五个“书生”（山东省科协主席马中兴、沈阳市科协主席郭日跻、中国农业函授大学副校长赵莉、《中国科学报》副总编王友恭、中央电台科教部主任宋广礼），受商机的诱惑，居然不畏风险，办起了“文化公司”，取名“红绿蓝”。说白了，就是想利用中央电台这个平台，通过广播

瘦西湖五壮士（左二郭日跻，左三赵莉）

讲座，销售“红绿蓝”公司编著的、以培养教育儿童为目标的专用图书——《创造天梯》。

我当时很有信心，因为中央电台科教部英语教学节目就是这样做的，双方收益都不错，持续了十多年的时间，经久不衰。“经验主义”害死人。应该说，开始时我们的书还卖得不错，小有收获，但没过多久，商情急转直下，买书的人越来越少，无奈之下，我们只好中断广播，另找出路。最终，由于经营定位的偏差，“红绿蓝”受挫，《创造天梯》这本书积压了很多，基本上亏本了。

赵莉同志是好样的，她承担了不该由她一个人承担的责任，甘愿把四位“书生”投资的基金全部退还给合作伙伴，她一个人吃下了这个本来应由五个人共同吞咽的苦果。

“红绿蓝”失败了，四位“书生”没有勇气再坚持下去。而赵莉则不同，她振作精神，另起炉灶，凭着她个人的才华和经验，创办了新型的知行文化发展公司，经营、运作科学得体，充满活力，长久地活跃在广阔的文化商界的舞台上，获得很大成功。

“红绿蓝”解散了，但赵莉的心里仍惦记着那四位“书生”，曾组织五人参观访问团，到外地观光游览，她自称“秘书长”，我当上了不称职的团“政委”，“团长”是王友恭。在紧张而潇洒的活动中，采访团获得了工作、游览双丰收，那一幅幅亲切、难忘的画面，将永远留在我的记忆中。好笑的是，在无锡新光眼镜公司参观时，他们的老总汤兴宝竟然真的把我当作军队的政委，亲热地称呼着，我也无意去纠正他。但愿汤总的心里，时刻记着“宋政委”。

为了表达对“政委”的敬意，临行时，汤总赠送给我一件珍贵的礼物——一副漂亮的眼镜，它成为我最喜爱，又最实用的物件，我真诚地感谢他。直到今天，汤总每见到赵莉，总是关心地询问：“政委还好吗?”我真希望，有一天再次见到汤总。祝愿他生意兴隆，再上新台阶。

其实，我和赵莉的结识，并不是从“红绿蓝”公司开始的，而是始于中国农业函授大学，当时赵莉是中国农业函授大学的副校长。这所学校的早期创办人有向华明、袁清林、葛霆。三人在20世纪80年代初艰苦创业，50元钱打天下，与中央电台合办节目《中国农函大辅导》，他们编写的教材在一些当时还不太富裕的农村受到了广泛的欢迎，效果极佳，收获颇丰。科技节目创办的“中国农函大辅导”一时走红中央电台，名利双收。

想起农函大（左为向华明）

时代在发展，社会在进步，中国农业函授大学逐渐完成了自己的使命，与中央电台的合作终止。但赵莉没有忘记老朋友，在我退休后的2013年，被她聘请为广播专家，承担由国家科技部组建的《人口与健康》网站的测评任务。重温往日密切的合作、无私的交往，心中有说不出的愉悦，虽然由于我不小心丢掉了“家中宝”，让我惊恐多日，但我从来没有埋怨过自己，因为，我尽心地完成了赵莉赋予的光荣任务。炎热的煎熬、奔波的劳累都放之脑后。

我非常欣赏这个项目的主任周伟同志，他把握全局、运筹帷幄、承认差异、区别对待的严谨而灵活的工作作风，让我十分钦佩。一位很不容易的人，做着很不容易的事，难得。

让我欣喜的是，在繁忙的测评中，我还得到一个意外的收获，学会了乘坐远离我多年的地铁。机灵、忙碌、负责的“小燕子”，工作细致认真，对“测评专家”的关照，周到、热情。很遗憾，她借给我的那张公交卡，一直留在我的手中。三年多了，也不知道它失效了没有。

与赵莉的合作是愉快的，友谊是真诚的。“人有旦夕祸福”，前不久，惊闻两则噩耗：我们到江苏无锡、苏州、扬州的五人参访观光团中，有两位好友（姜惟莲、王友恭）与世长辞，我真不愿意相信这个消息是真的。熟悉的面孔，真挚的友情，欢乐的画面，永远定格在2015年。朋友啊，亲爱的朋友！历史的车轮飞快地旋转，不该抛开我亲爱的好友，而应碾死那些被社会唾弃的败类。

4. 个性超强的“牛”记者

陈祖甲，1961 年毕业于华东师范大学历史系，1964 年，在中国人民大学就读中国近代史硕士研究生。分配到《人民日报》以后，专门跑科技新闻口，成为小有名气的科技记者。这位新闻界同人很不简单，他攻读历史专业，却当上了科学记者，且成绩突出。他采写的文章，观点新颖，视角独特，有鲜明的时代感和责任意识，看上去不太显眼的事件，在他的笔下却会写出一篇篇影响力很大的文章。陈祖甲是我比较佩服的科技记者之一。

访日结友情（左为陈祖甲）

陈祖甲业务能力强，文字水平高，他的个性也因此而凸显出来。1985 年 5 月，我和陈祖甲等七位中国科技记者，随同国家科委组织的大型参观团，去日本“筑波国际科技博览会”参观、采访。首次出国试笔，可谓成果丰硕，交友甚多，满载而归。

高兴之余，也发生了一点小风波。可爱的祖甲老弟个性突发：七位中国记者，本想在离开日本之前照一张“全家福”，留个纪念。大家好不容易凑在一起，准备一展风采，消遣片刻。想不到，祖甲突然“反悔”，当场表示，不愿意跟×××合影，而且态度很坚决，使记者们非常尴尬。这件十分意外的事让我想起，在国内，他们之间曾经发生过一次“稿件过节”……“合家欢”不欢而散，挺惬意的一件事只能告吹。

陈祖甲的脾气不小，很有个性，何必这样呢？可是，祖甲和我相处却很够朋友，在“筑波国际科技博览会”上，我们合影很多，其中一张照片，被用在他的新闻作品集《站立科学滩》里，彰显了好朋友的真情实意。现在，我每每翻阅这本作品集的时候，总要在这一页上，仔仔细细地看一看，引发那段时间的美好回忆。

采访回国以后，记者们撰写了大量的文章，被多家报纸、杂志刊用。我撰写的长篇录音报道《情系“紫罗兰”》是其中的一篇，中央人民广播电台全文播出以后，被《中国广播报》连载，在本书的“周游列国”一章里，可以读到这篇文章。《现代化》杂志还刊登了我采写的述评《日本的科技立国之路》。

陈祖甲是一位热情的摄影爱好者，每次参加活动，他总是忘不了背上一台不错的照相机，为好朋友摄影留念，我是当然的受益者，享受着与他人不同的待遇。有一次，记者们在野外活动，祖甲自然不会舍弃这个大显身手的好机会。说来我很幸运，那天，不知道从哪里飞来了一抹神妙的天象——祖甲给我拍照时，一圈神奇的光环突然飞临到我的头上。机不可失，祖甲随即抓住了这个千载难逢的，只有几秒钟的瞬间，按下快门，留下了难得一遇的美景。实在太珍贵了，我一直把这张“天降彩虹”的照片摆放在我的相册中的首页，看上去神气极了。

5. 亲爱的战友，您慢慢走

1988 年，友恭同志和我共七人发起创办了中国科技新闻学会，他一直担任这个学会的副理事长，对学会的建设和发展做出了突出的贡献（我是学会的常务理事）。2014 年中国科技新闻学会举行第五届年会暨换届大会，选举产生了新一届理事会及其领导机构，王友恭同志和我均因年龄超标，退出了理事会，并被推选为终身荣誉理事。

我和友恭同志共事多年，感情融洽，合作愉快，我们曾经一起主编《科学新闻》杂志（他和梁沂宾先后任主编，我和陈小瑛先后任副主编），他对工作的认真负责精神和严谨的处事态度，令我十分敬佩。不幸的是，友恭同志

科技新闻界老朋友（左起：王友恭、作者、闻有仁、陈祖甲）

刚刚退出学会领导岗位，病魔就夺走了他的生命，永远离开了他所钟爱的中国科技新闻学会和亲密的朋友们。

不久，又一个噩耗传来：中国科技新闻学会的创始人之一、学会副理事长杨时光同志与世长辞。两位副理事长，相差不到一年，相继离开人世，实在让人悲痛和惋惜，我的心情难以平静。中国科技新闻学会的七位创始人当中，已有两人走向“天国”，提起此事，学会上下不免有些伤感。

友恭病逝后，本想到他家里去安抚慰问，但听好友说，现在不能去，友恭夫人很难过，十分悲痛，不要再刺激她了，我只好作罢。随后，与友恭的儿子王小雷通过一次电话，了解到一些有关友恭病逝的情况。

小雷这孩子很乖巧、很聪明，念大学的时候，攻读汽车相关专业，毕业后，不对口的单位他不愿意去。后来，友恭同志跟我谈起了他儿子的情况，我很理解孩子的心情，于是，找到好朋友刘泽林同志，希望把小雷安排在他统管的《汽车世界》杂志工作，朋友很够朋友，孩子如愿以偿。

友恭健在的时候，我们曾经应邀到泽林家里做客，好宽敞、好阔气的房间，着实令人羡慕。然而，这并不是我们谈话的主题。友恭更关心儿子的表现。问道：“小雷干得怎样？有没有给《汽车世界》的领导找麻烦？同事之间关系如何？”问号一个接着一个，连续发问，生怕有遗漏。一句话，友恭是为儿子而登门的，是来“检验”一下儿子是不是合格。

泽林同志是个爽快人，半开玩笑说："将门出虎子，副总编辑培养的孩子没的说，小雷干得不错，是《汽车世界》的业务骨干，又是交往能手，放心吧……"友恭听到刘泽林社长对儿子的评价和溢美之词，放心了，舒心地离开了泽林家。我清楚地记得，那天是小雷开着自己的轿车，亲自送我回家的。在路上，我们谈了许多关于他父亲的往事。

6. 远亲？近邻？

当年的0682部队（后来的航天部二院），有一个非常好的医疗保健体制，在其下属的每个支队里，都设立一个医务室，派遣一位全科医生，为支队员工提供医疗服务，发烧、感冒等小病，不必跑大医院，可以就地解决了，而且都是公费医疗，解放军服务基层，考虑问题多周到啊。

近邻（侯医生一家人）

当时，我工作的研究所是0682部队的6支队，医务室的大夫姓侯，大家都按照部队上的习惯，称呼他侯医生。我和侯医生家是邻居，他的妻子凌桂珍和我的夫人陆玉洁情投意合，交往密切，是亲密无间的好朋友，是无话不说、不分彼此的伙伴。慢慢地我也就知道了侯医生的名字，他叫侯国利。

侯医生医德高尚，医术高明，为6支队的员工解决了大量的医疗难题，战友们基本上不用出支队，就看好了病，既少跑了腿，又节约了时间，我们都很敬佩他，侯医生无愧为中国人民解放军培养的好干部。

说来也幸运，有一年冬天，我儿子艺枫煤气中毒，全家慌了手脚，不知

亲如一家

所措，抱起孩子就往外跑，准备到医院抢救。说也凑巧，路上恰好碰上了侯医生，问明情况以后，侯医生马上施用娴熟的中医手法，按压穴位，不到5分钟，艺枫苏醒过来，脱离了危险。儿子得救了，我们满腹说不完的“谢谢”。此后，我们两家的关系更密切了，互相关心，互相帮助，无所不谈。

20世纪60年代，我们都还年轻，看到我们家只有两个孩子，侯医生的夫人凌桂珍很感慨，觉得少了点，她劝说陆玉洁再生一个。我们哪敢呀，这倒不是因为“计划生育”的限制，主要是工作太忙了，有时晚上还要加班加点，哪里有时间带孩子呀！再说，经济上也不富裕！凌桂珍很直率，很热心，很愿意帮助别人，她主动提出：“如果再生一个，我给你们带，保你满意（凌桂珍当时没有参加工作，时间比较充裕）。”她这话是真心的，多么好的朋友啊。

对于凌桂珍的好意，我和陆玉洁十分感动，打心眼儿里感谢她，但考虑到多方面的因素，我们家一直保持着一儿一女四口之家的格局。今天看来，我们当初的选择是正确的，尽管生病或者遇到较大难题的时候，也感到儿女少了点，但我们仍然无怨无悔，很满足。我的同胞姐姐宋雅琴也时常“批评”我们儿女太少，我们不以为然。反倒觉得，孝敬的儿女，少而精，总比没有水喝的和尚好得多。

我很佩服凌桂珍的持家之道，他们一家六口人，省吃俭用，依靠侯医生一个人的工资收入养活全家，不仅日常生活安排得很好，而且还有结余，她不时自豪地向陆玉洁“报告”，已经攒了800元钱。要知道，在20世纪60年代，一个普通的家庭，能积攒800元钱，太不容易了。

孩子们慢慢长大了，到了谈婚论嫁的时候，凌桂珍有意把自己的二女儿娅丽嫁给我们的儿子艺枫，陆玉洁为难了，因为娅丽比艺枫小7岁多，在那个年代，年龄相差如此悬殊，是绝对不可能成婚的，现在谈起这件事，觉得挺好笑的。

娅丽有个妹妹，叫侯宣丽，虽然她的名字里边有个“宣”字，但她并不熟悉“宣传”。宣丽大学毕业以后，独闯天下，创办一家企业，很红火。这时，“宣传”摆到日程上来，很想通过媒体报道一下自己的单位。她知道我在中央电台工作，负责科技新闻宣传，就找到了我，希望帮助她做些宣传，扩大影响。我义不容辞，随即请了几位记者，对她经管的项目做了比较充分的报道，效果不错。事有凑巧，不久后她的弟弟小明也为“粮食”的宣传事找到我，我照样办理，绝不推托。能为小字辈做点事，我很高兴。

老天太不公平了。不到5年的时间，侯医生的夫人凌桂珍和大女儿侯小丽相继离开了人世，听到这些噩耗，我们全家都极为悲痛、伤感，老天真是不长眼，不该夺去我们亲如一家的好邻居三口人的性命。不该发生的事情发生了，惋惜、难过、悲痛重重地压在心头。但事实毕竟是事实，已经存在，无可挽回，然而亲密的情感是割舍不断的，侯医生的二女儿侯娅丽成为侯家的第一掌门人，她沿袭了长辈的遗训，传承着“远亲不如近邻”的至理名言，把宋叔叔、陆阿姨视为最亲近的长辈，还有从小一起长大的大姐、大哥。好侄女娅丽时常登门看望我们，带来她自信对路、我们又喜欢的礼品。与晚辈坐在一起，聊聊家常，追忆往事，无比亲热，满肚子有说不完的心里话。

1996年，我们家“乔迁之喜”，搬进了号称“广播公寓”的广安门北街20号楼，有幸结识了新邻居——单身漂亮的女孩王德惠。或许是由于她常年独居养成的特别习惯，我们搬到新居以后，双方交往甚少，更谈不上密切。时间过得好快，已经记不得过了多久，转眼间，年轻的女孩也到了退休的年龄。巧得很，她和我们编到一个党支部，一起参加活动，一起过组织生活。

门挨门的邻居，日常交流慢慢多起来。在党支部活动中，王德惠和陆玉洁热情交谈，开心聊天，感情越来越融洽，成了非常要好的朋友。近在咫尺的邻居，陆玉洁、王德惠宛若同胞姐妹，来往亲密，她们互通有无，不分彼此，心灵手巧的惠小妹，时常包饺子、做面条、炖酸菜给陆大姐吃，大姐也尽其所能，想着惠小妹，姐妹二人到了亲密无间、无所不谈的地步。一有机会，她们就坐下来长谈，有时竟然忘记了时间，谈到很晚很晚。

第十八章　小小广播圈

1. 新中国第一代科普广播人

中央电台原科教部科技组有一位资深的高级审稿人，名叫孔德庸，据说，他是孔子的第77代孙，曾任中央电台专题部科技组老资格的组长，对稿件要求非常严格，甚至是苛求。坦白地说，我刚到科技组时，受“文人相轻”、老知识分子“保守”的不良思想的影响，采取了“敬而远之”的态度，从来不主动地去求助这位孔夫子的后代，只是例行编稿、审稿的程序而已。

任何事物的真伪都必须经过实践的检验，看过孔德庸老师多次对我编辑的稿件的审定以后，我的思想有了很大的转变，开始醒悟并反思，认识到自己思想的滞后和偏见。我错了。

当年的科普广播人（前排左一为孔德庸）

姊妹花（左为余达聪，右为陆玉洁）

孔德庸是一位审稿能力很强、工作一丝不苟、文学水平相当高的老同志。在我这个刚刚上道的编辑交审的稿件上，我见识到了孔德庸老师广播文字的功底，尽管我编写的稿件被审改成了大“花脸”，但我从心眼儿里十分佩服他，敬重他对科普广播、对编稿人的高度负责精神。从不理解，到理解，再到敬佩，我完全懂得了孔德庸这位资深审稿人的良苦用心。

记得，孔德庸老师离休的时候，特意找我（当时我接替孔德庸担任科技组组长）和负责《讲卫生》节目的组长余达聪同志谈话，不无担心地叮嘱说：“我离休以后，相信你们一定会比我干得更好，但也有一些不必要的担心。”他风趣地说：“你们就像刚‘断奶’的孩子，没有了‘大人’的依托，要靠自己独立自主地走路，肯定会忐忑一段时间。但我深信，只要二位多多学习、多多实践，就一定会胜任审稿工作，保证稿件质量……”孔德庸老师满含深情，放心不下的一番话，我时刻牢记在心，一直到今天。

在后来的工作中，我虚心地向有经验的同志学习，在实践中经受锻炼，传承老一代审稿人对科普广播的高度责任感，逐步胜任了审稿工作，没有辜负新中国第一代科普广播人对我们的期望。我作为刚刚走上领导岗位的审稿人，把前人的经验视为宝贵的财富，虚心地学习，切身实践，收到了不错的效果。

今年，孔德庸老师已经90多岁。他对中央电台的科普广播做出了突出的贡献，是中央电台科普广播事业的一大功臣。回忆起往事，全国科普人每每谈到科普广播，总少不了要提到孔德庸的名字。祝愿这位为我国的科普广播事业勤勤恳恳效力半个世纪的前辈，永葆青春，健康长寿。

2. 勇于追求的女性

20世纪70年代，我在中央电台人事部门工作过一段时间。后来，人虽离开，但感情仍在，经常回“老家”看看，跟好友们聊聊天、叙叙旧，很是亲热，慢慢形成了习惯。

奋斗中的赵忠颖

1983年的一天，我顺便走进了人事处，偶然发现，一个20多岁学生模样的小姑娘坐在一张办公桌前忙着什么。经老朋友介绍才知道，她是刚从北京广播学院毕业，分配到中央电台的大学毕业生，究竟安排到哪个部门工作尚未确定。

我当时是科教部科技节目组的小头头，正为人手不足而发愁。“得来全不费工夫”。凭着自己跟人事处的“特殊”关系，又看中了这个纯朴而简单的待分配的小姑娘，即刻谈妥，安排她到科教部科技组工作。这个在人事处巧遇的小姑娘究竟是谁？说了您可能不信，她就是现任中央人民广播电台分党组的副书记、副台长赵忠颖。

在北京广播学院，赵忠颖学的专业是新闻采编，到中央电台科教部当科普编辑，对她来说确实不太顺手，科技组里学理工科的编辑也不看好她。但这个倔强的姑娘并不服输，决心从比较容易上道的边缘科学入手，狠下功夫，攻读心理学、系统科学、环境科学等基础知识，并发挥自己新闻采访的优势，采制录音报道、游记、特写等科技含量不是很高的科普节目。记得，她到科教部不久，就采写了配乐游记《富饶美丽的长白山》（上、下两集），这是一个融生态、环境与风光于一体的优秀科普节目，一举夺得“全国第一届科普

和谐

广播优秀节目评选”一等奖。

赵忠颖善于调动其分管的心理学、系统科学专家的积极性，与他们建立密切的联系，充分发挥科学家知识丰富的优势，准确把握广播科普的特点，组织大型的系列讲座，通俗、浅显地介绍心理学和系统科学知识，受到听众的广泛欢迎。出版社的编辑很欣赏这两组讲座，决定出版两本科普读物《心理学漫谈》《系统科学入门》。我国系统科学专家、中国系统工程学会常务理事、副秘书长于景元教授为《系统科学入门》撰写了序言，他说：这本书“以通俗的语言，生动活泼的实例，深入浅出地介绍了系统科学知识。让大家看到，系统科学就在我们身边，甚至可以说，人体就是一个复杂的巨系统。即使对于从事系统科学研究的工作者，也会从书中受到启发……”除了两本科普读物外，赵忠颖还与我合作主编了科普创作论文集《“翻译”科学的艺术》、科普广播佳作选《听广播　学科学》，为科普广播人提供了可以借鉴的参考书。

赵忠颖走过的路并不平坦。有一次，她去上海古青铜技术研究所采访，经历了一次不寒而栗的意外事故。在一个实验室采访时，由于工作人员操作失误，引发猛烈爆炸，赵忠颖同志惨遭不测，成为无辜的受害者，脸上、手臂上被大面积烧伤。而年轻的赵忠颖表现得很坦然、很冷静，没有过多地责怪研究所。

抓紧治疗烧伤是第一位的，经过一个多月痛苦的煎熬，总算脱离了危险，而留在赵忠颖脸上、手臂上的是一道道抹不掉的伤疤。想想看，对于一个二十多岁的年轻女孩来说，这意味着什么。可巧，我的夫人陆玉洁当时正在上海出差，探视了小赵，令她大吃一惊，这哪里是平素那个漂亮的小姑娘。陆玉洁心疼极了，但她什么也不敢说，只是说些安慰的话。回到家里，她哭了。释放了压在她心头的憋闷，伤心地对我说："这孩子太可怜了……"

赵忠颖一直表现得很坚强，没有被残酷的烧伤所击倒，她重新振作起来，拿起搁置了两个多月的笔，拖着病体，坚持继续完成她采访古青铜技术研究所的录音报道《古青铜艺术的新生》，这里面是需要一点精神的。这个节目制作精良，丝毫察觉不到实验室里曾经发生过意外的痕迹，凭着节目自身的高水平，优异的写作技巧，征服了评委，荣获"全国第二届科普广播优秀节目评选"一等奖。

赵忠颖同志个性异常突出。勤奋、刻苦、善良、要强、奋斗不息是她人生的执着追求，并在实践中证明了自己。1997 年，她从北京广播学院的同年级的同学中脱颖而出，第一个被中央电台评聘为高级编辑，当时她只有 38 岁。我翻阅了一下经国家广播电视总局批准而编纂的《中国广播电视人物辞典》，在中央电台，38 岁评上高级编辑，她确实是第一位。

我担任科教部主任期间，有两位副主任，赵忠颖靠后。1995 年我提前退休，中央电台分党组权衡各种因素，决定赵忠颖晋升为主任，突破了"排队论"，这在中央电台的历史上也不多见。我退休后，在科教部又返聘了多年，实为不需要的"需要"，这是不是中央电台的又一个"第一"呢？我不敢说。

赵忠颖成绩卓著，进步较快，当上了副台长，但她始终没有忘记帮助过她的人。没有想到，已经退休多年的我也被她排在"恩人"的行列之中，我深感受之有愧，实不敢当。她多次发短信给我，表达感谢之意。我回复短信说："步入央广门，修炼靠个人，勤奋出才干，切莫言感恩。"其实，我也要感谢她，事情总是相互的。

3. 他从哪里来

潘晓闻，1986 年毕业于北京广播学院，攻读无线电专业，现在是中央人民广播电台总编室主任，掌握着不小的宣传权力。一个学习科技专业的工程

科技大世界（前排左一为潘晓闻）

队伍在壮大（左一为臧捷年，右一为李戈华）

技术人员，怎么会走上负责新闻宣传的领导岗位呢？这要归功于党的改革开放政策，人尽其才，能人都有用武之地，历史是公道的。

潘晓闻毕业以后，留校工作两年，在一个办公室负责管理音像资料，他认真负责，细致耐心，管理得井井有条。但在工作中也有一些不顺心的事折磨着他，让他产生“跳槽”的想法。说句公道话，他当时的领导太小心眼儿了，真不该让人家管录像带，又不让人家拿钥匙，这不合情理，任何人都难以接受。

有一天，中央电台人事部门的负责人刘应春同志找我谈话，说：“有一位北京广播学院的年轻干部，学的是无线电专业，原想调到中央电台体育部工作，由于种种原因，没有接收。他是学科技的，你们科教部可以考虑吗?”

了解到潘晓闻的情况，我痛快地答应了。考核一下吧，我随便出了一道科普人都明晰的作文题《什么是科普》。其实，我并不关心他回答问题是否正确，主要是想试试他的文笔。在规定的时间内，潘晓闻交卷，文笔不错，决定录用，事情就是这么简单。

来到科教部，潘晓闻干得很好，很快适应了科普广播工作，采写、制作了许多优秀节目。为纪念毛泽东同志100周年诞辰，他参与采制了大型录音报道《心中的怀念》。这个节目采用了典型、珍贵的历史音响，真实、亲切、自然而热烈，具有极强的感染力，向听众展现了一幅凝重的历史画面。领袖的音容笑貌再次浮现在听众的眼前。“伟人已去，风范长存”，响彻太空的《东方红》乐曲，让人们真切地感觉到毛泽东就在我们身边。节目征服了评委，荣获“中国广播奖”科技类一等奖。

我很羡慕年轻人，他们接受新鲜事物快而灵。潘晓闻刚到科教部，就学会了用计算机打字。我记得，他采用的是“前三末一”法，当时比较好用，我写的不少稿件都是潘晓闻同志用老式计算机不辞辛苦打印出来的。今天看来，这种活儿再平常不过了，可是在当时，却帮了我的大忙，我要真诚地感谢他。进入21世纪，八十高龄的我，玩玩计算机，不敢说特别熟练，用它打打字，代笔写写文章，已经不是难题。我的这本《80一梦》就是用计算机一个字一个字“打”出来的。

1995年，我提前退休。潘晓闻身为科教部领导，非常珍视老同志余热的分量，我做了力所能及的工作，但更有自知之明，没有给当初的部下添麻烦、出难题。其实，年轻的部领导很理解退休的老同志的心情和感受。在我担任科普广播委员会秘书长期间，潘晓闻同志在各方面给予了大力支持，直到我辞掉秘书长职务。

有一件事我记忆深刻，那是2002年的秋天，在一次科普广播研讨会之后，在潘晓闻的带领下，我们科教部记者一行5人探访了神秘的泸沽湖，欣赏到少数民族地区原生态的秀丽风光，尽管条件艰苦，食宿简朴，但我们心情愉快，兴致甚浓，收获颇丰。见识了清澈见底的美丽的泸沽湖，了解了许多鲜为人知的当地的民情、民风、民俗。摩梭人“走婚”的习俗令我们耳目一新。有感而发，我写了一篇随笔《泸沽湖畔识“走婚”》，已收入本书。

4. 奇妙“天象”早知道

谁也不会相信，搞新闻报道的记者，磨炼了十几年以后，竟然成了一位小有成就的天文“专家”。

近来有什么奇异的天文现象？会发生哪些有趣的天象奇观？只要问问王念生，便可知晓。什么“双星伴月”“流星如雨”“‘光年’不是时间”“‘比邻星’其实离我们并不近”“牛郎织女无缘相会”“天狗吃太阳、月亮，只是民间神话”，等等，王念生都会讲得饶有兴味，妙趣横生，俨然一位博学的天文“专家”，难怪他在中央电台获得一个美称——“天文通”。

王念生采写的节目很有特点，他可以把比较呆板的天文知识讲得通俗易

密友（左为王念生）

懂、生动有趣，吸引大量的听众，成为忠实的天文爱好者。普及天文知识，是中央电台科技节目的重要任务之一，念生同志在天文这个浩瀚的空间里，默默无闻地工作了20多年，采制了大量优秀的科普广播节目，成果多多，获奖多多。他采写的录音报道《欲穷千里目，更上一层楼》，获得“全国第三届优秀科普广播节目评选”一等奖；他精心制作的广播特写《察太阳活动之精微》的文稿被选登在科普广播佳作选《听广播　学科学》一书上，把电波里飘飞的优美声音形象物化在纸上。

王念生在科教部工作先我多年，从这个意义上讲，他是我的老师，我跟他学了不少做节目的本事。我刚到科技组的时候，对录音技术一窍不通，向谁学呢？我看准了朴实忠厚的王念生，很庆幸，我没有看错，是念生同志手把手地教会我使用机器录音、复制节目，我永远不会忘记念生对我的入门指导。今天的我必须牢记昨天的我，这是做人的基本准则。

由于王念生工作勤奋，刻苦钻研，成绩显著，1997年被评聘为中央人民广播电台的高级编辑，开创了近年来“没读大学，也可评上正高职称”的先例。在一次评委会上，一位台领导问我：“怎么没有听说过王念生这个名字呀?”我毫不犹豫地回答：“什么叫默默无闻，王念生就是这样一个人。”当然，这只是一句助推的话，更重要的是评委们慧眼识珠，投票通过了王念生为高级编辑。说别的都是多余的。

如今，王念生走了，永远地离开了我们，离开了他钟爱的天文科普。但愿他在那个安静的天国里，飞越万里晴空，欣赏他所喜爱的繁星满天的精彩世界。念生，我好想你！

5. 为人师表“二代牛”

在我的记忆里，中央电台原科教部有八头“老黄牛”，他们是科教部的功臣，也是科教部的一大骄傲，有了他们，各项工作才得以顺利开展，科教部才取得了不错的成绩。话再说回来，科教部并不是“牛棚”，更不养牛，而是编辑们对他们所爱戴的好同志的属性的尊称，

我们把这八位同志比作“老黄牛”：1925出生的孔德庸，1937年出生的王念生、宛常珍、杨慧珍，1949年出生的巢琴波、刘若君和1961年出生的涂彬、林涛。八位同志，四个年代出生的“牛”，在同一个单位工作，实属少

宝钢欢迎你（右二为宛常珍）

见。奇迹竟然发生在中央电台原科教部，八位“老黄牛”个个牛劲儿十足，身手不凡，称得上是科教部的骨干力量，是确保科教部稳定的正能量。

宛常珍同志是1937年出生的中央电台原科教部的“二代牛”，她本来是一位受人尊敬的人民教师，为了广播事业的需要，不惜离开自己钟爱的教育岗位，来到中央人民广播电台，成为一名光荣的广播战士。

是金子，放到哪里都会发光。在党和国家的喉舌机关，在一个编辑部门当科普编辑兼做党务工作并不容易，但宛常珍同志确实是一位放到哪里都会发光的好干部。她作为党支部委员，为人师表，尽职尽责，做了大量的思想工作，为部门领导分忧解难，是一位不折不扣的闲不住的热心人，被同志们亲切地称呼为宛大姐。

做科普广播编辑，宛常珍同样是一把好手。她善于利用自己的专业特长，吸取各方面的有益经验，编创了大量听众喜欢的科普广播节目，并屡屡获奖。她与曹仁义同志合作撰写的配乐科学散文《绿叶赞》《小草之歌》分别获得“全国第二届和第三届科普广播优秀节目评选”一等奖。

宛常珍同志刚到中央电台时，做过汉语拼音广播教学工作，这对于曾经是教师的她来说，可谓轻车熟路、手到擒来。可惜，在她教课的时候，我还未到中央电台，错过了学习的好机会。当下，社会已经进入数字化、信息化时代，计算机已经成为人们必备的上网和交流的工具，而不是家庭的一种摆设和游戏机，它更成为现实生活中人们的书写代笔工具。

“玩”计算机，如果不懂得汉语拼音，那将寸步难行，我的《80 一梦》也只能是一场难以实现的梦。今天，我要真诚地感谢宛常珍同志，是她在退休之前，赠送给我一本《汉语拼音广播讲座》。现在，我一边打字，一边学习和使用须臾离不开的汉语拼音。80 岁了，学习汉语拼音，连我的外孙女瑶瑶都觉得不可思议，逗趣说，外公又开始上“小学”了。但我却认为，这个小学课程必须补上，做一个及格的“小学生”。可以毫不夸张地说，是先有《汉语拼音广播讲座》，而后才有我的《80 一梦》。

6. 结缘《阅读和欣赏》

《阅读和欣赏》是中央人民广播电台的名牌节目之一，有 50 多年的历史，深受听众的喜爱。可以说，我是这个节目的铁杆听众，从 20 世纪 60 年代起，就一直喜欢收听《阅读和欣赏》节目，并和编辑部保持着密切的联系，他们印制的每期活页文选都寄送给我，我都精心地保存着。作为这个节目的忠实听众，我时刻盼望着，有一天能跟节目组的编辑同志见个面，谈谈我收听《阅读和欣赏》节目的心得体会、收获和梦想。

30 多年过去，1991 年，中央电台编播部门进行一次人员大调整，其中之

与农民兄弟交谈（左三为刘刈）

一就是把隶属于文艺部的《阅读和欣赏》节目划归给科教部。我当时是科教部的负责人，大有“求之不得”之感。《阅读和欣赏》的三位编辑（董福琪、刘刈、于红）跟随节目一起调配过来，他们都具备熟练的编辑技能，对节目制作轻车熟路。

论文学素养，刘刈评为高级编辑，是理所当然的。但在高级职称评审标准中，偏偏设定一个框框：要提交五篇论文。有了标准，这是硬杠杠，违背不得，难住了许多人，怎么办？熟悉《阅读和欣赏》的评委们都说：“对古代诗词的解读文章，每一篇都是高水平的论文，刘刈何止写了五篇。”以理服人，刘刈通过了评审。

科教部主要负责科普宣传，对高档文学节目《阅读和欣赏》的进入，确实有些另类感，但我并不排斥它，而是欣然接受，因为我太喜欢《阅读和欣赏》节目了。我无论如何也没有想到，多年的梦想竟然以这种方式实现。

1999年，跟我合作多年的高级编辑刘刈同志，受科普宣传的启发，提出一项很有创意的建议，希望改变一下原来《阅读和欣赏》的出书模式，把持续几十年的单一的阅读样式，改为“读听两用”读本，以满足广大听众的双重需要，既能读到诗词的原文，又能欣赏到他们喜爱的播音员的优美声音，一举两得。刘刈同志的建议很高明，很对路，符合与时俱进的时代发展的需要。几位部领导一致赞同刘刈的倡议，当即采纳。

经与中国广播电视出版社商谈，一拍即合，达成共识，同年9月，《阅读和欣赏》的读听两用读本正式出版发行，这套三册一组的丛书刚一面世，就受到中央电台内外广大文学爱好者的热捧和称赞。一位读者来信说：“……我正想给你们提这个意见呢，咱们想到一块儿去了……你们的编辑很有水平，很有远见，很理解听众的心理。现在我坐在家里，拿着读听两用的《阅读和欣赏》，就可以一边看书，一边欣赏著名的播音员的优美声音了……非常感谢你们的辛勤劳动和为读者着想的好作风。”

读听两用的《阅读和欣赏》读本面世以后，成为畅销书，一时供不应求，出版社又再版了多次，满足市场的需要。这件事，刘刈同志是最大的功臣，他付出的辛劳最多，从组稿、编稿、录制到审听，大量具体的工作都是由他完成的。

刘刈同志工作认真负责，细致耐心，一丝不苟，他出手的稿件，应该说，是质量信得过的“产品”，在审定稿件时，我只是通读一遍，或者是因为用词习惯的不同而略做变动而已。可是，当我们二人主编的“读听两用”读本《阅读和欣赏》正式出版时，他却执意要把我的名字放在前面，我拗不过他，不情愿地接受了。

如今，20多年过去，“读听两用”读本已经扩展成为大部头的、多卷的《阅读和欣赏》大型丛书。然而此刻，我仍然要衷心感谢刘刘同志对我的抬举和尊重。

7. 一颗发光的金子

她结婚多年，已经40多岁，可她一直不要小孩。周围的朋友都在问，这是为什么？她从来不作正面回答，别人也就不再追问了。这位女强人是谁？中央电台老一点的同志都认识她，她就是中央电台原科教部的高级编辑靳雷。这么年轻的同志能评上高级编辑不是一件容易的事，可是她凭借自己的才学和拼搏精神，顺理成章地被评聘为高级编辑。这个女孩确实与众不同，为了进一步提高自己的学识，她自费到清华大学读博士。为了事业，为了闯荡世界，为了办好科普广播节目，她可以放弃一切，当然也包括生孩子。

靳雷原本是中央电台前国际部的编辑。1994年中央电台实行全面节目改革，她被招聘到科教部。中央电台那次改革以第二套节目为重点，以“直播”为突破口，当时遇到的最大难题是缺乏节目主持人。领导班子搭好，我是负责人事工作的副总监。开播在即，中央电台决定在台内外招聘主持人，首先是台内，没有费太大的周折，录取了刘文静、王大民、靳雷、覃勇和徐强等。靳雷可是“香饽饽”，都争着要，经过协调，她分配给了科教部。

靳雷在科教部干了十几年，眼界开阔，思路新颖，成绩斐然，获奖多多，成为科教部的得奖大户。我比较欣赏她的获奖作品是录音报道《给废旧电池找归宿》。这个节目选题似乎很小，但它切中了当今社会的要害，抓准了人们普遍关心的问题，替环保部门说了话，急老百姓所急。我也非常赞赏那个不辞辛苦地为废旧电池找归宿的中国地质大学的刘京誉同学，更敬佩那位德国老太太，她多么珍视环保，情愿把在中国产生的废电池，带回自己的祖国，想想看，我们谁能做到呢？

靳雷这么出类拔萃，为什么当时没有被提拔呢？众说不一，我大胆地猜

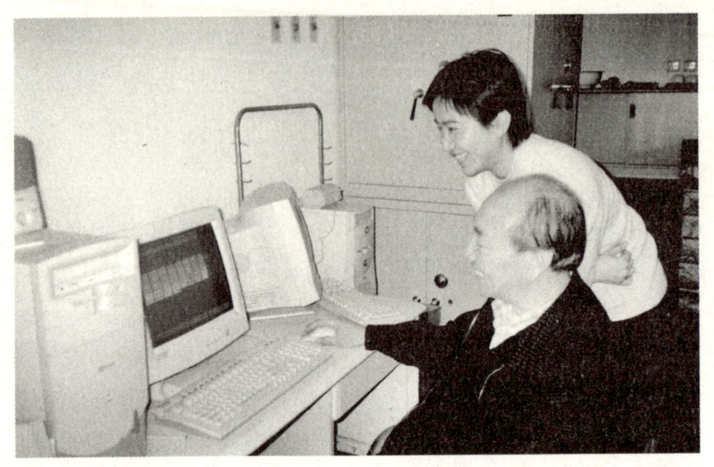

学电脑（女生为靳雷）

测，可能是过去的人事制度有缺陷吧。如今不成问题了，她已经当上《乡村之声》的副总监，我经常收听他们的节目，很有新意，把节目办到了农村，以“三农”为本，活动丰富多彩，节目很有吸引力，乡土味十足，我这个在农村长大的城里人，听来感到很亲切，仿佛又回到了儿时的村庄。靳雷是好样的，不为名，不为利，自己闯出了一片新天地。

2006年，中国科普作家协会换届，靳雷同志当选为科普广播委员会的副秘书长，在她的名片中又多了一个头衔，以我对靳雷的了解，她同样会干得很出色。现在我已退休多年，但年轻的靳雷并没有忘记老同志，在她的通讯录上，仍保留着宋广礼的名字，每逢重大节日，我都会收到她的短信问候。当下，在微信拜年如此方便的时代，靳雷仍不忘给年长的未开设微信的老人发短信拜年，我很受感动，深信“诚挚的朋友在一起的日子都是好时光。流年有爱，心随花开”。愿靳雷同志青春永驻，不忘老朋友。

8. 可爱的“第三者”

陆玉洁是一个比较“特别”的女同胞，在中央电台老干部管理处组织活动的时候，她总是利用这个难得的好机会，宁愿跟老伴“分居”，也要和自己要好的朋友住在一块儿，亲密接触，促膝谈心，聊家常，说国事，度过一个个美好的夜晚。

可爱的黄传惕甘愿充当“第三者”，和我分配到同一个房间，这也是我十

歌友（右为黄传惕）

分乐意的。黄传惕睡眠安稳，不打呼噜，是我“同居”的理想伙伴。我们住在一起，海阔天空，无所不谈。办广播的人少不了谈广播、听广播；勤于动笔的人更愿意谈写作、谈文学。志趣相投，同住一室，求之不得。年岁大了，自然会谈及所经历的有趣的往事。说到我们的合作与交往，有两件事我永远不会忘记。

一是在科教部成立初期，我和黄传惕都担任这个部的副主任，第一把手是张熙裕。这段时间被我们俩看作是工作最舒心的日子。我分管科技类节目，黄传惕分管《在祖国各地》节目，张熙裕统管全局，掌握大方向，中央电台的指令由他领受并部署执行，科教部的总体情况由他把握，并负责向中央电台汇报。我和黄传惕同志根本不需要操心太多，只要抓好分管的节目就万事大吉了。

二是若干年后，我和黄传惕各自当了一个部门的主任，切磋工作少了，见面机会少了，然而，不经意间，却出现一次第三方“搭桥”式的相聚。那是20世纪80年代，河南省某出版社的编辑林丛龙同志从中学语文课本上看到了黄传惕的文章《故宫博物院》和我的文章《从甲骨文到口袋图书馆》，并惊奇地发现，两篇文章的两位作者都在中央电台工作，于是突发了同时采访我和黄传惕的念头。

林丛龙到北京来，我们接受了林编辑的采访，并录了音，出版了盒式录音带专集，至今，我还完好地保存着这盘盒式录音带，高兴的时候放一遍、听一听，挺有意思的。当年，我们两个还是不到50岁的“年轻人”，如今，已经成为地道的“80后”，早已脱离领导岗位，过着平静安逸而有意义的生活。

回首往事，在于抚今。人在变，事在变，可举世闻名、雄伟的古代建筑故宫是永存的。因而，黄传惕的文章《故宫博物院》直到今天中学语文课本仍在选用。而我的文章《从甲骨文到口袋图书馆》，由于科学技术的飞跃发展，口袋图书馆的内涵大大外延，文章中的科技表述已经远远不能支撑当今世界书籍演变的现实。进入21世纪，此文不再编入《中学语文课本》，而作为说明文的解析范例，刊登在一些适合中学生阅读的参考书上。

9. 来之不易的钱学森“三次激动”

1991年10月16日下午3时许，国务院、中央军委在北京人民大会堂举行隆重仪式，授予80岁高龄的钱学森院士以“国家杰出贡献科学家”荣誉称号并颁发“一级英雄模范”奖章，表彰这位享誉全球的伟大科学家。中央电台时政记者刘振敏到会，进行惯例采访。

在庄严的会场上，打动女记者刘振敏的并不是国家领导人的讲话、贺信、授奖和鲜花，而是钱学森教授的“三次激动”。由于钱老是即席讲话，记者不便到讲台上录音，只好背着录音机，举着话筒，在音箱下面站了40分钟，才艰难完成了录音。钱老的讲话太精彩、太感人了。讲话打动了记者，记者的报道感动了听众，收到了弘扬正能量的积极效果。可又有谁知道，女记者刘振敏在录制和播出这次节目的过程中，付出了多大的精力，花费了多少心血？

节目出彩不是自吹的。温家宝说：“……非常好，应予以表扬。”时任国务委员、国家科委主任宋健说：“你（刘振敏）为我们科技界立了一大功。”

刘振敏的开心时刻

次日，中央电视台按照刘振敏的稿件，重播了《钱学森的三次激动》；新华社记者说，听了广播以后，再看报纸，就没有听的时候那个味儿了。广大听众纷纷来电、来函，言谈话语、字里行间，充满了赞美之词。我当时是中央电台科教部负责人，更了解这次节目的分量，全文播出了《钱学森的三次激动》，反响热烈。至今，我还完好地保留着这次节目录音的复制版。

刘振敏是一位刚强的女性，是我党的好女儿。在“文化大革命”期间，她受尽冲击和磨难，但她不计前嫌，原谅了无知者非人性的疯狂与野蛮的举动，因为她知道，从根本上说，这不是他们的过错，是一个时代的悲剧。

乌云过后，是一片晴朗的天空，刘振敏还是那个“三心二意”（责任心，好奇心，抓住听众的心；有创意，有新意）的刘振敏，是内外合作的典范。我的老伴陆玉洁是她的密友，二人交往甚多，陆玉洁喜欢读她撰写的文章，夸她是“不知疲倦，容忍大度，干起活来不要命的人”。其实，刘振敏的辛苦之作不计其数，《钱学森的三次激动》只不过是她大作中的一篇。

今年，刘振敏已 79 岁，她风趣地推出了刘振敏语录：“想做的事，要快做；想说的话，要快说；想写的文章，要快写；想……”怕发生意外吗？不是的，她是警醒老年朋友们，牢记毛泽东同志的词句：“多少事，从来急；天地转，光阴迫。一万年太久，只争朝夕。”刘振敏同志十分赞赏毛主席的这一精辟论述，不论工作、处事都必须“只争朝夕”。

我没有想到，将近 80 岁的将门之后，还是一位心灵手巧的匠人高手，刘振敏不惜代价，费尽心思，学会了编织技艺，作品花样翻新，精美绝伦，受赠者不计其数。在中央电台文学会一次文艺赛事中，我荣幸地获得了她即时编织的奖品。欣喜之余，我的脑海中顿时浮现出我家中的艺术品摆设：精灵剔透的小鞋、活泼可爱的少女、装点着绢花的花瓶……这些精致的编织品，都是刘振敏同志赠送给她的好友陆玉洁的。观赏刘振敏的杰作，真是一种美的享受。

每个人都有自己的独特风格，刘振敏也不例外。关于风格的研究，我自感肤浅，不敢乱说。刘振敏的风格该怎样表述，我们不妨看看中国香港的一本辞典《数风流》是怎么说的：“朝晖芙蓉开，清香送风采。敏感捕韵味，机灵动情怀。万国心声作，九州足者在。奖状铺天盖，誉美动地来。”这就是刘振敏的风格，也是听众对她的赞誉。

10. 勤奋读书，坦诚交友

我是1976年由航天部调入中央电台的。但此前，对中央电台的人和事，并不是一无所知，原因很简单，那里有我的“内线”——夫人陆玉洁。我不仅熟悉跟陆玉洁一块儿工作的同事，而且了解和她并肩同行的亲密战友，武志戎同志就是其中的一位。他们是在一个“特殊年代”的“专案组”结识的，谈起当年那些二十多岁、风华正茂的年轻人，她打心眼儿里十分佩服。回到家里，总是称赞他们的朝气蓬勃、奋力进取的革命热情和实事求是的科学态度，我深受感染。往事如烟，不值得再回首。

我和武志戎的亲密接触，始于20世纪90年代初，当时，他是中央电台农村部主任，我是科教部主任。本来业务工作上我们的交往并不多。有一天，中央电台成立高级专业职务评审委员会，我们二人都出任评委，在台外的一个地方相遇了。为了一个共同的目标，我们较长时间、较近距离，开始一道“神秘”地工作。按规定，在评审会上，如果涉及申报人一律回避。

说来也巧，我申请高级编辑的业务报告，正好赶上由武志戎介绍。据旁观者说，介绍得非常充分、得体，比较顺利地通过了评审。但遗憾的是，武志戎同志从严要求自己，发扬风格，把机会让给了年龄稍大一点的老编辑，他本人没有申报，错过了时机。机会一朝丧失，抱憾难以挽回。那次评审会后，武志戎遭遇“不测”，“麻烦”缠身。他获得高级编辑职称，已经是1996年了。

武志戎曾任《中国广播电视人物辞典》的特约编委。宋广礼的名字被荣幸地选入该辞典中，但不知道哪位不动脑子的排版者，竟然把我的名字单独地排在第55页最下边的一行，个人简介内容（有明显错误），却排在另外半页上，“人文离异”，出现了不应有的差错。小事一桩，我并不在意。

有一天，我到志戎办公室闲谈，当我提及此事，半开玩笑地讲给武志戎听时，他却认真起来，非常生气，批评那位不懂排版基础知识的编辑，干了一件地道的外行事儿。由于这部辞典，是志戎同志到岗以前的“产品”，因而我们没有过多地评判它，只是当笑话说说而已。其实，武志戎同志何尝不是受害者？他的名字在这部辞典中也“站错了队”，在目录里标注的第68页根本找不到武志戎的名字。

武志戎同志酷爱读书，学识渊博，记忆力超强，十分健谈，谈及国家大事，分析社会问题，很有见地，无愧为中央党校毕业的我党的优秀党员。了解到武志戎的基本情况，中央电视台决定聘请他为电视栏目评议专家和电视剧的审片人，他都干得非常出色。

我和武志戎都是摄影爱好者，因为是密友，中央电台摄影协会组织采风活动时，我们常常住在同一个房间，交流更为方便。跟知己聊天，海阔天空，漫无边际。《宽心谣》说得好："古也谈谈，今也谈谈。"武志戎说话声音大，他家里人不太习惯，而对于我这个耳聋人来说，却求之不得。有时我们谈得很晚，直到在朦胧中睡去。志戎同志借给我许多好书，推荐给我不少有价值的热点文章，阅读后很受启发。

不过也有失误的时候，有一次中央电台摄影协会组织会员到承德避暑山庄采风，按照惯例，我和志戎相约住在同一房间。未想到，我们俩犯了同样的错误——都忘记了带身份证，宾馆不予接待，无奈之下，我们不得不跑到当地派出所，自掏腰包，花 5 元钱调出本人在北京居住地的身份证复印件，才算了事，花钱买了个教训。打那以后，脑子清醒了，我再没有发生过类似的蠢事。教训是深刻的，但那次采风的成果极其丰硕，玩得也很开心。从这个意义上讲，多花 5 元钱很值得。

11. 央广出了一个"台湾通"

同在中央电台，同做新闻工作，同在一个大楼里办公，经历了将近 30 年的时间，两位"老乡"却互不相认。奇怪吗？一点也不奇怪，这件事就发生在毕福臣和宋广礼身上。小毕 1961 年参加中国人民解放军，1966 年 10 月转业到中央人民广播电台，而我是 1976 年由航天部调动到中央电台的，从这个意义上讲，他是我的老师。

毕福臣分配到中央电台对台广播部工作，进步很快，50 岁的时候，被评聘为高级编辑。小毕凭着刻苦钻研和敬业精神，熟知了中国台湾的地理、历史、社会、民俗以及交通等情况，成为名副其实的"台湾通"。即使是中国台湾当地人都"怀疑"他不是大陆人。

没有想到，我和小毕相认，并不是在中央电台大楼里，而是在中国广播电视学会的一次活动中。当时，我是科普广播委员会的秘书长，吴志高同志

中央电台文学协会采风一景（前排左二为毕福臣）

主动让贤以后，毕福臣接替老领导，出任对台广播委员会的秘书长。闲聊时，海阔天空，无所不谈，毫不避讳地述说各自的经历，一对地道的鞍山老乡就这样不经意地相认了。是巧合，更是缘分，准确地说，是中国广播电视学会搭了桥，让我们这对相识而不相知的老乡走得越来越近了。

2001 年，中央电台文学协会换届，毕福臣接替黄传惕同志出任会长，小毕对于这份纯属业余性质的社会工作倾注全力、费尽心思，协会工作搞得有声有色，十分活跃，受到会员们的称赞和好评。2002 年，他率领文学协会“老记者走基层”代表团，去河北省万全县中国特产之乡采访，收获非同一般。在中央电台老干部管理处副处长李健和分管文学协会的李枚同志的全力支持下，老记者们的稿件被编辑成册，并配发了许多精美的照片，万全县满意，老记者们开心。我的文章《科技助推万全腾飞——中国特产之乡纪行》被收入其中，后被《中国特产报》刊载。

在万全县采访的日子里，有一件事让我很感动，久久难忘：万全县接待人员安排“老记”住宿的时候，小毕会长本应是单住的，后来他了解到，我对“二手烟”过敏，就主动让出他的单间给我住。事情虽然很简单，但它真切地表达了亲密老乡之间的深情厚谊。

毕福臣担任中央电台文学协会会长期间，主持编辑了《银色光辉》诗文集（第四集），其中收进了我的两篇文章。值得一说的是，小毕的文章“土地万岁”太精彩了。世间哪有“万岁”的东西，如果有的话，那只能是“土地”，这一点，毕福臣认识到了，难能可贵。其实，我也在自家的小菜园里耕种，经常与小毕交流经验，切磋技艺，赠送种子。坦白地说，我从来没有想到“土地万岁”这个命题，相比之下，我落后了一大截。

2015 年，又到了中央电台文学协会换届的时候，年轻的郝尚勤同志接替毕福臣，出任会长。文学协会的规定任务是编辑出版《银色光辉》（第五集），我照样担任编委，并破例写了五篇文章，也算是对新会长的一点具体支持吧。

书定稿了，在确定谁当这本书的主编时，新会长诚心谦让，主张由老会长担任，而老会长坚决拒绝，一再推辞，不肯出任。争论不下之时，最终采纳了多位编委的意见，新老会长共同当主编，小小的“难题”在热烈的掌声中满意地解决了。

时间过得好快，转眼间，多才多艺、正直有为的李枚同志也变成了年轻的老干部，但她跟老哥老姐们的情谊割舍不断，毫不犹豫地参加了中央电台文学协会，并成为积极而活跃的一员，每当中央电台文学协会举办活动时，她都会主动地拿起智能手机，利用自己纯熟的摄像技术，把精彩的画面一一记录下来，播发到朋友圈，博得了网民们、老干部管理处和文学协会会员的一致好评和交口称赞。我们期待李枚同志做得更精彩。

12. 地球，你在哪里

地球，你在哪里？这是一个多么滑稽的问题。它不就在我们的脚下吗？是的，它确实是在我们的脚下，这是生活在地球上的人的切身感觉。其实，在宇宙中地球很小很小，不如海滩上的一颗沙粒，地球在宇宙中的所在位置更是神秘莫测。

刘玉峻同志利用广播这个现代化的传播工具，从人们知其然而不知其所以然的浅显问题入手，在《地球，你在哪里》的科普节目中，不仅给出了地球在宇宙中的所在位置，还揭示了浩瀚宇宙的奥秘。这是一个非常优秀的科普广播节目，不管你是不是天文爱好者，听了这次节目，都会被这个优美的配乐广播所感染，在欣赏广播的同时，又上了一堂饶有兴味的天文科普课。这个节目在全国首届科普广播年会上荣获一等奖。

三亚风光（左二为刘玉峻）

主持人上岗之前（右三为葛兰）

刘玉峻台长不光是科普广播节目的先进分子，也是天津人民广播电台节目改革的领头人。20 世纪 90 年代初，全国广播电台都在探讨节目改革的路子，天津台是走在前面的电台之一，中央电台步子较稳，相对慢了些。但改革大势所趋，形势逼人，中央电台决定从第二套节目入手，试行以直播为主要形式的节目改革。领导班子主要负责人由副台长王燕春担任，我出任业务副总监，兼管人事工作。改革从哪儿入手呢？一时拿不定主意。“好学不耻下问”。向近在“身边”的天津电台学习，是中央电台第二套节目同人的共识。

刘玉峻台长跟我是建立在科普广播这个载体上的好朋友，他热情地接待了我们五人学习考察组，毫无保留地介绍了天津台节目改革的思路和具体做法，并提供了详细的资料。及时雨，指路灯，中央电台第二套节目的改革方案，事实上就是在消化了天津电台经验的基础上出台的。虽然没有照搬、照抄，但坦白地说，很多做法和节目的设置基本上是效仿天津电台的。

玉峻私下对我说，节目主持人要尽可能招聘，竞争出强人。对于这个观点，我当时不太理解，但后来的实践证明，他是正确的。我作为兼管人事工作的副总监，曾从几百个竞争者中，招聘了12位主持人，个个身手不凡，经过简短的培训，很快胜任了工作，节目运行顺畅有序，中央电台第二套节目的改革基本获得成功。

坦率地说，各地方电台坚持办科普节目，是很不容易的，然而天津电台有一位热心支持科普节目的好台长刘玉峻，他们毫不动摇地坚守着科普广播阵地。天津电台成为全国屈指可数的几家坚持办科普节目的电台之一。1998年，刘玉峻台长被选为中国广播电视协会科教广播委员会的副会长。

刘玉峻同志是一位不甘落后于时代的新潮台长，他的装束，他的举止，他的言谈，丝毫不亚于当代的年轻人。60多岁的时候，他学会了开汽车，他驾驶汽车的技术水平相当高，又稳又准又守规矩，坐上他的车，你可以一百个放心。据我推算，他今年已经76岁了，不知道他是否还在开车。

刘玉峻同志还是一位颇有造诣的书法家，他书赠给我一件珍贵的墨宝：“闲来无事不从容，伴我三光日月星，道通天地有形外，思入风云变态中”。28个刚劲有力的大字，既表达了朋友间的深厚情谊，也时刻警醒着我，做人要心态平和、淡泊名利。是的，科普广播的道路注定是艰辛的、曲折的，是无利可图的，必须耐得住寂寞。退休了，更是如此。我时常在想，伟大的科普广播，你在哪里?

13. 心爱科普，情系洞庭

湖南人民广播电台有一位副台长，名叫谢凤阳，他分管科普广播。湖南台是幸运的，能得到一位学自然科学的大学生来电台做科普广播，实属不易，可谓人尽其才。谢风阳1963年毕业于湖南农学院，几经周折，于

1969 年 12 月调到湖南电台，做科普广播编辑，用行家的话说，他是专业比较对口的。

我和谢凤阳同志相识于 1986 年 10 月，当时在湖南长沙召开全国科普广播委员会首届年会的预备会，对各台提交的节目进行初评，湖南人民广播电台承办此次会议。谢凤阳作为东道主的负责人，做了周密的组织、准备工作，食宿安排简便而舒适，还利用会余时间，带领大家游览了山水如画、风光秀丽的张家界。

初评会议，邀请了科技专家出席，对 31 家电台提交的 104 个节目进行了筛选，而后提交大会讨论。评定大会在湖北武汉召开，有 82 个节目分获一、二、三等奖。谢凤阳创作的系列科普广播节目《古树漫谈》，荣获全国科普广播节目一等奖。

科普广播人热爱广播，更热爱科普，当了副台长，谢凤阳仍活跃在科普广播的舞台上，为科普广播委员会出谋划策，点拨是非曲直。记得，在广西南宁举办的全国第六届科普广播年会上，我参与采写的一个节目被大会评为一等奖，后来考虑到，中央电台获一等奖的节目偏多，我主动撤掉自己的节目，给予地方台一个获得一等奖的机会。很平常的一件事却得到凤阳副台长的充分肯定，会下一再对我说："你做得太对了，显示了中央电台的风范。得奖是暂时的，而品格是终身的，你这个秘书长干得不错，我支持你！"

万寿科普（左起一为陈乾年，四为谢凤阳）

委员会每次开年会，谢凤阳有请必到，在学会内享有较高的威信，1998年当选为中国广播电视协会科教广播委员会副会长。凤阳同志热爱科普广播，又心系洞庭，倡导撰写“洞庭学”相关的专著。两副担子一肩挑，孰轻孰重，他心里明白。两件事情都要做，确实太劳累了。

很不幸，1999 年他突然患了眼底出血病，跑遍了全国的专科医院，医生都频频摇头。即使北京的权威医院也无能为力，最终，凤阳同志的右眼完全失明。在北京，我拜访他时，他非常无奈，但却很乐观，严酷的事实没有动摇他的“洞庭”情结。值得庆幸的是，他保住了左眼，用一只眼睛坚强地完成了他奔波多年而成就的富有鲜明科普特色的专著《与洞庭水和谐共存——21 世纪防洪减灾之道》。我很荣幸，获赠这本高水平的专著，虽然我不是洞庭湖边人，但洞庭人，特别是土生土长、心系洞庭的凤阳同志爱洞庭，写洞庭，与洞庭水和谐共存的精神，却时刻激励着我，让患有同他相似眼病的我，在有生之年能为自己钟爱的科普广播再献一点余热，尽一丝微薄之力。

14. “三山”情未了

我想念江西人民广播电台，更钦佩副台长王迪明和健康频道总监温燕霞同志，是他们为我提供了畅游庐山、井冈山和三清山的极好机会。

“三山”情未了（左起：王甘文、温燕霞、作者、王汝峰）

初上井冈山

胡耀邦墓碑前（前排右五为作者）

1997年10月，全国第七届科普广播年会在南昌市召开第二阶段会议，江西电台承办，这是一次非常成功的会议，与会代表人数最多，提交的论文质量和数量都超过以往，节目制作水平大大提高，12个节目获得一等奖。江西电台肖承斌、邓萍辉、陶苹采制的节目《电脑“种”蔬菜》获得一等奖；而中央电台在那次会议上，由宋莉、靳雷、于红联合制作的节目《“863”计划专家访谈》，主打高科技，突出权威性，彰显国家队的风范，可与《电脑“种菜”》媲美，同样荣登一等奖的宝座。

三清山黎明静悄悄

毛泽东在我心中

王迪明副台长非常理解代表们的心理，会议做了巧妙的安排，他明白地告诉大家，一定要尽到地主之谊，开个“五好”会议：会要开好，奖要评好，住好，吃好，玩好。他说到做到。会后，“王台”亲自带队，率领大家畅游风景秀丽的庐山，登上众人敬仰的革命圣地井冈山，饱览祖国大好河山的无限

辛苦的评委们（前排左一为王迪明，左二为张小平）

风光，缅怀革命先烈浴血奋斗的英雄业绩，代表们为东道主的精心安排而无比欣喜，玩兴浓烈，流连忘返。

时间是有限的，友谊是长存的，王迪明副台长的大家风范，赢得了各位代表的热情称赞和一致好评。我们永远不会忘记江西电台承办的全国第七届科普广播年会，永远不会忘记在江西召开的“五好”会，永远记着和蔼可亲的王副台长。

江西省有四大名山；庐山、井冈山、三清山和龙虎山。游览庐山、井冈山两年之后的1999年，在一次会议结束后，应江西电台健康频道总监温燕霞的邀请，我有幸登上了正在申请“世界自然遗产”的三清山。三清山地质、地貌独特，奇峰异石千姿百态，古树名木俊俏秀美，恰是一幅纯天然的水墨画。漫步在云海雾涛之中，犹如遨游仙境，大有腾云驾雾之感，睡梦中仍在神游。

天刚放亮，赶快起床，拿起照相机，在空旷的山谷里，我拍了第一张照片《黎明静悄悄》。在这空荡荡的崇山峻岭之中，我的第一感觉就是出奇的静，静得让人窒息，让人感到无比孤独，你大喊一声，整个山谷里都是自己的声音，那种感觉太奇妙了，我无法用语言描述它。

据接待我们的景点负责人讲，你们是三清山“申遗”后特别安排的最后一批观光游客。三清山的工作人员正在紧锣密鼓，全身心地投入“申遗”之战。确实如此，在宾馆里，除了我们几个“特别”的游客外，再没有别的游人。再过几天，我们住的这所宾馆也将被拆除。因为“申遗”考察团明确要求，“自然遗产”山上不准接待游客住宿。我们是幸运的，赶上了“末班车”，搭车不易，要真诚感谢为此而多方斡旋和辛苦奔波的江西人民广播电台健康频道总监温燕霞同志。今天，三清山不仅成为世界自然遗产，而且被联合国教科文组织列入世界地质公园名录。

今年，我已经 81 岁，江西四大名山之一的龙虎山至今我未曾攀登，可以肯定地说，要想独自游览它，已经不太可能。“四缺一”，略感遗憾。其实，遗憾并不等于悲观，它留给我更美好的期待，万一哪一天，有了机会，自己的身体条件又允许，说不定会随着家人一起畅游龙虎山。我静心地盼望着那一天的到来。

15. “海派”科普广播范儿

直到 1998 年 11 月，活动了十多年，本来属于广播系统的科普广播委员会，经中国广播电视学会批复，才成立筹备委员会。由于时间紧迫，成立大会由哪家电台承办成了难题。科教广播委员会毕竟是一个识大体、顾大局、善于通力合作的团队，紧迫时刻，上海人民广播电台主动要求承办这次大会，会议开得非常成功，选举产生了第一届科教广播委员会理事会及其领导机构。

珍珠伊人（左三为贺锡廉）

会长：王燕春；常务副会长兼秘书长：宋广礼；副会长：陈乾年、刘玉峻、谢凤阳；副秘书长：贺锡廉。会议修改通过了学会章程。在这千头万绪的十几天里，贺锡廉同志竭尽全力，上下周旋，保证了会议有条不紊地进行。

贺锡廉同志是科普广播界的优秀成员，经常为科普广播委员会开展活动出谋划策，坚持采制科普广播节目，制作了大量优秀的科普广播作品，他采写的录音报道《通往宇宙之路——上海航天基地的光辉历程》《我国建造的第一座土木工程防灾国家重点实验室》《高高扬起发明的风帆》分别在全国第三届、第五届、第七届优秀科普广播节目评选中荣获一等奖。

贺锡廉同志不仅深深地热爱着科普广播，而且特别关照和爱护科普广播圈内的朋友。为了让同行们获得更权威、更鲜活的科技知识，在上海召开的全国第三届科普广播优秀节目评奖会上，他特意邀请中国科学院院士、我国脑科学专家张香桐教授参加科普广播会议，并做了关于脑科学的科普报告，代表们非常满意。会议期间，还组织参观了上海宝山钢铁公司，这个全国一流的现代化企业给科普广播人留下了深刻而美好的印象。

后来，贺锡廉同志被提升为上海人民广播电台经济频道的总监，但他始终如一地坚持办科普广播节目，关爱科普广播人，视同行好友如亲兄弟。有一次，我在南京开会，会后顺便去上海，看看正在复旦大学读书的外孙女瑶瑶。由于多年未去上海，改革开放后的海派大都市变化有多大，我一概不知。后来想到了科普好友贺锡廉，请他到车站接我一下，送到复旦大学就行了。未曾想，锡廉同志却认真起来，他不光是负责接送，安排好住处，第二天又带我参观了上海的许多游览观光胜地，还请我品尝了上海的名特小吃，至今我都铭记在心，久久难忘。科普广播人的心是相通的。

16. 记着我生日的外姓第一人

他是谁？非亲非故，非长辈，非儿女，却能记着我的生日，我很动情。2015 年 3 月 26 日，手机短信铃声响了，我打开一看，十分惊喜，是向我祝贺生日的，仔细地把短信内容看到头，落款是王雷偕夫人王跃红，多么熟悉的名字啊。王雷是安徽人民广播电台经济频道总监（曾任总编室主任），是一位小我 30 多岁的年轻人。

我认识王雷已经有 31 年了，那是 1986 年，全国首届科普广播研讨会在

科普广播人未老（右三为王雷，右五为王迪明）

科普年会在山西（前排右四为蔡万麟，右五为樊浩）

湖北省武汉市召开，安徽人民广播电台提交、王雷参与制作的科普节目《神奇的活化石——扬子鳄》获得一等奖，这是一个紧密结合地方特点，又很受全国人民关注的保护野生动物的优秀科普节目，并且很好地运用了广播的音响优势，可听性、趣味性均属上乘，荣获一等奖理所当然。

王雷同志酷爱科普广播，是全国科普广播队伍中的积极分子，踊跃参加全国科普广播的研讨活动，撰写了不少高水平的论文，其学术观点，对于探讨科普广播的走向和发展，具有较大的参考价值。他参与制作了多个优秀的科普广播节目，如《王广平和他的“旱稻”种植法》《神奇的农业专家系统》等，都具有很高的科技含量，节目结构布局合理，表现手法顺畅，节目制作精巧，音响效果运用恰当，融科学性、趣味性、通俗性于一体，可听性较强，充分体现了广播的独特优势，在全国广播系统评奖中，多次获得高等级奖励。

我和王雷同志可称“忘年交”，在全国科普广播研讨会上，我们是业务同行，会下我们是亲密的朋友，他时常跟我通信交流，切磋科普广播如何改革创新，更好地适应新形势。每逢重大节日，他都邮寄贺卡给我，并发手机短信，表达温馨祝福。在2015年3月26日的短信里，他不仅表达了对我80岁生日的良好祝愿，还问及了我的家庭住址，作为忘年的好朋友，我如实地告诉了他，恭候他偕夫人到北京来，到我家做客。出乎我的预料，没过几天，我等来的不是王雷和王跃红身影，而是一个大大的邮包，当快递员把一大包安徽土特产交给我时，我“后悔”了，真不该把自己的家庭住址告诉他。事已至此，岂能原物退回，无奈，只能发一则短信，深表谢意：“情暖暖，意浓浓，茶鲜菌香刻心中，铭记好友常惦念，一会之交铸永恒。说不尽的谢、谢、谢，恭祝您全家和美康宁。”

17. 手不离相机的科普广播达人

健康的人被困在电梯里是什么滋味？以前我没有体会，也不太在意，听到一些危险的故事，也只是听听而已，不过脑子，更谈不上引起警觉了。直到1986年，一个意外的险情发生在我身上，我才感到问题的严重性。

那是1986年的夏天，全国第一届科普广播研讨会正在湖北武汉市召开（湖北人民广播电台承办），会场设在六楼，我和代表们乘坐的一部电梯突然出现故障，卡在3、4层楼之间，不上不下，电梯内漆黑一片，闷热难忍，憋在里边的七八个人毫无办法，出不去，进不来，与外边完全隔绝，只能惊恐万状地等待救援。

炎热的夏天，我的心跳大大加快，一种说不出的恐惧感在心里上下翻腾，难受极了，几乎到了崩溃的边缘。我们足足在电梯里憋了30多分钟，才被解救出来。“从黑暗走向光明”，折磨得浑身瘫软的我真好像获得一次人身的“解放”。从那时起，我莫名其妙地患上了“强迫症”，心理障碍十分严重，非常害怕乘坐电梯，生怕再被困在电梯里，请心理大夫做过科学疏导，但效果不太明显。

30 多年了，总是不敢一个人乘坐电梯。说起来挺可笑的，没办法，这也是一种“病”啊。近来，经常在广播、电视里听到、看到电梯伤人的事故，很有感触，也有几分联想性的恐惧和担忧，但愿从业者们负起责任来，使悲剧不再重演。

水上轻骑

威海好

在那次科普广播研讨会上，我认识了年轻的朋友许先明，他大学刚刚毕业，分配到湖北人民广播电台，做科普采编工作。第一次参加全国科普广播节目评选就得了奖，很不容易。记得他的获奖作品是《人工饲养甲鱼》，节目贴近生活、贴近群众、贴近实际，是一个深受听众欢迎的实用性很强的优秀科普节目。

许先明同志酷爱摄影，走到哪里，都要带上他心爱的照相机，只要我们在一起活动，他总要给我照几张相，印象最深的一次是在威海。当时我在海滨沙滩上散步，走累了，顺便坐在一个休闲的台阶上休息，顺手抓一把细沙，在台阶上展示一下自己丑陋的“流沙书法”，写下“威海好”三个大字。正巧许先明同志路过这里，不由分说，拍下这个偶遇的镜头，很难得，尽管我的形象“对不起”读者，“污染”了镜头，但照片是美丽的，至今我还珍藏着这张很有纪念意义的海滨照。

我也是一个摄影爱好者，是中央电台摄影协会的会员，身上经常带着照相机，一有机会，就抓拍几个自己认为不错的镜头，在广电总局举办的摄影展上，时不时会选取我的作品展出。

有一次，我和许先明在江西开会，会余时间，年轻人总要玩个痛快，他们跑到河塘边，骑上水力自行车，潇洒走一回，很是浪漫。我和几位年岁较大的同伴静静地等在岸边。时间到，生龙活虎的年轻人回来了，我觉得这是个好机会，拿起照相机，对准迎面而来的许先明，按下快门，一张取名叫《水上轻骑》的照片完成了，这件作品被《科技新闻》杂志刊登，也算是对《威海好》那张照片的回报吧。

在大寨参观时，许先明买了一本书送给我，书名为《陈永贵传》，回到北京后，我详细地阅读了这本纪实性文学读物，书中对陈永贵、郭凤莲的人生百事做了实事求是地讲述和分析，读来感触颇深，为此，我专门写了一篇文章《匆匆大寨行》（本书中载有此文），不枉年轻朋友的一片心意。

18. 朴实、忠厚的科普广播一兵

在我的科普广播界的朋友中，孔庆礼是唯一一位县级广播电台的领导。他是山东省沂水县广播电台的总编辑，多年来，他虽然身居领导岗位，但坚持采制科普广播节目，敢与中央电台、省市电台的科普节目争高低。他采写的科普

沂水、曲阜之秋（右为孔庆礼）

节目具有鲜明的“三农”特点，科学性、知识性、实用性、趣味性很强，音响运用得体，用农民的语言跟农民交流互动，很受农民的欢迎。他编写的拟人广播对话《鲁莽元帅乱点兵》在全国第七届科普广播年会上获得一等奖。

沂水县在哪里？离北京有多远？它又有什么特点？终于有一天，美丽的百合花吸引我走上探访沂水之路。那是2005年，经孔庆礼介绍，应沂水县百合研究所的邀请，我和中央电视台的记者曾永新前往采访。时已深秋，很遗憾，我们没有看到花期的百合，只是在展室里观赏到五颜六色、千姿百态的百合花。其实，记者关注的并不是花，而是长在地下的果实，叫“百合”，它既是人们餐桌上的高档名菜，又是中医常用的一味解热药材，是名副其实的药食同源的佳品。

采访以后，中央电台的科技节目、中央电视台的《金土地》栏目，都以《百合花开，农民致富》为题，播发了专题，节目真实可信，生动有趣，为农民因地制宜开创致富路提供了范例。

既然来到沂水县，免不了与沂水广播电台总编辑孔庆礼叙旧、长谈。孔庆礼是孔子的后裔，他主动提出到孔府看看，这正是我心里想而未说出口的希望。说起孔夫子，孔庆礼同志滔滔不绝，从孔子的做人之道，为人师表的风范，到孔圣人的传世家谱以及他的子孙和学生们的不凡业绩，故事感人至深，令我赞叹，我敬佩至圣先师的伟大与聪慧，也欣赏孔庆礼对孔夫子了如指掌的精彩讲解，我聚精会神地听着、思索着、回味着……它比看书、读报收获更大，记忆更深。

孔总还带领我游览了电影《南征北战》中的孟良崮，“张军长，拉兄弟一把”的喊叫声顿时又回响在我的耳边，我近距离地瞧见了“张灵甫（张军长)”被俘时的藏身之地。

离开沂水的时候，我收到两件礼品：一件是孔总送给我的“滴水观音”陶瓷塑像；另一件是百合研究所冯涛所长赠送的百合果种。我本想，回到北京，把百合果种栽种在花盆里，就可以开出五颜六色的艳丽花朵，其实并没有那么简单，一个多月过去了，百合的植株越长越大，花儿却不见踪影，土里面更见不到百合的果实，为什么？我猜想：“水土异也”。倒是那个“滴水观音”很出彩，只要反复地给她加“餐”（普通的水)，她就会滴答滴答地细水长流，供善良的人们膜拜、观赏。

第十九章　安享晚年

1. 盘锦、辽中故乡行

1995 年，我光荣退休。怎样安排退休生活，开始时没有太多的考虑。我是一个闲不住的人，对中央电台的几个协会又不太了解，自己闯荡一段时间再说吧。好在自己还有一些社会工作、学会工作，也确实闲不着。

一年的初秋，不经意间突发奇想：回到阔别 50 多年的家乡看看，说不定会大开眼界，带来惊喜。随便而简单的想法与老伴陆玉洁一拍即合，故乡太具有诱惑力了，这大概是地球人共通的心理期盼。乡愁啊，乡愁！

我和陆玉洁都是辽宁人，她在盘锦，我在辽中，同访家乡，一举两得。按照惯例，女士优先，我们的第一站是盘锦市德胜碑村，这是陆玉洁童年生

盘锦亲友

活的地方。50 多年过去了，长辈人已无一健在，同辈亲属只有堂弟一个人，他带领我们，循着农村的礼仪，拜谒了陆玉洁父母的墓碑。此情此景，把我们带回到青少年时代，“物”已不“是”，“人”已“非”。昔日的茅草屋，被漂亮的砖瓦房代替；50 年前衣衫褴褛的农民兄弟，如今都穿上了夹克衫或西装。家乡巨变让我格外惊喜，一桩桩往事唤醒了我儿时的记忆，漫步在这块熟悉的热土上，金秋时节焕发着浓浓的春意。

更值得骄傲的是，陆玉洁的堂兄家一直享受着烈属的待遇，“革命烈属”的荣誉牌匾高高地镶嵌在陆桂春家的门楣上，让人肃然起敬。那是 1950 年，抗美援朝战争爆发，陆玉洁刚满 18 岁的堂弟陆万里满腔愤怒，自愿报名参加了中国人民志愿军，跨过鸭绿江，奋勇打击侵略者，不幸在一次战斗中牺牲在异国他乡的朝鲜战场上。改革开放的今天，党没有忘记他，祖国没有忘记他。“革命烈士”的光荣称号永远镌刻在这个普通农民的家庭中。

我的家住在辽河南岸的长林子村。说起辽河，长林子村的居民既爱它，又恨它。爱它，是它为岸边的农作物提供了充足的水源，农民总是享受丰收的喜悦；恨它，是它每年都要无情地向南“滚”动，南岸的耕地越来越少，村民们心疼啊！50 年过去了，长林子村面目皆非，我回到家乡的时候，那条狠心的辽河，已经把我儿时居住的村庄“滚”没了，再也找不到我家的老宅，见不到亲朋好友，这哪里是我想象中的长林子村啊！

远道而来，我本想尽一份儿子的孝心，参拜父母的墓地，哪承想，它们已经无影无踪。乡亲们说：“你们家的那块墓地已经陷到辽河的河底了。”感情、亲情受到沉重打击，没有心思再久留，闷闷不乐地离开了那个已经不是生我养我的村庄。

2. “小宋、大宋、老宋、宋老”之遐想

2015 年 4 月 12 日，我开过全国国防教育系列活动组委会会议以后，会议组织者出于对老同志的关心与爱护，不让我乘坐公交车，特意叫来一辆出租车，送我回家。临行前，关上车门的那一刻，陪伴我的那位年轻人，关切地对我说：“宋老，路上小心点，注意安全”。这是我生平第一次听到有人叫我“宋老”，内心感慨良多，在回家的路上，我没有习惯性地与出租车司机聊天，而是陷入对人生旅途的各个驿站的沉思。我真的老了，从原来的“小宋”，到

后来的“大宋”，再到年过半百时的“老宋”，直到今天的“宋老”，这是一个多么漫长而又短暂的历程啊！

想当初，我刚参军的时候，只有20岁，战友们之间都称呼“同志”，不准许有其他任何称呼。1958年参加工作，我陪同苏联专家当翻译，整天忙个不停，接触领导同志较多，首长对我都很关心和爱护，只要他们与苏联专家有事交谈，都亲昵地喊我“小宋”。特别是王树明政委、柴至主任，一直到苏联专家撤离以后，不管在什么地方见到我，他们还是称呼我“小宋”。后来我分配到五院二分院第六设计部工作，曹从文主任希望我教他学俄语，我高兴地接受了这一光荣的任务，在这段相当长的时间里，我成了曹主任家里的常客，他及其夫人总是亲热地叫我“小宋”。今天，这些老领导尽管都离开了我们，但他们的亲切而温暖的声音，仍然回响在我的耳边。

1976年，我从航天部调入中央人民广播电台，已经40岁了，但老台长耿耀同志总是叫我“小宋”，这样的称呼，虽然跟我的年龄相比，已经不合时宜，但我的心里还是美滋滋的，因为谁也不愿意过早地老化，而渴望着尽量多地享受未来的美好生活。

科学四人行（右起：张熙裕、作者、陈开、巢琴波）

从“小宋”升格为“大宋”，发生在中央电台原科教部，当时的部领导是张熙裕和戚庆莲，他们都亲热地叫我“大宋”，应该说，这是恰如其分、名副其实的称谓。既表现了领导、同志之间的友好情谊，也反映了一个成功团队的和谐、友善的氛围。毕竟我已经50多岁了。

后来，张熙裕同志晋升为台领导，不久我被任命为科教部主任，在这个集体里，论年龄我最大，论资格我最老，年轻人都毫无例外地叫我“老宋”，充分显示了他们对老同志的尊重，同时也有利于作为一部之长的主任实施沉稳的领导。在8年多的执政生涯中，自我感觉不错，虽然不敢说有多么大的建树，取得了什么突出的成绩，但是“三七”开应该不成问题。

小宋—大宋—老宋—宋老，称呼起来很平常，很简单，也很自然，但它的内含太深刻、太沉重了。当我第一次听到有人叫我“小宋”的时候，我根本没有去想60年以后的情景。60年，一个甲子循环，当年20多岁的小伙子，如今已经满头白发，进入了耄耋之年。我很庆幸，在年轻的朋友称呼我“宋老”的时候，我身体尚好，还能为国防科普做点贡献，我很满足。

长征两万五千里，红色光辉普照神州大地。每个人都有自己的长征路，在浩浩荡荡的中华复兴的伟大长征的队伍中，作为老年人，不敢说一马当先，但在实现“两个一百年”奋斗目标的历史性征程中，我永远不会是掉队者。

3. 我家有个小菜园，自寻“苦”与“乐”

我出生在辽宁省辽河岸边一个普通的农民家庭，从小跟随父母在农田里跑来跑去，学着大人的样子干一些似懂非懂的农活。几十年过去，虽然未能修炼成地道的农民，但对养育我的这片热土却心存深深的眷恋之情。长大了，解放了，有机会到城里念书、工作，更有幸走进中央人民广播电台这个众人羡慕的党和国家的喉舌机关，度过了20多个春秋，直到1995年，怀着依恋

菜园的乐趣（右为陆玉洁）

的心情，离开了这个特别舍不得离开的工作岗位。

儿女的一片孝心

退休以后干什么？这成了我现实生活中躲不过、绕不开的一道难题。正在我不知道如何打发退休时光的时候，孝顺的儿女们似乎猜透了父母的心思。他们不声不响，偷偷地跑到北京顺义区的潮白河畔，以当时比较便宜的价格，买下一套不太够格的“乡间别墅”，这真让我喜出望外，心情久久不能平静，暗暗夸奖儿女们的一片孝心，更要感谢改革开放的中国，和谐、包容的社会，让我们有可能享受到不敢想象的晚年的幸福生活。打这以后，我心里一直在琢磨，在这块小小的地盘上，儿时不曾学会的农活，不又可重新捡起来，再操练一把吗？

没过多久，我和老伴就走出了钢筋水泥堆成的高楼大厦，告别了繁华喧嚣的大都市，住进了简朴、清静而又接地气儿的农家小院，过上了平淡的离开我们已经有半个多世纪的田园生活，重新找回了返璞归真的感觉。在这块远离城市的土地上，拥抱自然，亲近绿色，其乐融融。在闲适、消遣的劳动中，放宽心境，陶冶性情，尽情享受大自然的恩惠，顿感心灵得到净化，生活更加充实，人生轨迹进一步完善，生命宽度得以拓展。

在这个别有情趣的天地里，我们以农具为笔，以大地当纸，太阳成了我们没有刻度的钟表，每天就像小学生一样，精心安排作息时间，认认真真地做功课。完成这种特殊的作业，虽然很辛苦，但苦中有乐，真正走进了属于自己的空间，以一种完全放松的心态，“随心所欲”地支配自我，展示自我。在一条崭新的道路上，轻轻地迈开脚步，不需急促，不必慌张，平静地走向人生的第二个春天。

回归自然亲近绿色

我们的小院，房前房后有两块空地，加起来大约有80平方米。虽然地块儿不大，但也足够我们练手了。地有了，种什么？怎么种？这对于长时间离开农村的我们来说，确实是个难题。怎么办呢？平时习惯于读书的我们，首先想到的是向书本求教，先学点基础知识吧。于是我们到处转书店，逛书市，跑了好长时间，总算在中国农业出版社的一家书店里买到了一本非常实用的好书《家庭小菜园入门——让您在自家小院轻松学会种植蔬菜》，我们如获至宝，回到家里，白天读，晚上看，细心寻找经营家庭小菜园所需要的知识，可是翻来翻去，读了又读，费了不少心思，总觉得书本上的东西似乎离我们有点儿远，不知从哪儿下手才好。怎样迈出第一步呢？实践是最好的老师，还是边干边学，先干起来再说吧！

瓜王（女儿丽娜）

说话已经过了"九九"时节。农家谚语说："九九加一九，耕牛遍地走。"该春耕了，农时不可误，于是，我们赶紧跑到北京新发地农贸批发市场的种子商店，购买了各式各样的瓜、果、蔬菜的种子：黄瓜、丝瓜、韭菜、油菜、豆角、萝卜、白菜、西红柿、花生等，应有尽有；接着又置办了各种各样用得上的小农具：铁锹、锄头、镐头、钉耙、浇水机等，一应俱全。

备齐了生产资料，这只是第一步，并不算难，可真要动手干起来，那才是真正考验我们的时候。翻地、打垅、下种、培土、浇水、施肥、锄草、搭架等，一样都不能少。其实，最让我们作难的，并不是在这块地里种什么和怎样种，而是如何应对一场严肃的环保实践课程的考试。问题有两个：一是要不要对农田施用化肥；二是要不要向蔬菜、果树喷洒农药。两种矛盾的声音时时向我们发问：要绿色，还是要丰产？这是久住城里的人必定要考量的问题。经过一番家庭式不算热烈的讨论，深入人心的生态意识成为主流，全家人的观点相当一致，最终我们选择了绿色。

选择了，就意味着立下了规矩。在以后的日子里，我们在菜园里，施用农家肥，用手工办法杀灭虫害，成了我们田间作业时必须恪守的铁的纪律。说实在话，这样的干法，确实是太脏、太累、太辛苦了，但是，我们没有后退，义无反顾地坚持着当初的选择。老天是公道的，昨天的选择，日后得到了丰厚的回报和乐趣：每到采收季节，当大家在餐桌上吃到新鲜、绿色的蔬菜，无公害的果品的时候，内心深藏着说不出的快乐，一种特别的成就感和满足感温暖在心头。每当我们把这些亲手种植的绿色蔬菜和水果送给好朋友品尝，听到他们赞誉之声的时候，心里总是美滋滋的，真想把自己的劳动果实送给更多的亲朋好友们品尝，让他们分享我们在生态菜园里收获的快乐。一想到这些，所有的劳累、所有的辛苦，全都被湮没了，脑子里已经开始默默盘算：明年的小菜园该怎样经营？

在农家小院住了多年，付出的只是一些简单的体力劳动，然而，它却让我明白了许多道理。切身感悟到“实践出真知”这一真理性名言的重重的分量：不付出哪有收获？不劳动哪有成果？在自家菜园里干活，尽管身上浸透了湿漉漉的汗水，但内心却深深感受到劳动的真情；亲身劳动才感到收成的珍贵，汗水换来的果实备感香甜。正是：一颗果实一滴汗，滴滴汗水皆辛劳；春天栽种了幼苗，也种下了梦想，秋天收获了果实，也收获了希望。昨天播下种子，也播下了辛苦，今天收获了果实，也收获了快乐。

金秋感怀

我们在小院里栽种了两棵果树：一棵是枣树；另一棵是山楂树。自从把它们栽种到园子里，我们每天就像伺候自己的孩子一样，尽心呵护这两个心爱的宝贝儿。春天来了，给它们浇水、施肥，盼它们发芽、放绿，田园里春意盎然，焕发出勃勃生机；夏天，看它们吐蕾、开花，菜园成了蜜蜂的天堂，招引来一批又一批远方的“小客人”，在这里，它们悠闲地采集甜美的枣花蜜，直到太阳落山，才恋恋不舍地离去。我们一次又一次送别了可爱的“小朋友”，很快迎来了金色的秋天。蓝天白云下，漫步田园，开心地观赏亲手栽培的果树，更是别有一番情趣：一串串喜人的果实缀满枝头，露出甜美的笑脸，散发出诱人的芳香。每当我们从这两个“宝贝儿”的身旁走过，都似乎感觉到，它们在频频向主人招手，仿佛在说：“亲爱的朋友，辛苦了，劳动的成果属于你们，享受吧!”当我们信手从果树上采摘下自己劳动的果实时，那种感觉，再也不是品尝它们的味道好坏，口感如何，而是尽情享受它带给我们的快乐和希望。

山楂树下

美好的希望就在前头，明年又要开始一个新的轮回。自然界就是这样日复一日，年复一年，周而复始地运行，调动天地间的生灵，演绎着奇妙的循环。我常常在想，漫漫人生路，又何尝不是这般情景呢。此时此刻，我忽然想到一首小诗：

岁月悠悠
生命之河长流
田园劳动苦亦乐
收获在金秋
金秋染红夕阳美
硕果累累坠枝头
回归自然心神爽
春耕夏耘盼秋收

是啊，秋天是收获的季节。鲜美的红果、甜脆的大枣，颗颗味美可口，清香怡人，给人以愉悦和满足。可以想见，被称作万物之灵的人，一生辛勤

耕耘，无私奉献，离退岗位之时，不也正是他们收获果实的金秋时节吗？（此文由陆玉洁执笔）

4. 退休了，更应有自知之明

60岁退休，说老实话，是早了点儿。有的同志尚身强力壮，不服老，还有充足的精力，做自己喜欢又擅长的工作，锐气不减当年，甚至自称“比上班时还要忙”。我深信，这是真的，是不可否认的事实，不少离退休人员都是这样，他们太早地离开了工作岗位，未免有些想不通，对“故地”的留恋感久久难以消退，无奈的“一刀切”切得整整齐齐，未免“狠”了点。

石趣（作者与妻子）

其实，在部门领导的心目中，何尝不想让能力强、身体棒、思想好的得力干部多干几年呢？但政策就是政策，界限不容更改，谁也不能够去突破它。坦白地说，在领导人的大“盘”中，“一刀切”并不是最好的选择，实际上，离退休人员照样由单位“养”着。

过多的离退休干部会给单位增加太重的经济负担。记得有一位单位首长在谈到广告、创收时，曾经讲过这样一段话：“……一个单位有这么多的离退休人员，已经成了我们沉重的包袱……”“包袱”二字确实说得重了点，其实他的本意是鼓励大家积极“创收”，为职工增加收入，自然也包括离退休人员，但当时没有得到正面理解，遭到非议，误会消除之后明白了。

在不同的场合，也经常听到领导人讲另外一番话：“老同志是国家的宝贵财富，为××事业做出过重要贡献，我们今天取得的每一个成果，每一项业绩都有他们的一份功劳。否定历史就是否定自己，有了昨天才有今天，昨天是今天的基础和继续，是一曲交响乐不可或缺的前奏。我们一定要尊重老同志，爱护老同志，发挥他们的余热，吸取他们的宝贵经验，我们的事业才能无往而不胜……”

这番话说得太好了，很有哲理，十分感人，年轻一代没有忘记老同志，没有埋没他们在历史上的贡献。听了这样一段打动人心的话，离退休人员自然打心眼儿里高兴。高兴之余，我从另一个角度，思考着或许是过虑、多余的问题：有远见、有智慧的领导人说的这番话，那是千真万确、不容置疑的。可是我想，作为离退休人员，绝不能倚老卖老，把自己看得那么重要。要知道，历史的那一页已经翻篇，况且每个人在历史上的贡献都是微不足道的。“吃老本”的思想要不得，“今不如昔”论不可取，更不该对当今的年轻人说三道四。退下来了，发挥各自的专长，做些力所能及的工作，甚至大展才华，无可非议。但是，人老了，要洁身自爱，要有自知之明，千万不要对自己曾经效力过的部门“挑肥拣瘦”。

5. 假如我是他

在数学方程式中，X 和 Y 的数值是可以任意设定的。然而，在现实生活中，假设 X、Y 是两个不同的人，要进行角色的转换，就不那么容易了。任何一个人做任何一件事，如果把自己当作对方，调换一下位置，那么，任何矛盾、纷争和难题，都会迎刃而解。

设身处地地讲，如若人人都为对方想着，世界上就没有解决不了的问题。我在中央电台科教部工作多年，当过编辑、组长、副主任、主任，经历了多次角色的转换，之所以成绩还算不错，我体会最深的一点就是换位思考，心里时刻要装着对方。

我刚到科教部时，做普通编辑没有经验，对于组长布置的事情，尽管有时也有不恰当的地方，但作为下属，尽量考虑到审稿人的难处，他一定有他的道理，顾全大局，要理解他，不去顶撞她，事后求得合理、圆满的解决。

我们这一代人能够接受的东西，年轻一代并不一定认同。我担任科教部主任以后，工作担子重了，审稿任务多了，并坚持每天收听科教部经营的科普节目，体味自己审改过的稿件是否到位，是否适合广播。其实，当时的年轻人对此并不太“买账”，他们只是违心地“接受”了对稿件的审改，心里却不以为然，有的甚至私自画掉了审稿人添加的那段文字，这种情况并不少见。擅自“作弊者”逃不过我的耳朵，但我从来没有去当众批评他们，而是在一定的会议上，原则地警示一下，提醒大家注意。

20年后，一位当年的年轻编辑，在新建的广播大楼里遇到我，开玩笑地说：“你们那一代领导工作太认真了，对编辑的稿件逐句逐字地抠，‘好好’的稿子，常常被你们改成大‘花脸’，面目皆非，‘气球’满天飞，害得播音员念稿都感到困难，现在可大不一样了。”我不知道，现在究竟是什么样子……

在中央电台，我当了十多年的编辑，七八年的审稿人，感受较深的做人道理就是换位思考。当编辑的时候，多理解审稿人的意图和指导思想，从领导的角度去思考问题；当审稿人的时候，多理解编辑的苦衷，站在编稿人的立场上，体会他们的喜、怒、哀、乐。我可以非常自信地说，不管是哪个年代的人，换位思考的处事之道，永远是管用的。

6. 骑车、游泳何时休

1997年，我已经退休两年，那年的2月7日，正好是农历牛年年三十，我骑自行车不幸摔成骨折，不得不做外科手术，置换了人工关节。主治医生说，手术后，这个异物只能在人体里正常工作15年，我签字同意了。手术很成功，我在病房里整整被困了40多天。

我怨恨自行车，一气之下，把它赠送给年轻的朋友方建平同志，发誓今后不再骑自行车了。让我想不到的是，有一次去医院复查，医生再三地叮嘱我，手术将近两个月，为了避免粘连，保证关节的灵活性，一定要加强锻炼，并推荐两种方法：一是游泳；二是骑自行车。这两种锻炼方法既可以活动关节，又可以避免关节承重过大，可谓一举两得，我采纳了。

我后悔了，我冤枉了自行车，送给人家的东西总不能再要回来，于是我又买了一台新的、小一点的26自行车。大高个儿骑小车，安全多了。不了解内情的人时常规劝我，80 多岁了，还骑自行车，太危险了。我非常感谢这些好心人对我的关心和爱护。他们哪里知道，这也是无奈呀！我完全是为了让身上人工关节的“寿命”延长一些，不再吃二遍苦，受二茬罪。人工关节的置换手术真是太痛苦了。

遵照医生的叮嘱，我每天至少骑自行车 30 分钟，锻炼效果不错，到 2017 年 2 月 7 日，我身体里的人工关节已经足足“活”了 20 年，超期服役，这是我当初绝对没有预料到的。从眼下的情况看，这个“外来户”在我的身体里再多“活”几年，可能性很大，再努一把力，说不定它会和我一起走向“八宝山”。但愿如此。

游泳是我的长项，坚持多年，从来没有间断过。退休之前，我曾多次参加中央电台组织的游泳比赛，拿过不错的名次。人退休了，游泳并没有停歇，即使没有医生特殊的提示，我也绝不会放弃它。我们家的另一处住所在北京顺义区的老年社区东方太阳城，这里有一个规范的、不错的游泳馆，只要我住在太阳城，必定坚持游泳锻炼。我每次来到游泳馆，都要受到救护人员的“特殊关照”。其实，他们过虑了，我懂得游泳的安全。

骑自行车、游泳，两项运动，收获两个成果：体魄强健了，人工关节的寿命延长了。我不知道我的未来会怎样，我的人工关节会“活”多久，我的 96 岁的目标能达到吗？这一切都是未知数，但有一点我很自信，已经设定的道路是不会改变的——骑自行车、游泳是我健身的法宝。习惯就是力量。

7. 唱歌、摄影、写作乐趣多

中央电台老干部管理处是一所全科的大学校，是一个温暖的百姓大家庭。在这里，老小孩们享受到各位“家长”无微不至的关爱和呵护。根据老年人的特点，大家庭组建了多个协会和自愿团体，开展各式各样、丰富多彩的活动。离退休的老年人把这所没有围墙的大学校看作是自己的第二个家。

合唱团是一座飘洒和谐之声的大课堂，它为歌友们的人生长卷谱写着新的乐章。老友们摆脱了往日工作的忙碌，欢聚一堂，和谐相处，其乐融融：

三姐妹（左为易淑贞，中为陆玉洁，右为简爱萍）

中央电台文学协会在活动

邓玉芬塑像前（前排右起：李健、李枚、蔡志平）

银发兄弟相逢互道珍重，童颜姐妹欢聚共叙家常，
盛世高歌彰显和谐之美，开心一笑更比歌声洪亮。
欢歌驱散了心头的烦恼，笑语带来了快乐与健康，
歌声滋润着晚开的花朵，歌声散发着陈酒的芳香，
歌声唤醒了迟到的爱，享受未了情，更阳光。

中央电台摄影协会是参加人数最多的一个协会，不论是小有经验的老手，还是初玩照相机的新秀，个个身手不凡，施展技艺，亮出高招，盼望着有一天在广电总局和中央电台举办的摄影展上看到自己的佳作，享受镜头里面的乐趣。别有一番滋味在心头：

小小镜头海容大世界，留下一幕幕美好的回忆。
初春捕捉装点蓝天的彩霞，盛夏聚焦大自然的勃勃生机，
金秋采集丰收的累累硕果，严冬喜看瑞雪铺盖大地。
摄影高手们，寻觅心中的最爱，
定格那山、那水、那人、那绿。

摄影原本是一件快乐的事，但对于容易忘事的老年人来说，稍不留神，就会跌入惊恐的泥潭。有一次，中央电台摄影协会组织会员到郊外采风，中午吃饭的时候，丢三落四的我一不小心，竟然把一台价格不菲的照相机丢了，我和陆玉洁顿时慌了神，急得团团转，不知如何是好。

这边，我和老伴焦急万分；那边，细心的齐晓明同志发现了我丢失的相机，并安全、精心地保护起来。当他得知那是我丢失的照相机时，就小心翼翼地把这台放到别人餐桌上的“心肝宝贝”交还给我，还友善地安抚说：“别紧张了，年岁大了，容易忘事儿，多注意一点，保管好自己的东西，有什么事儿来找我……”多么贴心的嘱咐啊！照相机失而复得，我和陆玉洁的心情平静下来，对乐于助人的齐晓明同志有说不完的感谢。

助人为乐的齐晓明，精明干练，一片热心肠，在我们第七党支部换届选举中，他当选为党支部书记。

中央电台文学协会成立较晚，但会员们思想非常活跃，他们善于洞察大千世界的人生百态，解读人间的世态炎凉，梳理无序空间的纷繁事物。他们

转动笔杆子，抚今追昔，著书立说，采风习文，握紧手中永不生锈的笔，书写电波人生的苦与乐：

曾经手不离苦苦耕耘的笔，
曾经肩不离沉甸甸的录音机，
一篇篇习作乘着无形的电波高飞，
带走笔尖下流淌的声音的旋律。
如今，人还是那个不敢偷懒的人，笔还是那支不曾生锈的笔，
尽管人已披上满头银发，笔却在书写着别样的美丽……
赞歌友，盛世高歌唱响和谐之美，
赞影友，按动快门，享受镜头里的乐趣，
赞渔友，乐在鱼儿咬钩的一刹那，
赞画友，喜在佳作收官，添上点睛之笔。

光阴似箭，岁月悠悠。平和心态常在，生命之河长流。不知不觉间，本人已经在电波中遨游了41个春秋，从40岁的年轻人，到今天的耄耋老者，真是经历多多，感慨多多，曲折多多，乐趣多多。

近来听说，出于健康和安全的考虑，80岁以上的离退休人员，不能再参加中央电台各个协会组织的到北京市区以外的活动了。话一传出，众说纷纭，有的拥护，有的颇有微词，有的持保留态度。依我而言，尽管也有不同看法，但仍能理解有关领导人的初衷。设身处地地想一想，老干部处的领导太难了，万一出了什么不测，这个责任谁来承担呢？这是一个非常现实的问题。一旦出了差错，还要影响现今年轻的老人正常的活动。我退休20多年了，在老干部管理处这个温暖的大家庭里，生活得不错，比较满意。知足者常乐。

8. 年逾花甲，为央视“站岗”

当兵的时候，肩负一个神圣的职责，就是站岗。如今，我转业多年，不再站岗、放哨了。大千世界，生活是奇妙的。我退休三年以后，“站岗”这个词，居然在央视这块阵地上，在我的使命中，又被赋予了比较“贴切”的含义。

为央视“站岗”，实际上，就是给央视当评议员，为中央电视台的一些栏

与高手在一起（中为曹仁义）

目找毛病、提意见、出主意，预防可能出现的失误，提高节目的制作水平。

经中央人民广播电台资深评论员、新闻写作高手、高级编辑曹仁义举荐，1998年我荣幸地被录用为央视栏目评议专家。在中央电台工作的日子里，我多年经办科技节目，坦率地说，小有经验。结合本人的业务专长，央视分配我负责《科技博览》栏目的评议，这也正是我乐意接受的。

接受了任务，意味着承担一份责任。在那段时间里，我每天按时打开电视机，找到央视第一频道的《科技博览》，认真细心地观看，记录下栏目的长处与不足，准备好意见与建议。

说起来，这件事挺对不起老伴的，为了我钟爱的《科技博览》，她从来不和我争频道，情愿放弃自己喜欢的文化类节目，跟“评议专家”一起分享科技的乐趣。这项硬任务，我整整干了五年，直至我71岁退出“历史舞台”。

评议央视栏目，看似平常，其实并不轻松。发表意见要有理有据，不能以个人的好恶来判别是非曲直，必须站在观众的立场上审视栏目。总体看，我在这五年中，对《科技博览》栏目，肯定的多，否定的少；表扬得多，批评得少。

说句公道话，批评固然有益，但有些批评确实难为了年轻的编辑。专家曾经批评一个栏目“有些老化，主持人多年一直是老面孔，应该让年轻人露露面”。在场的年轻编辑无奈地“辩解”：“那位资深的主持人说了：‘这个栏目，除了我，谁能主持呢？’没办法，尊重老同志，只好让他继续干……”还好，没过多久，这个栏目的老主持人退出了。

央视以开放的胸怀、大胆的改革、创新的勇气办节目，真心听取专家的意见，这一登高望远的举措无疑是明智的、接地气儿的，必将给亿万观众送去清新的气息，很值得媒体人学习、借鉴。

真实的我，说老实话。20世纪90年代，我还没有学会用电脑打字，对分管栏目的评议，每次只能手写一两千字，送交评议领导小组办公室汇总、印发。就是这么“简单”的活儿，也不无波折。有一次，我写完评议文稿，蹬上自行车，直奔中央电视台北门（靠近评议办公室），准备交卷。然而，站岗的哨兵认真负责，铁面无私。约我交稿人的办公室，近在咫尺，但没有证件，就是不让进，电话也不能用，说一千道一万都无济于事。最后，我只好绕个大圈，到东门传达室，登记进门，交稿了事。

这件看来似乎“不愉快”的往事，回想起来，我觉得也比较正常。换个位置，如果站岗的哨兵是我，也得那样做，这是每个哨兵的神圣职责。我为中央电视台栏目评议“站岗”五年，自我感觉还是合格的。五年的评议生活，眼界大开，受益匪浅，不仅跨越“疆界”，学到了新颖的科学知识，而且结识了不少平易朴实的电视人和热心为评议专家辛劳服务的张传玲以及她的同事们。

9. 鞍山，好想你

鞍山是我们宋家的大本营，也是亲近亲属的集居地。我的两个姐姐、一个弟弟以及抚养过我们姐弟的舅父母和表哥表姐们都定居在这里。想念他们，惦记他们，50多年中我们见面的机会太少了。

2006年，我已经退休十年，身体尚好，回“亲戚圈”看看，亲热亲热，是我不难实现的梦想。简单的想法赢得了老伴和儿女们的赞同。

十月的北京，秋高气爽，晴空万里，告别酷热的盛夏，到鞍山去探望亲友是一个不错的选择。全家总动员，找一个吉日良辰，我们开拔了。

丽娜、艺枫开上自家的轿车，早早地上路。宽敞的高速公路，畅通无阻，姐弟二人轮流驾驶着心爱的“坐骑”，风驰电掣，一路飞奔。而我和陆玉洁享受着远离喧嚣的大都市的快乐，尽情欣赏如此清静的大好风光。经过八个小时的沿途观光览胜，满心喜悦的老人毫无疲倦之感。中午刚过，我们的本田车驶进久违了的故土——鞍山市。热情的好外甥王东风和爱人姜红早已等在

血脉相承大家庭

高速路的出口，静候舅舅、舅妈的到来。

为了不过多地打扰姐姐家的正常生活，我们商定在一家招待所食宿，姜红忙前忙后，一切安排妥当。简单的旅馆式的家庭生活很独特，又很惬意。早晨起来，准备到外边吃早点，想尝尝家乡豆腐脑的滋味，这一点儿都不难，马路旁边的“门脸”房前，豆腐脑摊贩一家接着一家，我们放开肚皮，大吃一顿。其实，鞍山的豆腐脑跟北京的没有什么不同，就是吃个新鲜。

回到阔别多年的家乡，亲友们亲热极了。当然，也少不了聚餐，在亲热的氛围中，花钱已是不起眼的小事。叙旧、聊天、嘘寒问暖、海谈家事，成为餐桌上的主题。姐姐关心弟弟、弟妹在首都走过的漫长道路和侄女、侄儿的工作和发展状况；弟弟更关注姐姐、姐夫的身体健康以及晚辈们的工作、学习和生活。餐桌前的时间是短暂的，千言万语谈不尽，更多的话留在不言中，拍一张传情的“全家福”照片，是再好不过的见证。

在与各家亲友亲切团聚之时，喜闻志野表哥的外孙结婚，获此信息后，我们全家登门道喜。北京人不懂得鞍山的规矩，婚宴上，遵从雅琴姐姐的叮嘱，我们写了×××元钱的贺礼，也不知道合适与否？但愿我的恩人志野三哥、学勤三嫂满意。

热热闹闹的婚礼上，我遇到了非常熟悉的大表姐。在我的印象中，表姐年轻的时候体质虚弱，只能做点家务活，而眼前这位可亲的表姐，身体壮实强健，活动自如，一点儿看不出她已经是一位90多岁的高龄老人了。她是如何保养身体的，我不得而知。相比之下，金鹏二表哥稍逊一筹。

时间过得好快，不知不觉，我们在鞍山已经逗留四天了，尽管恋恋不舍，但打道回府势在必行。骨肉亲情，难舍难分，不想分离也得分离。临行前，姐姐摸准了弟弟一家人的胃口，煮了几穗可口的玉米，让我们在路上吃。姐弟心心相印，姐姐的心意正是我们没有说出的愿望，我们一家四口人，一路之上吃着喷香的玉米，回味着舍不得分离的老老少少的亲人们。是惜别，也是无奈，因为丽娜、艺枫在国庆节后还要回北京上班呢。

一段温馨的往事，转眼间已经过去10年，但我们一家人的心底却永远沉淀着那暖暖的亲情、浓浓的乡情，孩子们还不时说起那香甜可口的玉米的美味。他们说："如果有机会再回家乡，我们什么也不吃，就吃玉米，吃个够……"

这次回家乡，也不无遗憾：我没有见到，也不可能见到我亲爱的弟弟宋科，他远离我们，去到了清冷的"天国"，但愿他不孤单，有后去的贴心的老伴陪伴着他。如果上天有灵，哥哥想对你说：你心爱的女儿小丽，曾经患上血管瘤疾病，在王宇及其爱人的帮助下，在北京医院做了较大的手术，非常成功。为此，哥嫂和丽娜、艺枫都出了不少力，付了大部分费用。亲兄弟心连心，你的女儿也是我们的女儿，怎能坐视不管呢？你的宝贝孙子挠挠很有出息，考进了鞍山一中，成为哥哥的校友。挠挠高考成绩优异，2016年，考上了重点大学——浙江科技大学，还被推选为班长，这是我们全家人的骄傲。孩子在读书学习期间，不论遇到什么困难，哥嫂义不容辞，责无旁贷，一定会鼎力相助。亲爱的弟弟，放心吧！

10. 好习惯力量大

习惯产生力量，这可能吗？答案是肯定的，不过，它表达的并不是人们所看到的外力，而是存在于身体健康的潜移默化之中。人的一生，养成一个良好的习惯并不容易，特别是退休以后，把它坚持下来，成为常态，更难。好习惯，我丢掉了不少，但也保留了许多。游泳、骑自行车就是我健身的第一秘诀，坚持至今，获益多多；“生命在于运动”，这个真理性名言，已经为多数人所接受，但我们毕竟不是体育健儿，不能“东施效颦”，运动要适可而止，不宜过量。我家的房前屋后被开出了一个小菜园，我在那里做些轻微的体力劳动就足够了。

平时，锻炼身体的比较简便的方法是慢跑或散步。我觉得，不必规定具体的时间、里程和速度，只要身体条件允许，自己掌握适度就行了，何必追求远近、快慢呢。习惯成自然，日久见裨益。有人把跑、走的数据说得很精细，其实大可不必，适量为好，因人而异嘛，不然会得不偿失的，强迫自己去做那些难以做到的事，往往适得其反，“画虎不成反类犬”。

吃与喝，不简单。这里边的科学道理很多，大家也都相信它，但要想做到位，没有那么简单。比如吃饭，营养学家说，每顿饭只能吃七八分饱，道理很明白，也有科学依据，然而，许多人就是做不到，拿起筷子，谁还去计量七八分饱的尺度啊！特别是在吃自助餐的时候，有些人甚至吃到十分饱，还不想放下筷子。所以，懂得科学的人并不一定能管住自己的嘴巴。可见，人们面对认识了的东西，在行动的时候，有的人还是会打折扣的。

医学科学家认为，适当地吃些粗粮，有利于身体健康，这话是对的，也有足够的科学依据。问题在于，什么是粗粮？它包含哪些品类？现在的市场上，鱼目混珠，杂乱无章，把不经过加工的原粮，统统叫作“粗粮”卖给“轻信”者，让可爱的“傻人”们去吃那些很难煮熟、煮烂的“粗粮”。更有甚者，还把一些叫不出名字的“粗粮”进行精包装，打扮得非常漂亮，作为礼品，赠送给亲朋好友。我家就接到不少这样的赠礼，至今，放之高阁，不愿意去吃它。想想看，这种稀奇古怪的“粗粮”，对身体健康究竟有什么好处呢！反正我不相信，而且要远离它，摒弃它。

喝什么？科学家说，喝白开水最好，大家都很认同，但事实上，也不尽然。在超市里，琳琅满目、花样翻新的饮料，一点也不滞销，特别受到孩子们的青睐。说老实话，我是喝白开水最科学的观点的赞同者、支持者，但不是优秀的执行者。生活中的我，喝白开水，坚持许久，已成习惯，甚至走到极端，连茶水都不喝，可是有时也经不起外界的诱惑，看到甜美的饮料，也少不了喝上几杯，但我的主流习惯是稳固的，喝白开水居多。

我养成的最好习惯是，每天早晨起床以前，必须做30分钟的热身活动，绝不猛然起身下地，避免意外。具体的做法和功效是：按摩面部和脚心，可以促进血液循环，盘活周身经络；用五指梳理头部，可以保持头脑清醒；按摩、扭动腰部，可以保证脊椎关节的灵活性；顺时针按揉腹部，保证大便通畅；按摩、揉搓鼻沟，可以抵抗风寒感冒；辅助膝关节做屈伸活动，可以提高走路的稳定性，等等。这样的床上“体操”，我做了多年，效果不错。一个好的习惯能够长期得到坚持，确实不容易，但它却潜藏着你自己都想象不到的力量。难怪有人说，一个好的习惯价值连城！

每个人都有适合自己的健身诀窍，量体裁衣，行之有效。照此说来，健身养生的方法，也应该注重多样性、大众化，不能千篇一律。比如，有人针对自己的实际情况，编了一曲健身顺口溜：“没心没肺，能吃能睡，戒烟限酒，长命百岁。”对照一下，也挺适合我的。但愿如此下去，多活几年。

11. 深圳——老年人的乐园

在北京，每年3月15日到4月初，是最难熬的日子。暖气停了，可天气并没有变得暖和，在这半个月的时间里，人们感觉室外要比室内更舒适，大家纷纷跑到外边去晒太阳，躲避清冷之苦，也有人干脆“逃之夭夭”，奔向南方，找个温暖宜人之地，躲过冬日尾巴的寒冷余威，我们老两口儿就是这样设想的。

我是中国人

闺女、儿子很理解父母的心意。2013 年 3 月，把我们接到了艺枫工作的地方——深圳，远离了北京严冬的尾巴。3 月的深圳天气好极了，正值春暖花开的时节，20℃左右的气温，让北京人提前感受到了春的气息，享受到了春天的乐趣。

深圳是老年人的乐园，生活、娱乐、观光、游览极为方便，70 岁以上老人的个人身份证犹如一张万能的“通行证”，带着它便可在深圳畅行无阻。有了它，可以随意地乘坐公交车，地铁还为老年人开设了专用通道；有了它，可以游览深圳的所有公园和游乐场；有了它，可以参观全市的各个博物馆和展览馆……人们逗趣说，老年人在深圳，除了吃饭、买东西，再也没有需要花钱的地方了。

多大年岁算老年人？在深圳应该赋予一个“特别”的界定。我们在公园里散步的时候，经常看到一队队老年合唱团、舞蹈队，在那里唱啊，跳啊，无忧无虑，快乐而惬意。当我走近他们时，看看他们的面孔，这哪里是“老年人”，明明是 50 岁上下的中青年。由此我想到，深圳不愧为一座年轻的城市，那里的所谓“老年人”，也都“变”得更年轻了。

锦绣中华、世界之窗是深圳规模较大的观光游览场所，开设的景点多种多样，观赏内容丰富多彩，令人目不暇接，但门票价格不菲，一般游客，观光一次，要花几百元人民币。我们是北京来的老年人，惊喜地了解到，深圳对老年人有特别的优惠，就不由自主地，几乎每天都光顾这风景秀丽的天地，并早早地候在门外，等待放行。时间长了，来得多了，收门票的服务员慢慢地认出了我们，开玩笑说：“不要来得太早，公园 9 点钟才开门呢。”弄得我们挺不好意思的。

深圳是一座新兴的国际大都市，高楼大厦鳞次栉比，商场、超市比比皆是，五颜六色的商品琳琅满目。逛商场、超市，那是一种特殊的享受，不买东西，享了眼福，也是一种乐趣，且不说流连忘返，也可说“累”得值得。不是吗？逛了一天商场，弄得疲惫不堪，到头来，什么东西也没有买，只是踏踏实实地过了一把“眼瘾”，心甘情愿。

深圳的城市交通，便捷通畅，管理严格，汽车虽多，但不感到拥堵，潇洒地坐在汽车里，丝毫没有烦躁感。深圳有一条城际轻轨“地铁”，直接通往香港，深—港交流非常方便。已经长成大人、参加工作的外孙女瑶瑶邀请外公、外婆去香港、澳门旅游，我们就是乘坐这列“地铁”前往的。

深圳的改革开放，创新发展，令世界瞩目，国人敬仰。改革开放的总设计师邓小平同志说得好：“深圳的发展和经验证明，我们建立经济特区的政策是正确的”。全国老年人都是受益者。

第二十章　家乡美

1. 游野泳，无师自通

调皮的孩子，总是不太安分，常常背着大人干一些出格的事。现在看来，有些出格的事，后来也有可能是有益的。拿游泳来说，农村的孩子把游泳叫“洗澡”，不讲究什么姿势，在河里只要不沉下去，就算会游泳了，我就是一个这样的人。我们家住在辽河岸边，得天独厚的自然条件，诱惑我成为一个不安分的孩子，经常瞒着大人，偷偷地到辽河里去“洗澡”。一来二去，不知不觉间，就学会“土法”游泳了。不讲姿势，不比速度，在几十米深的辽河中，畅游无阻，甚至可以游到几百米宽的辽河的对岸，抓螃蟹回来。

十来岁时，我的水性大大提高，水上功夫也大有长进，我几乎每天都去河里游泳。有一天，大家正在水里嬉戏玩耍，游兴正浓。突然一个不懂事儿的小孩儿被急流冲到深水中，不会游泳的人们一时束手无策，岸上的家长更

黑海趣游

是焦急万分，在这生死紧要关头，我凭着自己心中有数的水性，冒死游向溺水的小孩，吃力地把他拖到岸上，孩子得救了，岸上的人松了一口气。家长絮叨着说不完的感谢，而我，一个十来岁的少年，并没有觉得自己有什么了不起，照样跟小伙伴们在汹涌的辽河里自由自在地游着、玩着。

后来，我进城念中学，在学校组织的一次不讲姿势的100米游泳比赛中，获得了第一名。这时，我才实实在在地感到了骄傲和自豪。

2. 爬千山，登峨眉，不走“正路”

年轻的时候，我身体不错，喜欢游泳、爬山，一有机会，便冲在前头，显示自己的能量。经常约几个志同道合的伙伴，说走就走，游野泳，爬野山，一点也不觉得累，反而感到很荣耀与自豪。记得，读中学的时候，在一个夏日的星期天，学校组织学生到千山郊游，这对于爱玩“野活儿”的我，求之不得，高兴极了。

千山是辽宁省的一座名山，风景秀丽，名胜繁多。据说，这里有大大小小的山头一千个，千山因此而得名。千山离我们学校（鞍山一中）较近，乘坐有轨电车，大约一个小时就到达了山脚。同学们按照领队老师设定的爬山路线开始攀登。说是攀登，其实，上山的路很平坦，跟着“大部队”走，登上“五佛顶”，爬到“天外天”，轻而易举，不会有任何困难。

“野”惯了的我，和几个小伙伴觉得这样走不太“过瘾”，就悄悄地离开了“大部队”，私自找一条没有路的“路”，开始了真正意义上的攀登。脱离了集体，违犯了纪律，确实不应该，事后向老师做了检讨。但是，我们几个“叛逆者”，也收获了别人没有享受到的快乐：我们在茂密的树林中，看到了山鸡们从我们眼前蹿来蹿去；听到了五颜六色的鸟儿鸣唱动听的歌声；领略了毒蛇的凶猛、厉害；欣赏了机灵的小松鼠得意地奔跑、跳跃；近距离地、静静地观看了可爱而胖胖的刺猬，悠闲地游荡、觅食……

人到40多岁，按理说，该有所收敛了。而我却“野性”不改，仍然固守着争强好胜的怪脾气。有一次，我们跟随旅游团队爬峨眉山。又心血来潮，没有走多远，我和几位“驴友”，别出心裁，找一条生僻的路，吃力地往上爬。半山腰，巧遇几位采药的当地的农民朋友。在人迹稀少的荒山上，难得碰到同路人，顺便聊了起来。当老乡们了解到，我们是从北京来的，就用不太标准的当地普通话，笑着对我们说："你们北京人真'傻'，大老远地跑到四川来爬山，还要花钱买门票，太不划算了。你们北京没有山吗?"这一瓢冷水，浇得我们目瞪口呆。但"驴友"们并不在意，没有灰心，凭借自己的旺盛精力和不走坦途的构想，坚持爬到了山顶。

回到现实中来，暂且不去评说事情的对错、是非。我在想，当时的举动未免有些鲁莽。在现今的报道中，经常听到、看到一些令人惋惜的消息：有些并不是无知的年轻人，出于"勇敢"和好奇心，别出心裁，冒险攀登野长城，爬野山，游野泳，滑野冰，酿成让人痛心的人间悲剧。回想起来，我很幸运。

3. 年轻60年

1991年，一个偶然的机会，从一位高中同学那里得到信息说，1955年在鞍山一中高三毕业，又在北京工作的同学，组建了一个同学会，已经联络到30多位同学，听到这个消息，我十分兴奋，犹如找到了自己的亲人，恨不得马上和久别的同学们亲热一番，谈谈别后30多年的往事。

北京校友会（前排右为叶桂蓉，左为冯月华，二排右三为费振刚，后排右二为高镇都，二排左二为胡志懿）

校友登千山

没有费太大的周折，我便与同学会取得了联系，成为这个自愿组织的一个迟到的成员。老同学久别重逢，仿佛回到了当年的鞍山一中，回到了时刻想念的母校校园，回到了生龙活虎的青年时代。我欣喜地见到了同班学友费振刚、叶桂荣、于吉人、巴庆善、胡志懿、尹克敏、田沛霖、田春芸、张铁藩、张德重和20多位虽然不同班，但都是同届同学的熟悉面孔，分外亲热，每个同学的脑海里，都深藏着说不完的心里话，想讲给多年不见的同学们听。

同学会没有章程，没有条例，但同学们都积极热情地参加各种活动。基本上，每年组织一次在京同学大集会，交流感情，互通信息，参观游览。同学们在一起，不分彼此，毫无顾忌，畅所欲言，每个人都把自己看作一个平等的成员，完全沉浸在同学的情谊之中。有所不同的是，这些“老小孩”们头上多了几根白发，脸上爬着几条浅浅的皱纹，但同学们的心是年轻的，谁都没有感觉到，自己已经走过30多年的不平坦的路。

“迟到”的会员是要“补课”的，我自愿受罚，“承包”一次集体活动，接待同学们，到刚刚投入使用的中央人民广播电台大楼参观，登上广播大厦的最高层，鸟瞰祖国首都的大好美景，欣赏20世纪90年代的北京城，寻找自己心目中印象深刻的标志性建筑，大饱眼福。经过特许，同学们蛮有兴致地走进中央电台的直播间，这里是中央电台一级保密地段，即使本台职工，未经允许，也不能随便进入，同学们享受了一次“特许”的待遇。参观以后，我自掏腰包，请各位同学吃一顿中央电台的客饭，用餐虽然简便，但同学们欢声笑语，其乐融融，我感到很欣慰。

有组织就得有个“头”，同学会的会长是北京大学时任中文系主任费振刚，他的夫人冯月华当副秘书长，协助工作；同学会的秘书长是中日友好医院的叶桂蓉教授，她的丈夫、交通出版社时任社长高振都当副会长，这样的人员搭配，既很艺术，也很有技巧，既便于同学会的工作，发挥小家庭的潜力，又有意无意地营造了同学之间相互沟通的融洽气氛。

鞍山一中北京同学会成立以来，活动积极、活跃，影响越来越大，不少京外的同学（如东北、天津等地的同学）得知消息后，不顾路途遥远，也专程到北京来参加同学会活动，为同学会增添了活力，进一步活跃了这个“老来俏”团体的快乐气氛。亨受金秋末了情，迎接人生的第二个春天。但愿这些年过八旬的老同学，健康长寿，永葆青春，把同学会一直办到2038年。

4. 大连有个军官之家

20世纪50年代，大连、旅顺加起来，统称为旅大市。在这座城市里，相当长的一段时间，驻扎过苏联红军，他们跟当地的中国军人结下了深厚的友谊。

中苏两国的军人有一个共同的活动场所，叫大连军官之家，在这个大院里，有体育场、游泳池、球场、游艺室、图书馆、舞厅、苏式餐馆，还有剧场和电影院等。苏军撤离以后，军官之家原封不动地交给了中国人管理。我读书的大学解放军军事俄专离军官之家比较近，它自然成为学员们经常活动的场所，每到星期天，这里便成了军人的乐园，每个人都可以根据自己的喜好选择合适的项目自由活动。对我来说，这也是求之不得的好去处，是我每周必来的快乐天地。

戴上大沿帽

我最喜欢的项目是游泳和看电影，特别是看电影，几乎场场不落。那时的外国影片多半是苏联和东欧一些国家的，比如《茹尔滨一家》《游击队员之子》《萨特阔》《青蛙公主》《好兵帅克》《伊伦娜回家去》《不称心的女婿》等，我印象比较深的中国电影是《刘堡的故事》，我们不仅观看了优秀的影片，还学会了电影插曲《九九艳阳天》，尽管这部电影在反“右派”时，由于“渲染”了年轻人的爱情故事，受到批判，但它的插曲《九九艳阳天》，人们还是一直偷偷地传唱着。

在军官之家看俄语原版电影也是一件难得的事，记得苏联原版电影《第41个》，我就是在军官之家电影院观看的，虽然不能全部看懂（当时我正在读大二，俄语水平还不高，不可能全部看懂原版俄语电影），但对于锻炼听力、提高俄语的口语水平，还是挺有帮助的。后来译制片出来了，对照一下，收获更大。

有时嘴馋了，就到军官之家的俄式西餐厅吃一顿很不像样的西餐，几片面包，一碗红汤，就算吃西餐了。坦白地说，美味的西餐我们也吃不起呀！要知道，读大二的时候，我们这些学员每人每月只发九元钱的津贴，用来应对一切日常生活费用，谁敢花大钱吃贵重的东西啊？吃几片洋面包，过过西餐“瘾”就是了。

在军官之家活动，我获益最大的是，养成了遵守时间的好习惯。为了赶上学校的“晚点名”，必须按时归队，如果迟到了，将受到严厉的批评，甚至要遭到纪律处分，所以同学们不敢有一点马虎，有时怕坐车耽误了时间，就跑步回学校。气喘吁吁地听“晚点名”，那是常有的事，虽然紧张了一点，但心里还是挺高兴的，毕竟是在军官之家玩了一整天。

说到乘车，同学们已经习惯成自然，从来都远离座位，找一个合适的地方站着，即使有空位，也不去坐，因为让座是军人，特别是年轻军人必须做到的，何必刚坐下又站起来呢？当时大连的公交车大多是有轨电车，车票5张一联，每张5分钱，乘一次车，撕去一张，不管坐多远，只需一张票。可以毫不夸张地说，在大连待了三年多的时间，但从来没有“坐”过电车。

5. 母校，哪里去找您

20年前，我陪同时任国务委员、国家科委主任宋健到大连开会并采访。观赏大连的市容，看看自己的母校——解放军军事俄专，真是今非昔比。美丽的城市，鳞次栉比的高楼大厦，风景宜人的海滨，蜿蜒曲折的环海高速公

大学母校旧貌

路，让人眼花缭乱、目不暇接。当年的有轨电车不见了，再想坐一坐，体验一下坐电车的滋味，都没有机会了，实在可惜。

曾经的解放军军事俄专的校园变化更大，现在是解放军某部的机关大院，地面宽敞整洁，30 年前学员们栽种的树苗，如今已经长成参天大树，根深叶茂，挺拔粗壮，绿叶成荫。“吃水不忘挖井人”，这些长大了的“孩子”们，似乎认出了我——它们的栽培者、大院的原主人、脱掉了军装的老百姓。

可爱的“孩子”们，频频点头施礼，摇曳身躯，仿佛在述说它们 30 年来的风雨沧桑和翻天覆地的变化，思念那些当初栽培它们的朝气蓬勃的小伙子。今天，“孩子”们长大了，昔日的年轻人头上多了几根白发，他们都成熟了。

在离开我眷恋的校园时，可爱的“孩子”们不停地摇摆着优美的身姿，发出悦耳的沙沙声，表示惜别之情。此情此景，让我心生恋意，久久不愿离去。

大院门口，哨兵持枪站岗，凝神注目，威武庄重。问到 30 年前的事，他们一概不知，我很理解。此刻，我心中不由得想起，当年我曾经在这座大楼前，拿着不装子弹的步枪站岗、放哨的情景。往事历历在目，记忆犹新，难以忘怀……我在想，今天的战友们，肯定不会像我们当年那样，拿着空枪站岗了。

6. 启蒙老师，谢谢您

在鞍山二中，我读了两年半的书，念初三的时候，有一位老师给我留下了深刻的印象，我永远不会忘记。这位老师叫米恰金，在大多数同学的眼中，他是一位不被人注意的另类，有些同学甚至对他很反感。

米恰金是白俄人，教俄语，论他的水平，教中学生俄语绰绰有余。然而，当时有些同学不喜欢学俄语，认为是负担，浪费时间，他们信奉“学好数理化，走遍天下都不怕”的错误逻辑，无意中俄语老师也被“株连”，受到冷落。这对于我来说，是一个绝好的机会，因为我喜欢俄语，但也说不出为什么。于是，在课余时间，我主动地接近米恰金老师，用中俄混搭的“四不像”的语言跟他对话，慢慢地，他对我产生了偏爱，吃了不少“小灶”，我的俄语水平提高了许多，可以用简单的俄语跟米恰金老师“对话”了，其实，就是说着玩儿，离翻译的水平还远着呢。

好景不长。1952 年夏天，学校接到教育部门的通知，初三年级的同学提前半年毕业，转入高中，开始实行“夏时制”，每年七月放暑假，九月一日开学，这就是人们常说的，由“春季始业”改为“秋季始业”。按照教育部门的规定，我未经考试，顺利地由初三年级升入高中——鞍山一中，开始了高级中学的学习生涯。

碰巧的是，高中编班时，我们的班主任恰恰是一位教俄语的老师，他叫肖景贵，这对我来说，真是一个大好消息。肖老师知道我喜欢俄语，就在正常的俄语课外，给我吃“偏饭”，帮我找一些课外阅读材料，试着翻译，当时觉得，确实有长进，但现在看来，那都是小儿科，只是一时高兴罢了。但它对我后来的成长和发展是大有裨益的。

高三毕业，我被免试保送到大连解放军军事俄专学习，成为一名军人学员。离开鞍山一中的时候，肖景贵老师还给我写了一段热情洋溢的临别赠言，他是这样说的：“离别之际，祝愿你在不久的将来取得巨大的成绩，为人民做出重大的贡献。时间过得很快，要很好地珍惜它、爱护它。只有你取得伟大的成绩时，或者被生活超越的时候，你才能真正地感到时间的可贵。”这段表达师生之情的亲切而带有期盼的临别赠言，至今我还精心地保存着。

第二十一章　家里家外

1. 我的“第一桶金”不够还债

1958 年，解放军军事俄专毕业的学员实习工作两年多才被授予军衔。为此，中国人民解放军总参谋部专门下达通知，确认本届毕业生实习的第一年视为学龄，读四年书，自然确定为大学本科。在总字 743 部队实习工作两年多的时间，也正是我家里最困难的时期，原本就不富裕的家庭，又遭遇了可爱女儿的重病，肠梗阻几乎夺去了她的生命，三次收到医院的病危通知书，家里一片恐惧，几乎陷入绝境。在部队系统最好的医院——解放军 301 医院，医生想尽一切办法，派出了最好的医生，采用了当时最先进的医疗技术——插管吸出手术，最终把我 6 岁的宝贝女儿从死亡线上拉了回来。

住医院是需要花钱的，而且是一笔不小的费用，当时我还没有拿工资，津贴费每月只有 14 元，怎么办呢？当时我心里只有一个念头，治病要紧，借钱也要治病。向谁借呢？同学之间是不可能的，因为他们和我一样，都每月拿 14 元的津贴。直到今天，每每想起这件事，我都怨恨部门的领导，为什么不能给点补助呢？

傲雪

解放军无愧为一所充满友情的大学校，一位老翻译向我伸出了援手，帮助我解了燃眉之急。这位老师名叫高荫方，他不但精通业务，口译熟练，而且肯于热情地帮助别人。我要真诚地感谢他，快50年了，我还经常提醒宝贝女儿，要永远记住这位恩人——高荫方。

1960年年底，我第一次领到了工资，并且补发了200多元，同学们个个兴高采烈，而我却怎么也高兴不起来，因为我首先想到的是要“还债”。我清楚地记得，当月的工资，加上补发的200多元，基本上都用来还债了，衣兜里照样还是空空的。腰包鼓起来的同学们自然喜出望外，而这时的我，只能暗暗地为宝贝女儿祝福，因为她得救了。

2. 我当了一年上尉

从1955年算起，部队配发的军校学员的肩章，我整整扛了5年多，1960年年底终于改变了，被授予少尉军衔，扛上一杠一星的肩章，我和我的同学们并没有太多的兴奋，因为它来得太晚了，不过也有高兴的一面，毕竟有了工资收入，从14元，一下子涨到72.6元，腰包鼓起来了，家庭负担减轻了许多，好日子就在眼前，可以不用那么精打细算了。

我当上尉

经过不断的努力，我于1963年晋升为上尉军衔，情不自禁地感到荣耀。然而，这时正是我国国民经济严重困难时期，物质条件极其匮乏，那是一个视“本、证、票、券”为宝贝的年代，甭说钱少，就是有钱，也买不到什么东西。幸好，宝贝儿子上了解放军办的幼儿园，没有受到太大的委屈，有时还从幼儿园带回一些好吃的东西给姐姐。比弟弟大两岁的姐姐在家里着实吃了不少苦，几乎没有吃过一顿饱饭，有时为了一个馒头的大小，跟爸爸比呀、比呀……怪可怜的。这样的苦日子，一直持续到改革开放才结束。

3. 转业、摘掉军衔，仍是航天人

我没有想到，0038部队集体转业的命令是在“四清”的第一线——河北万全县收到的。本来专注于“四清”的心，一下子飞了。当兵10年，对部队

脱掉军装干航天

有着深厚的感情，离开它的滋味太苦涩了，尽管人事部门的领导宣讲得入情入理，可是对我来说，还是转不过这个弯儿来。

命令就是命令，不能有丝毫违抗，跟我一样的解放军“四清”工作队的战友们，都很不情愿地服从命令，脱掉军衣，摘下军衔，去迎接并不是“新鲜”的战斗——照样是航天兵。服从命令是军人的天职，一切行动听指挥。

转业了，工资待遇怎么办？也得服从上级的安排，不能发表任何反对意见。看一看转业者的名单，明白了，都被降级了。和部队的工资相比，我被降了一格。降级本来是很痛苦的事，可是对于革命军人来说，即使心里不高兴，颜面上也不能表现出来，战友们在一片“拥护”声中，愉快地接受了这个“伟大”的降级。

国防部第五研究院摇身一变，成了中华人民共和国第七机械工业部，单位名称变了，但工作地点、承担的任务和干活的人依然如故，原班人马，一点都没有变，这就是集体转业的奥秘。其实，从外表上看，也有不同的地方：本来的军人一下子变成了穿着军装却不戴军衔的老百姓。

尽管穿着军装，不戴军衔，条件极其艰苦，但可爱的科技工作者每天仍然细心地推拉着计算尺，手工绘制着一张张产品图纸，喝着“赫鲁晓夫面”做的黑粥，满腔热情地工作着，因为他们心里只有一个伟大的目标——“两弹一星”早日上天。

4. 宋杰三姐了不起

我的亲姐姐宋杰是一位有文化的家庭妇女，年轻的时候，嫁给姓田的人家，在我们宋家她又排行老三，因而妹妹、弟弟们都按照旧中国农村的封建习俗，叫她田三姐。三姐早年丧夫，带着一儿二女，在贫困的乡村自谋牛路，艰难度日，守寡20多年，过着清贫的生活。无奈之时，在弟妹陆玉洁的帮助下，冲破重重阻力，来到鞍山谋生。

三姐本来没有大名，而在城里找工作，要有一个像样的名字，于是，陆

姐弟游北京（左为作者，中为三姐，右为宋科）

玉洁运用自己的才学和智慧，给三姐起了一个时髦的名字，叫宋杰。此后，没有费太大的力气，帮她找到了一份合适的工作，生活有所改善，孩子们也有了上学读书的机会。

三姐是一位纯朴善良的女性，他非常了解，弟弟在军校学习，家里也并不富裕，她就尽其所能，嘘寒问暖，悉心关照年幼的侄女丽娜和侄儿艺枫，同弟妹一起共渡难关。生活虽然清苦，但异姓姐妹相处得十分亲热、贴心，亲如同胞姐妹，互相关心，来往密切。

1958 年，我从军校毕业，来到北京 0682 部队。三姐的儿子田荣城也找到了工作，家庭生活得到进一步改善，虽然还是粗茶淡饭，但基本上不为吃穿发愁了。

姐弟挚爱，骨肉情深。突然有一天，三姐不知道从哪里听到谣言，说弟弟宋广礼“失联”了。我当时不在北京，通信条件又很落后，陆玉洁无论怎么解释，三姐都不相信，非要到北京来亲眼看看自己的弟弟才放心。结果是，三姐怀着忐忑不安的心情，未跟任何人打招呼，一个人跑到北京来，亲眼见到了“失联”的弟弟，顿时喜笑颜开，高兴得泪流满面，姐弟二人紧紧地拥抱在一起，相对无言，一颗悬着的心总算落下来了。

在北京我陪三姐玩了几天，结果遭遇不测，游玩时竟然发生一个不大不小的意外。在乘坐北京火车站滚动电梯上行时，三姐不小心猛然摔倒，吓我一身冷汗，幸好我在下边，立马扶住她，电梯即刻停运，所幸未酿成大祸。

一场虚惊过去，我真的有点后怕。心想，陪着三姐玩，可马虎不得呀。

见到了活生生的弟弟，谢过了弟妹陆玉洁，亲近了侄女丽娜、侄儿艺枫，三姐高兴地乘上北去的列车，带着幸福的微笑，放心、踏实地回鞍山了。这个发生在家里边的故事，我经常讲给孩子们听，让他们懂得，姐弟情意，血脉相承，何等亲密。可喜的是，我们家的这对姐弟，正像我们姐弟一样：情同手足，亲如一家，不分彼此，情深意切，相互无私地关爱着……

5. 雅琴姐姐结婚到大连

1957 年的劳动节期间，姐姐宋雅琴和姐夫王新福来大连旅行结婚，因当时通信落后，事先没有联系，对于姐姐来大连结婚的事，我一无所知。他们到达以后，来学校找我，才知道此事。我当时只是一个军校的普通学员，穷得很，不可能很好地接待他们，只能利用自己的休息时间，到他们的住处去看望一下，聊聊家常，说说鞍山的情况。我最关心的是家里的情况，我在大连念书，陆玉洁一个人在家，还带着两个年幼的孩子（女儿四岁，儿子两岁），生活非常困难，挺不容易的，说起来我很内疚，又有什么办法呢？等我毕业，能赚钱了，生活会慢慢好起来的。

60 年前

姐姐非常关心弟弟的学业和学校的生活情况，说老实话，我并没有把学校的实情和部队的艰苦训练状况告诉她，姐姐哪里知道，军校的生活太紧张、太苦了，中学时代养成的散漫作风在这里很不适应，但我一直很坚强、很镇定，心里暗想，自己选择的路，就得走下去，再苦再累，也要扛到底，好在再过一年就要毕业了。总之，那次姐弟相见，亲密长谈，是愉快的，也是苦涩的。姐姐不知道弟弟心里想的是什么，弟弟内心的很多苦衷更不愿意向姐姐倾诉。

姐姐的蜜月度得很好，到大连最有名的星海公园游玩，拍了许多漂亮的照片，姐弟相见格外亲热。临别时，姐姐给了我不少钱，我没有马上花掉，而是积攒起来，买了一块不错的瑞士手表，这也是我生平第一次戴手表，着实骄傲了一阵子。但它并不能消除我心中的苦闷和无奈，弟弟腹中的苦水究竟有多少，只有自己知道，能吐给谁呢？只能偷偷地咽到肚子里。

6. 苦命的弟弟宋科

弟弟宋科是个苦命人，父母去世的时候，他只有两三岁，可以想象，这样一个没有爸爸妈妈的孤儿，可怎么活呀？幸好有一个好心的舅舅，收养了他。当然，收养是有代价的，弟弟长到 10 岁左右的时候，就成了舅舅家在农村的劳动力，起早贪黑在农田里干活，吃尽了苦头。随着年龄的增长，会干的农活越来越多，推碾子、拉磨的活儿也能承担了，弟弟逐渐成了舅舅家的重要劳动力。寄人篱下的生活，繁重的农事劳动，不痛快的心情，没有爸爸妈妈的孩子，有话向谁说呢？或许就是由于这些原因，致使苦命的弟弟养成了沉默寡言的孤僻性格。

1956 年，18 岁的弟弟实在受不了繁重的农村劳累，投奔嫂子陆玉洁来到鞍山。说起来让人难以相信，18 岁的小伙子到鞍山来念书，还要从初一开始。道理很简单，当时的农村根本没有中学，念完小学就算大功告成，算是有文化的人了。由于年龄偏大，弟弟没有读高中，就到鞍山红旗拖拉机厂当了工人，工作还比较满意，一干就是十多年。在这段时间里，没有察觉到的疾病一直在他的身体里潜藏着，后来才知道，他患的是可怕的心脏病。

弟弟全家福

20 世纪 60 年代，弟弟所在的拖拉机厂响应党中央关于“三线建设”的号召，一分为二，分流搬迁到青海省西宁市建厂。弟弟身为中共党员，率先垂范，自告奋勇，积极地投入“三线建设”的洪流中，成为工厂搬迁的骨干力量。

哪里知道，西宁市地势很高，海拔 2000 多米，本来就患有心脏病的弟弟吃不消了，这时才发现，弟弟得的是心脏肥大、瓣膜闭锁不全的心脏病。赶快来北京治疗，找了最好的心血管专科医院——阜外医院就诊，医生说，可以做手术，但由于当时医疗水平有限，只能存活五年。弟弟当时还不到 40 岁，觉得太残酷了，手术没有做，到北京工人疗养院疗养了一段时间，就回西宁了。

疾病是无情的。随着时间的推移，弟弟的心脏病越来越重，以致感到呼吸困难，全身无力，行动不便，已无法坚持正常工作。无奈之下，组织决定，把宋科调回鞍山红旗拖拉机厂本部，并调整了工作，从事轻微的脑力劳动。

心脏病是很折磨人的，经常出现病危，发生险情，紧急抢救。姐姐宋雅琴是位大夫，操了不少心，出了不少力，花费了大量的心血，不知有多少次把亲爱的弟弟从死亡线上拉回来。

1996 年的冬天，弟弟终因病情垂危，医治无效而离开人世。我从北京赶到鞍山时，弟弟已经处于昏迷状态，不省人事。当他的夫人趴在他的耳边，以哭泣的音调告诉他“哥哥来了”，弟弟似乎听到了妻子的喊声，在昏迷中回应：“真来了？”身子动一动，而后不管我怎么呼喊，他再也没有什么反应。

苦命的弟弟，就这样永远地离开了我们宋家的门户，离开了他一生钟爱的小家，离开了他倾注大量心血的红旗拖拉机厂，离开了他宝贝的儿女们，离开了一年多未见面、相见又不能开口交谈的哥哥。作为哥哥，我很伤感，弟弟病逝时，还不满 60 岁。

7. 陆玉洁突然袭击

早婚，是我人生当中的一大奇闻，究竟有多么早，先不说它。话说 1957 年初夏的一天（我在大学读书期间），我正在教室里聚精会神地听老师讲课。突然，传达室的一位列兵急匆匆跑到教室来，悄悄地对讲课的老师耳语，课堂上静静的，同学们不知道发生了什么，老师听明白了，随后他走到我的身

小康人家

旁，压低声音对我说："你爱人来了，在传达室，快去接她吧。"太突然了，我根本没有思想准备，因为陆玉洁来学校探亲的事，她事先一点也没给我透露，而且还带来了刚刚两岁的不懂事的儿子，多难受啊！事已至此，二话没说，只好硬着头皮去接待，我满脸的不高兴可想而知。

招待所的接待倒很热情，安排的住宿也比较舒适。军校就是军校，管理制度非常严格，招待所离教学楼大概有1000米远，虽然家属来了，但出早操，军事训练一点也不能耽误，照样五点钟起床，步行1000米，到训练场跑步、做操。当然，这些对我来说，都已经习以为常了。真正让我难受的是，从那时起，我得了一个不光彩的外号，叫"早婚小女婿"，同学们经常拿我开玩笑，让我讲讲早婚生子的故事。故事确实有，但我绝对不能讲，搪塞一下也就过去了，只是对那些要好的同学说得详细些。

还有一件头痛的事，就是看电影。学校每个周末，都要在学校大院里放映一场露天电影，学员们都整齐排队，前往观看，一阵唱歌、拉歌之后，开始放电影。一个星期六的晚上，俱乐部照常安排了一场好看的电影，同学们正在安静地观看。看着，看着，突然传来孩子的哭叫声，我听出来了，这是艺枫在哭闹，糟糕了，要影响别人看电影。虽然同学们没说什么，但我心里觉得挺别扭的，也弄得陆玉洁很不好意思，只好放弃那场电影，中途带着孩子不情愿地离开大院。平常特别喜欢看电影的陆玉洁，本来想在这儿好好地看一场电影，结果被不满两岁的孩子艺枫给搅了。这件事儿，直到今天，陆玉洁还记忆犹新，时不时地拿出来，给已经60多岁的艺枫当笑话讲。

艺枫这孩子能活下来，确实不容易。两岁的时候他患了麻疹、肺炎并发症，当时得这种病是九死一生。陆玉洁看着可爱的宝贝，真不忍心让孩子夭折。可是，我们家境贫寒，哪有钱治病啊？无奈之时，陆玉洁只能选择唯一的办法，用自己的血挽回孩子的性命。卖血救人命，是不得已，也是高尚的，但在当时并不被人理解，甚至会让人嘲笑。想不了那么多了，救孩子要紧，陆玉洁偷偷地卖了300毫升的血，买了三支救命抗生素——卡那霉素，注射后，见奇效，孩子得救了，这就是伟大的母爱。出院时，费用不足，是主治大夫给补齐的，他不要求偿还，多好的人呐。我将永远记住这位救命的大恩人。

8. 大巴车上的惊险一幕

有一年，中央电台老干部处组织秋游，到山西乔家大院、悬空寺等景区游览，我第一次见识了古朴幽雅的明清时代的院落，体味到了先人们恬静舒适的生活；游览了风景秀丽、建筑独特、凌驾于山腰上的悬空寺。古人云："谁凿高山石，凌虚构梵宫，蜃楼疑海上，鸟道没云中。"唐代大诗人李白在此醉书"壮观"二字，明代大旅行家徐霞客赞叹悬空寺为"天下巨观"。老伙伴们大饱眼福，乘兴而去，满意而归。

坐在回京的大巴车上，老友们一路欢声笑语，气氛异常活跃。感到疲倦的人，有的小睡片刻，有的闭目养神。陆玉洁似乎游兴未尽，闭上眼睛，回味着所看到的美好的一切，不知不觉中进入了梦乡，失去了自控能力。一个并不猛烈的急刹车，致使睡梦中的陆玉洁一下子甩出了座位，狠狠地摔在地板上，可把我吓坏了。

大巴停下来，缓过神来以后，旅友们毫不客气地埋怨我，"谴责"我，起哄声不断。有的说，不该让陆玉洁坐在外边，有的批评我，没有保护好陆玉洁，七嘴八舌，煞似一场"大巴车上的批斗会"。我有苦难言，任人"宰割"吧。岂不知，陆玉洁是一个"开放"式的人物，任何时候都不愿意坐在憋屈的地方。男子汉，上得了高山，下得了苦海，更受得了误解和不白之冤。安全比什么都重要，没必要再去为自己找回公道。在以后的两个多小时的回家路上，陆玉洁都是躺在我的胸前，呼呼大睡，好像什么事儿也没有发生过。

9. 名医赵炳南“小药”治丹毒

我五岁的时候，父母双双病故，当时我还不太懂事，后来听乡亲们讲，父亲是因生“癀病”而离开人世的，用现代医学解释，“癀病”就是今天说的“丹毒”。这种病，在当时的医疗条件下，是无法治愈的，被看作绝症。人走了，无须大惊小怪，认倒霉吧。

“人有旦夕祸福。”20 世纪 60 年代初期，不知道什么原因，陆玉洁也患上了这种让人听了就心生恐惧的“丹毒”病。我们全家人着实吓了一大跳，慌了手脚，跑了几家医院，效果都不理想，而且有加重的趋势。无奈之下，投奔中医，求助我国著名的权威专家赵炳南大夫。找名医看病可不是一件容易的事，起早贪黑，站队排号是免不了的。我历经千辛万苦，好不容易才约到了赵炳南大夫。

请名医看病虽然很难，但坐到医生面前，看起病来却十分简单，经过对陆玉洁的“望、闻、问、切”以后，马上开出了一张非常普通的药方，那就是如意金黄散和大家都熟悉的马齿苋，要求把这两种药材融合在一起，捣成糨糊状，贴敷在“丹毒”病灶处，然后用蓖麻叶子包裹起来，治疗就这么简单。然而，实行起来却并不容易。先是找药材和辅料。我和艺枫俩忙起来了，骑着自行车，满野地里去找马齿苋和蓖麻叶（如意金黄散由医院供给），费了九牛二虎之力，药材和辅料总算备齐了，而后全家人一丝不苟地遵医嘱，按照大夫的要求，原原本本地去操作。果真灵验，过了一周多的时间，“丹毒”治好了。

肩并肩

事后我在想，名医就是名医，祖国医学根深叶茂，源远流长，四大名医名不虚传，他们不愧为国家的宝贵财富。陆玉洁的病例再一次证明，祖国医学是不可或缺的，名老中医应该受到充分的尊重和关爱。愿祖国医学更加繁荣昌盛，兴旺发达，造福人民。为了使中医治疗“丹毒”的特效疗法得到传承，陆玉洁把赵炳南的这份难得的用药处方，毫无保留地献给了原国家广播事业局医务所的中医科，让它发挥更广泛的作用。

10. 谁害了陆万刚

部队授衔以后，我有了固定的工资收入，家庭生活得到改善。没想到，好日子不长，陆玉洁的弟弟陆万刚又出了麻烦。他患上了严重的妄想型精神分裂症，动手打了部门领导，发表了许多“反动”言论，还把自己比作“圣人”，到处书写怪异的条幅。我记得有一条是这样说的：“中国南方，多山多水多才子；中国北方，一山一水一圣人。”还说他自己就是这个北方的“圣人”。说来很可笑，一个只有小学文化水平的陆万刚，怎么能写出这样颇有文采的条幅呢？于是，那些善于联想的人，开始怀疑是别人教他写的。我蒙受无辜的牵连，经受了长时间的审查，入党被搁置了好多年。

想当年（右一为陆万刚）

在那个无处讲理、没有法治的年代，陆万刚被剥夺了政治权利，停发工资，送去劳动教养。靠他工资养活的一家人（年老的母亲、没有工作的妻子、四个年幼的孩子）该怎么活呀？我们作为他家的主要亲属，能不管吗？

陆玉洁是个有情有义的人，经济上补贴他家，成了姐姐义不容辞的责任。每月发工资，首先要想到送一笔钱给弟弟家。一共给了多少钱，无法统计，但时间可以作证，一直给到1979年陆万刚获得释放、回到北京的那一天。通往石景山苹果园的路，被我跑熟了。

1979年，经过陆玉洁的艰辛奔波，陆万刚得到昭雪平反。北京市公安局对陆万刚案件的复查决定写道：“根据党中央落实政策的精神和其家属的申述，对陆万刚的问题进行了复查，我们认为，陆万刚在患精神病期间书写的‘反动言论’，属于病态反应，定为恶毒攻击共产党和领袖，并对其进行劳动教养是不妥的，应视为错案，予以平反、纠正。返回北京，安置工作。”

陆万刚的冤案平反昭雪，政策逐一落实，压在陆玉洁和她弟弟一家人心上的大石头终于被搬掉，全家人自然很高兴，因为他们整整承受了15年莫须有的窦娥般的冤屈。但这时，他们毕竟已经跳出苦海，可以清白、平静地生活了。孩子们有了求学和工作的路径，贫困的家庭慢慢向好，陆玉洁也获得了心灵上的解放。

孩子们都是好样的，改革开放后，他们都找到了合适的工作，老大陆长安更有出息，成为国内外印刷机械行业颇有名气的人物。让陆玉洁欣慰的是，晚辈们知恩图报，没有忘记姑妈当年的付出和倾注的一片苦心。长安、敬伟、小燕、东风时常来姑妈家看望，带来姑妈喜爱的礼品，帮助姑妈做家务事，时刻记着他们（敬伟、小燕）插队“锻炼”时姑妈给予的悉心关爱。

陆玉洁经常讲，有这样的好侄儿、好侄女，姑妈知足了。但不幸的是，比陆玉洁小三岁的陆万刚，于2006年永远离开了人世，每每想起此事，我和陆玉洁的心里总感到不是滋味。

11. 陆玉贤的“风光”与磨难

陆玉贤是陆玉洁的亲妹妹，她虽然是陆家的一员女将，但她生来就有一身男孩子的性格，从小“自学成才”，游泳、倒立、爬树等“招数”，她样样精通，并且可以随时练上几招。因此，乡亲们给她起了一个名副其实的外号，叫“大板蹬”。小小的年纪，就成了村里的有名人物。

陆玉贤在20世纪50年代，经陆玉洁的帮助，来到鞍山工作。她干得不错，收入也可以。由于当时她还单身，花费不多，心地善良的陆玉贤主动拿出一部分钱，支援我们这个拖儿带女的家庭。我本人也曾经接受过她的贵重赠品，那是一床非常实用的纯毛毛毯，虽然我不知道她究竟花了多少钱，但

姐俩好

比照现在的行情，肯定价格不菲。这件事我一直牢牢记在心里，因为那个时候，我们的家庭实在太困难了。

辉煌在延续。20 世纪 50 年代，鞍钢支援包钢，她随同丈夫去了包头，当上了电话接线员。作为在包钢工作的年轻女性，得到这样一份工作，那是一件值得骄傲的事。在那段时间里，他们的家庭和谐美满，着实让人羡慕。

人的生活道路是曲折的、不确定的，陆玉贤也未能跳出这个自然法则。时间进入 60 年代，我国国民经济处于困难时期，为了解决吃饭问题，最好的选择是到农村安家落户，陆玉贤这样做了，确实不错。她还曾经把自己的妈妈接到她们家去住，老人心满意足，全家都很高兴。我去过他们定居的农村，发现那里人们的生活比城里好多了。然而，好景不长，陆玉贤的丈夫得了怪病，不久离开人世，给陆玉贤留下四个孩子。这样的日子，可怎么过呀？艰辛、磨难可想而知。无奈之下，她只好改嫁，维持这个家。

“屋漏偏遭连夜雨，船破又遇顶头风。”想不到，年逾古稀的陆玉贤，不幸又患上不治之症，作为她的亲姐姐，陆玉洁怎能坐视不管？她倾尽所能，给予了力所能及的经济帮助，解决了当务之急，手术获得成功。陆玉洁尽到姐妹之情，义不容辞、理所当然。我们高兴地看到了陆玉贤生的希望。

陆玉贤有一个好侄儿，名叫陆长安，在北京工作，家里比较宽裕，陆长安和黄淑琴夫妻二人，通情达理，很懂孝道，花了不少钱给老姑治病，盼望着老人早日恢复健康。事实上，我们家又何尝不是长安、淑琴二人关照和帮扶的对象呢？从这一双晚辈的身上，我们得到的恩惠太多太多，不计其数。

作为耄耋之年的长者，我们非常感激已过花甲之年的“年轻人”给予的关爱。

病魔是无情的。2016年年初，从吉林省昌图县曲家店传来噩耗，陆玉贤因患癌症，医治无效，走到了生命的尽头，时年80岁。按常理讲，80岁已经算高龄，故而无憾，但她的姐姐和我都感到很伤心、很悲痛。想念她，怀念她，永远记着她对我们家的好。人“走”了，但姐姐的心里总觉得，在她临“走”之前，姐妹俩没有能够见到最后一面而感到十分惋惜。

尽管陆玉贤在世的时候，姐姐对她总是责怪、批评，有时甚至是挖苦、讥笑，其实，那都是善意的，都是为了妹妹好。如今，人已去，亲情留，骨肉难分啊。人世间，哪有姐姐不疼爱妹妹的？但愿玉贤在那个清冷的世界里，不要怀恨“刀子嘴、豆腐心”的好姐姐。亲爱的玉贤，慢慢走，姐姐、姐夫好想你。

12. 塔河，丽娜当兵的地方

女儿丽娜，1969年初中毕业，依据当时的政策，要么“上山下乡”，要么去“生产建设兵团”。因病在家里待了一年多的女儿，实在耐不住了，凭着年轻人的“革命”热情和朝气，决意去内蒙古生产建设兵团，经受锻炼和考验，广阔天地炼红心。在“我们也有两只手，不在城里吃闲饭”的革命口号的鼓动下，孩子的决心更坚定了，父母无法阻拦，强忍着心痛，含泪为女儿准备行装，明天就要出发了。

那是一个阴霾笼罩的秋日，丰台火车站的站台上，簇拥着密密麻麻的人群，不知道有多少爸爸妈妈挥泪送别亲爱的子女，哥哥姐姐舍不得离开年幼的弟妹，场面感人至深。火车启动的汽笛声响了，它撕裂了无数亲人的心。就在火车即将驶离车站的一瞬间，只见一位大胆的母亲不顾一切地冲进了车厢，找到自己的女儿，不容分说，强把女儿拉下车来，在场的人惊诧不已。这位大胆的母亲是谁？不是别人，她就是宋丽娜的妈妈陆玉洁。列车准时出发了，岂不知，在这趟专列上，缺少了一个军垦战士宋丽娜。

解放军不愧为人民群众的贴心人，造就了实事求是的优秀品格，十分理解每一个战士的疾苦。当兵团领导了解到，丽娜病情较重，不适合在兵团锻炼时，他们毫不犹豫地退回了丽娜留在火车上的行装和所有用品。当收到那个原本情愿放弃的大邮包时，作为家长，我们心里感激万分，温暖极了，又一次切身体会到中国人民解放军的伟大与大公无私。

丽娜在家养病多日，身体转好，又不想在城里吃闲饭了。一次，陆玉洁与好友蔡志评聊天时，谈到女儿毕业后的去向，认为参军是一个很好的选择。要知道，在当时谁能穿上一身“国防绿”，就十足地叫人羡慕，若能参军当兵，那就更让众人崇敬了，难度可想而知。在蔡志评的先生喻经义的帮助下，丽娜有幸加入了中国人民解放军的行列。原计划是去空军当兵，谁知道，空军政治条件要求严格，丽娜受其舅舅的精神分裂症、“说错话”的株连，政审不合格，最终没有成行。

女儿满腹谢意，时常叨念“喻伯伯真是一位大好人”。好人有名有实。帮人帮到底，空军不成，再降一个门槛，去铁道兵试试，果真成功了。在喻伯伯的帮助下，丽娜顺利地应征入伍，成为一名光荣的铁道兵战士。不过，当兵的地方太远了，在黑龙江省加格达奇，一个地图上难以找到的乡镇，叫塔河。塔河这个地方，不但我们找不到，就是邮局的专业人员也感到生僻。

普通一兵

丽娜远在他乡当兵，生活相当艰苦，父母总是惦记着，给她寄点好吃的东西。可怜天下父母心。东西准备好了，到邮局却碰到了难题，在邮递人员的记忆中，不记得有“塔河”这个名字，投递遇到了麻烦。后来，费了九牛二虎之力，才算找到了“塔河”。好吃的东西寄出了，妈妈的心踏实了。从此，我们牢牢地记住了塔河这个村镇，那是女儿当兵的地方。

13. 艺枫闯荡天下

政治运动是一口不折不扣的大染缸，只要你投入其中，就会被染上各式各样的颜色，不管什么人，无一例外。我从来不是政治运动的积极参加者，但受时代思潮的影响，也不自觉地被染上了颜色，深信当工人最光荣，也最有出息。这种指导思想，阻碍了初中毕业的儿子宋艺枫直接升入高中的意愿，他很不情愿地上了技工学校——被称作培养新一代工人的摇篮。

毕业以后，艺枫成为首钢的一名产业工人，经受了第一线生产劳动的考验和锻炼，光荣地加入了中国共产党，可谓收获甚大。然而干了几年，艺枫觉得没意思了，思想困顿，加上劳动的单调和危险，情绪日趋低落，产生了“跳槽”的念头。妈妈最能理解儿子内心的苦衷，想尽一切办法，把艺枫从第一线的劳动生产岗位抽调了出来，安排在一个技术含量较高的科室，至此，压在全家人心头上的一块大石头总算搬掉了。后来，艺枫通过自己的不懈努力和拼搏，一步步走上了让人羡慕的领导岗位。

艺枫与杨立新合影

改革开放的大潮席卷全国，不可避免地波及首钢，年轻人跟着时代走，“下海经商”是有志青年走向社会的大趋势。艺枫也不甘落后，决意丢掉铁饭碗，走自己的路，下海经商，闯荡天下。父母一时不理解，想不通，最终时间给出了正面的回答。

在广阔的天地里，在运筹帷幄之中，猛然间，艺枫感到自己知识的不足，面对眼前的现实，艺枫没有气馁，没有畏缩不前，而是知难而进，奋力攀登，开始了艰苦的再上新台阶的漫长征程。功夫不负有心人。熬过寒窗之苦，历经书海酷游，艺枫终于获得了澳门大学的工商管理硕士学位。从此，如鱼得水，在餐饮业小有名气。

儿子出息了，没有忘记孝敬父母，他和姐姐丽娜精心策划，在北京顺义东方太阳城老年社区，购置了一座宽敞明亮的别墅，供父母享用、休闲，让老人享受农家小院的乐趣，舒适地安度晚年。我和老伴陆玉洁常住在这风景如画、宛若世外桃源的社区，悠然自得，其乐无穷。在清澈的人工湖边，观赏日出日落的美景；在开阔的田野里，体味大自然赋予的接地气的生活；在自家的小院里，栽种心仪的果树和纯天然的蔬菜，放心、安稳地生活着……

在这自由自在的天地里，我们不仅呼吸到新鲜空气；喝到甜美、清洁的水；浏览赏心悦目的田园风光。更打心眼儿里感激儿女们对父母的一片孝心。

14. 瑶瑶小时候

1981 年 3 月 24 日，外孙女瑶瑶出生了，第一个第三代人的问世，让全家人异常欣喜。出生后不久，爷爷奶奶把孩子接到上海抚养，加上伯父伯母的精心呵护，瑶瑶度过了关键的婴幼儿时期，这对她后来的成长，起着举足轻重的作用。

瑶瑶在成长

瑶瑶两岁的时候，被接回北京，在其父母的关爱下，开始了跟小朋友在一起的幼儿园生活。慢慢长大了，懂事了，瑶瑶成了外公、外婆家的常客。被外公、外婆视为掌上明珠，她频繁地往返于南礼士路和永定路之间。那个时候，做好事是莫大的荣耀，根本不用担心孩子被拐骗，我们放心地委托 338 路公交车的售票员，把瑶瑶送来送去，约定时间，到南礼士路或永定路车站接送孩子就行了，从来没有出现过任何差错。一幕幕亲切的往事，让我至今难忘。

有一天，我和陆玉洁带领瑶瑶逛永定路商场，一不小心，把瑶瑶给丢了，这可急坏了外公外婆，赶快大声呼喊，满商场寻找孩子。找啊，找啊！“找到全没费工夫”，瑶瑶在卖布料的柜台前等着我们呢。一颗悬着的心总算落下来了。当时只有四岁的瑶瑶没有哭，反倒说：“我知道你们一定会到这里来找我。因为外婆每次到商场来，都要到卖布的地方看看。”确实如此，多么有心眼的孩子呀！

说起来很好笑，瑶瑶的妈妈丽娜小时候也有过走失的经历。那是她刚上小学的时候，开学的第一天就出了问题。当时她在图强小学读书，中午放学，同学们各回各家。由于上学的时候是集体集合到校的，而放学时，要“各奔前程”，一下子难住了丽娜，找不到家了。好在聪明的小女孩记住了家里的楼号，她非常相信跟自己爸爸一样的解放军，毫不犹豫地找到一位解放军战士，是这位年轻的军人把她送回了家。

瑶瑶上小学了，非常勤奋刻苦，从不贪玩，节假日外公外婆带她到公园放松一下，也要费尽心机，又哄又劝，好不容易来到公园，可是，瑶瑶的心里却打着自己的小算盘。

在瑶瑶婚宴上（前排左五为瑶瑶，六为瑶瑶爱人陈功）

公园本来是一个休闲、游览的好场所，而对瑶瑶来说，也是一个清静的、有利于专心学习的好地方。走进公园，瑶瑶找一个僻静的角落坐下来，以商量的口气，对外公、外婆说：“你们去玩吧，我要看一会儿书。”真没有想到，事情弄反了，本来是带瑶瑶来玩的，结果是她让我们去玩，真是又好笑又心疼可爱的瑶瑶。其实，在家里也时常发生她专心学习而放弃玩耍的情形。瑶瑶的爸爸经常督促她，快出去跟小朋友玩一会儿再回家学习，瑶瑶总是施用软功，应对一片苦心的爸爸，到头来还是留在家里读书。

瑶瑶是一个从小就有爱心的孩子。在我们家的楼下，有一个卖学生文具的摊贩，摊主是一位残疾人，瑶瑶的学习用品基本上都在他这儿买。有一天，我领瑶瑶去买铅笔和笔记本的时候，突然发现货摊不见了，瑶瑶很无奈，我要带她去别的商店购买，她决意不肯，非要找到那个残疾人经营的货摊儿不可，我依了她。结果，在一个不远的地方找到了那个残疾人的摊贩，瑶瑶高兴极了，一下子买了 10 只铅笔、8 个笔记本。事后我问她为什么要这样做，小小的年纪竟然说出了她的大道理："残疾人赚点钱多不容易呀！"

2012 年，瑶瑶已经 30 多岁了，但在外公、外婆的眼中，她还是一个孩子，尽心地照顾她、关爱她、呵护她，做她最爱吃的扁豆焖面；不停地唠叨着、叮嘱着，生怕出什么差错。然而，瑶瑶一点也不感到烦心，她确实地懂得了怎样孝敬老人，每次从国外回来，总要给外公外婆带来许多营养补品，亲热地拥抱外公外婆，一股暖流顿时涌动在二老的周身。

2013 年，懂得事理的瑶瑶还自掏腰包，请外公、外婆到香港、澳门旅游，回馈关爱她 30 多年的贴心人。如今，瑶瑶已经有了自己的心肝宝贝，外公、外婆盼来了第四代——曾孙，而瑶瑶的心里，仍然时刻惦记着已经步入耄耋之年的外公、外婆。

15. 潇屹——永远的开心果

潇屹是艺枫的女儿、我的孙女，她生来就是一个可爱的小胖子，身体特

开心果

别结实，是全家人的心肝宝贝。长大了，爱美之心逐渐升腾起来，觉得自己有点胖，不太漂亮，就想尽办法去减肥。其实，她的外公、外婆是反对的，认为这得不偿失，何必呢？我和她的奶奶更不主张自己折磨自己，我小时候的外号就叫“小胖”，一直“胖”到大学毕业，觉得挺不错，挺自豪的，生活得很潇洒。

年轻人就是想得开、过得去，留学英国的潇屹再也没有精力去考虑自己的“胖与瘦”，更没有心思去“晒美”和结交男朋友。然而，潇屹毕竟已经27岁了，不谈男朋友，不是家长的主张，我想，也不应该是潇屹的本意，她跟爸爸妈妈幽默地说：“说不定哪一天，我给你们抱回一个胖娃娃。”

吕、宋两家，自从结为“亲家”以来，走动不多，相处尚好，儿女成了父母们传递亲情的纽带。“另类”处处有，各自不雷同，吕、宋两家有许多特别之处，其中最突出的一点就是，对第三代人实行“姥家负责制”。瑶瑶是外公、外婆的掌上明珠，关爱有加，出手大方，不惜把家中最心爱的东西送给外孙女；潇屹是外公、外婆家的开心果，只要见到她，家中的一切烦恼都烟消云散，欢乐气氛立刻冲刷掉一切阴霾。

外公、外婆、爷爷、奶奶更注重对第三代的培养、教育，孩子们都很争气，交出了优异的答卷：两个孩子都出国留学深造，瑶瑶毕业于美国加利福尼亚大学，潇屹毕业于英国威尔士大学，分别荣获了博士、硕士学位。瑶瑶留在美国，在哥伦比亚大学任教；潇屹回到祖国，在杭州就职于一家公司，她们都在为实现自己的梦想而努力拼搏。

在国外，潇屹学习勤奋，很能吃苦，但苦不外露，把苦水咽到肚子里，跟家里人总是说“超适应”。其实，她是有苦不说，不想让家人为她担忧。潇屹心里明白，爸爸妈妈送她到国外留学确实不容易，她就省吃俭用，完成学业，来日报答父母。

潇屹考虑问题很细致、很周到。她心里想，勤俭节约固然重要，但也不必因噎废食，该花的钱还是要花，不能太吝啬。她的英国朋友，吃过中国的天津大麻花，盛赞说，他们从来没有吃过这么好的糕点。潇屹得知后，暗暗记在心里，写信向爸爸妈妈求助，爸妈反应迅速，没过几天，好几盒天津大麻花飞越了英吉利海峡，来到潇屹的身边。热情的英国朋友津津有味地品尝着美味的大麻花，更交口称赞这位心地和善的中国女孩。

潇屹爱外公、外婆，也爱自己的爷爷、奶奶，她在网上畅游时，看到爷爷的文章格外高兴，赞赏网上又多了一位年过八旬的网民；在家宴上，在餐桌旁，接受奶奶的疼爱，更体味到祖孙的骨肉之情。潇屹每次回国，都拿自己省吃俭用积攒的钱，为爷爷、奶奶购买礼品，表达孙辈的心意，爷爷、奶奶有说不出的幸福感。炎热的夏天，每当爷爷穿上潇屹赠送的T恤衫时，心里总是美滋滋的，再闷热的天气，也不觉得难熬，因为爷爷身上穿着潇屹赠给的“72”T恤衫，在炎热的夏日里，亦可享受到阵阵清凉。

我们家很有福分，丽娜、艺枫都喜欢女孩，俩“千金”，“贵如玉”，而且都非常有出息，令全家人欣喜。正如一位哲人所言：“内孙、外孙血脉连，男也喜欢，女更喜欢。”

第二十二章　周游列国

我在中央电台工作30多年，到过十几个国家，不同的国度，异样的感受，记录了我在异国他乡的一段历史。《80一梦》只选登在苏联、澳大利亚、新西兰、日本、新加坡、马来西亚和越南等国家采写的九篇纪实性文章。

1. 苏联："友谊"树下话友谊，又"见"夏菊花

一棵精心栽培的树，成为世界各国人民友谊的载体。这棵不同寻常的树是苏联索契植物园的一株柑橘树。1987年夏天，中国广播记者组到苏联采访，亲眼目睹了这株与众不同的"友谊树"，它给记者留下了深刻的印象。

俄罗斯一家度周末

第二次世界大战遗存（记者组全体）

偶遇俄罗斯伴侣

“开园元勋”

索契位于苏联黑海之滨，这座美丽的亚热带城市是享誉世界的旅游胜地。凡是来索契观光的游客，都要到这家植物园一睹“友谊树”的尊容。

这棵树是从3000多种植物中选定的。1934年，由米丘林的学生栽种，树龄已有50多岁，是植物园里资格最老的一棵树。“友谊树”树冠5米多，树高约6米，枝叶繁茂，果实累累。截至记者采访的时候，这棵树上已经嫁接了629个枝条，结出了大小不同的45种果实，这些别具一格的柑橘果，外观形状各异，颜色深浅不一，成熟期也有先有后。

中国的砧木

植物园的女主人叫留德米拉，说到这棵柑橘树的砧木，她笑眯眯地告诉记者：“它来自你们的国家，原本是一棵适应性很强的柠檬树，是经过严格的‘考察’而最终选中的。50年来，它接受了世界各国许许多多的接穗，每个接穗上都挂着一个小牌，用不同的文字写着每个国家的国名、嫁接的时间和接穗的品种等。”到我们去参观的那天（1987年7月29日），已经有150个国家的朋友提供了接穗，其中有一条是中国林学家亲手嫁接的。

留德米拉风趣地说：“由于这棵柑橘树接穗过多，现在已经不能再承受新的接穗了，暂停了嫁接。不过也有例外，如果有一些新的国家诞生，我们可以给予特别优待。”不过，这棵柑橘树究竟有多大的承受力，不得而知。但愿这棵“友谊树”，万古常青，成为各国人民友谊的使者。

四方培土

“友谊树”一天天成长，受到各方友好人士的关注。1965年以来，苏联各加盟共和国不断送来当地的优质沃土或具有纪念意义的土样，比如，列夫·托尔斯泰墓地上的土、高尔基故乡的土、列宁格勒无名烈士墓墓地上的土、苏联卫国战争时期法西斯集中营营地上的土，以及苏联第一个宇航员加加林家乡的土等，都播撒在这块园地里，滋养着这棵世人瞩目的“友谊树”。

世界上许多友好国家，也都选送了本国特有的土，有中国的、美国的、英国的、日本的、匈牙利的、波兰的、捷克斯洛伐克的等。美国前总统林肯和捷克著名作家伏契克故乡的土，也都撒在了“友谊树”下。苏联海军还特意从北极运来了冰块，融化成清净甘美的水，浇灌“友谊树”，使这棵“友谊树”更富有纯洁、和平的色彩。（此文与高极明合写于1987年夏，中央人民广播电台科技节目全文广播，《人民日报》转载）

2. 澳大利亚：大美网球场，吸引日本人

中国广播记者代表团一行5人，由时任中央人民广播电台台长同向荣率

领，于 1991 年 7 月，赴澳大利亚和新西兰采访，给我留下最深刻印象的主要有两点。一是他们的广播设备比较先进，技术手段我们无法比拟，陪同的翻译私下对我说，有些词汇还对不上号，只能按照意思翻译，情况确实是这样，当时中央电台还在使用开盘式录音机，而他们已经用上计算机了。20 多年过去了，中央电台全面实现了数字化广播，技术装备绝对不会亚于他们，我想，当下的中央电台，与他们相比，不会再有什么差距了，我很自信。二是澳大利亚、新西兰的自然环境确实比我们优美、漂亮。代表团所到之处，无不被绿色围绕着，一天下来，看看自己的皮鞋，几乎沾染不到灰尘，根本用不着每天为擦皮鞋操心。

随同向荣台长（中）出访

悉尼歌剧院

在城里采访，宛若走在美丽的乡间，各家各户的庭院里都栽种了各种各样的果树，硕果缀满枝头，逗人喜爱，人们享受着栽种的乐趣。据主人讲，结出的果实不是为了吃，而是为了观赏，想吃水果，到市场上去买就是了，价格很便宜，何必自毁家园呢。在一家的院子里，我发现一个令人费解的现象：绿油油的草地，中间孤零零地留着两条有30~40厘米宽的石板通道，这是做什么用呢？我有些疑惑。问过主人才知道，这是留给家用汽车通行的，汽车进出时，两个轮胎，跨着草地，行进或停在石板上，最大限度地保证了绿化面积。为了美化环境，他们真是精打细算啊！

澳大利亚环境美，绿地多，网球场地随处可见。打网球是澳大利亚人普遍的爱好，不论男女老少，不论水平高低，都可以在露天网球场上一显身手。优秀的场地设施和优美的自然环境，不仅为本国的网球爱好者提供了上佳的练球条件，而且吸引了大量的外国友人前往，打“旅游观光”球，特别是日本的网球迷，他们不惜自掏腰包，不远万里，乘坐飞机，来澳大利亚打网球。场地工作人员介绍说，澳大利亚的场地费用要比日本国内低得多。飞机票钱加上澳大利亚的网球场地费，也赶不上在日本国内打网球的消费，难怪日本人不远万里，长途跋涉，去澳大利亚打网球。

有一天晚上，我们采访回来，已经是七八点钟，准备到商店里买点东西吃，结果失算了，各家店铺“关门大吉”。街头美景如故，眼花缭乱的霓虹灯照样熠熠闪烁，而我们只能饿着肚皮逛街，不得不饥肠辘辘地返回宾馆过夜了。

20世纪90年代，中国人还不太富裕，每位出访人员只有30美元的零用钱。为了节省开支，我们住进了一家比较小的宾馆，条件还算不错，“穷”记者能住上这样的酒店也很知足了。第二天，我们早早起床，吃过早点，按计划开始了新一天的采访活动。坐在车上，我突然觉得不对劲儿，出问题了，我衣兜里的800元钱人民币不见了，当时我思想斗争得很厉害，说出来吧，害怕影响大家的采访情绪，也让团长为难，况且自己又不知道钱丢在何处；不说吧，心里总是上下翻腾，常常精神溜号、走神。为了顾全大局，我强忍内心的折磨，没有把丢钱的事告诉同行们，“若无其事”地在澳大利亚度过了一周的时间，采访没有受到任何影响。

时至今日，我一直把这件发生在20多年前的往事压在心底，没有对任何人讲，包括自己的家人。要知道，当时的800元可不是一个小数，那是我一个多月的工资呀。离开澳大利亚时，我手里的钱只够买一张澳洲袋鼠的毛皮。如今，每当我打开樟木箱，看到那张心爱的"宝贝"时，就不由得想起那让人懊恼的一幕。

神圣的记者职责时刻提醒着我，再大的意外也不能耽误了采访，我做到了，没有辜负记者的光荣使命。回国以后，根据采访到的基本素材，我与于洪同志合作，制作了八篇录音报道，在中央电台科技节目里播出，效果非常好，反响热烈，受到广大听众的称赞，我很欣慰。不愉快的往事早已抛到九霄云外了。

3. 新西兰：公交车上有"新闻"

在新西兰采访，有一个突出的感觉，就是人口稀少，在大街上行走，很少碰到路人，来往的公交车多半是空荡荡的，乘坐起来方便宜人，绝对没有排队拥挤现象。有一天，我们5个人在街头采访，想了解一下当地的城市公交情况，就走到一个站牌旁边停下来，左右看看，只有一位乘客等车。不到5分钟的时间，一辆公交车开过来，我们礼让那位当地人先上车。上车以后发现，车上只有三四个人，司机师傅风趣地对我们说："一次有5个人上我的车，太少见了，我很高兴，谢谢你们。"

说到乘车，想起陪同我们的翻译小余，无意中，他闹出一个大笑话：我们乘坐的飞机要在新加坡停留12个小时，好心的小余为代表团安排好住处，准备引领大家观光一下新加坡美丽的市容。坐在出租车上，翻译很尽责，不停地用英语向司机表示，我们要去新加坡最好玩的地方。可是，由于语言交流的障碍，司机一直没有搞明白翻译的意思。小余只好下车，询问路边的当地人。这时，司机转过身来，看到我们的模样很像中国人，就爽快地用普通话跟我们聊开了，很快搞清楚了我们的用意，等翻译回到车上，大家大笑了一场。原来这位司机师傅是新加坡籍的中国人，会说一口流利的普通话。

新西兰和澳大利亚一样。四面环海，水产品极为丰富，各种海味应有尽有，鱼虾类食品是餐桌上的主打菜肴，每日每餐必不可少。我在大连上大学期间，受当地饮食习惯的影响，养成了特别喜欢吃鱼类和大虾的爱好，这次来新西兰采访，真是大饱口福，顿顿必有鱼虾。没有想到，大虾也有吃腻了的时候，若不是亲身体验，我真的不敢相信，美味的大虾，特别是龙虾也能让人吃腻了。

在澳洲（左二为作者）

新西兰人很珍视历史，不存在政治偏见。有一次，记者走街串巷，来到一个居民区，在胡同口，遇到一位60多岁的中老年人，他主动上前跟我们打招呼，礼貌地问候，用很不规范的普通话与我们攀谈起来。当得知我们是记者，又是中国人的时候，他立刻兴奋起来，自报家门，称自己是一名新西兰的共产党员，对中国的毛泽东、周恩来等领导人非常熟悉，并十分敬仰、佩服，谈起这些领袖们，老人有感而发，振振有词，滔滔不绝，真像一位活脱脱的“中国通”。随后，这位新共产党员又谈起了新西兰的老一辈共产党领导人维尔科克斯以及无产阶级世界革命等问题，看得出，这位善谈的老人的身份和背景很不简单。由于初来乍到，不了解此人的社会地位和政治背景，为了避免发生意外，我们没有继续深谈，草草地告辞了。看来，共产党在新西兰还是有一定的群众基础的。

4. 乘船访日本：情系“紫罗兰”

五月的青岛，风和日丽，景色迷人。尽管还不到旅游旺季，然而，不愿赶浪头的人们，抢先来到这里，饱览海滨城市的秀丽风光。

这几天，美丽而热情的青岛又迎来了全国各地的科学家、工程技术人员、教育工作者以及新闻记者800多人。他们将从这里起程，前往日本，参观筑波国际科技博览会。

访日即景（持话筒者为作者）

访日休闲时

“紫罗兰”回娘家

1985年5月15日，青岛港风平浪静，“紫罗兰”号客轮在蒙蒙细雨中等候800多名尊贵客人的到来。下午3点30分，“紫罗兰”在响亮的汽笛声中，带着对青岛人民的深深敬意起航了，奔向浩瀚无际的大海，驶向筑波科学城。

紫罗兰回娘家（右起：作者、船长、陈祖甲、刘文岫、邹安寿）

航行途中，我采访了有30多年航海经验的龚鎏总船长，他说：“我已经多年不跟船了，这次任务担子很重，能与科学家们同舟共济感到很光荣。”“紫罗兰”本来只有722个床位，现在只好加床，把阅览室、文艺活动室都腾出来，加床住人，又把“紫罗兰”修饰一新。“紫罗兰”号客轮是1982年从日本进口的，原名叫“樱花”，到我国改名叫“紫罗兰”，这是它第一次“回娘家”。

抗晕船，有高招

5月18日，“紫罗兰”驶进日本南端的大隅海峡，这里风大浪高，五六级风，海浪高达3米多。“紫罗兰”这个庞然大物成为“一叶孤舟”，不少人晕船了。科学家们“八仙过海，各显神通”：有的几个人凑在一起，高谈阔论，来分散精力；有的到甲板上散步，呼吸新鲜空气；有的练起了气功；有的打起了太极拳。忽然有人说，按摩穴位也不错。获得国家发明一等奖的高歌教授试了试，果真灵验。“经验”传开，大家都做起来，我也不例外。

鸟儿伴我去筑波

人们常说，海上的生活是孤独的，海连天，天连海，除了同船的伙伴，很难看到有生命的东西，其实，也不尽然，在大海里，一会儿可爱的海龟翻动肥胖的躯体，游起了仰泳；一会儿凶猛的鲨鱼穿出水面，向科学家友好致意；一会儿几只海鸟飞来，不慌不忙地落到船上，甚至落到人群中间，可谁都不会伤害它们，惊扰它们，鸟儿成了人们的好朋友，争着和鸟儿合影，留下一个个珍贵的镜头。

在“紫罗兰”上，人爱鸟，鸟近人，建造了一个小小的“爱鸟乐园”。逗人喜爱的小鸟，伴随我们航行了很久，后来大概是发现了它们可去的地方，才依依不舍地离去。

“紫罗兰”上听广播

登船前我曾想，在茫茫无际的大海上航行，能听到中央电台的声音吗?带着疑问，我特意走进“紫罗兰”的播音室，广播员张淑君同志热情地接待了我，介绍了“紫罗兰”的广播时间表，她说“紫罗兰”不管走到哪里，每天一定要转播中央电台早晨的《新闻和报纸摘要》和晚上的《各地人民广播电台联播》节目，旅客非常欢迎。说话间，已经到了晚上七点钟，《各地人民广播电台联播》节目的开始曲响起来，“紫罗兰”赴日参观筑波国际科技博览会的消息随之播出，听到广播的人们兴奋极了，我作为一名光荣的广播战士，更感到无比的自豪，深切地体验到广播这个现代化传播媒体的强大威力。

向导的心愿

陪同中国参观团的日本向导叫室町国照，他对中国怀有深厚的感情，能为中国朋友当向导感到十分荣幸。他的一段感人至深的话，我久久难忘，他说：“我参加筹办这个博览会整三年，每天拼命地干活，身体累瘦了，头发熬白了，说实话，就是想多赚点钱，将来有机会到中国看看。说不定到那时，我的头发全都白了，但愿我在北京街头游览的时候，中国朋友能认出我的面孔，回忆起这一段美好的经历。”

室町国照先生很理解中国朋友的心情，尽量满足大家的愿望。我们有些同志对日本的物价感兴趣，这可难住了室町国照，他坦白地说："我不管家务，这些事儿我真的说不出来。"事情就这样过去了。没有想到，第二天，我们刚一上车，室町国照就兴冲冲地亮出一张用中文标注的菜市场的价目表，大家非常钦佩这位可爱的向导的热情友好、认真负责的精神和周到的服务。但愿有朝一日，我们能在北京的某个旅游景点看到室町国照先生。

中国馆趣事

在筑波国际科技博览会上，中国馆以其独特的建筑风格、具有民族特色的展品吸引了大批的观众。他们对中国的巨大进步和科学技术的飞快发展深感震惊与赞赏。特别是我国医学上的成就，更引起了参观者的浓厚兴趣。中国馆馆长鲁凤春讲了一个有趣的故事：一天，一位日本老太太到中国馆参观，当时馆内正在播放我国医学界治疗大面积烧伤的录像片，她被吸引住了，停下脚步，聚精会神地看起来。突然，画面上出现一个治疗烧伤的特写镜头，老太太吓了一跳，赶紧蒙住眼睛，结果没有看到这惊险的一幕，她感到遗憾。于是，她在馆内转了一圈以后，又回到原来的地方，鼓起勇气，一幕不落地把治疗烧伤的录像片又重新看了一遍，才满意地离去。

中国馆每天都要接待许多台湾同胞，他们亲热地跟工作人员打招呼，打听祖国和自己家乡的情况，很想得到一些反映祖国风貌和有纪念意义的礼品。中国馆的工作人员都一一满足了他们的愿望，台湾同胞小心翼翼地把刻有长城、大熊猫、中国宫灯等图案的纪念章收藏起来，充分显示了台湾同胞对祖国、对家乡的怀念之情。

彩带传友情

5 月 28 日，这是我们在日本参观的最后一天，就要起程回国了。日本朋友得知消息以后，一大早就来到"日立"海港，与参观团告别。有的高举大幅标语，有的手持鲜花，有的挥舞着彩旗，码头上呈现出一派热烈、友好的气氛。热情活泼的青少年，用五颜六色的彩带，给"紫罗兰"披上了节日的盛装，孩子们用刚刚学会的简单的中国话，不停地呼喊着"一路顺风，再见，再见"。

会见（后排右二为作者）

欢呼表心意，彩带传友情。一个小学生模样的日本孩子灵机一动，把胸前佩戴的校徽别在彩带上，传送到“紫罗兰”船上的中国朋友的手里，这个机灵的举动启发了大家，一时间，彩带成了船上船下交换纪念品的传送带。纪念章、名片、胸卡、别针……在彩带上飞来飞去，场面十分感人。

中午12点，响亮的汽笛声划破长空，“紫罗兰”准时起航，缓缓地离开“日立”港，可是，岸上的千百只手却不肯放开那传递友情的彩带，放长些，再长些……“紫罗兰”渐渐远去，欢呼声听不清了，面孔看不见了，只有那写着“欢迎中国朋友再来”大字的红色横幅还依稀可见。（此文写于1985年5月，中央人民广播电台科技节目全文广播，《中国广播报》连载）

5. 新加坡——美丽的花园之国

1998年5月18日是陆玉洁第一次出国旅游的日子，心情很不一般。我们早早起来，收拾好行装，准备出发，将在北京机场与亲密的旅友李桂兰、毕玉荣会合。按照预定的时间表，旅游团集合，凌晨准时起飞。飞机在茫茫的夜色中飞行，5个小时以后才能到达新加坡。老练的旅友半躺在座位上，呼呼地睡起觉来。第一次出国的陆玉洁满脑子兴奋，丝毫没有睡意，和同伴们谈个不停。次日清晨，旅游包机降落在新加坡机场。

异国巧遇双胞胎

下了飞机，接机的新加坡导游说，今天我们的第一个任务是爬山。游客们听后，吓了一跳，纷纷表示："刚下飞机就爬山，太残酷了，不行啊！"导游笑了，我们今天要爬的是新加坡共和国最高的山峰，海拔55米，"无限风光在险峰"。大家明白了，心想，这个导游够风趣的，就跟着他，没有费多大力气，兴致勃勃地爬到了山顶。这里虽然"无限风光"不在，倒可以饱览新加坡的美丽市容。

新加坡是一个干净而有秩序的城市，在地面上，在半空中，看不到任何电线杆和拉扯的网线，这些设施都被埋在地下了，取而代之的是一行行绿油油的树木，走在大街上，令人赏心悦目。

新加坡人养成了一个很好的过马路的习惯，红灯亮了，不论有无车辆通过，行人都要在斑马线的一端，安静地等待绿灯，没有一个人抢过马路。导游介绍说，这也是经过长期严格管理形成的好规矩，行人闯红灯要受重罚的。想当初，违规不仅要罚款，甚至要受到"鞭策"。好习惯的养成，是要付出代价的。

新加坡共和国是一个城市国家，新加坡既是这个国家的国名，也是一座优美的花园式城市的名字，又是共和国的首都名。它的旅游业和轻工业相当发达，慕名而来的旅游者，除了观光以外，都要买回大量的轻工制品，给家人，送好友，与他们共同分享在异国他乡游览的快乐。当然，陆玉洁也不会空手而归，一向舍不得破费的她，突然大方起来，慷慨解囊，给外孙女瑶瑶带回一条价值1000多元钱的金项链，回到家里，打开礼品盒的那一刻，孩子欢天喜地，长辈暗暗高兴，谁还谈论花钱多少呢？

6. 马来西亚：赌场也是一“景”

赌场，是马来西亚旅游业的一道独特风景。眼花缭乱的赌具，千奇百怪的赌法，让人目不暇接。我本想玩一玩，赌一把，转来转去，看不懂，只好作罢了。这个赌场的面积究竟有多大，人头有多少，无法计数，反正我转了一个多小时，也没有转遍。赌场设在高山上，乘坐缆车才能到达。

跟着旅游团队走，我忙中出错，回到旅游大巴车上突然发现，自己的帽子忘在了赌场里，赶快回去找，再一次乘坐缆车，回到赌场，那里的服务员正在挥舞着我的帽子寻找失主呢，我接过旅行社统一发给的遮阳帽，双手合十，深表谢意。

耽误了别人30多分钟的时间，我很内疚。说来也巧，就在这次下山的缆车里，碰巧遇到一位职业赌客，我们不经意地攀谈起来，他坦率地说：“赌博不能太贪，够生活就行了，我就是这种人，每天都来，赚够了就走，挺好

马来西亚3日游

双塔前

的。”虽然我是赌博的门外汉，但觉得他说得颇有道理，很受启发，太贪的人绝对没有好结果。

在马来西亚旅游，有一个景点——参拜寺庙，对中国游客来说，显得多余。在中国，不论是寺庙的规模，寺庙的名气，还是寺庙的文化历史，在世界上都是一流的，何必舍近求远，来看马来西亚的寺庙呢？或许是受到庙内两耳垂肩的佛像的诱惑，在回来的路上，一位中学生模样的女孩子“相中”了我的耳朵，以商量口气对我说：“叔叔，您的长相和耳朵太像佛爷了，我能摸一下您的耳垂吗？”我很奇怪，不明白她的意思，顺口说了一句：“问我老伴吧，她答应就可以。”逗得陆玉洁笑个不停，随即点头同意，这位女孩子高兴极了，轻柔地摸了一下，满意地回到了座位。开了头，引起了连锁反应，好几个年轻人都来摸，弄得全车旅客哈哈大笑。

到新加坡、马来西亚旅游，玩得很开心，很愉快，但也留下一点遗憾，那就是没有到泰国走一趟。许多旅游公司都打出了“新·马·泰”的旅游品牌，而我们却“遗漏”了泰国，为这事一直感到惋惜。后来仔细想想，没有去泰国，也不一定是缺憾，留点“遗憾”，反而会时常想着它、惦记它。

7. 去越南，看什么

2000年秋天，我跟随旅行社组织的旅游团，到“同志＋兄弟”的越南社会主义共和国观光旅游，每到一个地方，都思绪万千，感慨良多：社会主义的越南，原来是这个样子。凭印象而言，如果拿中国做比较，保守一点说，当时越南的社会经济发展情况，大体上相当于我国20世纪80年代的水平，这是实事求是的评估。由于我们的主要旅游景点都安排在越南的北方，比如，河内、海防等城市。越南南方究竟怎样，我们不得而知，据导游者说，南方要比北方好许多，很遗憾，我们没有看到。

来到河内，大家自然想到，瞻仰越南社会主义共和国的开国领袖胡志明主席的遗容，看看这位无产阶级革命家的不朽风范，但遗憾的是，我们旅游团到达河内的那天，正好赶上“胡志明陵墓”休整闭馆。无奈，游客们只能在纪念馆里参观浏览，仔细地观看了胡志明主席生前的遗物，见证了这位伟大的无产者艰苦奋斗、大公无私、一心为人民的革命生涯。旅友们远道而来，没有看到胡志明的尊容，不无遗憾，未免有些扫兴。第二天，我们游览了被誉为“海上桂林”的下龙湾，果真名不虚传，旅友们的心情敞亮了许多。

在海防市，有一个旅游景点非常吸引人，它就是建在一个山头上的大赌场，这个赌场究竟有多大，我没有去考究，但在赌场里行走，看到的赌客真是五花八门，他们有着不同的肤色，说着不同国家的话语，然而，一旦在赌桌前坐下来，玩弄着不同的赌法，赌客们就有了共通语言，而且很熟练，一点看不出有什么语言障碍。看来，在这种地方混事是不需要翻译的。

在去赌场之前，我本想拿点钱，也试着赌它一把，开开心，可是到了现场才发现，这可不是“玩闹”的地方，没钱人是绝对玩不起的，眼看着一摞摞的“代金币”，在赌桌上“飞来飞去”“进进出出”。在“快乐”的游戏中，不知道它们会落入谁家的腰包。

在旅游途中，当我们的团队路过中越边境的一个小村庄时，导游小姐无意中说了一段让我很吃惊的话：“这个地方，原来居住的大多是中国人，那场战争以后，华人倒霉了，有的遭迫害，有的被驱逐，现在已经没有几户人家了。中国人很勤劳，他们曾经把这块不毛之地，搞得很富足，如今不行了……”听了导游的这番话，我在想，中国人就是伟大、勤劳、勇敢、聪明、智慧，走到哪里，都会干出一番了不起的大事。好“兄弟”为难他们，其实也害了自己。

8. 我没有见到“克格勃”

1987 年夏天，我去苏联采访，到过许多地方。在陌生的国度里，在消闲的星期天，我们走在大街上，目睹那历史的、现代的景物、风貌；来来往往的汽车；五颜六色的装饰；熙熙攘攘的人群，既富有历史感，又有现实感、新奇感，让人追忆，更惹人遐想。

曾经听朋友说，苏联的“克格勃”很厉害，一旦犯在他们手里，十有八九要倒霉，这些话，当时我只是听听而已，没有过多地思考和细心琢磨。这次到苏联采访，有了不一样的感受：“克格勃”确实很厉害，我不经意间看到了“克格勃”让人胆战心惊的一幕和他们神秘莫测的行踪。

有一次，我在街头采访，无意中遇到一位阿塞拜疆共和国的少数民族的普通居民，我们随意地聊了一会儿，只是闲谈，并未涉及任何政治与意识形态问题。可是没过几分钟，那位阿塞拜疆人突然转身离我而去，并小声地告诉我：“‘克格勃’来了，赶快走开，不然会招来大麻烦。”直到今天，我也不知道，究竟哪个人是“克格勃”。然而，这位阿塞拜疆人却看出来了，多么“神奇”呀！可见，在苏联人民的心目中，“克格勃”被烙上了特有的印迹。

记者住在莫斯科的布达佩斯宾馆。20 世纪 80 年代的苏联，房间里摆放着黑白电视机，晚上采访回来，看看电视，消遣消遣，大家顺便谈谈一天的见闻，收获的确不小。我正想要说说，当天遇到的阿塞拜疆人锐眼识别“克格勃”的“奇闻”。猛然间，一位苏联中年妇女，急匆匆地闯进房间来，直截了当地对翻译说：“我有个女儿，20 多岁，做了错事，公安部门要抓她，救救她吧。你们哪位男人还没有结婚？把她带走就行了。”

听了这个女人突如其来的话，我们惊呆了，吓坏了，一时慌了手脚，不敢让她继续说下去，赶快把她“劝”出房间，关门了事，前后不到 5 分钟。事情过后，大家猜测，这莫不是“克格勃”施用的“美人计”？我不太认同，想想看，堂堂的“克格勃”怎么会干出这种“小儿科”的蠢事儿？我一直搞不明白那天究竟发生了什么，真是百思不得其解。

9. “西洋景”并不西洋

夏天，是苏联人，特别是苏联年轻人非常难得的享受“日光浴”和到江、河、湖、海里畅游的好季节。1987 年夏天，我有幸到苏联的旅游胜地——黑海之滨的索契观光游览。绿油油的草地，宽阔美丽的黑海，温暖舒适的日光，吸引年轻朋友不由自主地投入了它们的怀抱，尽享美美的夏日给他们带来的无比快乐。

经受不住国外大浴场的诱惑，我换上泳裤，跳进黑海，体味一下在异国他乡的大海里戏水的乐趣。深知中国文化的导游先生，好意地告诉我们，不要越过“隔离带”，那边是“裸泳区”，是专门为西方国家的游客开放的。“土老帽”们倒也比较守规矩，没有人去触碰那个“禁区”，在自己的“天地”里，玩得也很痛快。但是，“隔离带”是管不住人的眼睛的，那边的“西洋景”，深深地吸引着这边的好奇的“游客”，裸泳者的一举一动尽收眼底。说实在话，表演“西洋景”的可不只是西方人，苏联的年轻朋友也大有人在。

不管是什么国家，也不管是什么社会制度，年轻人的思想总是比较开放的、超前的。走出游泳海滩，离开“西洋景”区，我们乘车在一片绿色的大草原上行驶，观赏头顶上的蓝天白云，遥望远处的巍巍群山，称赞看似黑黑的黑海的迷人魅力，侃谈黑海里的“西洋景”，感到又新奇，又耐人寻味。

旅游大巴缓缓地前行，让旅友们尽情地欣赏这风景如画的大草原。出乎预料，在距离我们乘坐的旅游车不到 100 米远的草坪上，又一幅“西洋景”画面，呈现在我们眼前：十几位少女正摆弄着赤裸裸的身姿，享受她们青睐的“日光浴”。尽管不少游人，乘车从这里路过，但少女们毫不在意，她们有说有笑，兴致勃勃，照常“玩”她们的“日光浴”，甚至有几位特别开放，又很大方的少女，不但不羞涩，还热情地挥手和游人们打招呼。

苏联导游风趣地调侃说：“游裸泳”，玩“日光浴”，对于这一代年轻人来说，已经不是什么新鲜事儿，只要条件合适，她们都会毫无顾忌地玩个痛快，至于别人怎么说，她们不会放在心里。时间长了，大家也就习惯了。说实话，这些事也就是年轻人能干得出来。当然，也有不少人看不惯，持反对意见。

1987 年，世界是什么样子，中国是什么样子？我们看到这样的“西洋景”，觉得很不理解，太出格，但无可非议。他们的事儿，我们管不着。大千世界，无奇不有，社会制度、意识形态丰富多彩，社会习俗千差万别，有这样的差异也是必然的。中国人应该走自己的路。

第二十三章　人生败笔

人生道路不可能平平坦坦、一帆风顺。有关“过五关，斩六将”的壮举，很多人都会侃侃而谈，但我要说，世界上绝对没有“常胜将军”，“走麦城”也不足为奇。人非圣贤，孰能无过？我80年的人生，有成功的喜悦，也有失败的烦恼。在本书中，我愿意坦诚地追忆自己人生的几处败笔。

1. 跳舞遇尴尬，踩了苏联专家夫人的脚

20世纪50年代末，我陪同苏联专家做翻译两年多，亲身感受到，苏联人不仅嗜酒如命，而且个个是舞迷。投其所好，每到周末晚上，0682部队都要举办舞会，邀请一些漂亮的女孩做舞伴，准备很多美味的糖果、糕点，真是玩得高兴，吃得满意。

跟随专家学习的科技人员也借此机会，过把舞瘾，有吃有喝，何乐而不

我不会跳舞（第二排右五为作者）

为呢？我们翻译工作组的同志也都必须陪同参加，有的女翻译确实跳得不错，又会说俄语，专家自然喜欢邀请她们跳舞，成为他们理想的舞伴。我是每场必到，但又不下舞池，是一位不折不扣的“吃客”，舞跳完了，我也吃得差不多了，这是一种愉快的享受。

突然有一天，舞会进行得最热闹的时候，一位苏联专家的夫人，很有礼貌地，微笑着走到我的跟前，做出了一个邀请我跳舞的手势。她知道我是翻译，就用俄语说：“晚上好，我可以请您跳舞吗？”这下子把我难住了，接受吧，肯定要出洋相，因为我根本不会跳舞；不接受吧，又有一个礼仪问题。怎么办呢？稍作思索，我硬着头皮，下了舞池，小心翼翼地跟她“齐步走”。结果没走几步，迈错了脚，踩到了她的“三寸金莲”，我赶快向她道歉，说“对不起”，而她并不在意，继续我们的“齐步走”。我实在不好意思了，说明我不会跳舞的实情，请求她的理解，尴尬地中断了这次难为情的舞约。致歉后离开舞池时，这位苏联专家夫人半开玩笑地说了一句话，令我至今难忘，她说：“您真的不会跳舞啊！我还以为……”从此以后，我再不敢去舞场了，直到今天。

2. 翻译醉酒出洋相，谁之过

熟悉我的人都知道，我的喝酒水平实在太低，平常基本不喝，逢年过节，高兴了，全家围坐在一起，也喝一点，多大酒量呢，一家四口人，有一瓶啤酒足够了，这也是我们全家的酒量。

我喝酒出洋相并不是在家里，而是在南京。那是1959年8月的一天，我陪同苏联专家在南京出差，这天正好是专家的生日。0682部队一支队主任柴至同志了解到这个情况以后，按照苏联的礼节，为专家举行了一次生日晚宴。宴会上，喝酒是免不了的，特别是苏联人，见到白酒（他们叫“沃特卡”）比亲人还亲，再加上我们那天喝的是“茅台”，专家更是喜出望外，一杯接着一杯，大喝一场，毫无醉意，我就夹在中间，跟着他们凑热闹，翻来译去，忙得不亦乐乎。

喝着，喝着，专家突然话锋一转：“我们来敬宋翻译一杯，对他一年来的辛苦工作表示衷心感谢。”专家沃尔科夫本来知道我不会喝酒，这时候，喝在兴头上，似乎什么都忘了，非让我喝一杯不可，再加上在场的人劝酒起哄，我不得不干了一杯，这下子我可闯了大“祸”，瞬间酩酊大醉，我当时是哪般丢人的样子，可想而知，后来听人说，我是被大伙抬出了宴会厅，送到卧室的。直到第二天早晨，我苏醒过来时，才发现自己躺在床上，连鞋子都没有脱，睡了一夜。真难想象，我醉酒以后，酒友们之间的感情是怎么沟通的。看来，吃饭的时候，不用翻译是完全可以的，一点都没耽误。

打这以后，我下定决心，滴酒不沾，不让醉酒丑剧重演。坚持数年，大有益处。所有了解我的人都知道，宋广礼不会喝酒，自然无人劝酒，从而避免了餐桌上的许多麻烦。30 多年，太平无事，远离了酒精的生活，很平静，很安宁。想不到，时至 20 世纪 80 年代，我又遭遇一次“反向”的风波：不喝酒，被人视为不敬。这另类的尴尬让我在众人面前难受了两个多小时。

那是在全国国防科普委员会的一次集会上，解放军某部领导出面，宴请与会者，我有幸被列为邀请的嘉宾。丰盛的餐桌上摆放着各类美酒，见此情景，我预感到大事不妙。一个个陌生的面孔，前呼后拥的首长派头，我真的有点不知所措，非常担心主人前来敬酒，再次上演 30 年前发生在南京饭店的丑剧。越怕越有“鬼”，是“祸”躲不过。不一会儿，部队首长走过来，开始为每位客人敬酒，好大的酒量啊！一杯一杯地喝下去，面不改色心不跳。轮到我的头上，我犯难了。喝吧，必定醉倒，再出洋相；不喝吧，又好意难却，对主人也不够尊重。来不及多想，必须接受南京教训，找个托词，礼貌地谢绝了，这下子可驳了主人的面子，首长满脸的不高兴，只好作罢，而继续他们的敬酒行程。此后，我们这张餐桌上的宾朋们，再也没有人理睬我。难熬的、有苦难言的冷板凳，我一直坐到晚宴散席。第二天晚上，部队的一位参谋长来到我的房间，聊了许多国防科普工作，顺便谈及了昨晚的蹩脚事，也算圆场吧。

3. 1982：文章署名遭非议

20 世纪 80 年代，改革开放的浪潮席卷全国，实事求是深入人心，思想解放已经成为一种不可抗拒的洪流，各种学术活动蓬勃开展，形成了生机勃勃的一派大好局面。在浓烈而活跃的气氛中，中国光学学会举办了一次理论与应用相结合的学术年会，会议开得相当成功，与会者发表了许多高质量的论文，在诸多学术报告中，沈阳一个研究所的一位工程师的研究成果深深地吸引了我，他探讨的内容是，利用红外线机理监视森林火情的技术，我仔细听了他的报告，认真地看了他的论文，经过进一步理解、消化以后，撰写了一篇科普文章，题目是《监视火情的哨兵》，这篇广播稿在中央电台科技节目播出以后，《光明日报》在“科学与技术”专版，以同样的标题，刊登了这篇文章，由于稿件引用了作者论文中的不少数据，为了表示对作者劳动的尊重，稿件发表时，同时署上了论文作者的名字。

可是，我无论如何也没有想到，署名给论文作者惹了大祸，文章发表的第二天，他心急火燎地从沈阳打来电话，说发表的《监视火情的哨兵》的文章给他招来大麻烦，课题组的同行们都批评他不该署自己的名，谴责他出风头，搞个人名利主义。真没想到，一篇小小的科普稿件，竟然触碰了当时知识分子的一个大忌，刺激了某些人的敏感神经。

已经80年代了，想不到发难人的思想还停留在计划经济的封闭的圈子里，禁锢着自己，也束缚了他人，看不到外边的美丽的世界。突如其来的变故，难为了这位朴实忠厚的工程师。其实冤枉了他，因为稿件署了他的名，他本人并不知道，是我自作主张，好心办了“坏”事儿。

为了这件本来不该发生的事，我不得不与这个研究所的领导通一次电话，说明情况，求得他们的理解。这件事总算很不得体地解决了，但在那位工程师的心里，好像一直压着一块重重的大石头，不方便跟我再多联系了。多么淳朴可爱的知识分子啊！

4. 春节拜年，扫兴而归

中国人民解放军是一座素养超高的“大学校”，建军以来，它一直保持并传承着许多优良的传统和美德。我在这个“大学校”里，锤炼了十多年，不敢说已经炼成了钢铁战士，但多年接受的光荣传统的教育，却牢牢地记在心上，形成了良好的不需刻意培养的习惯。可喜的是，由中国人民解放军脱身而来的国家航天部，始终保持和发扬着解放军的优良传统，不仅培育了伟大的“两弹一星”精神、“载人航天”精神和“三严”作风，而且在日常生活的各个方面也做出了表率。春节拜年，走亲访友，相互祝福问候，就是值得称道的一笔。我在这座大熔炉里熏陶多年，离开这所大学校，自然不会轻易丢掉这些优良传统和美德。

说起来让人难以置信、不可理解，世世代代的传家宝，换个环境，面对不同的人群，竟然会跑偏方向，碰到不应有的尴尬。我调入中央电台以后的1996年，搬进新居，喜悦心情溢于言表，左邻右舍互贺“乔迁之喜”。在这次大搬迁中，我们家有幸与中央电台的几位领导同志住在一栋楼内，我暗自高兴，心想，以后请示、汇报工作，沟通情况，处理各种事务更方便了。

春节到了，按照部队的好传统，早早地起床，到各家各户去拜年。当我和陆玉洁给第一位中央电台领导拜年的时候，尴尬的场面出现了：按响门铃，我和陆玉洁走进领导家的客厅，亲热地说一声“过年好”。然而，“欢迎”我们的，并不是顺势回应，而是“首长”满脸的不高兴、不自在。我们错在哪儿呢？不得而知。

我们硬着头皮去了第二家，情形如出一辙。我明白了，一个好的传统不一定处处都可用，我们好心办了错事，破坏了人家的节日好心情，打扰了人家的安静生活，影响了人家享受美味早餐。让我宽慰的是，我的一片好心在我的前主任、台领导张熙裕家里受到礼遇，他热情地接待了我们，互致节日问候，我心中的“闷火”才得以平息。平静下来以后，我们再没有勇气走下去。

这次自讨没趣的苦涩，折磨了我们好久、好久。从此，痛下决心，不再去重演这幕本不该上演的蹩脚戏，也无意把这件“事与愿违”的伤感事告诉给别人，一直把这个抹不掉的伤痛压在心底。曾经是航天人的广播战士，坚持了多年的中国人民解放军春节拜年的优良传统，就此告一段落。

如今，20多年过去了，80岁高龄的我，回忆起当年的窝心事，觉得又幼稚，又好笑。20多年前的往事，尽管我和陆玉洁记得清清楚楚，有时还讲给孩子们听，但我想，“首长”们早已把这件不值得一记的“小事”，忘得干干净净了。然而，我和陆玉洁却永远不会忘记它。

5. 贪“大”，吃“小”亏

在四川采访的日子里，记者们重走了艰难的长征路：见识了险峻的二郎山，穿越了一望无际的茫茫草原，游览了风景独特的冰川森林公园海螺沟和赏心悦目、美丽如画的九寨沟。坐着吉普车行进，记者尽管没有磨炼“铁脚板”，但兴奋而劳累的十多天让人记忆深刻、回味无穷。

五彩羊群

已是傍晚时分，该休闲轻松一下了。在绿油油的草原上，村庄里的羊倌们挥舞着长鞭，赶着一大群羊，哄着羊儿回家。我们走着，走着，突然迎面过来一位牧羊人，主动跟我们打招呼："买一只羊吃吧？"记者们一下子愣住了，半天没有反应过来，以为是在开玩笑，大家没有太在意，继续赶路。

记者们没想到，羊倌说的话是真心的，这种马路上的交易，他们做得多了，成功率还是比较高的。了解到羊倌的真实心理，老记们开心极了，一拍即合，讲好价钱，15 元一只，活蹦乱跳的羊儿让我们随便挑。

说起来很不好意思，我们只顾挑个头大的抓，羊倌也不管，结果我们从羊群中选了一只最大的羊，成为我们的"战利品"，未来的"盘中餐"。羊倌熟练地把它捆绑起来，到就近的一家农户宰杀，做成各种各样的羊肉美食，我们这些城里人，在异地他乡，面对眼前这丰盛的美味大餐，一饱口福，着实地过了一把"吃瘾"。但美中不足的是，羊肉烧得不太烂，吃起来比较费劲。后来才知道，记者们犯"傻"了，个头大的羊大都是老羊，要把老羊肉炖烂需要很长时间，始料不及，又长了不少见识。尽管如此，我们心里还是美滋滋的，毕竟我们只花了 15 元钱就吃了一顿全羊大餐。

6. 游黄山，只留一个影

黄山是举世闻名的旅游胜地，它以苍劲多姿的青松、变幻莫测的云海、巍峨奇特的怪石著称于世。我国明代的地理学家、旅行家徐霞客称赞黄山

登黄山

“五岳归来不看山，黄山归来不看岳”，我国当代的大诗人郭沫若写下了“深信黄山天下奇”的美句。神奇、优美的黄山景致，一直深深地吸引着我，盼望着有一天目睹它的真容。机会终于来了，那是20世纪80年代的一天，我随同首都的一个记者组到黄山地区观光采访，向导的详尽而风趣的介绍，更增加了我对黄山的亲密感情。

在这里我第一次听到黄山管理者对游人的警示：享受美景之后，离开景区时，“除了脚印，什么都不要留下；除了照片，什么都不要带走”。我是不折不扣地这样做了，在这个神奇的世界里，记者们抓住每一个瞬间，尽情地拍照，频频地留影，完全融入了大自然的画面之中。由于受到当时摄影技术水平的限制，基本上没有人使用数码照相机，我带的是一台海鸥牌照相机和两个黑白胶卷。登上黄山，记者们不停地选景，相互认真地拍照，美景连同记者的“真容”尽收相机之中，可谓成果丰硕，高兴而归，确实做到了除了两个胶卷，我什么也没有带走。

带着畅游黄山的余兴回到北京，我的第一任务就是赶紧跑照相馆，冲洗两个胶卷。第二天，我美滋滋地来到照相馆，想看看自己的佳作，可“赏给”我的却是无比的伤心和天大的意外。冲洗出的胶卷，一个是空空如也的一卷曝光的胶片，一个是杂乱无章的影像，千奇百怪的画面重叠混杂在一起，让人无法辨认，已经完全没有了黄山的模样，我伤心极了，痛恨自己的粗心大意，不该把用过的胶卷又重新装进照相机，扫兴的心情可想而知。盼望已久，游览了黄山，却没有带回任何留念的东西，连日来，心中一直闷闷不乐。黄山景区的警示我做到了，脚印留下了，然而我带回的却是一串串分不清你我他的废品“照片”，我十分后悔和懊恼。

又过了几天，偶然收到《光明日报》记者胡有泉的来信，打开一看，我惊喜万分，原来里面装着一张他在黄山为我拍的照片，这也是唯一一张我在黄山的留影，弥补了自己不该失误的遗憾。我要真诚地感谢好朋友胡有泉。

7. 教子失当，年轻爸爸太偏激

天真活泼、贪玩淘气是小孩的天性，犯点小错误，出点小毛病，不足为奇，普天下的孩子莫不如此，大人应该懂得这个常识性的道理，不应该过多地担心和忧虑。但有的父母却不这样，孩子做了错事，不是正面地引导，耐心地劝说，而是诉诸武力，动辄搞体罚，这是很不可取的。

别人家的事我无权过问，梳理一下自己50年前的往事，敲打自身，警醒他人，或许是有益的。我的儿子叫艺枫，很多人都夸我起得这个名字好，老伴却说：“名字好又怎样，也少不了挨打、受罚。”她说得不错，我记起了两件事。艺枫小时候很淘气、贪玩，经常跟小朋友一起嬉戏打闹，出不了大格，没必要干预，孩子有他们自己的“小道理”，大人何必去评论是非呢？

有一天，记不得艺枫犯了什么“大”错触怒了我，对孩子进行了严厉的惩罚：傍晚的时候，我在自家的房间里画个圆圈，让艺枫站在圆圈里。我晚上要去办公室开会，临走前下了禁令：“我不回来，不允许出圈。”艺枫真是一个“听话”的好孩子，邻居们看不惯了，拉孩子出来，他不敢，仍然在圆圈中坚持受罚。我开会回来，已经是晚上8点多钟，艺枫足足在圆圈里站了两个多小时，我心里酸涩了。本想，爸爸不在场的时候，艺枫会偷偷地逃出来的，但他没有，我心里很不是滋味，觉得自己太过分了。

艺枫有一位要好的同学，名叫方敏，在读中学的时候，他们一直学在一起，玩在一起，形影不离，亲密无间。大约是在20世纪60年代，社会动乱，人人自危，不得安宁，稍有不慎，就会招来横祸，待人处事都要谨小慎微，以防万一。

有一天晚上，已经9点多钟，还不见艺枫回家，我和陆玉洁有点着急了，生怕孩子在外边出了什么差错，陆玉洁就让我出去找找。我首先想到的是艺枫的好同学方敏家，最后证明果然没有想错。当敲开方敏家的大门时，一见到艺枫，我顿时怒气冲天。满腔怒火，一股脑儿撒在艺枫身上，狠狠地批评了孩子。说是批评，实则带有痛骂的口气，弄得方敏一家人很不自在，方敏本人也很尴尬。

发小（左为方敏，右为艺枫）

艺枫找到了，带他平安回家。消气以后，我进行了反思，觉得自己做得不妥，艺枫在好同学家多待一会儿，没有什么大错，无非是时间晚了一点，带孩子回家就行了，何必大动干戈呢？关于这件事儿，我后悔了很长一段时间，真不该在别人家里，当着好同学的面，大发雷霆，弄得在场的人都很别扭。“在孩子面前，评说功过事非，大人总是对的”，这不公平。

第二十四章　温故知新

在本书出版之前，我发表过百余篇短篇作品，见诸于不同媒体。本书选登其中的21篇文章（缩编）和诗词习作，以资纪念。

1. 中央电台科普广播的记忆

引　言

说到中央人民广播电台的科普广播，有三位已故德高望重的前辈一定不能忘记。

第一位是原中央广播事业局局长梅益同志。他对中央电台的科普广播高度重视，并寄予了殷切的希望。在一次座谈会上，他语重心长地说："今天的青少年，如果听了我们的科普节目而产生了对科学的爱好和追求，日后成长为一流的科学家，这就是我们这个节目对国家的重大贡献，是我们的功劳。"

第二位是原中央广播事业局副局长、新中国第一个科普广播节目《通俗自然科学讲座》的创办者温济泽同志。他创立的《通俗自然科学讲座》奠定了我国科普广播节目的基础，构建了人民广播事业科普节目的雏形。

第三位是中央电台科普节目的超级忠实听众和坚定的支持者，他就是享誉国内外的著名科学家钱学森教授。他在中央电台科普节目创办35周年的座谈会上说："我每天早起听的第一个节目就是中央电台的《科学知识》，我非常感谢这个节目的编辑和为节目撰稿的同志，他们天天给我上课，给了我很大帮助。如果没有这些老师们，那我今天就不可能了解更多的现代科学技术知识。"这是一位多么可敬、可爱、伟大的科学家啊！

抚今追昔，我们深深地怀念为中央电台科普广播事业做出杰出贡献的前辈们。令人欣喜的是，新一代科普广播人正遵循科学发展观，传承科普广播

结识唐由之（右为唐由之）

的前辈留下的精神财富，把科普广播节目办得更有活力、更富时代特色。

新中国的第一个科普广播节目《通俗自然科学讲座》与共和国同龄，创办于1949年。科学之声为站起来的中国人民增添了建设和保卫祖国的无形力量。

1956年党中央发出《向科学进军》的号召，全国掀起了学科学、用科学的热潮，中央电台的科普节目遂取名《科学知识》，受到了广大听众的热烈欢迎。从那时起，该节目连续多年被评为中央电台的十大名牌节目之一。然而，令人惋惜的是，“文化大革命”期间，科普广播节目受到了极大的干扰和摧残，留下了一段历史的遗憾。

科普广播的春天

1978年是我国科技界极不平凡的一年。3月18日，全国科学大会在北京召开，邓小平同志以其深邃的目光和远见卓识，为我国的未来描绘了一幅壮丽的图景。他指出：“四个现代化关键是科学技术现代化”，进而提出了“科学是生产力”乃至是“第一生产力”的精辟论述，语重心长地告诫广大领导干部：“不仅要努力学习马克思主义，还要努力学习科学知识，掌握科学技术工作的客观规律，领导全国人民攀登世界科学高峰。”

科学大会的召开、邓小平同志关于科学技术的深刻论述，迎来了科学的春天，也为科普广播送来了和煦的春风。一度被“文化大革命”摧残的中央人民广播电台的科普节目开始复苏，一举摆脱了极“左”思潮的困扰，果断地恢复了深为广大听众喜爱的名牌科普节目《科学知识》，配备了专门的科普广播采编人员，明确了科普宣传的方针和节目的定位。普及科学知识、介绍科技新成就、宣传科技人物、弘扬科学精神、传播科学思想，成为中央电台科普广播的基本任务，受到了不同层次听众的热情称赞。

科技记者在大连（左四为林玉树）

著名文学家夏衍，在一次中青年电影导演座谈会上的讲话中，殷切希望文艺工作者要学习科学知识。他说："让导演们精通物理、航天科学不可能，但是对科学不感兴趣，看来不行。这并不是说，要求我们的中青年导演当某门科学的专家，但有一点常识，既是需要，也是可以办到的。我看只要有心，还是不难的，每天清晨六点钟，听听中央人民广播电台的《科学知识》节目，我觉得就很有好处。"

1986 年 1 月 11 日，著名科学家钱学森教授在他亲笔写给我的一封信中说："你主办的《科学知识》节目非常重要，不仅关系到社会主义物质文明建设，而且关系到社会主义精神文明建设。"我们根据钱老提出的"要把握科学发展的主流、大方向和宏观趋势"的意见，在新技术革命浪潮刚刚兴起的时候，就连续举办了多组"新技术革命"知识讲座。当时兼任中国自动化学会理事长的宋健教授以《新技术革命与自动化》为题，全面介绍了自动化技术在新技术革命中的地位、作用以及国内外的发展动态，引起了社会各界的广泛关注。

广大的热心听众把《科学知识》节目誉为“未见面的老师”和“学习科学知识的大课堂”。因此，该节目多次被评为中央电台十大优秀节目之一。

作为全国科普广播龙头的中央电台科教部，曾于1996年、1999年和2002年三度荣获“全国先进科普工作集体”称号，宋广礼、潘晓闻、靳雷被评为“全国先进科普工作者”。

面向经济建设主战场

1985年3月13日，党中央从我国国民经济发展战略出发，提出了“经济建设必须依靠科学技术，科技工作必须面向经济建设”的方针。为了顺应科技进入社会、进入经济建设主战场的大趋势，显示科技对社会、经济、文化的多方位影响，体现中央电台节目改革总构想中提出的“三接近”原则，《科学知识》从1988年7月4日起，更名为《科技与社会》节目，并相应地调整了节目方针，突出了节目的社会渗透功能，从单纯讲知识的小天地走到全社会这个大环境中来。众所周知，科普广播的根本目的在于提高全民族的科学文化素质，而这个素质的提高，不仅取决于人们掌握知识的多少，更重要的是树立马克思主义的科学观，掌握科学的思维方法。那种认为：“有了科学社会就会自然向前发展”的观点是不够全面的。因为在整个社会的发展进程中，科学本身很难成为一个独立的自变量。

树立科学态度和科学精神，利用科学，依靠科技进步推动社会发展，促进物质文明建设和精神文明建设，是不可分割的有机整体，而科技创新则是科技进步和经济发展的源泉。因此，《科技与社会》节目更注重紧跟时代步伐，加强对国内外科技新成就、新发展和应用科学技术的报道，体现科学技术对社会、经济的作用和影响，以及科技发展同现代人类文明的密切关系，促进科学技术向生产力转化。

《科技与社会》节目的开办，得到了著名科学家周培源、钱学森、周光召和宋健等同志的关心和支持。周培源说：“我赞成贵台开办这个节目，希望它在传播科学知识的同时，也要传播和发扬科学精神，掌握科学方法，树立科学的人生观，为改变社会的陈旧观念，树立新的观念服务。”周光召说：“科学技术的发展，需要全社会的了解和支持。只有大家都来关心科技与社会生产、经济建设的作用，我国的经济建设才能很快地向前发展。”时任中国科协主席的钱学森教授，看过我们的书面汇报后，马上批转给几位副主席，指出："中国科协似应对中央电台的《科技与社会》节目有所帮助。请找三强副主席商量一个具体办法。"正是从这时起，在中国科协的大力支持和多方帮助下，中央电台的科技节目迈出了新的一步，走上了依靠社会、服务社会的发展道路，强化了科技节目的社会功能。

由于《科技与社会》节目坚持了既定的方针，在选题上强调了科学技术在社会经济中的地位、作用和功能，通过实实在在的科学内容鼓励和指点人们更多地了解现代科学知识，深刻理解科技与社会的发展规律以及科学技术是第一生产力的理念，因此在社会上受到了广泛的好评。北京听众乔松楼教授来信说："《科技与社会》节目内容跟我们的工作密切相关，我每天早起，打开收音机，边听边录，精彩的内容再放给老伴和女儿听，实现了'信息共享'。"

探索与创新

当今世界，科学技术被视为第一生产力，它已成为人类赖以生存和发展的最大期待和寄托。江泽民同志从建设有中国特色的社会主义现代化事业出发，强调要把经济建设真正转移到依靠科技进步和提高劳动者素质的轨道上来。

根据党中央的战略部署和广播事业开拓发展的需要，中央人民广播电台从1992年1月1日起，推出了大型的知识性、服务性综合节目《科技·知识·生活》。该节目是在原《科技与社会》《卫生与健康》《阅读与欣赏》三个节目的基础上，调整扩展而成。节目内容以传播科学知识为主，同时介绍医药卫生知识、文学知识、历史知识和地理知识，以增强全民族的科技意识和文化素质。节目对各类知识的介绍，不追求博大精深、完整系统，而注重深入浅出、通俗易懂、生动有趣、新颖实用，力求接近实际、接近生活、接近听众，保持清新淡雅的节目风格，并同新闻广播构成有机整体，适时地对某些科技新闻事件做必要的补充和解释，形成后续报道，进而拓展相关知识的深度和广度。

为了加强节目的可听性和与听众的交流感，《科技·知识·生活》节目设两位参与式节目主持人。他们以听众的朋友身份组织、串联整个节目，以谈话体的形式讲解其中的部分内容。对于一些专业性、知识性较强的内容，则请社会上有关专家、学者作为客座主持人，参与节目的播出，以体现所讲知识的权威性和可信性。

由于《科技·知识·生活》节目顺应了时代的潮流，反映了广大听众的要求。在一次全国听众评选优秀节目活动中，《科技·知识·生活》节目在中央电台名列第四位。

随着形势的发展，科普宣传运作模式又面临新的挑战。编辑们发现：单纯组稿和记者采访已经难以满足节目的需求。因此探索新的科普宣传模式势在必行。

1994 年 10 月，中央电台对第二套节目做了重大改革。在改革后的第二套节目中，科技节目由过去的 50 分钟扩展到 5 小时，其中多数节目为直播。这为科普广播工作者探索新的科普广播形式提供了可能。这次改革的特点是：加强了信息服务，让专家直接面向听众进行科普宣传。所谓加强信息咨询服务，就是改变过去那种单纯的“我播、你听”的传统模式，变单向传播为双向交流，听众可以直接通过热线电话参与节目，提出问题并得到解答，享受到信息咨询服务。这类节目以《医药咨询台》为代表。

《医药咨询台》是中国广播界第一个通过电波直接为全国听众提供医疗信息咨询的大型服务性节目。开播以后，在全国听众中反响强烈，称赞这个节目是“来自空中的一双温暖的手，架起了一座通往健康的桥”。每到《医药咨询台》节目时间，直播间里听众电话不断。在 1995 年中央电台举办的“听众最喜爱的节目”评选活动中，《医药咨询台》在第二套节目中名列前茅。时任卫生部部长陈敏章曾到直播间视察过《医药咨询台》节目，并亲自回答了听众在热线电话中提出的问题，使听众深受感动。当陈部长听到节目主持人为患者详细介绍就医的乘车路线和联系电话时，称赞这个节目：“利用先进的通信工具和信息网络为患者远距离地提供医疗服务和医学教育，使专家的知识为更多的人服务，帮助现代医学真正走向社会、走向家庭，做了一件造福于民的好事。”

《医药咨询台》节目最大的特色是：快速、准确地传播最新的医药科技信息。这个节目摆脱了以往同类节目与听众单向交流的模式，充分利用中央电台第二套节目的直播优势，借助专门为这个节目开发的一套先进的计算机软件系统，可以通过热线电话直接为听众提供信息咨询服务。《医药咨询台》节目编辑部曾接待过一位来自西藏、穿着藏袍的妇女，她到北京为孩子治病，下了火车直奔中央电台，查询到了有关的诊疗信息，满意地去了医院。

在《医药咨询台》节目开办一周年的时候，时任国务委员兼国家科委主任宋健给主办该节目的中央电台科教部写信说："你们的实践表明，利用现代信息手段和广泛的信息传播方式，从社会和人民群众的实际需要出发，进行科普教育和医疗保健服务，是大有可为的。希望你们勇于创新，更好地利用现代信息传播渠道和手段，加强科学普及力度，不断扩展服务范围，提高服务质量，继续探索发展医疗保健信息咨询产业的新路，努力满足人民群众日益增长的对医疗保健信息咨询和科学知识的需要。"

《专家热线》是中央电台历史上第一条每天定时开通、有专家参与的热线直播节目。这个节目最大的特点是：内容上的权威性和准确性。它通过开通热线电话，由专家直接出面传播科技、医药信息，普及科技、卫生知识，并对一些具有普遍意义的科技热门话题做出有说服力的解释。

据统计，自 1994 年 10 月《专家热线》节目开播以来，有近 500 名科技专家走进中央电台的直播间，向听众介绍各类科学知识，接受听众的咨询。原国家科委常务副主任朱丽兰同志曾专程到《专家热线》节目直播间，向听众介绍"863"计划取得的成就。当她在广播中讲解航天技术、通信网络、水下机器人、基因工程等高新科技知识时，听众反应强烈，热线电话接连不断。她深有感触地说："群众对科技有这么大的热情，我真没有估计到。"这件事对她的触动很大，后来在很多场合她都以此为例，称赞通过热线普及科学知识的良好效果。其实，这个例子所证明的不只是广播热线节目本身的魅力，更重要的是这种公众参与性的广播模式体现了名人与平民之间人格价值的平等关系。正是因为有众多专家的支持和配合，《专家热线》节目才办出了自己的特色，成为中央电台科技宣传的名牌节目。听众来信说："平时我们找专家太困难了，现在你们把专家请到直播室，一个电话就解决了问题，使我们增长了许多知识。"

《科技大世界》是一个知识性比较强的综合性的科技板块节目，具有较强的时代气息，适应了科技发展的需要，是实时普及科学知识的阵地。

《科技大世界》中设有两个专家直接参与的栏目：一个是专门介绍科技人物的《走近科学家》。这个栏目每次重点介绍一位有成就的科学家。通过电波，科学家可以与听众直接交流自己事业成功的经验、失败的教训、从事科学研究的方法，以及对人生的追求、生活态度和业余爱好等，听众可以从中了解科学家成功的奥秘，体会他们奋斗的艰辛以及工作和生活的酸甜苦辣。比如，这个栏目曾经向公众介绍了我国杂交水稻之父袁隆平、我国声学界的老前辈汪德昭、著名物理学家赵忠贤、计算机专家王选等一批成就卓著的科学家，受到听众的普遍欢迎。

科普名家郭正谊（左），著名科学家赵忠贤（右）

《科技大世界》中的另一个有专家直接参与的栏目叫《奇思妙想》。这个栏目专门点评来自听众的好主意和奇妙的点子，介绍发明创造的思路和方法。例如，有的农村朋友提出了一些消灭老鼠的点子，我们就请中国著名的灭鼠专家汪成信研究员介绍各种灭鼠的方法，并对听众提出的点子进行点评；我们还曾经请著名的发明家张开逊在节目中介绍了一些发明创造的思路、方法和技巧，使听众很受启发。

办好专家和听众直接交流节目的关键在于科技专家的大力支持和配合。为此，科教部于1994年，专门组建了由400多位专家组成的中央电台科技、医学宣传两个顾问团，这些专家亲自在直播间向听众普及科技、医学知识，回答听众在热线电话中提出的各种问题，为听众解疑释惑。

求真　务实　跨越

有一段时间，形形色色的伪科学常常打着科学的旗号，采取各种欺骗手段，伺机侵入科学阵地。对此，中央电台的科普工作者始终保持清醒的头脑和高度的警惕，坚持严谨、认真的科学态度，坚决抵制伪科学和各种奇谈怪论，运用辩证唯物主义观点，以科学的态度传播科学知识，弘扬科学精神，破除封建迷信乃至现代科学条件下神鬼之类的迷信，让科学擦亮人们的眼睛，照亮人们的生活道路。由于广大科普广播工作者高举捍卫科学尊严的旗帜，坚持正确的舆论导向，使诸如“邱氏鼠药”之类的伪科学货色无法混入中央电台的科普节目当中。

在揭批“法轮功”的斗争中，中央电台科普节目以科技宣传顾问团为坚强后盾，旗帜鲜明地对这个邪教组织的政治图谋进行了有深度、有说服力的揭露和批驳，取得了显著的效果，受到了有关部门的表扬。

科普广播作为一种精神产品，它的最终用户是广大听众，它能否被听众接受和理解是衡量这个产品是否有“市场”的重要标准。科学这个字眼，在许多人眼里往往是高深莫测、严肃枯燥，令人敬而远之。为了拉近这神秘的殿堂与广大听众之间的距离，从1999年开始，中央电台科普节目加大改革力度。改版后的《科技大世界》节目十分明确地提出了自己的选题标准：好听、有用、重要。这就开创了在《奇思妙想》栏目中讲发明创造、在《周末轻松科学》栏目中介绍百科知识、在《谁是谁非》栏目中探讨科学疑难问题的新局面。而《健康娱乐城》节目则大胆地提出了对医学节目进行娱乐化包装的口号，使节目寓教于乐，以轻松、活泼、快乐的形式传播健康知识和观念，很受听众喜爱。

科技发展日新月异，越来越多的公众更关心科技事件的过程，而不单纯是最终的结果。因此，科普广播节目推出了对科技事件的“进行时”报道，以满足广大听众的需要。

进入21世纪，从2001年1月1日起，中央人民广播电台第二套节目全面改版，《科技大世界》更名为《科学1+1》，时间变更为30分钟。

时间变了，名称变了，但科技节目的弘扬科学精神、普及科学知识的宗旨没有变。《科学1+1》在节目中打出了“让科学走进生活，让公众理解科学”的口号，在实效性、贴近性、趣味性和服务性方面加大了开拓的力度。该节目充分利用现代传播手段，力争在第一时间把最新发生的科技事件告诉听众。同时，更加注意了对新闻事件的科学解释，使听众知其然亦知其所以然。

《科学1+1》节目，节奏更快了，信息量更大了。“快”成了这个节目的灵魂，上午记者出去采访的录音，在中午的节目中就可以听到，几乎与事件同步。

2002年6月29日，《中华人民共和国科学技术普及法》颁布，进一步界定了科普工作的内涵，即：普及科学技术知识，倡导科学方法，传播科学思想，弘扬科学精神。为了认真贯彻科普法，在普及科技知识的同时，中央人民广播电台科教部又联合全国20多家电台，举办了以“科学人生”为主题的“全国科普广播优秀节目展播”活动。一大批优秀科学家的感人事迹和人格魅力，极大地感染和鼓舞了广大听众，收到了较好的社会效益。

在此次展播活动中，科普广播工作者充分利用现代信息技术成果，一改传统的各电台之间相互邮寄节目录音带的交换方式，首次采用了先进的通信传播手段，实现了全国各家电台优秀节目的资源共享，为方便快捷地交流精品节目提供了有益的经验。

应该说，中央电台科普广播人是幸运的。在明媚的科学春天里，在历届台领导的关怀下，有可能在科普广播宣传的平台上，施展才华，不断探索，开拓创新，稳步前进，取得了骄人的业绩。富有魅力的科普广播，义无反顾地为广大听众传递着人们对“知识就是力量”这一真理性名言更为深刻的认识和理解。

在我国经济社会高速发展的今天，科学普及工作被赋予了更深刻的内涵。科学发展观的传播成为科普工作者又一重大的社会责任。正如胡锦涛总书记强调的：“在全社会大力宣传和普及科学发展观，使科学发展观深入人心，是树立和落实科学发展观的基础性工作。只有全体人民和社会方方面面都了解科学发展观，掌握科学发展观，实践科学发展观，科学发展观才能成为全社会的自觉行动。”

（此文2008年刊于《中国广播报》）

2. 广播科普的音响优势

广播科普是运用广播这种有声的传播手段，以无线电波为载体，向不同层次的受众，传播科学知识和科技信息的现代化大众传播媒介。与报纸、刊物、书籍相比，其明显的优势在于音响的介入。众所周知，音响具有丰富的表现力、感染力和吸引力，发挥着文字不可代替的特殊作用。作为一名优秀的科技广播工作者，必须懂得和善于用耳朵去捕捉和选择最有特色、最能产生艺术魅力的音响，塑造饶有兴味的听觉形象，以取悦受众。

以“快、远、广、便”取胜

伟大的无产阶级革命领袖列宁曾说：“无线电广播，是不需要纸张，没有距离的报纸。”这话说得非常好，很形象。电波的传播速度高达每秒 30 万千米，播音与收听几乎同步，播音室发出的音响，听众即刻可以听到，滞后现象在毫厘之间，基本上没有距离感。

不同层次的听众，不受年龄大小、文化程度高低、职业异同等限制，均可从广播中受益。特别是，某些有生理障碍的人群（比如盲人），照样可以享受科技广播送去的恩惠。

听广播科普，不受时间和空间的制约，任何人都可以随时随地打开收音机，选听自己喜欢的节目。不可否认，广播科普也有天然的短板：声音稍纵即逝，过耳难留，又不易重听，容不得对节目内容的细心理解和思索，给记忆带来了极大的不便，这种单向的、专一诉诸听觉的传播方式，很难与听众进行面对面地交流与沟通。

为了弥补广播科普的这一缺憾，科普广播人意识到，必须扬己之长，避己之短。除了注重节目的时效性、趣味性、通俗化、口语化以外，还应着力发挥自己独特的音响优势，生产出受众听得进、记得住的优秀广播科普节目。

音响魅力何在

（1）名人话语的魅力

邀请科技权威人士，介绍某一学科的知识或成果，是广播科普比较常用的一种传播方式，知名专家通俗而有分量的讲解可推进节目顺畅的发展，产生自然的感染力和可信性。大多数听众都深信，权威人士的声音是可靠的，是信得过的。同是一门新学科，同是一项新发明、新发现，请不同人物介绍，效果截然不同。知名专家的权威性必然渗透到科技广播之中，并转化为节目的可听性。

声音美（右为铁城）

例如，请对城市建设科学颇有研究的李瑞环同志谈谈城市发展问题；请著名科学家钱学森教授讲解系统工程学知识；请控制论科学家宋键院士介绍自动化技术知识；请人类历史上第一次徒步穿越南极大陆的科学家秦大河，谈谈南极开发的伟大意义和价值，等等，都会给听众留下深刻而难忘的记忆，增加节目的可听性，收到"听其声，如见其人"的效果，宛若观赏了一部"声音纪录片"。

广播战线上的播音员对听众来说，具有某种神秘感，特别是那些大牌、著名的播音员（如齐越、夏青、葛兰、铁城、方明等），听到他们高水平、具有亲和力的播音，是一种美的享受。一个广播科普节目，如果由他们播音，必然为节目大大增色。加上播音员对作品的创造性的认知和劳动，使节目内容与声音美学叠加，更增强了节目的可听性。

（2）自然界音响要自然

自然界音响大体上有两大类：人类以外的生命体（如鸟、兽、鱼、虫）的鸣叫声和生命体以外的自然界产生的音响（如风声、雨声、雷鸣声、流水声、波涛声等）。在广播科普节目中，如果恰到好处地运用这类音响，可有效地表现主体事物的地位，烘托环境氛围，强化听觉形象，收到“听声类物”的效果，仿佛自然界的景物就在眼前，栩栩如生，使听众的脑海中浮现出主体实物的影像，产生身临其境之感。

（3）人造物体音响要逼真

人造物体的音响，包括火车、汽车、舰船、飞机、火箭以及各种作战武器等。他们产生的音响，具有很强的时间和空间的规定性，发生在特定的环境之中，这种音响，如果运用得当，可增强节目的带入感、现场感和运动感，听众既有所知，又有所感，必然大大提高节目的可信度。

美国之音记者，曾经对美国航天飞机首次升空实况，进行了现场直播，解说者不仅绘声绘色地描述了火箭发射现场的壮观景象，引入了大量独特的音响，如火箭点火的倒数计时声、火箭发射的轰鸣声以及航天飞机发射成功后，现场人们的热烈欢呼声，等等，而且用通俗、简洁、形象的语言介绍了当时鲜为人知的航天飞机的有关知识。受众听着广播，眼前会联想出一幅航天飞机成功升空的全景图，强烈的现场感油然而生，听觉器官得到了充分的满足，产生了“视觉”效果。

（4）珍贵的音响要新奇

俗话说：“物以稀为贵。”说的是罕见之物极为珍贵。其实，罕闻之声也同样珍贵，而且，从一定意义上讲，珍贵声音的获得和保留，比看得见的物质性的东西难度更大，没有相当的科技实力，要想把遥远年代的声音保留到今天，甚至更久远的未来，是不可想象的。上海人民广播电台制作一个精彩的录音特写《声音档案的百年历程》，播放了伟大的发明家爱迪生1877年7月18日，在自己的住所朗诵诗词的声音及其欢笑声，境况极为生动、形象，这是人类历史上保留下来的第一个声音的记录。在这个节目里，还播放了我国伟大的民主革命先驱孙中山先生的讲话声和现代物理学家、“相对论”的创始人爱因斯坦的演讲声。这些留之不易的声音，尽管受到当时录音技术水平的限制，不那么清晰、动听，但它们却逼真地还原了当时的历史面貌。对今天的听众来说，无疑是一种美的享受，勾起人们深深的回忆，似乎听到了从遥远年代走来的脚步声。

（5）配乐广播，乐曲要得体

配乐广播是一种抒情的音乐与语言相结合的听觉艺术形式，具有鲜明的情感色彩，可产生宽广的感染力，引发听众产生直接或联想性的感情共鸣。在科普广播节目中，配乐一般用于文艺色彩较浓的科学散文、科学小品、科学游记、科学诗等作品里，用来陪衬主题、烘托气氛、强化听觉形象，使听众在轻松愉快的气氛中获得有益的科学知识。

配乐乐曲的选择和配乐节目的制作有一定的难度。配乐广播节目的制作人，如果不具备相当的文学水平和音乐素养，要实现节目内容与音乐的完美统一，是不容易的，弄得不好，会本末倒置，音乐不仅起不到对节目内容的润色作用，相反，不和谐的音乐，甚至还会“喧宾夺主”，成为“噪声”，阻碍和干扰听众获得自己喜爱的科学知识，这样的事例不胜枚举。

总之，音响是一种特殊的广播语言，是感染力极强的听觉艺术，在广播科普中发挥着举足轻重的作用。每一位科普广播人，应不断地探讨音响语言的规律，放手捕捉，精心选择，巧妙运用不同类型的音响，让无处不在的音响为我所用，为人类造福。

（此文刊于《科普创作》杂志）

3. 钱学森的科普广播情缘

一代科学大师、享誉全球的科学巨星钱学森院士离开我们已经五年多了。五年来，人们久久怀念着这位为我国科学事业特别是航天事业做出开创性贡献的伟大科学家。而在科普广播人的心中，更深藏着别样的感念之情。广播

采访钱学森

人永远不会忘记钱老对科普广播的热切关心和坚定支持。

科普广播人怀念钱学森

在中央电台举办的一次座谈会上，钱学森的一席风趣的讲话曾打动了每位与会者，当时的情景至今我记忆犹新，仿佛就像发生在昨天，他那亲切而富有感染力的声音至今仍回响在我的耳边。我清楚地记得，开会的那天是1984年8月31日，是中央人民广播电台科普节目创办35周年纪念日，中央电台在人民大会堂召开座谈会，邀请科技界、科普界、新闻界的朋友参加会议。钱学森院士即兴发言，开头便说："我每天早起听的第一个节目就是中央人民广播电台的《科学知识》（当时这个节目每天早上6点到6点15分在中央电台第一套节目播出），我非常感谢这个节目的编辑、记者和为节目撰稿的作者们，他们每天都在给我上课，给了我很大帮助，如果没有这些老师们，那我今天就不可能了解更多的现代科学技术知识。"

我时常在想，举世闻名的科学家尚需不断充实自己，掌握更多的高新科技知识，并把中央电台的《科学知识》作为他必听的节目，这是我们科普广播人的荣幸和骄傲，同时也感到，身上承载着巨大的压力，我们没理由不办好科普广播节目，以告慰这位倾心于科普广播事业的伟大科学家。

钱学森自考得"60"分

钱学森每天收听中央电台的《科学知识》节目，已经成为他多年生活中的习惯，从无例外。就是在当天的座谈会上，他似乎揣摩到在座各位的心思，说着说着，突然话锋一转，风趣地抖出一个"包袱"："大家可能要考我了——今天早上6点到6点一刻，中央电台《科学知识》节目播出的内容是什么呀？是中国科学院学部委员、紫金山天文台名誉台长张玉哲研究员撰写的文章，他从紫金山天文台的历史说起，一直说到我们国家天文科学的发展情况。对不对呀？"钱学森的话音刚落，全场立刻响起了热烈的掌声。"好，考了60分！"

我作为当时《科学知识》节目的编辑，太熟悉那天《科学知识》节目的安排了，那天是1984年8月31日。9月1日是中国紫金山天文台50华诞，为了纪念这个日子，中央电台科教部的资深编辑王念生同志特意邀请张玉哲教授撰写一篇文章，全面介绍了我国天文科学的历史和发展情况，安排在8月31日早晨6点到6点一刻的《科学知识》节目中播出。钱老说得完全正确，于是编辑部的同志们齐声喊“对”，并报以热烈的掌声。全场同志无不为钱老对中央电台科普广播节目的熟知和关爱而感到由衷敬佩。

“三钱”联手托举科普广播节目

中国出了三位顶尖级的科学家，号称“三钱”，他们是钱学森、钱三强和钱伟长，这是我国科技界永远的骄傲。他们也是中央电台科普广播人的亲密朋友，在科普节目的榜单中写有他们的名字；在科普广播中留下了他们的声音；在《科学家谈科学》的广播丛书中刊载着他们的科普文章，这是中央电台不可多得的宝贵财富。他们不光是中央电台科普节目的作者，更是中央电台科技节目改革的坚定支持者。1985年党中央提出了“经济建设必须依靠科学技术，科技工作必须面向经济建设”的指导方针。为了顺应科技工作进入经济建设主战场的大趋势，中央电台科技节目提出了改革的构想，把《科学知识》更名为《科技与社会》，并相应地调整了节目方针。时任中国科协主席的钱学森院士，看过中央电台科教部关于节目改革的书面汇报后，马上批转给各位副主席，指出“中国科协似应对中央电台的《科技与社会》节目有所帮助，请三强副主席商量一个具体办法”。

在钱三强院士的关心和支持下，中央电台的科普节目进行了大幅度的改革，节目运作迈出了新的一步，走上了依靠社会、服务社会的开放性轨道，从原本的纯讲知识的小天地，走到社会的大环境中，强化了科普节目的社会功能。在中国科协的关心和帮助下，中央电台组建了以朱光亚、周光召、吴阶平、陈敏章为代表的科技与医学宣传两个顾问团，囊括了400多位科技与医学专家，使中央电台的科技与医学宣传成为依靠社会力量的先行者，既保证了科技节目的权威性、科学性，也体现了它的社会服务功能。

亲笔写信帮扶科普广播

钱学森院士不仅喜欢收听中央电台的科普节目，而且经常为办好科普节目出谋划策，纵谈高见。1986年1月11日，他亲笔给我写信（此信已选入涂元季教授主编的《钱学森书信》第3卷中），鼓励说：“你主办科普节目很重要，不仅关系到社会主义物质文明建设，而且也关系到社会主义精神文明建设，因此眼界要放宽些……”来信还谈了许多具体的指导性意见，他说：“中央电台的科普节目既要讲现代科学技术发展的宏观趋势，人类认识客观世界的主攻方向，也要讲现代科学技术的成就和知识。”

《钱学森书信》共有十卷，价值数千元。得知消息后，我赶紧去新华书店，本想单独购买其中的第三卷（此卷刊登有钱老写给我的信），被业务员拒绝了。然而，她说的一席话，让我感触颇深，服务员说：“《钱学森书信》必须全套购买，不零售。现在的人真是不可思议。买得起书的人不买书，真想买书的人又买不起，没办法……”我能说什么呢？没带那么多钱啊，以后再说吧。直到今天，我仍未能拿到这卷很有珍藏价值的书，但我并没有放弃，迟早要把它买回来。

钱老特别注重科普作品的通俗性，他认为，任何一位学问很高的科学家，如果不能用通俗的语言，把自己高深的学术成果，向更多的人说明白，那么他就不够全面。钱学森院士呼吁科学家们，要学会写科普文章，并举荐说，中央人民广播电台的科普节目就是一个理想的园地。当他在广播中听到我国控制论科学家宋健教授，在中央电台科技节目里介绍新技术革命中的自动化科普知识时，感到非常高兴，马上传口信给我，表扬中央电台做得很好。“你们选准了对象，有关自动化和系统工程方面的知识，就应该请他来讲。”我们认真领会钱老的高见，适时地调整了节目方针，收到了极好的效果，听众满意度大大提高。在一次受众调查中，科技节目被评为听众喜欢的十大名牌节目之一。

钱老还身体力行，撰写了多篇高水平的科普文章，早在1978年，在人们对系统工程还不太熟悉的时候，他就与科学家许国志、王寿云合作，撰写了文章《组织管理技术——系统工程》，这是一篇科技界公认的有分量的科普佳作，影响了一代人。中央人民广播电台科普节目播发了这篇文章，受到广大听众的热烈欢迎。此文荣获全国新长征优秀科普作品评选一等奖。

科普广播稿登上《新华文摘》

钱学森院士利用自己的影响，热心为中央人民广播电台的科普节目拓展传播空间，以期科普广播稿见诸报端和刊物，他写信给《新华文摘》编辑部，说："我每天早晨收听中央电台的《科学知识》节目，很启发思路，开阔视野，建议贵刊转载《科学知识》节目的稿件。"《新华文摘》采纳了钱老的意见，转载了大量的中央电台《科学知识》节目的广播稿，使飘飞在电波里的声音科普落到了纸上，物化成看得到的文字科普，为科普广播稿增添了阅读渠道，听、读科普广播成为现实的可能，从而大大扩展了科普广播的受众群体，受到广大读者的称赞。

为兴建"钱学森图书馆"出力

钱学森院士是享誉世界的著名科学家。浙江省杭州市人，1911 年出生，1934 年毕业于上海交通大学，1935 年考入美国麻省理工学院，1936 年转入加州理工学院，师从冯·卡门，攻读航空工程理论，不久，钱学森成为美国火箭技术研究的最早成员之一，成为加州理工学院最年轻的终身教授，荣获博士学位。

1955 年回到祖国以后，历任中国科学院学部委员、力学研究所所长、国防部第五研究院院长、第七机械工业部副部长、国防科委副主任、中国科协主席、全国政协副主席等职。为我国航天事业的发展做出了杰出的贡献，被誉为"中国导弹之父"。为了铭记钱学森院士的爱国情怀和伟大功绩，他的母校——上海交通大学筹备建立钱学森图书馆，并派专人到北京来，收集有关材料和展品。

经钱学森的秘书涂元季和中共中央宣传部的推荐，上海交通大学的经办人张现民，拿着中宣部的介绍信，约我面谈，他的目的很明确，就是希望我提供钱学森教授写给我的那封亲笔信。我毫不犹豫，当即应允，把珍藏了 20 多年的钱老写给我的这封信的复印件奉献出来，并"扩大战果"，我主动贡献出钱学森 1984 年在中央电台科普广播节目创办 35 周年座谈会上的讲话录音，同时提供了《钱学森论系统科学》的文稿。张现民同志获得意想不到的大丰收，喜出望外，满载而归。

我心想，能为上海交通大学建立钱学森图书馆出力、添彩，让更多的参观者在这座神圣的科学殿堂里，听到科学大师钱学森的声音，我倍感光荣与自豪。

如今，钱老走了，但他对科普广播的坚定支持已成为中央电台的一笔宝贵财富，激励着科普广播人与时俱进，开拓创新，走出一条与时代同步的科普广播之路。钱老虽然离开了我们，但他那热情洋溢的讲话声“我是支持中央人民广播电台的科普节目的”却深深地铭刻在科普广播人的脑海里。作为钱先生的敬重者，我将永远把那盘记录着科学大师历史性声音的录音磁带精心珍藏。

（本文刊于《银色光辉》第五集）

4. “难产”的《广播科普佳作选》

《广播科普佳作选》由中国科普研究所策划、主选，中央人民广播电台和30多家地方电台供稿。由于种种原因，这本书的出版一拖再拖，几乎“流产”。由于科普研究所王洪同志的多方努力、百般斡旋，《广播科普佳作选》才得以面世。

那是20世纪80年代，根据科普研究所的统一筹划，决定出版一套《科普佳作选》系列丛书，广播科普部分的工作自然落到中央电台科教部头上。为了完成这项任务，特意成立了以刘国雄为首的五人主编班子，经过大家的共同努力，艰苦奋战，用了半年的时间，一部50多万字的《广播科普佳作选》如期面世。

在编辑这本书的过程中，有一段颇具情趣的“插曲”很值得一说：《广播科普佳作选》是五位主编的共同劳动成果，署名谁先谁后？五位主编相互推脱，都很谦让。后来，我想出了一个看来不错的主意：按照年龄的大小排序

海滨之约（右一为张国义）

科普结友情（中为王宏）

吧，五位主编一致赞同，现在书上主编们的排序就是按年龄的大小编排的，他们是：蔡字征、刘国雄、王洪、宋广礼、杨艺。主编们合作得很愉快、很融洽。时过30年，看看这本“旧”书，蛮有情趣。每当我翻阅这本书时，心里总是暖暖的。我永远不会忘记五位主编艰苦“爬格”的日日夜夜，不会忘记五位同志团结协作、任劳任怨的无私奉献精神，更怀念已经永远离开我们的中央电台科教部的老主任刘国雄和资深少儿科普广播专家蔡字征大姐。

这本《广播科普佳作选》个性比较突出，既要考虑到30多家广播电台参与的广泛性，又必须体现广播科普的特点；既要兼顾各种体裁的科普作品，又要对精品节目有所侧重；既要收编大量的科普广播人的优秀稿件，又要突出知名科学家的有分量的科普文章；既要优选近期播出的好节目，又不能割断历史，真诚地回眸科普广播的前辈们留下的足迹。为了实现这个美好的尊重历史的构想，主编们煞费苦心，最终从档案材料中找到了著名科学家严济慈教授在20世纪60年代初期撰写的科普广播稿《我在你们的眼睛里确实是倒立的》和著名天文科学家王绶琯教授撰写的《从新的“窗口”瞭望宇宙》。

《广播科普佳作选》的问世，历经艰辛，来之不易，主编们备感欣慰。质量如何？中央电台总编室资深高级编辑朱世瑛同志阅读全书以后，专门给我写了一封信，称赞《广播科普佳作选》是“我所读过的科普书中质量最好的一本，既保持了广播特点，又普及了科学知识，具有广泛的可读性，实属难得”。这本书荣获“全国第三届优秀科普图书评选”二等奖。

我感谢科普研究所，不光是因为它策划出版了《广播科普佳作选》，而且它又是科普广播人的强大后盾和坚定的支持者，在科普广播最困难的时候，科普所雪中送炭，解燃眉之急，帮助科普广播委员会举办一次濒于“流产”的评奖活动，赞助资金虽少，只有2000元，但却解决了大问题。评选优秀节目时，十几位评委住在一个便宜而简陋的招待所，四人住一间客房，苦苦地工作了四五天，评选结束，每位评委只拿了50元的“辛苦费”，但我们打心眼儿里感激科普研究所对科普广播的务实支持。

中国科普研究所是一所培养和蕴藏科普作家的大学校，为中央电台科普广播节目提供了大量的稿件。章道义、郭正谊、李元、汤寿根、郑延慧、王惠林等科普作家都是中央电台科普广播节目的热心撰稿人。王洪同志撰写的《高技术与现代战争》科普文章，在中央电台广播以后，又荣获“全国国防建设征文”一等奖。

中国科普研究所有一位副所长，名叫张国义，他对科普事业的务实作风让我非常佩服。有一次他参加科普广播的评优活动，不仅在会上发表了中肯而有指导性的意见，而且还利用会余时间，结合自己承担的业务课题，走访当地城郊的居民区，收集鲜活的素材，完成他的“课外作业”——《民俗与科普》。他的科普情结和敬业精神令与会者由衷钦佩。

（此文刊于《我与科普研究所》一书）

5. 743之恋——这里是“第二中央电台”

如果有人问我，你为什么对“743”这个数字那么情有独钟，我可以骄傲地回答，我曾经服役过的部队番号就是中国人民解放军总字“743”部队，也就是国防部当时直属的第五研究院，我深深地爱着这支培育了“两弹一星”精神的光荣的集体，一提起她，我就浑身充满着坚定的信念和无穷力量，献身国防科技事业是我一生的荣耀和自豪。

为了适应我国国防工业发展的需要，20世纪60年代中期，总字“743”部队集体转业，建立中华人民共和国第七机械工业部，后来更名为国家航天部。我工作的研究所于1968年从北京搬迁到天津，从此，我过上了长时间的单身生活。8年后，组织上体谅我们家庭的困难，费了很大力气，把我从科研单位调入中央人民广播电台（我爱人工作了10多年的地方），并被安排到人

老台长，老同志（前排左二起依次为林琳、杨祚铭、左漠野、耿耀）

陆玉洁的老战友（左三为周婉，左四为王决，右一为余允文）

事部门工作。

跟人打交道，除了人事业务本身的技能外，研究各种各样的数字也是必不可少的基本功。1978 年，全国科学大会召开，中央电台为了加强科技报道，结合我的业务专长，我被调离人事部门去科教部工作。说来也巧，我离开的时候，也就是1978 年6 月22 日，由于职业的习惯，顺便看了一眼中央电台的人员实际统计，恰恰是743人，这个数字对我来说，太亲切、太好记了，也太有意义了。

时间过得好快，转眼间到了1995年，我退休了，那时的心情只有到了那个时候的人才能理解。当时中央电台的离退休人员还不到400人，我光荣地融入了这个百姓大家庭，享受着别样的温暖和快乐。

到2014年，我已退休将近20年。有一天，同老干部处的一位领导同志聊天，他告诉我一个有趣的数字：截至2014年年底，中央电台的离退休人员已经达到743人，这个数字让我再一次想起“743”，这个数字意味着什么？意味着中央电台当年的在职干部来了一次大转移。36年前，我工作的中央电台人事部门统计的在职干部是743人，而今天，这拨人大都会师在中央电台老干部管理处。老广播人回忆着、调侃着，风趣地说：“这不是又建造一个另类的中央电台吗？”这批年过花甲的广播界的“闲”人，一点也闲不着，他们不办广播听广播，不做节目评节目。听广播、评节目成为他们生活当中不可缺少的一部分。

老广播们个个爱台如家，珍惜光荣的过去，赞誉精彩的当下，憧憬美好的未来。他们尽心支持中央电台全方位的节目改革，传播社会主义核心价值观，践行中华民族伟大复兴的中国梦。他们自觉地摒弃“想当初”，不说“当年勇”，尊重年轻人的创新精神及其彰显的青春活力。充分理解台领导既要管“小”又要顾“老”的双重责任担当和当家人的一片苦心。

退休后，本人经常去公园散步，一些不相识的老友聚在一起聊天，常常谈到各自单位对老干部的待遇情况，七嘴八舌，很是热烈。有夸奖和赞誉，也有牢骚和不满。我不回避，也不深谈，只是暗暗地偷着乐：中央电台比他们的单位强多了！

老干部管理处的年轻人，既是严谨、宽厚的管理者，又是周到、贴心的服务员。他们真诚地“喊”出了一句让老广播非常动容的口号：“在老干部管理处工作，要想当好服务员，首先要当好‘孝子’。”他们是这样说的，也是这样做的。他们尊敬老干部，就像尊敬自己家里的老人一样，又像爱护“任性的孩子”一样爱护这些“老小孩”，从而疏通了年轻人与离退休老年人之间的代沟。

老干部管理处的年轻人把这个百姓人家办成了一所充满欢乐的大学校，

在这个生活着700多个“老小孩”的家园里，设立了合唱团、摄影协会、书画协会、文学协会、钓鱼协会、舞蹈队、门球队、棋牌队等。大家可以根据自己的爱好，参加几项离退休前不可能参加的活动，而且可以踏踏实实地去做，真正体会，时间完全属于自己的了。

光阴似箭，岁月悠悠。平和心态常在，生命之河长流。不知不觉间，本人已从20多岁的年轻人，变成今天的耄耋老者，经历多多，乐趣多多。然而最值得我津津乐道，且意味深长的，还是那个永远忘不了的“743”。

（此文刊于《银色光辉》第五集）

6. 闲说“凡人小事”

中央人民广播电台这面亮亮堂堂的旗帜，造就了不少像齐越、夏青那样耀眼的明星，他们名扬全国，万众瞩目。而佼佼者毕竟凤毛麟角，大多是深藏在幕后的默默无闻的普通一兵，他们在各自的岗位上无私地奉献，辛勤地耕耘，为我国的广播事业献出了自己的青春和才智，谱写了一曲曲让人敬佩的人生乐章。在这面光辉的旗帜下，行进了半个多世纪的陆玉洁大姐就是其中的一位。

陆玉洁出生于1932年，20世纪60年代初调入中央人民广播电台，分配到文艺部录音资料室工作。这里是一座我国独一无二地保存着新中国成立前后大量录音资料的宝库，馆藏有古今中外的名家、名著、名歌、名曲的原版

黄鹤楼前（左一为乔宜）

陆玉洁（第二排中）和他的同事们

友情（左一为张瑞）

录音带，也是中央电视台、中国国际广播电台、各家电影制片厂和各地方电台文艺编辑们经常光顾的地方。

冒险保存珍贵的音响资料

天有不测风云。残酷的“文化浩劫”开始了，瞬间“天下大乱”。本来很平静的录音资料室一下子被推到了风口浪尖。

在那个年代，只有八个“样板戏”畅行全国，中央电台录音资料室也只能反复地提供这些节目，而大量的听众喜欢的传统剧目，都被诬蔑为“封、资、修”的大毒草，惨遭洗劫，“帝王将相”“才子佳人”的帽子满天飞，一大批珍贵的录音资料被勒令消磁、销毁，在那人人自危的年代，谁敢说个“不”字？

突然有一天，录音资料室收到一份“上边”下达的录音资料的销毁、消磁清单，限定他们在一周之内查办、执行。在那“怀疑一切”“打倒一切”极“左”思潮盛行的年代，这就是一道“圣旨”，必须照办。当陆玉洁、俸丽、李金、周琬、余允文等同志看到这份清单的时候，他们一下子被惊呆了，心如刀绞，但都敢怒而不敢言。

京剧《贵妃醉酒》《霸王别姬》《四郎探母》《西厢记》《宇宙锋》，评剧《花为媒》《刘巧儿》《小二黑结婚》，黄梅戏《天仙配》《女驸马》，长篇广播《李自成》《三家巷》《野火春风斗古城》等，都被列进了黑名单。

在这难熬的一周里，陆玉洁她们心里充满着矛盾，执行吧，下不了手，这是让她们亲手扼杀自己心爱的“孩子”啊！不执行吧，那将面临批斗之苦，招来杀身之祸，无助的她们只能唉声叹气地过日子。

这天，陆玉洁在回家的路上，想啊，想啊，越想越难过，越想越无奈。回到家里，吃过晚饭，趁孩子们都出去玩了，就把憋了一天的心事儿，告诉了自己的心上人，爱人非常理解妻子的处境。经过“密谋”，最后他们商量出一个绝好的招数：陆玉洁偷偷地回到了办公室，把清单上要销毁的录音带原版藏匿起来，而代替它们被“处死”的是那些无辜的副版录音带。就这样，原版录音带幸运地躲过了一劫，被陆玉洁暗暗地保护着，精心地照料着，平安地度过了十多个春秋。

1976 年的秋天，“四人帮”被粉碎，“十年动乱”结束，全国都在“拨乱反正”，文艺节目逐渐恢复了正常播出，“文化大革命”期间被禁播的节目大都得到解放。尽管如此，在极“左”思潮还未被彻底清算，形势尚不明朗的情况下，陆大姐还是慎之又慎，严守着心中的小秘密，隐瞒着那件不为人知的往事。

一天上午，文艺部资深编辑、曲艺专家王决同志来到录音资料室，向大家报告一个好消息：党中央已经批准开播一些被“四人帮”禁播的文艺节目，而且点名要播长篇评书《李自成》，这可难住了王老师和他的同事们。想到当年一大批好端端的节目都被当作“大毒草”铲除的情景，王决感到十分痛惜：“这可咋办啊！重新录制太难了，来不及了，《李自成》的演播者曹灿正重病缠身，真是难上加难啊！”在场的人也都无可奈何，急得王决团团转。

机会终于到来了。可算松了一口气的陆大姐把这位多年合作的战友拉到一旁，悄悄地对王决说：“《李自成》的原版录音带没有被毁掉，被我偷偷藏起来了。”随后，陆大姐领着大家来到原版录音带的“避难所”，看到这些差点儿被毁掉的“宝贝”，在场的人又惊又喜，打心眼儿里敬佩陆玉洁的胆识和良苦用心。王决同志更是激动不已，连忙向陆玉洁深深三鞠躬，满怀深情地说：“你可干了一件大好事，为广播立了大功，我代表全国听众感谢你，永远记住你——大胆、智慧的陆玉洁！”

做点好事心情真好

20 世纪 60 年代，我国国民经济正处在严重困难时期，物资条件极其贫乏，全国上下都勒紧裤腰带过苦日子，中央人民广播电台作为党的喉舌机关更不例外。

刚刚调进中央电台录音资料室的陆大姐，深深地爱着广播事业，把每盘录音作品都当作自己心爱的“孩子”。她时常在想，全国都在勤俭节约，过紧日子，我能为中央电台节俭开支做点什么呢？在繁忙的工作中，陆大姐察觉到，库房里大量珍贵的录音磁带，全都摆放在敞开的资料架上，常年经受灰尘的侵蚀和污染，严重地影响了这些声音档案的寿命和质量。眼前的一切，让陆大姐萌生了爱惜之心。一向勤快、爱整洁的她开始动起了脑筋，心想，如果能把资料架换成柜子就好了，可是我们国家太穷了！肯定换不起，只能想一个节俭开支的办法，于是，她想到了给资料架做布帘，来保护录音磁带，延长它们的使用寿命，保证录音作品的音响效果。

想到了容易，做起来难。要知道，这可不是给几个资料架，而是要给整个库房里的上百个资料架加盖布帘，上哪儿去找那么多的布啊！过来的人都知道，在那个“吃粮要粮票”“穿衣要布票”的年代，找布票这条路肯定是走不通的。

功夫不负有心人。正在冥思苦想的陆大姐，眼前忽然闪过广播事业局的广播剧场和音乐厅的整修情景，那里刚刚换过幕布、窗帘、彩旗，淘汰下来很多破旧的布料，这正是废物利用的好机会。于是，陆玉洁和同室的吕韶同志找上门去，顾不得面子，开门见山，说明来意。勤俭节约的想法和诚意打动了对方，赢得了广播局领导的同情和支持，答应把所有换下来的布料全部送给中央电台，陆玉洁她们高兴极了。

这些拆下来的破旧布料，对陆玉洁她们来说，那可是求之不得的宝贝。陆玉洁拿到了这些“废物”以后，心里踏实了，开始酝酿下一步漫长而艰辛的劳作。

熟悉陆大姐的人都知道，她是一位勤俭持家的能手，家里“养”着一台不错的缝纫机，真没想到，这台本来是为孩子们缝缝补补用的家庭“三大件”之一，居然派上了新用场。她先是把一大堆破旧的布料清洗干净，晾干以后，再捆绑起来，每天下班时带一点回家，默默地义务劳动这就开始了。

陆玉洁每天回到家里做的第一件事儿，就是蹬缝纫机。这些烂布头确实又破又旧，拆缝起来很费心思，长的要改短，短的要加长，破了的要补好，零碎的布头要拼成大块。这些看似很粗糙的活儿，做起来又得很细心，多亏陆大姐在贫苦的家庭里，多年练就了一手缝纫的好功夫。在难题面前，正是她一显身手的好机会。熟能生巧，做着，做着，也就轻车熟路了，俨然成为一位专业的资料架布帘缝纫师，活儿越做越顺手，效率也越来越高，越做越有信心。

家务事只好交给爱人了，夫妻俩配合得倒也默契，身为解放军军官的爱人从无怨言。就这样，陆大姐每天都要干到深夜，节假日更是她出活的好时机。她整整干了50多个夜晚，做成了100多个布帘。活儿终于干完了，看到一件件布帘挂到资料架上，陆大姐心里美滋滋的，有着说不出的快乐。

录音资料得到了确实的保护，然而陆大姐的身体却瘦了一圈，爱人心疼地说：“你太累了，该好好休息了。”而陆大姐只是淡淡地一笑：“勤俭节约的活儿还多着呢！做点好事儿，心情真好！”

面对险情挺身而出

在中国共产党成立93周年的日子里，陆玉洁同志光荣地被评为中央电台老干部处优秀共产党员。笔者凭着多年身为记者的职业敏感，产生了采访这位被尊敬地称呼为陆大姐的冲动。陆大姐对我来说，熟悉但不熟知，采访从哪儿开始呢?

陆大姐不仅是一位勤俭持家的强人，而且又是一位善于积累和记录的能手，她平时养成了写日记的好习惯，一大摞各种各样、不同颜色的日记本，不仅反映了不同年月的时代特征，而且记录了陆大姐的为人和品格。

采访陆大姐，自然想到要翻翻她的日记本，或许能在字里行间发现一些有价值的东西。看着，看着……蓦然发现，在不起眼的一页纸上，记载着这样一件事：事情发生在30年前，也就是1984年的9月12日。那天中午，在中央电台录音资料室工作的同志们都去食堂吃饭了，只有一位临时工留在偌大的录音资料库里。这个毫无安保意识的年轻人，竟然违规使用起高功率的电炉，热起自带的午饭。热着，热着，一场意外发生了，连接电炉的导线突然起火，火焰顺着电线越烧越凶，火苗越蹿越高，情况十分危急，而那个肇事的临时工吓得慌了神，不知如何是好，索性逃之夭夭，眼看就要酿成一场大祸。

在这紧要时刻，陆大姐打饭回来了，看到这个场面，她来不及多想，一个箭步冲上去，赤手拉断那根烧得啪啪作响的导线。明火很快熄灭了，一场火灾避免了。再来看看陆大姐的手，已被烧得焦黑，缓过神来她才感到钻心得痛，赶紧跑到医务室治疗包扎。事发后，同室的乔宜同志狠狠地批评、教训了那个肇事者，后来把他解雇了。

一场惊险过去，关心陆大姐的好友们，无不心疼地抚慰她，不停地数落她："你真傻，不要命了！"而陆玉洁却很坦然："这不算什么，我只是烧伤了手，却保全了几万盘珍贵的录音资料，保护了广播大楼——我心中的家。我觉得很值得，很踏实。"

多年来，由于历史的、不便挑明的原因，大家一直默契地向上级领导隐瞒了这场火灾险情，陆大姐本人更无声张之意，因此，这件事始终鲜为人知。可以想见，要不是陆大姐不顾个人安危，忘我挺身而出，那将会酿成什么样的严重后果。陆大姐和她的同事们亲手精心保存的全国最权威的录音资料，将毁于一旦，现在想起来都有点后怕。什么是广播精神？陆大姐的行动做了很好的诠释。

退休不褪色　助人为乐

离退休以后，韩文和陆玉洁同志在中央电台合唱团结为歌友，歌声让她们成为要好的朋友、亲密的好姐妹，相处得非常融洽、投缘。欢歌驱散了姐妹们心头的烦恼，笑语带给她们快乐与健康。

可万万没有想到，就在歌友们用歌声表达和谐之美的时候，韩文同志却病倒了，而且患的是癌症。好端端的人，无奈只好住进医院，忍受着长久的煎熬。

谁都知道煎熬中的病人最需要的是什么，是亲朋、好友、同事送去的温暖、慰藉和关怀。陆大姐深知好姐妹内心的感受，坚持每天都抽空去医院看望她、安慰她，给她送去可口的饭菜、温暖和友情。同房的病友还以为她们是亲姐妹，照顾得如此细致入微，几乎每天都来病房陪他聊天、讲述台里发生的、她又感兴趣的大事小事和趣闻。一旦哪天陆大姐“迟到”了，这个韩文大姐就急得火烧火燎，坐卧不安，盼望着小妹妹快点儿出现。

把摸到韩文大姐的心境，竭尽姐妹之情的陆玉洁打这以后，每大拖着“三高”的病体，必定准时来到病房，带给她喜爱的东西，聊着说不完的贴心话。不管韩文大姐有什么需求，想要什么，想吃什么，是水饺、面条、小米粥，还是绿豆汤，陆玉洁都能毫不犹豫地满足她，直到韩文同志安详地离开人世，而在她病房的柜橱上，还留着半碗韩文同志生前没有吃完的银耳粥。

陆大姐以真诚的心温暖了自己的好姐妹，以自己平常而细微的善举送别了朝夕相处的歌友。韩文同志走了，陆大姐和其他亲友们一样伤感、难过。悲痛之余，陆大姐为自己所做的一切感到欣慰和满足。用她自己的话说，“人家需要我，就是我的价值。帮助了别人，温暖了好姐妹，更温暖了自己。我付出的只是再平常不过的徐徐的忙碌，而得到的却是快乐、幸福和阳光。”

如今，陆大姐已年逾八旬，但她仍然惦记着已经90岁高龄的余允文同志，平日里互通电话，嘘寒问暖。在余允文大姐90大寿的时候，还为她书写了一首热情洋溢的贺岁顺口溜：

余大姐，热心肠
谁有困难她帮忙
重病缠身何所惧
家有不幸自己扛

爱岗敬业勤奉献
任劳任怨耕耘忙
笑口常开心地宽
和谐友善樹榜样

一手好字鸣四方
笔锋刚劲又流畅
众口称赞藏内秀
“余氏”书法世无双

业务精通熟又巧
音乐知识博而爽
广播教唱创新意
听众喜爱获夸奖

矢志不移心向党
谆谆教诲记心上
年逾花甲圆美梦
耄耋之年写华章

余大姐，人善良
“快乐啰唆”美名扬
愿您幸福享晚年
长命百岁保安康

不占国家便宜

2010年3月的一天，年逾古稀的陆大姐，突然感到身体不适，心脏病加重，经广安门医院诊断，确认为“房颤和心律不齐”，而且脉搏很弱，时快时慢，几次叫急救车去抢救，都无明显效果，医生无奈地说，这病可再耽误不得了，建议赶紧装“起搏器”。全家人一时慌了手脚，上哪儿去装呢？大家自然想到全国最权威的阜外医院。可是阜外医院并不是中央电台的定点医院，不能直接就诊。急得团团转的全家人，只好找中央电台救急，几经周折，得到有关部门批准，陆玉洁自掏500元钱的转院费，住进了阜外医院。

过了一关又一关，装什么样的“起搏器”，又摆到了陆大姐的面前。当时的“起搏器”大概有高、中、低档三种：高档的10万多元，中档的8万多元，低档的4万多元。陆大姐根据自家经济条件，量力而行，选择了中档。要知道，即使8万多元，这对陆玉洁来说，也是她两年多的工资啊！治病要紧，钱的问题就不再去想了。

阜外医院不愧为全国最权威的专科医院，“起搏器”装得很成功，很顺利，陆大姐的“房颤”情况大大好转，全家人和亲友们都欣喜万分，紧张了十几天的心情，总算放松下来了。在医院观察治疗了几天，陆玉洁平安回到家中。一个月来，“起搏器”在陆玉洁的身体里工作很正常，全家人都很高兴。

在家里休整一段时间，该报账了。一大堆写得密密麻麻的单据，粗略地算了一下，花了8万6千多元钱，可以报销的数额究竟有多少，陆大姐也不太清楚，到财务处，让他们去算吧，没用多长时间，算好了。平时不太会算账的陆大姐，拿着财务处算好的结果、银行卡和小票回家了，对照一下，共报销了5万多元，陆大姐有些纳闷，觉得不对头，听装过“起搏器”的朋友讲，按规定，一个人只能报销2万多元，莫不是国家提高了报销标准，还是出现了什么其他情况，还是到财务处去核实一下吧。

结果出来了，是财务处的一位会计计算出了差错，多报销了3.7万多元。疑问解开了，心里踏实了，陆大姐当即退还了多给的钱款。在场的会计们同声称赞陆大姐：“你真是大好人！会计不细心，偶尔算错了，过去也有过，但要退款太难了，甚至还会闹出很多矛盾……”陆大姐总算弄明白了，没多说什么，心里却很坦荡，高高兴兴地回家了。儿女们对妈妈这种无私的举动感到格外高兴：“妈妈是我们的好榜样，好好向妈妈学习呀！”

拾金不昧

那是2009年临近春节的一天早晨，陆大姐去广安门中医院看病，刚走出大门口，就见到，在广安门中医院西门旁边停放的一辆小汽车的前轮旁边，有一个大大的牛皮纸信封，鼓鼓囊囊的，里边好像装着什么东西，陆大姐不自主地捡起来一看，不得了！里面装着一大摞百元大钞，顺手数了一下，一共有70多张。陆大姐一下子呆住了，是谁掉了这么多的钱！稍微思考一下，陆大姐马上意识到，这一定是到广安门中医院看病的人丢掉的，丢钱的人该多着急呀，这是救命钱啊！这时的陆大姐已顾不得给自己看病，在十冬腊月刺骨的寒风中，等待丢钱人快点来找，等啊，等啊，足足等了20多分钟，手脚都冻僵了，怎么还不来呀。

其实，丢钱人的心里比谁都急。忽然，一个小伙子急匆匆地跑过来，目不转睛地扫着地面，恨不得把每一块地皮都看个遍。看样子，他就是丢钱的人了。陆大姐试探着问："小伙子，你找什么啊？"小伙子急得几乎要哭出声来了："急死我了，给我妈看病的钱丢了，这可咋办呀？"小伙子又跳脚，又拍胸。这时的陆大姐心里有点底儿了，顺水推舟"拷问"了几句：丢了多少钱？装在什么东西里？什么时候丢的？小伙子对答得都很准确。于是，陆大姐把这个大信封连同七千多元钱，都交给了小伙子。小伙子感激极了，顺手抽出好几张百元大钞，塞给陆大姐，又问起陆大姐的工作单位和名字。陆大姐都坚决拒绝，还"批评"了小伙子："你小看我了，如果我有贪心，就不会在这儿等你了，赶快陪你妈看病去吧，别耽误了。"

事情已经过了好几天，陆大姐并没有把这件事放在心上，可是小伙子却很认真，一直怀有感恩之心，除夕那天上午，小伙子手捧一束鲜花，急匆匆地来到丢钱的地方，一心要找到捡钱的那位阿姨，他详细地向传达室保安员讲述了阿姨的相貌、穿着以及说话嗓音嘶哑等特征。保安员立刻明白了他要找的那位老太太是谁，但却说不出她住在哪个单元、哪个楼层、多少号，小伙子只能在大门口耐心地等待，盼望拾金不昧的好阿姨快点出现。

很不凑巧，那天上午陆大姐一直在超市购置年货，遗憾地错过了与小伙子见面的机会。后来听保安员说，小伙子眼巴巴地在大门口等了半个多小时，最终也未能如愿，不得不失望地离开了。临走时，一再嘱托保安员，一定要把这束鲜花献给我的大恩人，一定代我好好地谢谢那位好阿姨。

当陆玉洁从保安员手中接过这束鲜花的时候，已经是那天中午，陆大姐手捧鲜花，心里暖暖的，很是感慨，多么执着诚实、知恩图报的小伙子啊！

（此文与刘振敏合写，刊于《银色光辉》第五集，

原题目为《说说陆大姐》）

7. 匆匆大寨行

20 世纪六七十年代，在中华大地上飘扬着一面耀眼的“红旗”，它令国人向往，令世人瞩目，也是笔者一直想去而未去过的地方，它就是名扬中外的大寨。2009 年 7 月的一天，笔者终于有机会踏上了这块并不神秘的土地。一到村口，“自力更生艰苦奋斗”八个红色醒目的大字跳入人们的眼帘，这是一组铭刻在大寨人心里的无须解读的标志性文字。而在它的背后，大寨人总有讲不完的故事。

虎头山下

当年大寨人眼中的记者

关于当年记者们的是是非非，随便哪一位大寨人，都可以说出一大串今大着来似乎有些离谱而又可笑的故事。有人幽默地说，记者是“无冕之王”，手眼通天，想怎么说，就怎么说。大寨走红时，他们说“陈永贵——党支部书记的好榜样”，夸大寨人“顶着星星起，披着月亮回……”。大寨落难了，他们又旁敲侧击，无端非议“大寨红旗的升起与坠落”。大寨人诙谐地说，关于“大寨与记者”，足足可以写一篇长长的、非同凡响而又滑稽的大文章。

永远的大寨

可巧的是，有一本名为《中国名村纪实·大寨篇》的书中；已经给出了若干个绝妙的点题：“没有记者，大寨出不了那么大的名，后来也倒不了那么大的霉；因为大寨出了名，有的记者也出了名；因为大寨倒了霉，有的记者也跟着倒了霉；有的记者先是夸大寨、捧大寨，后来又批大寨、骂大寨；大寨人先是感谢记者、亲近记者、利用记者，到后来是烦记者、怨记者、防范记者。”更有甚者说：“有的记者是围着大寨转的一群吹鼓手，让你咋吹就咋吹。”这些话听来似乎很尖刻，但它确实反映了那个独特的历史时期的独特的新闻现象，更是远远超出新闻规律的政治现象。听到这样的“软”批评，作为记者，固然感到很不是滋味，但也很理解。而可爱的大寨人又怎能理解那个年代记者们的苦衷呢？

陈永贵的“三三制”

与大寨人聊天，他们最佩服的是陈永贵的“三三制”，其实，陈永贵有两个“三三制”。刚到中央工作的时候，他的“三三制”是，三分之一的时间在地委，三分之一的时间在昔阴县，三分之一的时间在生产队。后来陈永贵当上了副总理，“三三制”的内容也发生了变化，即：三分之一的时间在中央，三分之一的时间往下边跑，三分之一的时间回大寨。他经常对乡亲们说，党中央让你当政治局委员、国务院副总理，无非是因为你代表着农民，如果你脱离了农村，远离了农民，你就失去了意义。大寨人心里明白，他们老书记的心是一颗农民的心，他舍不得大寨这片热土，无论他飞得多高，走得多远，他的根总还是在大寨。

陈永贵能吃苦，在大寨是出了名的，并以身作则，用艰苦奋斗的精神教育大寨人。大寨人永远不会忘记，陈永贵常挂在嘴边上的一句话：“领导干部自己富起来很容易，但要让群众都富起来那才难啊！”这是一句多么富有哲理又让人警醒的话啊！大寨人不无幽默地说：“陈永贵一生用掉的，不如某些人赌场上的 把牌，他 生吃的，不如某些人请客的一桌饭。”

大寨人怀念陈永贵还因为他的“三三制”是打了折扣的，他偏爱大寨，在大寨的时间实际上远远超过了三分之一，他太多的脚印和汗水都实实在在地留在了大寨这一片土地上。大寨人说：“陈永贵不可能是一位演说家，而是一位脚踏实地的实干家，所以才有错，但干中有错，总比平庸无错的人好得多。”这就是大寨人心目中的一生战天斗地的英雄陈永贵。一位哲人说过：“聪明人不应忘记历史，忘记了，你自己也将被后人忘记。”说得多好啊！

邓小平与大寨

大寨人有过辉煌，有过荣耀，也有过困惑、不解和委屈，一度消沉、迷茫，甚至有些抱怨。在这个关口上，路该怎么走，是摆在大寨人面前的一道难题。大寨人在反省，在思考，在前进。

岁月无情人有情。党和政府以及全国人民并没有忘记大寨人“自力更生、艰苦奋斗”的创业精神和他们心目中的英雄陈永贵。1976 年，刚刚粉碎“四人帮”不久，邓小平同志就亲切地安慰陈永贵：“老陈，你不是‘四人帮’的人。”胡耀邦同志也嘱咐他，“不要背思想包袱，要好好学习”。党和人民的体谅和关心，让陈永贵感受到人间的温暖和爱护之情，逐渐走出了阴影。

其实，陈永贵对邓小平是很崇敬的，早在粉碎“四人帮”之前，有一次，他在一份报纸上，看到了一篇“大寨人”愤怒声讨“死不改悔的走资派”的文章，马上从北京打电话给郭凤莲，严厉批评她："你干什么去了，你是党支部书记，为什么不把住关，我不是早就和你说了吗？我们不批邓小平，为什么还要发这样的文章？"郭凤莲对自己的失职感到十分伤心，为此还大哭一场。说句公道话，在那个年月，小小的郭凤莲能把住这个关吗？确实难为她了。

粉碎"四人帮"以后，有一次郭凤莲在北京参加全国人大会议，她请求见见邓小平同志，得到了大会允许。她一见到邓小平就哭了，邓小平听完她委屈的哭诉后，亲切地说："小郭，你很年轻，没经过大风大浪，我是挨骂挨出来的，骂不要怕，我们共产党人做事从来不是百分之百成功的，有错误，也有失误，我是三落三起了。我们不要怕骂，在骂声中可以自我总结，回忆一下，哪些是对的，哪些是错的。大寨精神永远没有错，还是要提倡的，可是学大寨出了毛病，有的地方学大寨把树砍掉种地，把自留地收归集体，老百姓吃不到新鲜蔬菜，他要骂娘的。"邓小平还肯定地说："我有机会还要去大寨，他骂他的，我去我的，一定要实事求是地对待大寨。"

正是邓小平同志的这次接见和一席亲切的谈话，使郭凤莲鼓起勇气，振作精神，以新的思路，宽广的胸怀，率领大寨人走上了改革开放奔小康的正确轨道。

今日大寨人

大寨人是聪明的。郭凤莲回到大寨，开始了她人生中的科学发展与创业之路。发展靠什么？郭凤莲首先想到了"大寨"这块名扬中外的金字招牌。在市场经济条件下，这块国内知名度极高、独一无二的金字招牌，有着无可代替的名地效应。于是她果敢地高举"大寨"旗，大打"大寨"牌，开发出一个又一个"大寨"品牌的优质产品，取得了明显的经济效益。大寨人成功了，但他们并没有故步自封，而是经常告诫自己，要扎扎实实，一步一步地向前走，拿出货真价实的产品来。要十分珍爱自己的牌子，对得起这个牌子，对得起创出这个牌子的老一代大寨人。

土地是大寨人的命根子，多年来他们实行雷打不动的农田保护政策，保证了大寨耕地的动态平衡。而今大寨的农田水利建设又有了新的突破，实现了传统农业向市场农业的转变，走上了山、水、林、田、路的综合开发和可持续发展的道路。走进大寨村，人们看到的是“山顶青松戴帽，山间果树缠腰，山下农田环绕”的美丽景色。

大寨人不忘过去，享受今天，更憧憬未来。我们来看看他们是怎样规划自己的森林公园的：“虎头山，青山削翠，碧岫堆云，景色瑰丽，气候宜人。驻山峰之上，极目远眺，茫茫林海如同绿色海洋，万鸟翩翩，鸣声婉转，山风吹来，琼枝玉冠随风起舞，翠叶欲滴，绿枝闪烁，形成美妙的虎头松涛。游人坐卧林间，温风扶身，逍遥自在，仿佛八仙醉卧蓬莱仙境，其乐无穷。”这个几年前的规划，如今已初步变成现实，诱人的生态美景着实令观光者感叹。

经济发展了，大寨人并没有忽略教育。郭凤莲常说，委屈了谁也不能委屈了孩子。于是他们选定村里最好的一块地盘，修建了一所学校，这是大寨村里数一数二的漂亮建筑。他们制定的办学目标是：“创一流学校，塑一流教师，育一流人才”。如今大寨村已经培养出了一批又一批学有专长的大学生和中专生。

可爱的大寨年轻人十分敬佩父辈们战天斗地的创业精神，非常理解常人难以理解的大寨人的苦乐观、荣誉感和自豪感。深深感到前辈们受苦受累，说到底是在无私地为大寨人后代垫石铺路。

笔者去大寨的那天，恰好是双休日，走在街头，随时可看到三三两两的大寨青年男女，打扮得潇洒靓丽，手挽手，肩并肩，结伴而行，悠闲自得，不时听到从歌厅里传来他们卡拉 OK 的歌声。我忽然觉得，这不就是我们城里的年轻人嘛！

（此文刊于《银色光辉》第三集）

8. 科技助推万全县腾飞——中国特产之乡纪行

九月的北京，秋高气爽，风轻云淡。由中国特产协会、中国特产报与中央人民广播电台老年文学协会组织的“老记者走基层”采风活动，于 2012 年 9 月 26 日，重阳节前夕起程。记者组一行 17 人从北京出发，乘坐中巴车，只用三个小时就到达了我们的采风点——距离北京二百多千米的河北省万全县。

一路走来，“老广播”们个个精神抖擞，重新点燃创作激情，豪兴不减当年，而笔者更感慨良多、思绪万千。这或许是因为本人 47 年前曾经有过一段

万全古城

在万全县工作的经历。那是20世纪60年代初，本人曾走过这条路。这是一条既熟悉又陌生的路，同样是从北京出发，乘坐慢悠悠的火车，再换乘当年小有名气的“解放牌”大卡车，在崎岖不平的土路上艰难地前行，用了整整一天的时间，好不容易才到达河北省万全县这座古老而贫困的县城。

不同的经历，相同的路程，鲜明的速度对比，形成了强烈的反差，再一次令人信服地解读了“要致富，先修路”这一充分体现科学发展观的至理名言。

高速路助万全县腾飞，万全人走上了科学发展和创新之路，打造了中国特色之乡，一项项科技成果用于生产，一种种特色产品应运而生，推向国内外市场。

鲜食玉米香飘神州大地

在万全县一片绿油油的田野里，矗立着一块大大的招牌，上面写着“中国鲜食玉米之乡”。八个醒目的红色大字，仿佛在默默地讲述着中国鲜食玉米之乡的创业史和富裕起来的种田人的快乐和幸福，它是万全人的骄傲。

万全县获得这一荣誉称号，如今已经有五个年头。五年来，他们充分利用万全县的地缘优势和得天独厚的自然条件，分享着“环首都绿色经济圈”

的恩惠，大力开发特色产品。万全人做的第一篇文章便是鲜食玉米，万全县地处北纬40°—41°，是世界玉米种植的黄金地带，这里年平均气温较低，无霜期短，春季干旱少雨，夏季雨热同在，秋季短促，冬季寒冷少雪，四季分明，昼夜温差大，光照时间长。独特的地域、适宜的气候和土壤条件，为种植鲜食玉米提供了不可多得的优异条件，使得万全鲜食玉米的品质高居全国之首。为了确保鲜食玉米的绿色品质，他们采取了多种防污染措施。首先选择了水源清洁、无公害的种植基地，从播种、施肥到后期成长都有相应的先进科技相伴。对农药的使用更有严格的要求，接待我们的万全县领导同志给我们讲了一个生动的故事：有一次种植鲜食玉米的农户在采购农药的时候，不相信眼前这种农药对人畜无毒副作用，聪明的销售商似乎猜透了买家的心思，当场抓起一把农药，顺手扔进嘴里吃掉。无声的回答，令农户心服口服，所有疑惑顿时烟消云散。高科技赋予了农药以精准的选择性。

万全人防治病虫害的另一项措施是生物防治。用来除害的昆虫叫赤眼蜂，它是一种世界公认的防治病虫害的寄生蜂。每个雌蜂一次产卵十多枚，十天左右可完成全部发育过程。当害虫大量繁殖时，把赤眼蜂放飞到农田里，利用它们寄生的习性杀灭害虫。

鲜食玉米的加工过程要求更为严格，每穗玉米从采收到加工必须在3~6个小时内完成，以保证鲜食玉米的纯天然品质。品质赢得了信誉，信誉拓宽了市场。现在万全鲜食玉米的加工量高达3亿穗，不仅受到国内消费者的青睐，而且远销到美国、俄罗斯、日本、韩国、加拿大和中国香港等国家和地区。许多品牌获得国家“绿色食品A级”认证、“全国质量信得过产品”和“中国农产品交易会名优产品”称号，连续多年被全国人大、全国政协会议指定为特供食品。同时，万全鲜食玉米又是世界五百强企业“麦当劳”在我国的主要货源。

万全的鲜食玉米受到国内外广大消费者的如此热捧，靠的是什么？答案很简单，因为鲜食玉米不仅具备一般的食品功能，还具有独到的、现今人们极为关注的保健养生功能。鲜食玉米含有多种天然维生素、膳食纤维以及赖氨酸、脂肪酸等抗衰老成分，营养价值相当丰富，高出大米、面粉8倍以上。经常食用可降低血压、血脂和胆固醇，还可调节便秘、软化血管。鲜食玉米中含有的谷胱甘肽和硒元素具有显著的防癌功效，它能刺激大脑细胞，增强人的记忆力和免疫力，被看作是营养保健养生食品。鲜食玉米的副产品又可进行循环综合利用，青玉米皮和玉米秸的糖分含量较高，是牛羊等反刍动物的最佳饲料。牛羊的粪便经过发酵可产生沼气残渣，再加工成有机肥返还给农田，肥沃土壤，促进农作物生长。这就构成了“鲜食玉米种植—加工—养殖—沼气新能源—绿色有机肥料—农田种植”这样一条完整的绿色农业循环经济产业链。

鲜食玉米之乡的产品越来越有特色，科技不断创新。他们正在全力整合鲜食玉米企业资源，发挥品牌优势，增强抗风险能力，以科技为先导，努力开发出独立自主的鲜食玉米品牌，打造万全鲜食玉米产业航母；创建100%绿色，100%安全，100%健康的品质工程，实现全程绿色。

深度开发，萃取燕麦精华

燕麦在我国被称作继水稻和小麦之后的第三大主要粮食作物。据统计，我国燕麦种植面积大约为70万公顷，平均年产量为85万吨，位居亚洲之首，并出口到日本、韩国、比利时、菲律宾、印度、泰国和中国香港等国家和地区。

燕麦富含蛋白质、脂肪、矿物质和各种维生素，是世界公认的营养保健价值较高的食药同源的谷类作物，其膳食纤维高达16%，可有效地调节血糖和血脂，改善血液中葡萄糖浓度，是糖尿病患者膳食的理想选择；燕麦中含有丰富的亚油酸和可溶性维生素，可有效预防心脏病变和动脉硬化，保护心脏和血管。

维生素 B_1 享有“好心情维生素”的美誉，它有助于人的身心健康，而燕麦中含有丰富的维生素 B_1 可用来缓解人们的精神压力，获得健康和快乐，提高记忆力。

燕麦又是唯一一种含有皂甙素的谷物食品，它可调节人体的肠胃功能，降低胆固醇。处于成长发育阶段的婴幼儿食用燕麦制品有利于他们的身体健康和智力开发。

享有“中国燕麦之乡”美称的万全县，是我国最大的燕麦产业原料供应基地。充裕、优质、绿色的原料和人们对保健养生的渴求，启发万全人在传统燕麦食品的基础上探索出一条深度开发的新路子，提出了“浓缩燕麦精华，缔造美丽健康”的理念，配置了多台先进的生产、实验和检测设备，研发出一项项科技含量较高的燕麦精品。

燕麦葡聚糖干粉是他们研发的一项具有多种生理功能的产品，它能够显著降低血清总胆固醇和低密度脂蛋白胆固醇水平，降低血压；调节胰岛素，提高人体免疫力，预防糖尿病和某些癌症。

他们研发的另一种新产品叫燕麦葡聚糖水溶液。这是一种透皮吸收性能较强的外用保健品，具有明显的保湿和抗衰老功效，可减少皮肤皱纹，保护肌肤不受紫外线伤害，提高皮肤抗刺激能力，有利于伤口愈合。

在我国燕麦种植地区流传着这样两句民谣：“四十里莜面三十里糕，二十里荞麦饿断腰。”这里说的“莜面”就是燕麦面，意思是说，燕麦的抗疲劳作用大大优于其他谷物。美国有一位大名鼎鼎的游泳健将叫菲尔普斯，他在我国北京举办的第二十九届奥运会上，一人独揽八枚金牌，创造了世界游泳历史的奇迹。后来营养科学家在研究他的饮食结构时惊奇地发现：在菲尔普斯的早餐食谱中竟然把燕麦粥列入其中，可见燕麦对某些特殊人群来说，有着独特的抗疲劳功能。

随着社会的进步和生活水平的提高，人们越来越崇尚“回归自然，返璞归真”，关注生活质量，饮食结构发生了很大的变化。天然、绿色、食药同源的食品受到了广大消费者的欢迎，食用无公害的杂粮已经成为一种新的时尚，这就为鲜食玉米和燕麦制品的快速发展提供了极好的机遇，收获了累累硕果。

五年来，特产之乡成果多多，奖牌多多。万全人深知：“奖牌铭刻着自己的泪水与汗水，奖牌谱写着自己的信心和斗志；奖牌展示着自己的创新和未来！”人们有理由相信，一个沉淀着深厚历史文化底蕴、有着丰富自然资源，并掌握现代管理模式的特产之乡万全县，必将以科技为推力，在科学发展和创新的道路上，飞得更高更远。

金秋染红大地，耕耘者享受丰收的喜悦。9 月 28 日，中央人民广播电台老年文学协会的朋友们带着丰硕的采风成果，带着万全人的深情厚谊，带着鲜食玉米和燕麦的清香，带着难忘的美好回忆，告别了中国特产之乡，踏上归途。精明的司机小苏非常理解老广播们乘兴运笔的急切心情，暗暗地加快车速，不到三个小时，畅通的高速路就平安地把 17 位采风伙伴送回了首都北京。

（此文刊于《中国特产报》）

9. 从甲骨文到口袋图书馆

早在三千年以前，我国就有了世界上最早的文字。这些文字是刻在乌龟壳和扁平的骨头上的，所以叫甲骨文，直到1899年才被发现。

那是清朝光绪二十五年，有一位叫王懿荣的官员得了病。他懂得医道，每次抓来的药，都要亲自看看，再去煎熬。有一次，他偶然发现，在一味叫“龙骨”的中药上有许许多多好像文字一样的东西，他感到惊讶。于是他就把这家药铺里刻有“龙骨”字样的中药全都买下来，凭着他对中国古文字的很深的造诣，终于考证出，这些“龙骨”并不是真正的龙骨头，而是殷商时代遗留下来的乌龟壳和牛的肩胛骨，上面刻的文字就是当时使用的象形文字。在这些一片片的“龙骨”上，记载了殷代的宗教、战争、农业、牧业、手工业、气象、政权组织以及文化生活等方面的概况。后来人们把这种写在“龙骨”上的文字叫作甲骨文。而这些“龙骨”可以说是书籍的雏形。

正式的书籍是在两千多年前春秋战国时期出现的。起先，人们把文字写在竹片、木片上，叫作简或牍。就是把竹子或木板劈成同样长度和宽度的细

默契人生（左为崔金泰）

片，削平表面，在上面用刀子刻字或用漆写字，每片可以写 8 ~ 14 个字。有的把简牍用麻绳、丝绳或者皮条串编起来，叫作“册”，也写作“策”，这个“册”字，特别像在几片竹简中间穿过一条绳索。传说，孔子因为勤奋读书，曾经把这种穿册的皮条翻断了很多。

这种笨重的书使用起来当然极不方便，据说，秦始皇每天批阅写在“竹简”上的文书有 120 斤重。西汉的时候，东方朔给汉武帝写了一篇文章，用了 3000 片竹简，是由两名身强力壮的武士很吃力地抬到宫廷里的，汉武帝把竹简一片一片地解下来阅读，足足用了两个多月的时间。

春秋末期，出现了写在绸子上面的书，叫作帛书，它可以卷起来，一部书就是一卷绸子，用木棒做轴，所以也叫它卷轴。后来这个“卷”字成了书的量词。人们常说的“开卷有益”“读书破万卷”，就是从这里来的。这种书比竹简轻便多了，但成本太高，不容易普遍采用。

纸的发明，为书的发展提供了理想的材料。东汉有个叫蔡伦的人，他改进了西汉时的造纸技术，于是出现了用纸抄写的书。这种书也是一卷一卷的，轻便适用，成本较低，保存方便，所以一直延用了很长时间。但是，用手抄写纸书很费事，后来又发展成雕版印刷：刻好一面印一面，一套刻版可以印几百部到几千部的书。现在保存下来的最早的雕版书籍，是我国唐朝咸通九年的《金刚经》，现在陈列于英国博物馆。

雕版印刷质量较差，效率较低，雕刻一套书版要花费几年的时间，而且一部书要刻许多块版，占用大量的房舍存放，发现了错别字也不便改动。

宋朝庆历年间，毕昇发明了活字印刷，弥补了这些缺陷。活字印刷是用黏性胶泥做成片片，在上面刻上一个个单字，再用火把泥块烧硬。印书的时候，把一个个活字块，按照书稿文字的顺序，放在一块铁板上，用松香、蜂蜡和纸灰等东西，把它们粘在一起，再用平板把字压平整，就可以印刷了。活字印刷质量高、速度快，制版比较容易，发现错误可以随时改正，印刷完一部书，可以把版拆掉，活字块可以继续使用。这是我国印刷史上的一次划时代的改革。

到了近代，随着造纸工业的发展和印刷技术的提高，书籍花样翻新，出现了油印、石印、铅印、胶版彩印、影印以及静电复印等书籍。随着电子和激光技术的广泛应用，又涌现出许多奇妙的书，像会说话的书、能活动的书、立体的书以及各种微型的、没有了书的模样的、可以装在衣服口袋里的“书”等。衣袋真的成了一座地道的“图书馆”。

科学在发展，社会在进步，书籍也在日新月异地演变着，它以越来越丰富的营养，哺育着勤奋学习的人们。

（此文与崔金泰合写，刊于《初中语文课本》第六册）

10. 蓝天上的绝技——简说空中加油机

在中华人民共和国60华诞的盛大阅兵式上，当一架架银燕飞越天安门上空的时候，人们惊喜地发现，三架神奇的战机呼啸而过，只见前面的那架飞机拖着两条长长的“尾巴”与后面的两架飞机连在一起，构成一个漂亮的三角图案，内行人都知道，这是空军战机在蓝天上“表演”空中加油绝技。

大家知道，汽车行驶在路上没油了，可以到加油站去加；船舶在航行中没油了，可以靠岸补充燃料；那么，长距离飞行的飞机又怎样进行空中加油呢？原来，它们是通过专门的空中加油机实现的。这就大大延长了作战飞机的续航时间，扩大了活动范围，增加了空战飞机的战斗力。

现代空战，作战范围不断扩展，作战飞机耗油量越来越大，加之空战过程千变万化，有些飞机不能按照预定时间返回基地，这就要求备有足够的油料，来增加飞机的航程，尤其是从大后方基地起飞的作战飞机，单纯靠飞机

杨立忠（左三）

自身携带的油料是远远不够的，可是如果多装些燃油，又会增加飞机的重量，影响飞机的速度和机动性，缩短飞机的航程，削弱了飞机的战斗力。有难题，就有了攻克的目标。于是，军工科学家想出了一个两全其美的主意——研制空中加油机。

实际上，第二次世界大战以后，一些空军装备比较先进的国家，已经开始采用空中加油技术，但都不够成熟，处于初级阶段。

近些年来，空中加油技术取得了长足的进展，现在世界上许多国家都拥有了空中加油机，它已经成为一个国家国防现代化装备的重要组成部分。由于有了空中加油机，现在作战飞机在空中停留时间的长短和航程远近，已经不取决于飞机本身燃料的多少，而更重要的是机组人员能否耐受长时间的空中飞行。

飞机空中加油，一般在高空的同温层，也就是平流层进行，因为这里的大气温度基本不变，气流比较平稳，很适合飞机对接加油。加油机的载油重量各不一样，每分钟可以加油几吨或几十吨。

飞机空中加油大致分四步进行，第一步是两架飞机会合，为避免飞机相撞，接受加油的飞机要比加油机飞得低一些，而后慢慢缩短两机距离。第二步是两机对接。接受加油的飞机从加油机的后方飞过来，并与其加油锥管保持一定的距离，进行加油前的编队飞行，飞行速度放慢，然后把受油管插到加油机的锥管里面。第三步是加油。加油过程中最重要的是两架飞机要保持其相对高度、速度、航向和仰角等相对位置的协调一致，两架飞机的飞行员都要精确地操纵各自的飞机，确保万无一失，这是加油过程中，最艰难、最危险、如履薄冰的几分钟。第四步是两机分开。加完油以后，接受加油的飞机慢慢减速，退出加油插头，两架飞机脱离接触，各自飞去。

飞机在加油过程中，万一出现两架飞机距离拉大，超过了加油管的总长度，锥管被拖出的紧急情况，飞行员会马上启动安全装置，关闭油路，两机重新调整位置，再恢复加油程序。因此，空中加油机的机组人员必须全神贯注，精准掌握整个加油过程，做到万无一失。

飞机空中加油是航空领域一项相当高超的技术，飞行员练就这套技艺，绝非一日之功，而我国的飞行员已完全掌握了这套“蓝天上的绝技”，正如国庆阅兵仪式上我们所见到的壮观场面。

（此文与空军大校杨立忠合写，刊于《银色光辉》第三集）

11. 山环如郭，幽邃如洞——生态村郭洞游记

在素有“天堂”美誉的杭州以南200千米的浙江省武义县，有一个新的生态旅游景点，名叫郭洞。说来有趣，这里既没有姓郭的人家，也没有奇妙的岩洞，为什么叫郭洞呢？老练的导游何胜云先生似乎猜透了观光者的心思，开门见山，顺口说出了八个大字“山环如郭幽邃如洞”，真切生动地描述了“郭洞”二字的缘由，顿时化解了游人心头的疑云。

笔墨情深（左为王兆吉）

郭洞是一个有着640多年历史的古老村庄，距离武义县城约10千米。它坐落在层峦叠嶂的龙山脚下，拥有上百亩天然古木林。这里青山环绕，沟壑纵横，生态环境优异，文物保存完好，人文景观与自然景色浑然一体，交相辉映，构成一幅绚丽秀美的天然画卷。村口一副对联画龙点睛：“郭外风光古，洞中日月长。”

古树参天的龙山海拔390米，方圆120公顷，生长着几十种珍稀树种，有些古树已经伴随着郭洞人生活了六七百年，至今依旧傲然挺立，一身翠绿。走进这片古老的天然自生古木林，即刻领略到浓厚的原始森林的气息。

走着，走着，两棵奇特的古树留住了笔者的目光。一棵是枫香树，高21米，直径1.28米，树龄约450年，另一棵是红豆杉，树高16米，直径1.5米，树龄约500年。让人惊异的是，两棵古树紧紧相依，并蒂而生，宛若热恋中的一对情人。植物专家说，两棵不同的树木，百年结伴，枝叶插合，生

长如此繁茂，实为罕见。一位诗人即兴赋诗："参天两大树，遥看一树同，百载共风雨，不分杉与枫。"

郭洞人热爱自己的家园，更爱护养育他们的大自然。几百年来，他们的祖先传下了一条严格保护山林的族规，绝对禁止村民上山砍柴。违者要拔掉他的指甲，如果砍伐山上的一棵树，就要剁掉他的一个手指。严厉的不成文的族规，变成了村民的自觉行动，有效地保护了这片国内少有的古木林，留下了毗邻"天堂"的又一片净土。如今，郭洞人更深刻地认识到生态环境与自身生存息息相关，高度自觉的环保意识，使得这片千年古树林仍然生机勃勃、郁郁葱葱。

郭洞人保护了环境，大自然也给了他们丰厚的回报和恩惠。几百年来，郭洞风调雨顺，从来没有发生过大的自然灾害，人们安居乐业，过着富庶祥和的生活，是全国数得上的长寿村之一，全村人的平均寿命达到79.3岁。

郭洞山好，林好，水也好。深山峡谷之间，溪流交错，清澈见底，泉水洁净，甘甜适口，游人纷纷倒掉手中的矿泉水，灌上一瓶瓶清凉的井水，细细品尝，果真清爽可口，周身透爽。绿绿的山，净净的水，古朴宁静的山村，把游人带进了风光秀丽、景色宜人的世界。正所谓："郭外风光凌北斗，洞中锦绣映南山。"难怪《八仙传说》电影的编导们，在郭洞选中了他们虚拟中的仙境般的外景。

郭洞人杰地灵，英才辈出。郭洞人世世代代崇尚教育，培育子孙立志读书，为国效劳。在明代嘉靖年间，就创办了私塾"啸竹斋"，清朝康熙年间，扩大规模，更名为"风池书院"，为郭洞培养了一大批优秀人才，光是秀才就考取了114名，一曲读书歌真实地反映了郭洞人崇尚教育，勤奋读书的风尚。歌中唱道："书不读，礼仪薄，纵有儿孙皆碌碌，若逞聪明去妄为，定损家声遭戮辱……一代绝书香，十代无由续……"郭洞人崇尚教育的传统世代延续，源远流长，时至今天，一个小小的山村，光是具有大专以上文化程度的知识分子就有30多名，这是郭洞人的骄傲和希望。

时过境迁，当年的"啸竹斋""风池书院"早已成为历史，取而代之的是一所新型的在武义县颇有名气的郭洞小学。走进校门，不时听到从教室楼里传出孩子们朗朗的读书声。

郭洞人热爱今天，向往明天，更珍惜昨天。一棵康熙四十四年栽种的红梅树，虽然经过了三百多年的风风雨雨，但在郭洞人的精心照料下，至今仍然以其旺盛的生命力，顽强地生长在郭洞小学这所历史悠久的校园里，年年开花，岁岁飘香，迎接来自五湖四海的宾客，默默地讲述着郭洞人世世代代的美丽故事。

（此文与王兆吉合写，刊于《银色光辉》第一集，
中央电台科技节目全文播出）

12. 打开黑夜的大门

夜幕降临，大地上的一切景物都消失在黑暗之中，但是，人们的各种活动并没有因此而停止，飞机照常在天空中飞行，车辆照样在地面上行驶，舰船依然在茫茫的大海里乘风破浪，继续它的航程。尽管夜色阻碍不了人们的正常活动，但它毕竟给人们带来了许多不便，限制了人们的正常行动。

自古以来，人们为了打开这个黑夜的大门，做了长期不懈的努力，力图征服黑暗，迎接光明。远在石器时代，我们的祖先就发现了火。火不仅驱逐了黑暗，而且成为改造自然的有力工具。随着人类社会的不断进步和科学技术的飞跃发展，照明工具层出不穷，日新月异，从油灯、蜡烛，到电灯、探照灯，它们的出现，相当于延长了白昼。然而，这些照明设备，都是通过把景物照亮的办法，让人们看到物体的，从本质上说，它没有改善人的视力，只是人们依赖的一种手段，没有获得更多的观察事物的自由，甚至在非常情况下，不经意的照明还会帮倒忙。例如，在战场上，在夜间行动的时候，是绝对不能进行自主照明的，哪怕是小小的一根火柴的明火，也有可能暴露自己，遭来横祸，造成重大的人员伤亡和物质损失，历史上这样的教训太深刻了。

那么，能不能抛开自主照明，观察到想了解的目标呢？红外夜视技术的问世，为夜间侦察找到了一条新的途径。在红外夜视仪面前，再漆黑的夜晚，也犹如一个明亮的世界。

红外夜视仪是一种被动式的接受设备，不主动发射任何波束，只是探测和接收来自目标的热辐射，对方无法发现它，是侦察目标的有效手段。在夜间，不仅可以侦察到敌方的人群、工事、车辆以及作战武器，还可以侦察到伪装的各种炮位和导弹发射架等军事目标。不管敌人伪装得多么巧妙，但是

“它们”散发的红外线是无法掩盖的，在红外热像仪的屏幕上，都会露出它的真面目。

在战争条件下，如果在导弹的头部，安装一台微型红外热成像装置，那么，导弹发射出去以后，可以自动地发现要打击的目标。即使在漆黑的夜里，也可发现目标，实行精确的打击。哪怕是某座桥梁的一个桥墩、某个工厂的一个烟囱，照样能够准确的命中。

如果把红外热像仪安装在夜航的飞机上，它可以为飞机提供前方不明物体的热图像，引导飞机躲开它，保证飞行安全。飞机在夜间起飞或着陆时，红外热成像装置还可以提供机场的热图像，保证飞机安全地起飞和着陆。

红外热像仪还是公安侦察人员的得力助手，是侦破案件有效工具。犯罪分子作案的时候，必然在现场留下热的痕迹，侦察人员利用红外热像仪，可以观测到作案人在案发现场的活动情况，显示和记录下他们作案时的影像。一般地说，公安侦察人员到达事发地越早，现场保护得越好，罪犯留下的热痕越明显，越有利于案件的侦破。

（此文与张维力合写，刊于1988年出版的《热成像》一书）

13. 寻找看不见的耗能漏洞

走在一些发达城市的大街上，常常看到一种特异的“巡逻车”，它们既不是执行治安巡查任务的车辆，也不是执行特殊政治使命的专用车，而是一种寻找某些地方存在耗能漏洞的特装车。车上装备了一双明亮的“眼睛”，走到哪里，立刻会发现那里热能的浪费情况。有些发达的国家，还把这种高分辨率的“眼睛”装在专用的直升机上，“侦察”一些厂矿的热能损耗情况，为决策部门制定节能措施提供科学的依据。这双“眼睛”，科学家叫它“红外热成像装置”，也叫红外热像仪或红外热电视。

能源浪费一般分为两种，即看得到的和看不到的。一辆满载煤炭的货车，如果在路上丢掉一半，显而易见，就等于损耗了1/2的能源，这是人们用肉眼可以直接看到的；然而，有些能源的浪费是看不到、摸不着的，在不知不觉中浪费了大量的能源。例如，许多燃料热能得不到充分的利用，就是一种严重的浪费。有人做过统计，我国燃料的平均有效利用率，大概只有30%，而有些发达国家，这个数字达到50%，这就是说，同样的一吨煤，我国浪费了一半以上，与发达国家相比，差距很大。这种浪费从本质上讲，跟货车丢煤的情形是一样的。

科学家们算过一笔账，如果把我国的燃料热能的平均有效利用率提高到发达国家的水平，那么，我国煤炭和石油的生产，即使保持原有的水平，它的实际效益也相当于把我国能源的生产增加了一倍，这是一个多么可观的数字啊！

提高燃料有效利用率的一个重要方法，是提高燃料的转换效率，减少热能的耗散，也就是说，在使用同样多的燃料的条件下，如果采用先进的、热能损耗较小的设备，燃料的转换效率就会大大提高。那么，怎样监测热能的耗散现象呢？开头我们说的红外热成像装置，在这方面有着独特的本领，它可以准确地察觉到任何物体表面的热辐射情况，给出热能在传输过程中的损耗数据，找出漏热的原因，采取有效措施，堵塞耗能漏洞。

红外热成像装置，还可以装在专用的飞机上，对大型的工业区进行拉网式地检测，并根据获得的热像数据，为热能耗损严重的企业，提出合理化的改进建议。科学研究、设计单位，在研制新型的能源转换设备的时候，可以发挥红外热像仪的高超本领，判断、对比不同方案的优劣，最终优选出最佳的设计方案，避免盲目性，减少不必要的能源浪费。

在日常生活中，几乎家家户户都安装了空调，在炎热的夏天，享受着丝丝的清凉和舒适，但在享受凉意的同时，对于能源的浪费并没有引起人们足够的重视。空调启动了，房间的墙壁和门窗是否漏热，凭人的直观感觉，是察觉不到的。而红外热像仪却神通广大，明察秋毫，它可以亮出“火眼金睛”，准确地告诉你，哪个地方漏热了，哪个地方结构不合理，需要及时采取改进措施，取得节能与保温的双重效果。当然，今天，对于大多数朋友来说，这只是一个方向，前面的路还比较长，需要一步一步地向前走。

（此文刊于《热成像》一书）

14. 激光与文物结良缘

激光与文物，似乎风马牛不相及，它们之间会有什么关系呢？我们来看一个例子：我国明代有一种珍贵的文物，叫“游鱼喷水洗”，也有人叫它“会喷水的鱼洗”。它是用青铜做的跟洗脸盆一样的器具，高 9 厘米左右，直径约 36 厘米，盆底铸有突起的 4 尾鲤鱼的图形，鱼儿头尾相接，围成一圈，鱼口向上，摆出喷水的姿态，盆沿上有两个对称的耳朵。表演的时候，盆里装满水，操作人员用手心反复摩擦鱼洗的双耳，到一定程度时，鲤鱼嘴的上边会产生大量涌动的水珠，不停地向上喷溅，水柱高达30多厘米，好玩极了。

为什么会产生这种现象呢？上海博物馆采用激光全息技术，获得了“游鱼喷水洗”的振动状态波形图，揭开了鱼儿喷水的奥秘。专家解释说，当人们用手心摩擦盆子的两耳的时候，相当于给它输入了一定频率的激振，使水面上激起一列水波，当这个水波传输到盆边时，被反射回来，与原来的入射波叠加，形成驻波。从激光全息干涉图上可以看出，鱼嘴的位置正好处在驻波的波腹上，这里恰恰是振动幅度最大的地方，振动比较强烈，因此形成了鱼口喷水的奇妙景观。

再说说采用激光光谱技术，对古代特殊材料的分析。我国曾经出土两把在地下沉睡了一千多年的古剑，它们面世以后，仍然光亮如初，没有锈斑。是什么特殊的材料使宝剑的抗腐蚀性能如此高超呢？揭开这个秘密，对于了解我国古代的冶金技术，有着非常重要的科学价值。然而，出土的古剑又是稀世珍宝，对它们进行材料分析的时候，只能提取一点点化验样品，不得出现人们肉眼看得见的损伤，难度相当大，一般的理化分析技术根本无法做到。于是，科学家们想到了激光，他们采用了激光微区光谱技术，只需要在古剑上取下不到一亿分之一克的样品，就可以完成对材料的分析，既没有给古剑留下看得到的伤痕，又测出了两把古剑的材料成分及其表面镀层的物质构成。这是激光技术在我国的材料分析方面的一次重要突破。

下面说说怎样利用激光全息摄影，保护珍贵的历史文物。大家知道，一般的照片、电影、电视录像等，都是采用常规的记录景物和人物形象的方法获得的，它们有一个共同的缺点，就是影像缺乏立体感，跟实际的景物不太一样。这是因为，通常的照相技术和电视录像，只能记录物体反射过来的光波的强弱，而对于时间的先后，是无法记录的，因而没有立体感和真实感，人们看到的只能是物体的平面图像。

激光全息照相刚好弥补了这个缺陷，它不仅可以记录物体反射过来的光波的强弱，而且能够同时把它们的时间顺序记录下来。获得的全息照片，富有很好的立体感、真实感，景物栩栩如生，好像看到了真实的景物一样。基于激光全息照相的这一优势，科学家们研制出一种专用的全息摄影仪，利用它，把一些珍贵的文物拍摄成立体照片，随时供人观赏，参观的人们在这些照片面前，犹如看到了真实的历史文物。改变不同的角度，还可以看到艺术品的各个侧面的形态，让观看者获得身临其境的艺术享受。而珍贵的艺术品实物，就不必长久地摆放在展台上，有可能得到精心地保护。

（此文与雷仕湛合写，刊于《光学世界奇观》一书）

15. 颜色的学问

著名画家列宾早年创作一幅名画《伊凡雷帝和他的儿子》，这是一件稀世艺术珍品。列宾到了晚年，想对自己心爱的作品做些修补。他偶然发现，自己当初作画时，把伊凡雷帝的脸色画得太“黄”了。于是，列宾就亲自动笔，在“伊凡”的脸上加添一点淡紫色，来冲淡黄色。结果事与愿违，来参观这幅画的人都觉得，列宾把“伊凡雷帝”的脸色改“坏”了，紫色太重，走样了。后来，美术馆只好请专业画家，又把“伊凡”的脸色修正过来。改来改去，这到底是怎么回事呢？

心理学家研究发现，人们随着年龄的增长和生理条件的变化，对颜色的感觉也随之改变。其实，列宾的原作并不是画得太黄，而是由于他年岁大了，对紫色不够敏感，而对黄色过于敏感，结果产生了错觉，闹出了不应有的误会。事实上，除了年龄因素以外，颜色与人的心理也存在许多微妙的关系。

同样的物体，如果表面颜色不同，人们心理上感觉它们的轻重也有别，白色的显得轻些，黑色的显得重些。我们装修房间时，都喜欢把顶棚和墙壁刷成浅色，而地板都用深色的，给人以“上轻下重”的稳重感。如果反过来，必然会产生“头重脚轻”的压抑感。

同样的颜色，亮度高的，看上去显得突出，感觉距离近些；亮度低的，特别是暗色的，看上去显得平淡而深邃，给人以“后退”的感觉，显得距离要远些。聪明的画家就是巧妙地运用颜色产生的远近感，创作出一幅幅层次分明的优秀作品。

颜色还能影响人们感情的变化，有些颜色会使人眉飞色舞；有些颜色又会使人忧郁懊丧；有些颜色会使人轻松愉快、情绪稳定；有些颜色又会使人感到紧张、心跳加快、血压升高。这一点对病人来说十分重要，大夫可以根据患者的生理和心理状况，选择不同颜色的房间和食品，帮助病人改善病情。

比如，浅蓝色可以帮助发高烧的患者退烧，紫色能使孕妇情绪安定，褐色有助于低血压患者血压升高，红色可增加病人的食欲，等等。

颜色还能引起人们的联想，具有某种象征性。比如，红色象征胜利与吉庆；绿色象征着生机勃勃，枝繁叶茂，给人以喜悦、宁静的感觉；蓝色有一种静止的味道，给人以幽静、平缓的感觉，晕车、晕船的人如果戴上一副蓝色的眼镜，可以免受呕吐的折磨；黑色具有明显的两面性，它既能使人感到恐怖、空虚、绝望，同时它又能给人以庄重、肃穆的感觉，在追悼会、吊唁仪式上，会场悬挂黑色横幅，人们佩戴黑纱，穿深色服装，就是这个道理。

颜色里面的学问很多很多，在学校的教室里，如果颜色处理得当，可以创造一个很好的学习环境，学生的注意力会更集中，减轻视觉疲劳，提高学习成绩。反之，如果在教室的墙上乱涂颜色，破坏环境的协调，造成“颜色污染”，让人感到烦躁，肯定会影响学生的学习成绩。

精明的企业管理者和设计人员，更懂得颜色的“增值效应”，他们时刻都在研究、揣摩消费者对不同颜色的喜好，科学地确定其产品的走向，生产出适销对路的产品。

（此文刊于《科学画报》杂志）

16. 振动的功与过

秋去冬来，花儿凋谢，树木枯黄，不足为奇。但令人不解的是，春暖花开季节，一条高速公路两旁的树木却莫名其妙地枯萎了。是谁伤害了它们呢？起先，以为大气污染在作怪，后来研究发现，污染固然是一个不小的原因，但让人惊异的是，高速公路上飞奔的汽车，竟然是杀死这些树木的“凶手”。科学家解释说，汽车奔跑，对地面引起频繁的振动，破坏了树木根系与土壤的结合，造成树木枯死。

有人可能要问，既然树木受到振动可以死亡，那么，生活在这个振动世界里的人，会不会受到振动的伤害呢？会的。汽车、火车、地铁、飞机、轮船等，都是振动源，对人类有着不小的影响。

人们在长期的生活和生产实践中认识到，振动一旦超过某种界限，就会造成新陈代谢失调，危害人体健康，出现某种病症，像头脑发晕、疲劳好睡、反应迟钝等。在矿山上，有一种常见病，叫“白手病”，它就是因为矿工长时间使用风镐，经受激烈的机械振动造成的。医学专家通常把它们统称为“振动病”。

振动有害人体健康，要尽量避免它、减轻它。但它并不是一无是处，还必须看到它的功劳。振动在特定的振幅和频率的范围内，又可以为人类做许多好事。其实，我们都生活在振动的世界里，而且生活得很好、很舒适，有人说：“我在振动，意味着我还活着。”这句话把生命与振动相提并论了。

生命与振动密不可分，息息相关，确实很有道理。可以毫不夸张地说，人体本身就是一个由大量的，复杂的振动系统构成的。比如，声音就是由声带的振动而产生的，胃的收缩，肠的蠕动，心脏的跳动，都可以看作是一种振动。

一个人的心脏，好比一台“血泵”，不停地、有节奏地把人体内的血液，泵送到各个分支系统，一直到毛细血管，再回收，再压出，周而复始。一个正常的人，他的心脏每分钟要搏动 60～80 次，生命不息，搏动不止。有人做过一次有趣的实验计算：一个人的心脏 24 小时的工作能力，相当于一台水压机把一个标准人推举到 100 米的高度。这奇迹般的人体工程，若不是静脉、动脉、毛细血管的弹性搏动，推动血液前进，那么，心脏本身是很难胜任如此繁重的任务的。

实践证明，不同的人需要不同的振动。在医院里，医生对有的病人说：“你要绝对安静。”对另外一些肥胖、萎靡不振的人却说：“要振作精神，赶快动起来，设法减肥。”这就是近年来医学专家提倡的“振动疗法”，比如，跑步、跳跃、做操、练气功、打太极拳等，目的就是接受不同方式的振动，改善健康状况，提高抗病能力。

研究振动的科学家，提醒开车的朋友，万万不可小看你手中方向盘的负面效应。长时间不科学地把握频繁振动的方向盘，很可能遭来意想不到的振动伤害，导致神经系统功能下降，自主神经紊乱，条件反射迟钝，痛觉神经减退，手臂肌肉痉挛，以及恶心、失眠等症状。女性朋友还可能出现月经失调、子宫脱垂，甚至造成孕妇流产等严重后果。因此，专家建议，开车时一定要养成良好的驾驶习惯，遵守操作规程，最好戴上一副柔软厚实的手套，或者在方向盘上包裹一层减震的护套，缓冲振动的影响，避免患上“振动病”。

现在，数学家、物理学家、生物力学家在积极合作，探讨生命与振动的微妙关系，找出最佳的生理振动效应，应用到医学上。比如，对末梢血管病患者，采取共振效应疗法，防止病人的血管末端坏死。他们制作的一种“振动座”，可以大大改善患者的供血状况。有的科学家发明一种振动呼吸装置，它可以使停止呼吸的患者的肺部和气管中的空气产生激烈的振动，促使血液中的二氧化碳与氧气进行交换，救活病人。

科学家在研制各种振动装置的时候，应特别注意，要尽量减少有害的振动，又要慎重地保留对人体有益的振动，让它起到“振奋神经”的作用。

生命与振动的关系太密切了，研究的内容丰富多彩，我们生活在振动的世界里，时时处处都在同振动打交道，应该公道地评说振动的功过是非，让振动为人类造福！

（此文与吴云鹏教授合写，刊于《科学实验》杂志，
《新华文摘》转载）

17. 眼睛受骗故事多

在2006年春节晚会上，有一个魔术节目大放异彩：台湾魔术演员刘谦献上了他的绝活，把央视大牌主持人董卿手上戴的钻戒，神出鬼没地变到一枚完好的鸡蛋里，令广大观众耳目一新。他变得那么轻巧，那么娴熟，那么天衣无缝，人们大呼神奇。神奇固然神奇，但任何人都不会相信它是真的，说到底还是魔术师利用观众的视觉误差所施展的一种“骗术”，骗得观众为之齐声叫好，为他鼓掌欢呼。这也是魔术魅力之所在。其实它“骗”的并不是人的全部，而是人体的一个器官——眼睛。

在日常生活中，眼睛受骗是常有的事。比如，一时疏忽，买了一件假珠宝；一不小心，收到一张假钞票；看走了眼，买进一套假名牌服装；稍不留神，把假冒伪劣商品带回家，如此等等，都是眼睛“不尽责”的结果。

人们常说“耳听为虚，眼见为实”，从道理上讲是不错的，但在纷繁的大千世界中，“眼见不实”的情况却时有发生。即使在自然界里，人们也常常有看不准的时候。比如，早晨的太阳看起来要比中午的太阳大一些，为什么呢？因为太阳刚刚出来的时候，天色还比较昏暗，太阳的光亮同周围朦胧的天色相比，显得更加明亮，它作用到人的眼睛以后，太阳就好像变大了，其实，太阳的体积是不会随着时间的不同而改变的，而是人们的眼睛在观察事物的

时候，产生了错误的感觉，科学家把这种现象叫作“视错觉”。产生这种视错觉的原因是多方面的。一种是由于人们不可靠的视觉经验产生的视错觉。大家可能有这样的体会：观看竖立着的东西，往往感觉比平躺着的要长一些。当你从一棵大树旁边走过的时候，觉得它很高，如果把它锯倒，平放在地上，再看时，就觉得没有原来想象的那么高了。为什么呢？这是因为人的眼睛是左右排列的，横着看东西比较方便，竖着看东西比较吃力，长此以往，就形成了这种不可靠的视觉经验。现在的新闻出版界就是利用了人们的视觉经验，把报刊、图书等出版物都印成了横排本。

视错觉还跟人的心理因素有关。比如，两个身高相同的男人和女人一起走路，人们总觉得女人比男人要高一些，这种视错觉就是心理因素决定的。因为在一般人的想象中，男人总要比女人高一些，一旦女人稍高，就很显眼，它打破了人们心理上“男高女低”的常规印象，就觉得女人高了。也可以说，被习惯的心理因素给改造了，才看走了样。所以，心理学家风趣地说，人们在观察事物的时候，与其说用眼睛看，不如说用脑子“看”更确切些。

视错觉对人来说，不一定都是坏事，如果利用得好，还会收到积极的效果。俗话说：“人要俏，一身皂（黑）。”指的是，人穿黑色的衣服可以显得俊俏，特别是身材稍胖的人，如果穿上一身黑色的服装，不仅显得素雅、漂亮，而且身材也显得苗条了许多。在古典武侠电影中，侠客们总是喜欢穿着黑色的紧身服装，这不仅为他们的夜间活动提供了良好的保护色，而且也给观众留下了干净利落的感观印象，增添了电影的艺术效果，这都是视错觉的功劳。

画家利用人们的视错觉，更有他独到之处，特别是油画，观众必须在一定的距离上观赏它，才显得它那么传神传情，那么栩栩如生。而当你走近它时，看到的只是一片片斑斑点点的油彩，显不出它那生动逼真的效果和艺术感染力，这正是视错觉帮了油画家的大忙。

再看看体育科学家是怎样利用视错觉的。在田径运动场上，跳高比赛是一项比较吸引观众的比赛项目。细心观察你会发现，在运动员跳跃横杆的下面，放置一块厚厚的软垫，这里面很有学问，它一方面是为了保证跳高运动员跃过后免得落地摔伤，另一方面软垫厚度也很讲究，厚厚的软垫能使运动员产生视错觉，觉得横杆离地面没有那么高，从而减轻了运动员的心理压力，增强越过横杆的信心和勇气，有利于提高比赛的成绩。

总之，视错觉跟人类的关系十分密切，有弊也有利，只要我们正确地认识它，科学地掌握它，巧妙地应用它，它也会成为人类的好朋友、好帮手。

（此文刊于《银色光辉》第三集）

18. 初生牛犊不怕虎

翻开《汉语大词典》，关于“老虎”是这样表述的：“虎，兽名，通称老虎。哺乳类，猫科，性凶猛，力大。惯于捕食野兽，有时亦伤害人畜。”那么，在现实生活中，在人类庇护下的兽中之王又有怎样的表现呢？一年夏天，笔者到××虎园参观，却看到一场“初生牛犊不怕虎”的精彩大戏。游人乘坐笼式观赏游览车，驶进空旷的虎园，走着，走着，忽然几只膘肥体壮、威风八面的老虎围了上来，满不在乎地围着游览车遛来遛去，悠哉游哉。还不时用好奇的目光注视着车上的人们，而游人尽管与老虎近在咫尺，但大家却很坦然，毫无惊恐之感。难怪游人风趣地说：“这哪里是游人观看老虎？而更像老虎欣赏游人。”

过了一会儿，一场精彩的表演开始了：只见一辆专用的大卡车开过来，把一头活生生的小牛抛到地面，随后扬长而去。见此情景，四五只老虎“兽性”大发，一拥而上，凶猛地扑向小牛，尽管小牛拼命奔跑、逃命，无奈寡不敌众，最终落入虎口。老虎们可谓“协同作战”“一致对敌”，有的啃牛背，有的咬牛腿，有的抱着牛脖子不放，表面看上去，这些人工饲养的老虎“野性十足”，表现得似乎很凶猛，但专家们并不这样认为。内行人分析说，从眼前的情形来看，老虎扑食的部位就不对头，真正的野生老虎捕食的时候，会一下子先咬住小牛的喉咙，置小牛于死地，而且一只老虎就足以咬死一头小牛，而在虎园里人工饲养的老虎却对小牛群起而攻之，真有点像群虎捕食的样子了。

在参观过程中，笔者还目睹了一个令人啼笑皆非的场面：四五只老虎一起奋力撕咬小牛，费了很大力气，用了很长时间，可硬是咬不死小牛，而这头小牛却突然发威，“困兽犹斗”，反守为攻，跟老虎搏斗起来，甚至有一只胆小的老虎，被小牛追得落荒而逃，着实演了一场“初生牛犊不怕虎”的

“活报剧”。直到后来，虎、牛搏斗的撕咬声惊动了远处的一只地道的野生老虎，它迅即猛扑过来，不费吹灰之力，对准小牛喉咙，一口下去，咬死了小牛，一场难解难分的虎、牛之战，才宣告结束。

看到这种情景，笔者在想，这些像狼一样捕食猎物的老虎还是在词典中定义的“虎”吗？很显然，要大打折扣。由此推衍开来，在现实生活中，我们看到的不会捉老鼠的猫，还是真正意义上的猫吗？人们在动物园里看到的娇生惯养、憨态可掬、供人观赏的大熊猫，还是纯正的大熊猫吗？“鸿雁传书”是人们对可敬可爱的大雁的赞美，而今，经过人工长期饲养的大雁已变得和鸭子一样“好吃懒飞”，还能够胜任它的先辈们引以骄傲的“千里传书”的使命吗？再说丹顶鹤，它本来是迁徙动物，天冷的时候，要去南方温暖的地方过冬，而经过人工饲养的丹顶鹤，已经懒得历尽千辛万苦，长途跋涉去南方了，这样的丹顶鹤还是本来的丹顶鹤吗？如此等等，例子不胜枚举。长此下去，会造成什么后果呢？生物科学家解释说，从动物生态学角度来讲，某些野生动物，经过一代代地长期人工驯养，它们的遗传基因将发生某些改变，生物学上把这叫作“生物基因污染”，也就是说，它已经不是纯种了。可以想象，如果我们把某些珍贵的野生动物精心地保护起来，进行长期地人工驯养，那么，其结果必将使它们变成家禽、家畜，而原本的野生物种群将随之消失，或者说成了“活化石”，这也是保护野生动物的一个误区，值得警惕。

保护野生动物的专家特别强调，万万不可把保护野生动物的目的单纯地理解为保护某一物种和扩大其种群的数量，而更重要的是保护它们本来的习性，特别是野外生存的习性，这才是保护野生动物的根本，那种认为把野生动物放在家里，进行人工驯养，最终成为人类的宠物的观点和做法都是不可取的。

在保护野生动物的实践中，我国四川卧龙自然保护区的专家们为我们做出了榜样，他们放大熊猫回归自然，让它们恢复野性，自主生存，繁衍后代。经过多年的科学研究、跟踪监测，已取得良好效果，这种以科学发展观为指导的保护野生动物的做法很值得称赞。

（此文刊于《听广播 学科学》一书，是对周伟同志采制的广播节目《从猫不再抓老鼠说起》的评析。文章原名为《走近老虎看生态》）

19. 巧用“模糊”

20 世纪 80 年代的一天，笔者作为一名科技编辑，邀请一位航天专家来中央电台做访谈节目。嘉宾准时来到传达室，可不巧，我临时要处理一件急事，就委托另外一位编辑接客人进大楼，但这位编辑并不认识我请来的专家，我只好把来宾的大概外表模样粗略地形容一番：50 多岁，大高个儿，白白胖胖的，戴一副近视眼镜，走路慢腾腾的，等等。结果就是根据这些对来者外表的模糊介绍，我们的编辑很快从传达室进进出出的人群中认出了这位嘉宾。这看来十分简单的一件事儿，却包含了一门有趣的学问：我们暂且叫它“模糊”判断。科学研究证明，人脑具有很强的模糊判断能力，它比电脑高明得多，再聪明的电脑（或机器人），如果让它去独立完成寻找、接待嘉宾的任务，它会把一个非常简单的问题复杂化，来不得半点模糊。比如，你告诉它来宾 50 多岁，大高个儿，它就必须问清楚，究竟是五十几？大高个儿，究竟是一米八，还是一米九？电脑才能做出准确地判断；你说胖胖的，它就问你究竟有多胖，有多重？是 80 千克？90 千克？还是 100 千克？你说白白的，它会问你究竟有多白，甚至要用色度计测量一下；你说戴一副近视眼镜，那就更复杂了，它必须知道，近视眼镜到底有多少度；再说走路，你说慢腾腾的，它就要知道每分钟走多少步。计算清楚以后，才能判断出哪位是你请来的嘉宾。而以上所有这些模糊表达，不论是年龄大小，个头高低，身材胖瘦，还是走路快慢，等等，对于每一位智力正常的人来说，都会不费力气地做出模糊地经验性判断，识别出你要迎接的客人，成功率几乎百分之百。可见，在模糊判断方面，人脑要比电脑技高一筹。

我们再来看看汽车司机是怎样巧妙地运用自己的模糊智能的。比如，一辆汽车停放在若干车辆的中间，如果这位司机想先走一步，模糊判断可助一臂之力，他只要大概地观察一下周围汽车的位置、与相邻汽车的距离以及留给自己的活动范围等。经过反复地模糊判断以后，他会机敏地把自己的汽车前进一点，后退一点，向左一点，向右一点，最后从众车包围中顺利地开出来。这套动作，如果让机器人来完成，那将大费周折，它必须通过精确地计算，把前、后、左、右的汽车与自己的距离算准以后，才能一步一步地动作，选择出最佳的开离车场的速度、方位、角度，经过多次反复调整，最后慢慢地开出停车场。不言而喻，这套动作完美无缺，但它用的时间可想而知，要比熟练的司机不知慢多少倍。

我们在大街上行走，总免不了要过马路，这时人脑的模糊智能更可大显神通。大街上人来人往，车水马龙，而行人过马路的时候，都有同样的体验：过马路之前，都要左顾右盼，看看来来往往的车辆，模糊地估算一下开过来的汽车距离自己有多远，速度有多快，然后做出本人过马路的决策，掌握好自己的行进速度和方向，安全顺利地通过，不致发生交通事故，可贵的是，这一切都是在很短的时间内完成的，而如果让机器人来完成这套动作，那难度太大了，不知道要折腾多长时间。

再说说体育比赛中是怎样进行模糊对抗的。比如，打乒乓球，甲乙双方都是依靠大脑的模糊而“精确”的判断来应对来球的。严格地说，每一个来球，都有一定的速度、一定的角度、一定的方向，而接球运动员，要在百分之一秒甚至更短的一瞬间，准确判断出对方来球的速度、角度和方向是极其困难的。然而一名优秀的乒乓球运动员却能够在刹那间，通过大脑的模糊判断，做出较为准确的应对，把来球抵挡回去，并尽量落到对方球台比较蹩脚的地方，从而赢得比赛。老道的教练员常说的“用脑子打球”，除了战略战术上的运筹帷幄之外，更包含着对运动员大脑模糊判断潜能的开发和训练，这就是我们常说的竞技状态和反应能力。当然，反应能力再强的运动员，也难免出现判断失误，在比赛中吃败仗，所以才说，世界上绝对没有常胜将军，就是这个道理。

说了这么多，其实意思很简单，就是要告诉大家，电脑固然神通广大，以精确著称，可以战胜高明的国际象棋大师，但是它在处理某些模糊事件时，与人脑相比，却稍逊一筹。鉴于电脑的美中不足，有些科学家研制出一种“模糊”计算机，并在一些领域得到应用，无人驾驶汽车就是一个范例。

（此文刊于《银色光辉》第二集）

20. 浪花与梦想——《梦想成真》书序

梦想乃人之天性。自古以来，每个人都有过神妙而浪漫的梦想，从一定意义上讲，人类征服自然，推动社会发展与进步的历史，就是一部勇于开拓的志士仁人梦想成真的历史。

请看，有的人曾梦想，挣脱地球引力，到太空遨游；有的人曾梦想，呼

作者和可爱的孩子们

风唤雨，造福人类；有的人曾梦想，“点石成金”；有的人曾梦想，“宝刀”削铁如泥；有的人曾梦想，按照人的意愿设计出新物种；有的人曾梦想，粮食高产又优质；有的人曾梦想，发明一种取之不尽、用之不竭、干干净净的能源；有的人曾梦想，足不出屋，便知天下大事……而今，这些美丽的梦想，已经或者即将成为现实。“梦想成真”并不是一句空话。

世界上林林总总的科学发明与发现，往往源于许许多多追梦者的美好愿望。它启迪人们，借鉴历史，大胆想象；激励人们，求实创新，勇攀高峰。有志者事竟成。

如果把千千万万的“梦想成真”的故事比作大海，那么，此书中的几个片段，只是浩瀚大海里泛起的几朵小小浪花，不足以掀起太大的波澜，更难以满足广大读者的欲望，但它确实可以从不同的侧面，讲清同一个道理：梦想只是发明创造的前奏，伟大的发明和发现都是从梦想开始的，然而，实现梦想绝非轻而易举，它不仅需要灵感与智慧，更需要勤奋、汗水和牺牲精神。那种以抽象的“天才”谈论成败的观点是不科学的。正如伟大的发明家爱迪生所说：“天才只是百分之一的灵感，百分之九十九的汗水。”但愿书中的“46 朵浪花”，为致力于发明创造的人们，特别是青少年朋友，树立一个可借鉴的参照系，指引他们去勇敢地探寻、解析未知领域的无尽奥秘。

（《梦想成真》一书，入围科学出版社编纂的100本“生活与科学文库”系列丛书，并有幸成为其中的第39册。应责任编辑姚平录之邀，写了此序。）

21. 好题材、悉心写——《阿尔法磁谱仪研制纪实》创作评析

1998年6月2日18时10分，美国“发现号”航天飞机肩负着特殊的使命，飞向太空。它携带一台专用的科学仪器，将在茫茫宇宙中，探测未知的反物质，寻找神秘的暗物质。

创优研讨会（前排右二为宋莉）

让中央电台《科技大世界》节目记者宋莉、王志存感到兴奋的是，这台特殊的仪器是中国科学家参与研制的，它叫“阿尔法磁谱仪”。于是记者抓住这个新闻线索，进行跟踪采访，并做了详尽的后续报道。

报道十分艰难，它涉及众多新的学科领域的专业知识，且不说一般的记者，就是非本行的科学家也难以通晓。正如著名科学家钱学森教授所说：“许多人称我是大科学家，好像什么都懂，实在不敢当，我只是在力学方面，又是在流体力学当中的空气动力学这门学问上，有所研究。”可见，隔行如隔山。

如果记者没有敏锐的新闻眼光和采访实践，没有相应的高科技知识的丰厚积淀，没有广播记者特有的音响意识，要采制完成这个高科技的科普广播节目是很难想象的。

记者没有把这次报道的主题定位为航天飞机，而是对准了探测反物质、暗物质的阿尔法磁谱仪，这就决定了记者话筒的指向：一大批世界一流的难

得露面的科学家。记者采访的七位科学大家，从不同的角度讲述了研制阿尔法磁谱仪的艰辛而激动人心的历程，给节目增添了真实感、亲切感和人情味。特别是记者对美籍华裔物理学家、诺贝尔物理奖获得者、阿尔法磁谱仪实验项目的组织领导者丁肇中教授的采访，更使节目凸显出新的兴趣点，听众从这位权威科学家的言谈中，既可以学习到反物质、暗物质的最新知识，又可以了解到，科学家们是怎样在浩瀚的宇宙中，捕捉从来没有人见到过的反物质和暗物质的。

在航天飞机复杂的大系统中，阿尔法磁谱仪可算是“小不点”。然而，中央电台的记者宋莉、王志存，却避开了航天飞机这个“庞然大物”，把目光对准了这个只有一米长却神通广大的“小不点”，因为它才是记者心目中的主角。这个神秘的主角，故乡在中国，记者满怀民族自豪感和爱国主义情怀，跟踪采访了丁肇中教授在中国考察的一些细节：丁肇中教授认为，中国掌握了制造永磁体的成熟技术，所以选择由中国制造第一块进入太空的永磁体。美国宇航局阿尔法磁谱仪项目经理贝蒂斯在一份电子邮件中说：“阿尔法磁谱仪安全阶段评估无与伦比。”

中国人研制的阿尔法磁谱仪的永磁体及其主体结构获得巨大成功，打破了美国宇航局“上太空的产品必须经过三次评审”的惯例。两次评审就获得了登上航天飞机的通行证，这在美国宇航局的历史上还是第一次。这是中国人的骄傲，是中国科学家的荣耀。

改革开放的中国，在美国的科技史上，争得了当之无愧的“第一次”。国人听到这样的消息，怎能不感到兴奋，怎能不感到骄傲，怎能不产生强烈的民族自豪感？尽管记者没有直白地采用空泛的爱国口号，但浓浓的爱国主义情怀，却深深地融汇在报道之中。就记者的这种写作手法而言，也是值得称道的一笔。这个节目制作精良，亮点多多，荣获1998年度“中国广播奖”科技类一等奖。

（此文刊于《听广播　学科学》一书）

第二十五章　诗词习作

1. 辽河颂

滔滔辽河水
油油黑土地
养育两岸好儿女
五洲结桃李
人生路漫漫
赤心向故里
耄耋之年念亲人
吟咏思乡曲

2. 梦之歌

醒时梦亦在
美梦藏心间
“双百”宏图融入梦
圆梦莫畏难
勇做追梦人
“小康”梦点赞
神州共筑复兴梦
腾飞梦冲天

3. “神舟”飞天曲

遥遥飞天路
路路达九天

"长征"行空亿万里
"神舟"奏凯旋
举目更远眺
奔月谱新篇
"嫦娥"高歌惊环宇
响彻云天外

4. 不忘初心跟党走

岁月悠悠
历史长河滚滚流
党旗飘扬九十六载
"十九大"重笔写春秋

"小康"伟略功旷古
精准脱贫举世讴
创业大军波涛涌
创新英才拔头筹

合格党员护卫红色电波
喉舌意识永驻心头
"自信"大旗高高举
"双百"宏图搏激流

正能量唱响和谐之美
圆民族复兴梦，登玉宇琼楼
社会主义核心价值观扎根民众
主旋律号角响彻神州

东方巨龙横空昂首
中华腾飞威震全球

万众点赞中国速度
大国工匠巧手夺丰收

航母双双壮国威
钢铁长城无敌手
“C919”银燕翱翔蓝天
更美“长征”“嫦娥”“神舟”

“一带一路”惠四海
水陆通达贯五洲
绚丽百花园共赢共享
多彩世界携手织锦绣

党有核心民之福
鸿篇大论青史留
改革开放路漫漫
不忘初心跟党走

5. 合格党员赞

小时候妈妈对我说：
做人要诚实
人生第一课
尊敬长辈要合格

长大了
小伙伴“玩闹”多
童心童趣，情投意合
说说笑笑不出格

戴上红领巾

辅导员教育我：
莫忘队旗上的滴滴“血”
继承先烈遗志要合格

参加共青团
书记告诉我：
使命千斤重，时刻准备着
革命接班要合格

入伍穿军装
政委教导我：
居安思危，战旗高举
军人天职要合格

加入共产党
誓词牢牢记心窝
献身共产主义
先锋、模范作用要合格

走上航天路
“两弹一星”精神激励我
“东方红”乐曲响天下
美誉传承要合格

跨进中央电台
为党做喉舌
主旋律、导向不偏离
正能量传播要合格

退休不褪色

全党共廉洁
晴朗、纯净的蓝天
飘扬红色的电波

脱贫梦，“小康”路
神州大地一片绿色
复兴梦，腾飞梦
中华儿女一路高歌

改革创新，共享成果
百折不挠，奋力拼搏
共产党员，坚如钢铁
生命不息，永世合格

（注：作者多年接受党的教育，从少先队员、共青团员，成长为共产党员、革命军人、航天一兵、广播战士，直至退休。在几个时间节点上，展露了作者对党的无比热爱和忠诚，缩编成与党同呼吸、共命运的人生经历的片断。）

6. 站在大连望北京

海鸥翱翔波涛涌
血性男儿誓从戎
铃声匿去军号响
亦文亦武命双重
美景、风光无暇赏
重任担当度人生
赤心报国彤彤日
胸怀梦想进京城

7. 卜算子·金秋感怀

光阴箭飞逝
生命河长流

辛勤耕耘几十载
收获在金秋
金秋别样美
硕果缀枝头
信步田园心神爽
更望楼外楼

8. 盛世高歌赞和谐

迎着清晨的微风
迎着初升的朝阳
沿着走熟了的“滨河路”
来到歌友们欢聚的课堂

银发兄弟相逢互道珍重
童颜姐妹碰面共叙衷肠
盛世高歌彰显和谐之美
开心一笑更比歌声洪亮

欢歌驱散了心头的烦恼
笑语带来了快乐与健康
孤独、郁闷被歌声冲散
音符、词曲恰似名医的剂剂良方

歌声滋润着晚开的花朵
歌声散发出陈酒的芳香
歌声唤醒了迟到的爱
享受未了情，更阳光

指挥、琴师胜似构建和谐的高手
把一片片清波汇拢成和美的声浪

轻声细浪净化了广播战士的心田
播撒下深情思念、无尽遐想……

敞开胸膛，开怀畅饮甘甜的延河水
张开臂膀，尽情拥抱那巍巍的“清凉”
窑洞灯光下齐声唱响主旋律
让红色记忆永世珍藏

（注：“清凉”指革命圣地延安境内的“清凉山”，援引自中国广播界前辈、中央电台前台长杨兆麟所作歌词“光荣的广播战士”。）

9. 镜头里边乐趣多

别了老搭档金话筒
结缘新伙伴照相机
小小镜头海容大世界
留下一幕幕美好的回忆

初春捕捉装点蓝天的彩霞
盛夏聚焦大自然的勃勃生机
金秋采集丰收时节的累累硕果
严冬喜看瑞雪铺盖大地

锦绣山河秀美壮丽
蕴含着写不完的主题
莽莽草原把影友紧紧拥抱
茂密森林给影作涂上几分神奇

这边，枝头鸟儿对我欢歌
那边，水中鱼儿快乐嬉戏
田野里花儿露出可爱的笑脸

催我一次次按下快门，莫迟疑

世间万物人最美
炯炯的眼神露出几分灵犀
辛劳掩盖不住甜美的微笑
创新、绿色，透着时代的气息

来吧，亲爱的朋友
快快举起手中的相机
寻觅你心中的最爱
定格那山、那水、那人、那绿……

10. 人笔情

曾经手不离苦苦耕耘的笔
曾经肩不离沉甸甸的录音机
一篇篇习作乘着电波高飞
带走我笔尖下流淌的声音旋律

如今，人还是那个不敢偷懒的人
笔还是那只不曾生锈的笔
尽管人已披上满头银发
笔却在书写着别样的美丽

赞歌友，盛世高歌唱响和谐之美
赞影友，按动快门享受镜头里的乐趣
赞渔友，乐在鱼儿咬钩的一刹那
赞画友，喜在佳作收官添上点睛之笔

畅游江河湖海笔兴油然而生
身临名山圣地体味身外的奥秘与玄机

笔行冰川瀑布激扬文字刚劲飘洒
走进水乡古城领悟中华文明的真谛

家乡巨变让我格外惊喜
童年伙伴的心中藏着太多的美好记忆
几十年离别仍记着熟悉的面孔
相逢开怀笑，笑得跟儿时一样甜蜜

人过七旬潇洒迎接第二春
金秋时节重唱迎春曲
伟大时代为我们插上翱翔的翅膀
飞吧，飞吧，飞遍神州大地

11. 快乐人生一百年

忘记往日的荣耀与风光
忘记曾经的骄傲与辉煌
名利地位都是身外之物
乐善好施永葆胸襟坦荡

恩恩怨怨切莫沉积在心底
不开心的往事快快淡忘
忧愁和烦恼扔进“大海”
身心永远沐浴着阳光

悔恨、焦虑无异于自寻烦恼
愤怒、暴躁必遭受心灵创伤
病痛与疾苦统统抛在脑后
平和心态换来快乐与健康

忘掉烦心事，收获长久的欢乐

忘掉伤心事，憧憬未来和希望
脸上皱纹挡不住心头的愉悦
激情与活力高高托起明天的太阳

成功与失败本是一对孪生兄弟
遭遇挫折才会找到前进的方向
金秋乃是自然界独特的风景
笑迎第二春，直面美丽的梦想

彩霞满天，豪情未减路漫长
潜藏的正能量徐徐释放
银发飘逸莫唱黄昏曲
盛世遐龄登高更远望

12. 母校恋歌

金秋归故里
春光撒校园
桃李芬芳赖沃土
园丁勤浇灌
灌育七十载
群星布满天
转瞬“38”飞奔去
“55”师生大团圆

（注：1993年，鞍山一中举行建校70周年庆祝大会，邀请校友参加，本人应邀出席。有感而发，一抒情怀。）

13. 谢友人

日出东方万象新
寒山古寺满目春

海浪拍岸醒梦客
诵读碑帖谢友人

14. 夜盼黎明太阳升

东方巨龙已经苏醒，
飞跃的身姿迎风舞动
它震撼了亚洲的原野
它雄踞在世界的屋顶

苦难深重的中国
亮起了指路明灯
不屈不挠的中华儿女
紧跟伟大领袖毛泽东

挺起胸膛放声高歌
最亲切的字眼：“东方红”
穷苦人追求解放的梦想
夜盼黎明太阳升

共产党铺设金光大道
神州大地一派繁荣
五亿人昂首阔步
涌向北京天安门
第二座“克里姆林宫”

（注：此诗为早期作品，写于20世纪50年代初，发表在《旅大文艺》杂志上。）

小读“后记”，略知全书

“后记”该怎么写，写些什么？我想了很久。一位好朋友建言：写写润笔思路、文章构成、全书内容梗概等。这个提示令我很受启发，具有现实的可行性和建设性，我采纳了。

这是一本非常难写的书，由于涉及个人隐私较多，不可能面向更多的读者，只想留给后代人看看，让儿孙们知道，他们的先辈是怎样走过来的，以弥补我生平中曾经的遗憾：80 岁的我，丝毫不知道我的父辈们的经历以及他们是怎样生活的。现在条件好了，改革开放的祖国，数字化的时代为我提供了撰写《80 一梦》的极大可能，我决心一试，居然做成了。

写着，写着，心中突然升腾起一个新的构想：写给晚辈人看的书，为什么不可以赐教于至爱亲朋，听听他们的高见？或许会收获到意外的欣喜。于是我追加了两个章节，叫作《话筒连知己》和《小小广播圈》，以抒发我跟好友的亲密交往以及他们留给我的美好回忆。

写《80 一梦》难，追加《话筒连知己》和《小小广播圈》难上加难。我的朋友千千万，一定会有挂一漏万之偏颇，我只能凭借耄耋之年的记忆，写了不多的几位朋友。年岁所限，力不从心，也只能这样了。好在《80 一梦》的其他章节中，也谈及了我能回忆起的亲朋好友，与他们亲密相处，乃是我人生中难忘的一大幸事。

《80 一梦》章节内容梗概：

《苦难的童年》记述了作为孤儿的我，所走过的坎坷之路。一路走来，有喜有忧，忧多于喜。然而，借助于亲友们的帮扶和孩童时的不服输的性格，小小年纪的“猪儿”（我的乳名），尽管年幼丧亲，却敢于走南闯北，四处奔波，走过了一条条崎岖的路，度过了一道道难关，最终成为幸运儿。

《日本鬼子在我村》是一幕历史的悲剧，它在我幼小的心灵中，留下了刻骨铭心的记忆。日本侵略者在中国，在我们村，实行残暴的殖民统治，疯狂掠夺，抓丁拉夫，强制奴化教育，在我童年的记忆里，刻下了抹不掉的伤痛，我永远不会忘记侄儿宋道海被日本鬼子迫害致残的悲剧。

《读书找出路》读书是我走出苦海的关键一步。我读过“私塾”，念过连自己都数不清的小学，有收获，但成效甚微。解放了，中国共产党雪中送炭，让我获得真正意义上的求学机会，享受到新中国的中等教育，助学金助我高中毕业，我被保送到军校，走上了“穿军衣，读大学”之路。

《难忘学友情》：同学们都说，中学时代的情谊最真挚。淳朴、直接、热心是这些可爱的年轻人的优秀品德。我走过了五年半的中学路，体会深切，感受到了同学之间纯真的友爱与帮扶。我至今仍牢牢记着亲如兄长的齐祥元对我的贴心呵护。我也不会忘记，小小年纪的魏若莲同学，敢说公道话，让我有可能享受助学金，直到高中毕业。

《穿军衣，读大学》：军校生活让我开始了崭新的一页，亲身体验到解放军的光荣与伟大。学会俄语，不辱使命，有幸与曹刚川同校读书。作为军人，留下了踏实的脚印，我俄语学习优秀，射击获奖，夜行军没有走偏路，光荣地入了团。当然，也有不开心之事，平静中偶起波澜。磨炼三年，只获得“二等优秀学员”称号，是“平时计分”害了我。

《航天路，翻译情》：这条路蜿蜒曲折，时而很平坦，时而有起伏。为苏联专家和著名科学家钱学森、蔡金涛、吴朔平、黄纬禄、梁思礼等院士做译员，荣耀多多，欣喜多多。其实，也苦涩多多，笑话多多，但都坦然度过，无太大风波。两年过去，“老大哥”背信弃义，撕毁协议，撤走专家。人走茶凉，“红”极一时的“宠儿”一落千丈，甚至被怀疑为“修正主义的中毒者”，走进“洗脑”学习班，藏在心中的梦想化为泡影。

《勒紧裤腰带，过苦日子》：20世纪60年代，“本、证、票、券”被视为家中宝，谁也离不开它们，如果不小心遗失或者被盗，那将是天塌下来的灾祸。不幸的事儿偏偏落在我的头上。及时报案、提供线索，侦察数日，毫无结果。嫌疑人竟然是保卫处处长的儿子，不敢再追究，吃了哑巴亏。

《特别年代特别事儿》：我不是政治运动的积极分子，更没有干过“惊天动地”的大事，但平平的经历也不无感慨。敬爱的周恩来总理为“文化大革命”期间的七机部操碎了心；有人迫害革命干部，我家成了他们的“避难所”；当年与我密切交往的军工厂长，被打成“走资派”，见面却不敢相认，让人心酸。

《航天人在天津》：在航天部工作的后几年，我工作的32室从北京搬迁到天津，研究所里年轻人居多，这些“50后”们，上进心强，办事认真，刻苦钻研，称老同志为“师傅”，“尊老爱老”美德蔚然成风。40年后，他们还记着连我自己都记不清的一席话，受用了半辈子。我究竟说了些什么，当年的一位好学生把这个小秘密告诉了我，我很惊喜。

《五七干校那些事儿》：我出生在农村，对乡下的生活并不陌生，到五七干校这个广阔天地里炼红心，也不觉得难熬。事有凑巧，我和陈元（老一辈无产阶级革命家陈云之子）被分在同一个连队的后勤排接受锻炼。陈元养猪，我种菜。此间发生了许许多多鲜为人知的故事。淳朴的农民不畏“歪理邪说”，勇敢供奉“孔圣人”，很感人。

《广播情缘》：我不是学广播的科班生，但在我的工作生涯中，广播这一行干的时间最长。从1976年算起，已经40年，还当过几年小“萝卜头”。自认为，成绩还算不错，“三七”开不成问题。当记者、编辑，有幸与邓小平同志两次握手；到达了庐山、井冈山、三清山、峨眉山、五台山、长白山、泰山、黄山；游览过海螺沟、吐鲁番、镜泊湖、月牙湖、鸣沙山、莫高窟；采访过“走婚村”和“怪坡”；参访了酒泉卫星发射场……每到一处，都发生了不少有趣的故事。

《圆梦央广》：每个人的一生中都有无数个梦想，但不一定都能实现。值得庆幸的是，我多年追求而没有实现的两个梦想，却在中央电台开花结果。曾经的航天人，不曾去过卫星发射场，体验火箭升空的壮观景象；曾经的苏联专家翻译，不曾去过苏联，走进克里姆林宫，近距离地接触更多的“老大哥”。没有想到，这两个几乎破灭的梦想在中央电台实现了。

《科学家风采》：当广播记者，又分管科技，有机会结识众多科学家。采访过著名科学家严济慈、钱学森、钱三强、钱伟长、王大珩、杨家墀、汪德昭、宋健、孙家栋等院士，当然也没有忘记我的老所长——国防部第五研究院二分院第一设计部的主任黄伟禄院士，还有几位年轻的科学家。

《做客〈百姓人家〉》：《百姓人家》节目创办伊始，吸引来众多的知名人士，他们走进中央电台的直播间，向广大听众讲述他们想讲的话。李德伦说，普及交响乐，是我们音乐人的责任，义不容辞；阎肃说，《雾里看花》就是想让广大听众（观众），长上一双慧眼，把“假、冒、伪、劣”商品，看得“清清楚楚，明明白白，真真切切”；姜昆说，大家都觉得，《如此照相》很好听、很好笑，其实它的背后潜藏着许许多多令人心酸的往事。

《正能量面面观》：传播正能量，是当今社会倡导的主旋律。正能量有大有小，有高有低；有的轰轰烈烈，有的点点滴滴；有的明明白白，有的默默无语，蕴含在潜移默化之中。耳科医学专家理解耳聋患者在课堂上大声与亲友用手机交谈；一位转业军人，不惜耽误自己上班，扶助被肇事汽车撞倒的老人，并及时报警，协助警方查处了这次交通事故，正能量无处不在。

《世间万象》：在神秘的泸沽湖畔，有一个鲜为人知的少数民族一直沿袭着祖先传给他们的“走婚”习俗，时至今日，依然如故，即使“文化大革命”也奈何不了它。什么是“走婚”？我略知一二。江苏电视台播放的《最强大脑》节目令广大观众深感惊愕，不可思议。其实，我也见识过一位可敬的老人，她基本上是文盲，但她却能通读《三国演义》，奥妙在哪里？象形的汉字功不可没，汉字太伟大了。在沈阳附近，有一个“怪坡”，在这里“上坡容易下坡难”，水往“高”处流，这是真的吗？我当场做了实验，确实如此，但解释不同，结论不一，挺神奇的。

《话筒连知己》：办广播，犯错误，在所难免，我也有过这样的经历。是乔松楼教授在广播中及时发现问题，帮助我改正错误，避免了更多的误导。究竟错在哪？您不妨看看《一字之交》，便可知晓其中的缘由。

《小小广播圈》：广播是一个深邃多姿的大舞台，各路英雄豪杰在这方舞台上都演绎过精彩的剧目。神秘的分分秒秒，不仅彰显了电波的无穷魅力，而且让我结交了不少圈内的亲密战友和同行，昨天的航天战士，登上了广播这个崭新的舞台。这些“20后”“30后”“40后”“50后”“60后”“70后”们，有的成长为高层领导，有的成为业务骨干，有的跟我一样，在家安享晚年。然而，不管是在哪里，他们还记得我。更有细心的朋友还记着我的生日，送来温馨的祝福，我不胜感激。

《安享晚年》：退休了，做什么？我是一个闲不住的人，唱歌、摄影、写作……忙得团团转，80岁了，还不想停下来。在顺义东方太阳城老年社区，经营农家小院，干农活，有劳苦，也有快乐，更是一种享受。知足者常乐，年岁大了，更应该想得开，做名副其实的乐天派。我是一个有“自知之明”的人，凡事要换位思考，时刻想着对方，如果对方是自己，该怎么办？毕竟我们都是过来人，应该懂得这个基本道理。

《家乡美》：我爱辽宁，那里有我的家。“可恨”的辽河太无情，把生我养我的村庄“洗劫”一空，面目全非，痕迹全无，我父母的墓地也未能幸免。无奈，我只好放弃参拜二位老人的虔诚心愿，把孝敬和思念永远铭刻在心里。70 年了，家乡是一派崭新的面貌，然而，我更爱那个生我养我的古朴的村庄和小伙伴们。

《家里家外》：我们家中，同父同母所生姐弟共四人。小姐姐宋雅琴，弟弟宋科和我各差两岁，姐弟三人共熬孤苦的童年，很难啊。大姐姐比我们年长 20 多岁，她上边还有两个同父异母的姐姐，排行第三，因而我们都叫她三姐。《家里家外》只说三姐和同病相连的三个孤儿、我的妻子及其家人，还有儿孙们的故事。

《周游列国》：我在中央电台期间，到过十几个国家。不同的国度，异样的感受，我采写了大量的纪实性广播节目，记录了走过的足迹。本书选登了九篇有代表性的作品。黑海之滨的友谊树，它是由 150 多个国家提供接穗嫁接成的柑橘树；乘坐“紫罗兰”号客船，采访筑波国际科技博览会，写成《情系“紫罗兰”》；这里见不到雾霾，近距离欣赏了美丽、干净的澳大利亚；异国乘坐公交车，亲身体验新西兰的公共交通；如同逛公园，游览“花园之国”新加坡；赴马来西亚采访，见识了好大的赌场；《我没有见到“克格勃”》《去越南，看什么?》《“西洋景”并不西洋》，读来也很有味道……

《人生败笔》：任何人的生活道路都不可能是笔直的，有“过五关，斩六将”的荣耀，也有“走麦城”的苦楚，我也不例外。作为父亲，教育好子女，义不容辞，理所当然。但如果方法不对，动机再好，效果也是负面的。我的一次最大的失误，就是对儿子的“体罚”，用“圈圈”限制了孩子的人身自由。如今，若对照法律，那是地道的“家庭暴力”。

《温故知新》：阅读刚刚完稿的作品，固然是一种享受，有新鲜感，而读一读老旧的文章也颇有味道，不妨细心地“嚼一嚼”，品味一下它独特的滋味。赏阅遴选的 21 篇并不久远的“文物”作品，或许会令你品尝到不同的风味。

《诗词习作》："熟读唐诗三百首，不会作诗也能吟。"我读诗不少，不止三百首，但写诗却是门外汉。然而，执着习诗，不分门里门外。硬着头皮"习"下去，无师走"笨"路，自我欣赏，感觉尚可。冒昧凑成十几首歪作，权且充当《80一梦》的结尾篇。回忆录写完了，添点另类饮品，调剂一下胃口，未尝不可？笔兴未泯，玩玩而已。